David Keenan

Eine Impfung zum Schutz gegen das geisttötende Leben, wie es an der Westküste Schottlands praktiziert wird

Roman

Aus dem Englischen
von Conny Lösch

liebeskind

Einleitung: Warum ich es getan habe

Ich hab's getan, um eine Lanze für Airdrie zu brechen. Ich hab's getan wegen Memorial Device. Ich hab's getan, weil später alle Sozialarbeiter wurden und Kurse für Englisch als Fremdsprache gegeben oder bei Greggs gejobbt haben. Na ja, nicht alle. Ein paar sind auch gestorben oder verschwunden, oder haben sich, besser gesagt, in die Einsamkeit verabschiedet. Ich hab's getan – na ja, ich wollte sagen, ich hab's getan, weil damals alles möglich schien, damals, das war 1981, 1984 und 1985, die glorreichen Jahre, wie ich sie nenne. Die glorreichen Jahre von Airdrie – was für ein Witz, oder? Aber eigentlich auch wieder nicht, weil damals sowieso alles unmöglich schien.

Wir, das waren Johnny McLaughlin und ich. Wir fanden wichtig, was da passierte. Wir fanden wichtig, es zu dokumentieren. Ich hatte ein paar Artikel für den *Airdrie & Coatbridge Advertiser* geschrieben. Das passiert direkt vor eurer Haustür, Mann, hab ich denen gesagt. Wir sind hier nicht in Manchester oder London, und auch nicht in Chingford. Wir sind in Airdrie. Ich wollte eine Kassette rausbringen, eine Kassette mit den ganzen Bands von hier, natürlich Memorial Device, außerdem Glass Sarcophagus, Chinese Moon und Steel Teeth, aber nicht Fangboard, scheiß auf Fangboard, alles, bloß die nicht, und ich wollte die Kassette *This is Airdrie* nennen. Aber natürlich hab ich das nicht gemacht. Ich wollte schreiben und ein Fanzine rausbringen, und selbstverständlich haben Johnny und ich auch ein Fanzine rausgebracht, von dem tatsächlich, sage und schreibe, eine einzige Ausgabe erschienen ist. Die Exemplare, die nicht verkauft wurden, hab ich in Rawyards Park im Gebüsch verklappt und drauf uriniert, was vielleicht mein bedeutendster Beitrag zur Szene gewesen ist. Vor allem aber wollte ich ein Buch schreiben.

1983, '84 und '85 waren die Jahre von Memorial Device. Vorher waren sie in anderen Bands gewesen, Bands, die einigen was bedeutet haben, und Bands, die viele für einen Witz hielten, aber als sie zusammenkamen, ließ es sich nicht leugnen: Sie klangen wie niemand sonst. Sie klangen wie Airdrie, was heißen soll, sie klangen wie ein beschissenes schwarzes Loch. Alle liebten oder hassten sie, und die, die sie hassten, liebten sie gleich doppelt. Wir dachten, sie würden es schaffen, wir dachten, sie würden eine Lanze für Airdrie brechen, Coatbridge aufwerten, Greengairs unvergessen machen. Es gab das Gerücht, dass Sonic Youth Memorial Device als Vorband haben wollten, als sie 1986 im Splash One in Glasgow aufgetreten sind. Wer weiß, was hätte passieren können? Aber da war schon alles vorbei. Und was ist geblieben? Es ist mir nie mehr aus dem Kopf gegangen. Über die Jahre spürte ich die Leute auf, schrieb Briefe, führte traurige Auslandstelefonate mitten in der Nacht. Außerdem hatte ich meine Interviews aus der Zeit, damals hab ich einiges geschrieben. Und ich hab Johnny überredet, dasselbe zu machen. Es geht nicht mehr um die Musik, hat Johnny gesagt. Okay, aber worum zum Teufel geht es dann? Wie schon gesagt, ich hab's getan, um eine Lanze für Airdrie zu brechen. Ich hab's wegen Memorial Device getan. Ich hab's getan, weil es einen Augenblick lang, als alles unmöglich schien und alle alles gemacht haben, gelesen, zugehört, geschrieben, Sachen entworfen, Poster geklebt, sich Notizen gemacht haben, umgekippt sind, gekotzt und geprobt und immer weiter geprobt haben, um zwei Uhr nachmittags in dunklen fensterlosen Räumen – weil es damals danach aussah, als läge die Zukunft direkt vor uns und wir sollten lieber darauf vorbereitet sein. Und jetzt ist sie schon elende Vergangenheit. Wenn ihr die Wahrheit wissen wollt – deshalb hab ich's getan.

Ross Raymond, Airdrie, Lanarkshire, Schottland
April 2016

1. Versteckt, chemisch blockiert, insbesondere durch Wasser

1981 lernt Ross Raymond Big Patty und Lucas Black kennen und das verändert alles, und ich weiß, ich weiß, ich hasse es, wenn Leute so was sagen wie: Oh, die Platte hat mein Leben verändert, das Buch hat mein Leben verändert, Led Zeppelin hat mein scheiß Leben verändert, dabei haben sie danach einfach so weitergelebt wie vorher, aber die Begegnung mit Patty und Lucas, und dass ich mit Johnny McLaughlin auf Konzerte gegangen bin und Platten gekauft und diese Musik gehört habe, hat wirklich alles verändert, obwohl, genauer gesagt, hat es mein Leben eher verunstaltet als verändert, wenn ihr wisst, was ich meine. Und wenn, dann seid ihr dabei.

Zu der Zeit, als ich ihn kennenlernte, wohnte Big Patty irgendwo oben an der South Bridge Street in Airdrie, was heute die schlimmste Straße in Airdrie ist, die am meisten verbarrikadierte, die Straße, die am deutlichsten rausschreit, dass der Zug für Airdrie abgefahren ist, aber komischerweise habe ich keine Ahnung, wie und wo ich ihm überhaupt zum ersten Mal begegnet bin, vielleicht abends im Staging Post, gegenüber der Bibliothek in Airdrie, vielleicht auch in der Bibliothek selbst, als Teenager war ich nämlich so ein Sci-Fi-, Horror- und Existenzialismus-Freak, wenn ihr wisst, was ich meine, das war meine Ritterburg, aber eigentlich hab ich keine Ahnung, was komisch ist, aber vielleicht auch passt, weil es dadurch eher nach Amnesie infolge einer Entführung durch Außerirdische aussieht als nach dem Beginn einer schrägen Langzeit-Freundschaft, und rückblickend betrachtet, hat es sich eigentlich auch genauso angefühlt.

Er hat mich als Erster mit der Musikszene bekannt gemacht. Silvester 1981 war ich bei ihm in der Wohnung, die für mich ein elternfreies Paradies der endlosen Möglichkeiten war, aber als die

Glocken läuteten, zwang er uns raus auf die Straße, und schließlich standen wir im Dunkeln in einem Park in der Nähe der Airdrie Academy und hofften, die Zukunft würde sich von hinten nähern und uns auf die Schultern tippen. Damals arbeiteten Johnny McLaughlin und ich an unserem Fanzine. Wir nannten es *A Night is a Morning That You Hasten to Light.* Johnny hatte sich den Titel ausgedacht. Kam aus dem Französischen oder so. Für die erste Ausgabe hatten wir Big Patty interviewt.

Am Abend vor dem Interview konnte ich nicht schlafen. Geht mir immer so vor großen Momenten. Ich machte mir Sorgen, dass meine Fragen banal klingen. Zu der Zeit hatte ich mein Bett unter einem Oberlicht auf dem Dachboden im Haus meiner Eltern, direkt neben dem Heizkörper, und meine Katze, die Cody hieß, nach der Figur von Neal Cassady in *Visions of Cody,* und an die ich jetzt gerade wieder denken muss wie an einen verdutzten Geist, der mich mit großen Eulenaugen aus der Vergangenheit anstarrt, rollte sich dort immer in meiner Kniebeuge zusammen. Am Fußende des Bettes stand ein Bücherregal mit allem möglichen Horrorkram; ich sagte mir, dass ich mich in Leid und Elend fortbildete, nackt im Wald schlafen, mit Büchern von Philip K. Dick, Christopher Lasch, Albert Camus und H.P. Lovecraft. Manchmal kam meine Mum abends nach oben und klopfte an die Tür meines Zimmers, die ich immer abschloss, weil Eltern ihre Nasen überall reinstecken. Ich hörte *Y* von The Pop Group, damals eine meiner Lieblingsplatten – ich hab sie totgespielt, buchstäblich zu Tode gedudelt, bis sie sich gar nicht mehr abspielen ließ, ohne zu hängen oder zu springen –, und rauchte eine Zigarette zum Fenster raus, während ich ein paar Bäume anstarrte, deren Umrisse sich am Horizont abzeichneten und die für mich immer für die Zukunft standen oder für das Rätsel meines ganzen Lebens, das noch kommen sollte. Warte, sagte ich. Als ich die Tür aufschloss, fragte sie, was ich mache. Ich bereite mich auf ein Interview vor, sagte ich. Ich glaube, vielleicht bleibe ich die ganze Nacht auf, sagte ich. Hast du eine Idee, was ich fragen kann?, fragte ich. Sie dachte kurz nach.

Ja, sagte sie. Frag ihn doch, ob er in Interviews immer die Wahrheit sagt.

Ich hab in meinem ganzen Leben noch kein Interview gegeben, sagte Big Patty. Woher zum Teufel soll ich das wissen?

Ich hatte einen Satz aus einem philosophischen Text unterstrichen, irgendwas über die Liebe. Er guckte betreten. Ich hab keine Ahnung, sagte er. Bis vier Uhr früh hab ich das Interview abgetippt. Dann bin ich eingeschlafen.

Damals trug ich Zeitungen aus – in Airdrie trugen alle irgendwann Zeitungen aus, das gehörte zum Erwachsenwerden dazu – und ich hatte zwei oder drei Kassetten, die ich dabei abwechselnd auf meinem Walkman hörte, vor allem *Fun House* von den Stooges. Ich lieferte in Whinhall aus, am Rand von Airdrie, was echt elend war. Dann bekam ich den Sommer über einen Job in einem Blumenladen in Coatbridge, danach als Küchenhilfe im Monklands Hospital in Coatdyke. Seitdem kann ich keine Karotten mehr sehen. Aber plötzlich hatte ich genug Geld, um Platten zu kaufen. Jeden Samstag traf ich mich mit Johnny, und wir fuhren nach Glasgow und kauften jeder zwei LPs: das erste Album von den Ramones, *Boom* von den Sonics, *Easter Everywhere* von The 13th Floor Elevators, immer noch die großartigste psychedelische Platte, die je aufgenommen wurde, *Tago Mago* von Can, *Metal Box* von Public Image Ltd., das erste Roxy-Music-Album, This Heat, Nurse With Wound, *So Alone* von Johnny Thunders, auf Johnny Thunders fuhren in Airdrie alle tierisch ab.

Wir hatten schon früh spitzbekommen, dass es bestimmte Bars gab, in denen Musiker abhängen, und auch bestimmte Cafés, die meisten gibt's schon lange nicht mehr, deshalb wäre es sinnlos und auch furchtbar traurig, davon zu erzählen, von den Sitzen mit den aufgerissenen Lederpolstern, den mit feuchtem Salz verstopften Streuern, den zerkratzten Resopaltischen, inzwischen alle von anonymen Kaffeeketten voller idiotischer Mittelschichtspaare und schwangerer Mütter vertrieben. Samstagabends, nachdem wir bei

Johnny im Wohnzimmer gelegen und unsere neuesten Anschaffungen gehört hatten – *The Modern Dance* von Pere Ubu oder *Like Flies on Sherbert* von Alex Chilton, das immer noch pervers und makaber klingt, wie der Abschiedsbrief eines Selbstmörders, bei dem man nicht weiß, ob's ein Witz ist oder ob er's ernst meint –, zogen wir in eine Bar, hingen ab und checkten die Szene. Hin und wieder trafen wir Big Patty und taten beide ganz überrascht, wow, was machst du denn hier, wir hängen ständig hier ab, etc. Das ging so weit, dass wir uns wirklich angefreundet haben, was am Anfang aufregend war. Ich bin drin, dachte ich, Bohème, ich komme.

Damals arbeitete Patty Teilzeit bei einem Herrenfriseur in Clarkston. Ich ging hin, um mir die Haare schneiden zu lassen, aber am Anfang hab ich mich nicht getraut, direkt nach ihm zu verlangen, und manchmal hab ich dann auch einfach eine Ausrede gesucht, einen Hustenanfall vorgetäuscht oder bin einfach wieder verschwunden, wenn die Schlange immer kürzer wurde und ich beim Besitzer gelandet bin, einem hageren Italiener, oder noch schlimmer, bei seinem geschrumpften Sohn, von dem alle sagten, er habe Bulimie, was ich damals immer für die weibliche Form von Magersucht hielt, was dann nur noch weiter für Verwirrung sorgte. Einmal bin ich mit einem Bild von Antonin Artaud hin, das ich vom Cover eines City-Lights-Buchs kopiert hatte, und hab gesagt, dass ich dieselbe Frisur will. Du hast ganz andere Haare, meinte Patty. Das geht nicht. Dann erzählte er mir, dass seine Band, die zu der Zeit Slave Demographics hieß, im alternativen Programm von Radio Scotland gespielt worden war. Für mich waren das Fantasiewelten.

Manchmal lieh ich mir abends das Auto meiner Eltern. Ich hatte gerade fahren gelernt und bin damit bis nach Caldercruix, am Wasserspeicher vorbei und dann zurück zu meiner alten Schule, oder besser dem alten Gefangenenlager, dann runter zum Parkplatz von Safeway und um den Bahnhof herum, und einmal sah ich Patty mit seiner damaligen Freundin, die ich nie kennengelernt hatte, das war kurz bevor wir zusammen abhingen, und wenig später haben sie sich schon getrennt, aber ich weiß noch, wie ich gedacht habe, das ist echte Liebe, im Gras liegen und über Sylvia Plath reden. Sie hatte dunkle Haare, zu einem kurzen Bob geschnitten, die Augen geschminkt wie eine ägyptische Göttin. Er rauchte eine Zigarette, wahrscheinlich einen Joint, dachte ich, und trug einen zerdellten Zylinder und eine Sonnenbrille. Ich sah sie in ihr eigenes Leben davongehen, und es kam mir vor, als würde ich mein künftiges Ich sehen, meinen Traum-Avatar auf dem Weg zurück in eine Sozialwohnung in Cairnhill, dem Tor in ein Paralleluniversum.

Mein erstes Konzert fand irgendwo an der West George Street in Glasgow statt. Der Raum lag im dritten Stock eines Gebäudes, in dem sich außerdem ein Chinarestaurant und eine Single-Bar befanden. Es gab zwei streng getrennte Schlangen für Punks und für Normalos. Als Johnny und ich endlich oben an der Treppe angekommen waren, fing jemand an, »The Trail of the Lonesome Pine« von Laurel und Hardy zu singen. Bevor ich wusste, wie mir geschah, stand ich im Konzertsaal und trank zum ersten Mal Bier aus einer Flasche. Es lief ein Song von The Gun Club und Johnny und ich tanzten. Ich hatte die Hände in den Taschen, sah im Prinzip aus wie ein Vollidiot, aber Johnny hielt den Kopf gesenkt und die Arme hoch in die Luft gereckt, tanzte wie völlig mitgerissen. Dann sah ich ein paar Mädchen, die ich aus Airdrie kannte, echte Poser, und Johnny sagte, komm, wir machen auf Thunders, was Geheimsprache war für: Los wir labern sie zu, was wir dann auch versucht haben. Wir sind die psychedelischsten Typen hier, sagte Johnny. Dann gab er einem von den Mädchen einen Klaps auf den Hintern. Ich war baff. Er war eindeutig in seinem Element. Und sie hat sich nicht beschwert. Hat sogar gelacht. Später hab ich mitbekommen, wie sie mit einem Typen wegging, der aussah wie über dreißig und schon eine kahle Stelle auf dem Kopf hatte. Ich hab nicht mal eine Glatze, dachte ich. Was gefällt der nicht an mir? Endlich spielte die Band. Pattys neue Band, Occult Theocracy. Sie klangen wie Donnergrollen am fernsten Horizont meines Gehirns.

Der Sänger, den alle Street Hassle nannten und den man manchmal im Winter, im Schnee, mit nichts als einem abgeschnittenen T-Shirt bekleidet und einer Dose Bier in der Hand im Rinnstein laufen sah, nahm das Mikro und zwängte es sich in den Mund, sodass er wie eine brummende Schmeißfliege klang, und dann sagte er: Mama, und noch mal Mama, dann hyperventilierte er eine Weile und sagte, Mama, yeah, it feels good. Als ich wieder zu Hause war, stellte ich mich vor den Spiegel und verwuschelte mir die Haare. Ich wusste, ich würde sie nie wieder kämmen.

Ich kaufte eine akustische Gitarre, mehr konnte ich mir nicht leisten, und wenn ich nicht arbeiten musste, oder besser gesagt, wenn ich nicht gerade auf dem Personalklo wichste und dabei an die Reinemachfrauen in Unterwäsche dachte, saß ich im Park und tat, als könnte ich spielen, obwohl ich's in Wirklichkeit absolut nicht konnte. Ich sah, wie mich die Leute skeptisch beäugten. Ich trug eine riesige schwarze Panoramasonnenbrille, und eines Tages entdeckte ich Big Patty mit ein paar Freunden und sie kamen rüber und setzten sich zu mir. Patty sah aus wie eine Leiche. Ich vermutete, dass er auf Drogen war. Das ist Beano, sagte er, stellte mir den Größeren der beiden vor, der entweder eine geschwollene Säufernase hatte oder unter einem schweren Fall von Rosazea litt – auf jeden Fall ganz schön schlimm. Der andere wurde der Doug genannt. Der Doug trug eine Bikerjacke mit einem Zitat von John Cage mit Tipp-Ex hintendrauf, irgendwas von wegen nichts zu sagen haben und das auch sagen. Ich hatte bei einem Plattenkauf-Ausflug neulich erst *Indeterminacy* von Cage erstanden und wollte sie beeindrucken. Bei der Arbeit, wenn ich Pfannen und Töpfe spüle, höre ich immer *Indeterminacy* über Kopfhörer, sagte ich. Hör dir lieber die Töpfe und Pfannen an, meinte der Doug staubtrocken.

Hör mal, sagte Patty. Kannst du uns einen Gefallen tun? Klar, meinte ich. Was denn? Nein, sagte er. Vergiss es. Ist es nicht wert. Komm schon, sagte ich. Ich helfe gerne. Er nahm eine Zigarette und versuchte sie anzuzünden, aber der Wind blies das Streichholz immer wieder aus, und ungefähr nach dem fünften Versuch zerdrückte er die Zigarette in der Hand und warf sie auf den Boden. Ich hätte gerne, dass du was für mich zurückgibst, sagte er. Eigentlich sogar ein paar Sachen: ein paar Kassetten. Ich hab sie mir von so einem Typen in Craigneuk geliehen, aber dann, na ja, ist alles ein bisschen aus dem Ruder gelaufen, also deshalb würde ich lieber, du weißt schon, auf Abstand bleiben. Außerdem hat er noch ein paar LPs von mir, die ich zurückhaben will. Kannst du mir helfen? Ich wollte ihn fragen, warum er sich nicht von Beano oder dem Doug helfen ließ, aber stattdessen sagte ich einfach Ja. Kannst du jetzt gleich los?, fragte er. Dann gab er mir ein paar Kassetten, alles Alben, die Stücke unleserlich klein auf den Hüllen aufgelistet. Auf einer war eine Chocolate Watchband Compilation auf der einen Seite und das erste Suicide-Album auf der anderen, beides kaufte ich gleich am darauffolgenden Wochenende. Warte mal, sagte der Doug, als ich gerade los wollte, willst du was trinken. Dann reichte er mir eine halb volle Flasche Buckfast. Ich hatte in meinem Leben noch nie Buckfast probiert, und die Wahrheit ist, es schmeckte widerlich, aber während ich es runterwürgte, fingen alle drei an zu klatschen und mich anzufeuern Ross, Ross, Ross, weshalb ich mich verpflichtet fühlte, die Flasche in einem Zug zu leeren. Sie schauten mich verblüfft an. Ich war drin.

Die Adresse war in der Howletnest Road. Ich machte meinen Walkman an und hörte unterwegs »Dirt« von der *Fun House*. Iggy war ein Genie. Nie hatte er besser geklungen. Mein ganzer Körper vibrierte durch die Musik, wegen dem Buckie und der Sonne. Ich kam an, und dort sah es aus wie auf einer Müllkippe. Der Garten war ein einziger Dreckhaufen, auf dem Rasen vorne lag alles voller Abfall, und in der Auffahrt parkte ein schmutziger Wohnwagen. Was mich sofort runterbrachte. Mir wurde schlecht. Ich hörte jemanden im Wohnwagen und so ein superhohes Fiepen, von dem einem schlecht wird. Ich klopfte an die Tür, und sofort verebbte das Geräusch, und im Wohnwagen regte sich nichts mehr.

Eine winzige Frau mittleren Alters mit langen grauen Haaren und Zigarette in der Hand kam an die Tür. Ja?, sagte sie. Ich suche Fred, sagte ich. Du meinst Lucas?, sagte sie. Ist Lucas Fred?, fragte ich. Das war sein Spitzname in der Schule, sagte sie. Ich find's nicht gut. Er heißt Lucas. Oder Luke. Manchmal wird er Luke genannt. Oder Luciani. Ist Lucas da?, fragte ich. Nein, sagte sie. Ich fürchte, Lucas ist gerade nicht zu sprechen. Kann ich ihm was ausrichten?

Ich erklärte, dass ich ihm ein paar Kassetten zurückbringen und ein paar Platten holen wollte. Inzwischen war es im Wohnwagen wieder lauter geworden und ich vernahm ein stetes Wummern und noch etwas, das klang, als würde ein Betrunkener gegen Möbel rennen. Allmählich merkte ich, dass mich Panik ergriff. Ich schaute über meine Schulter und konnte ein Wort entziffern, das in die Schmutzschicht des Wohnwagenfensters gemalt war. eugroM, stand da. In meinen Ohren summte es. Ich hatte das Gefühl, mich aufzulösen und in der Erde zu versickern. Dann sah ich mich selbst von oben und ein schmales blutiges Rinnsal auf meiner Stirn, Blut sammelte sich in einer Pfütze neben mir und ich sah eine Gestalt aus dem Wohnwagen steigen, mich hochheben und hineintragen.

Lucas baute einen Vulkan in seinem Wohnwagen. Der Vulkan, erklärte er, sei für ihn so was wie ein Rollstuhl für einen Körperbehinderten. Ein Transportmittel, sagte er. Damit kann ich Verbindungen herstellen. Der Vulkan war aus alten Schuhkartons, zerkrumpelter Zeitung, verknickten Glückwunschkarten und zerknülltem Geschenkpapier gebaut. Lange Federboas – pink, blau und lila – ersetzten die fließende Lava. Er hatte ein rotes Notizbuch in der Hand. Wie war dein Name noch mal?, fragte er mich. Ross, sagte ich. Ross Raymond. Er notierte ihn in seinem Buch. Sind wir uns schon mal begegnet?

Nein, sagte ich, ist das erste Mal, und betupfte die Platzwunde an meinem Kopf mit dem alten T-Shirt, das er mir gegeben hatte. Er hatte mich auf eine schmutzig blaue Samtcouch unter dem Fenster gelegt. Ich hatte sieben Gehirnoperationen, erklärte er mir. Hab mein Leben lang gegen Geisteskrankheit gekämpft. Aber das Kreative, das Kreative ist sehr bereichernd. Er sprach mit sanfter, leicht abwesender Stimme. Ein Irrer, dachte ich, ein sanfter Irrer.

Das Problem waren die Erinnerungen. Er hatte nämlich keine, oder nur sehr wenige, oder besser gesagt, alle seine Erinnerungen waren versteckt, chemisch blockiert, insbesondere durch Wasser – Wasser im Gehirn, nennt man das –, sodass jeder Augenblick immer wieder weggewischt wurde, sein Dasein im Alltag ähnelte in seinen Einzelheiten den zersplitterten Trümmern eines Schiffs im Sturm. Das ist das Logbuch, sagte er, blätterte seine Notizen durch, im Nachgang der Katastrophe rekonstruierte Momente. Dann zeigte er auf den Vulkan. Da wohnen die Erinnerungen.

Ich merkte, dass man mich reingelegt hatte. Er hatte keine Ahnung von den Kassetten und ob sie ihm überhaupt gehörten. Kennst du Big Patty?, fragte ich ihn. Big Patty, sagte er, atmete den Namen, sodass ich ihn fast hätte riechen können. Warte mal eine Sekunde, sagte er, dann nahm er ein grünes Telefonbuch mit einer Wählscheibe vorne drauf, wo man einzelne Buchstaben aufspringen lassen konnte. Big Patty, sagte er. Patty Whitaker? Patty Thomas? Patricia Black? Er macht Musik, sagte ich. Spielt bei Occult Theocracy? Musik, Musik, Musik, sagte er. Musik ist so was, worauf die Menschheit unter anderem am stolzesten sein kann. Möchtest du Musik hören? Er legte eine Kassette in den Rekorder. Das war das Geräusch, das ich draußen vor dem Wohnwagen gehört hatte, ein kaum variierter Ton. Ich betrachtete das Kassettencover und es war mit derselben winzigen Handschrift beschriftet wie die Suicide und Chocolate-Watchband-Kassette. Das Stück war von einem schwedischen Komponisten namens Folke Rabe und trug den Titel »What??«. So was hatte ich noch nie gehört. Der gesamte Wohnwagen schien davon erfüllt zu sein.

Warst du mal in Jos?, fragte mich Lucas. Nein, sagte ich, aber komischerweise kannte ich es. Das ist eine Stadt in Nigeria, sagte ich. Dann kennst du das Zentrum der Welt, sagte er. Erst fragte ich mich, ob das eine echte Erinnerung war oder ob er das irgendwo anders herhatte. Aber dann dachte ich an meinen eigenen Kram und hielt meine verfluchte Klappe.

2. *Das ist so sinnlos und falsch*

Ross Raymond interviewt Big Patty von Memorial Device für die zweite Ausgabe des legendären, im Gebüsch verklappten Fanzines, die niemals das Licht der Welt erblickte, und schafft es dabei irgendwie, die ganze Zeit nur eine einzige scheiß Frage zu stellen, ist das zu fassen?

Also, äh, die erste Frage lautet, kannst du mir ein bisschen was über die ganze Idee hinter, äh, Memorial Device erzählen?

Ich war ein bisschen … nicht besorgt, nicht unversöhnt … wie nennt man das dazwischen?

?

Beunruhigt oder nicht im Einklang, ist das so am besten ausgedrückt?

?

Aber womit nicht im Einklang, weißt du?

?

Eigentlich war ich irgendwie aus der Bahn geworfen. Als hätte mich ein Brocken Weltraummüll getroffen und mich voll aus dem Konzept gebracht. Ich hatte Songs geschrieben, oder, warum soll ich nicht sagen, wie's war, ich hab versucht, Songs zu schreiben, aber das ist mir schwergefallen. Als Songwriter hatte ich zu kämpfen. Ich hatte ein paar Akkorde, die ich von den Modern Lovers gelernt hatte. Du kennst sie, D, E und A, und diesen komischen D-Akkord, den Johnny Thunders in »You Can't Put Your Arms Around a Memory« und in »Lonely Planet Boy« benutzt. Das ist der schönste von allen. Und ich hab versucht, Texte zu schreiben.

Du hast doch nichts dagegen, wenn ich mir einen anzünde, oder?

?

Wir sind zu den Eltern meiner Freundin nach Hause ... die hatten so ein Cottage in Greengairs, da war's ruhig und langweilig ... aber die haben ihr eigenes Gemüse angebaut, sodass man umsonst essen konnte ... das wurde sozusagen mein Stützpunkt... da hab ich versucht, diese Sounds zu finden und was auszudrücken, aber mir kam das alles zu handwerklich vor ... als wollte ich lernen, wie man was kopiert oder nachmacht ... dass das alles irgendwie Fälschungen waren ... ich hab Songs geschrieben, aber dann ist mir klar geworden, dass die Gefühle darin ... wenn man überhaupt von Gefühlen sprechen kann ... dass die eher so ... weiß nicht ... das waren nicht meine, auch nicht die von anderen ... du bist grün und du wächst ... im Regen ... eine Zeit lang ... dann gehst du ein ...

So auf der Ebene ... wobei nicht wirklich auf der Ebene ... das ist einfach ausgedrückt auf eine Art, zu der ich damals gar nicht fähig war ... weißt du ... die ganze Lou-Reed-Schule von »I walked to the chair / then I sat in it« ... so beschreibt Lester Bangs das ... magst du Lester Bangs?

?

Cool ...

Ich meine, mir hat das gefallen. Immer schon. Aber da war ein Gefühl in mir, das einfach nicht wie eine Akkordfolge oder eine Melodie rüberkam. Dazu muss man wissen, dass ich große Wut in mir hatte. Jede Menge Frust. Immer noch. Aber mir war nie langweilig. Das hab ich an Punk so gehasst. Dieses ewige Herumgemecker, dass einem langweilig ist. Was ist das noch mal für ein beschissener situationistischer Comicstrip, den ich nicht ausstehen kann?

?

Der mit den zwei Französinnen, die rummeckern, dass sie zu allem bereit wären, um das Niveau der Langeweile zu heben.

?

Ich hab das gehasst. Diese Leute sind Punks, und dann beschweren sie sich darüber, dass sich niemand die Mühe macht, sie zu unterhalten?

?

Hör mir bloß auf. Ging es nicht vor allem darum, dass man selbst für seine eigene Unterhaltung sorgt?

?

Dann hatte ich so ein schreckliches Gefühl. Als wäre alles eine Droge. Was für Schlafwandler. Die träumen sich von einer Generation in die nächste. Ob das Frank Sinatra war, und ich hasse diesen scheiß Frank Sinatra. Oder Johnny Rotten oder Bob Dylan. Die ganzen Wichser singen alle aus demselben Gesangbuch. Scheiß Chorknaben. Oder Elvis Presley, wobei es bei Elvis vielleicht doch noch was anderes war.

Hast du mal von Sinew Singer gehört?

?

Das war der Typ aus Airdrie, aus den Fünfzigern. Airdries einziger Beitrag zum Rock 'n' Roll und tatsächlich bewusstseinserweiternd.

Weißt du, woher er seinen Namen hat?

?

Pass auf: Sein Freund hatte ein Album, in das er Bilder von Rockstars und Popstars geklebt hat. Buddy Holly. The Everly Brothers. Scheiß Dion and the Belmonts, keine Ahnung. Eines Abends haben sie drin geblättert und er kam zu einer Seite mit einem Bild von Elvis. Dem frühen Elvis. Dem jungen Elvis. Elvis, als er noch aussah wie ein Springmesser. Und allein schon beim Anschauen kommt er sich vor, als hätte er den Finger in eine Steckdose gesteckt. Er sagte, er hat praktisch gespürt, wie sich seine Haare zu einer elektrisch geladenen Tolle aufstellten. Und du weißt, was er meint. Die Frisur war aerodynamisch. Das kam, weil er sich kopfüber in die Zukunft gestürzt hat. Er hat seinen Freund gefragt, wer zum Teufel ist das? Und der hat gesagt, das ist der neue Sänger, »the new singer«. Aber er versteht es falsch, hört »Sinew Singer«, und das haut ihn nur noch mehr um. Er verhört sich, weil er denkt, der Typ singt mit jedem Muskel, jeder Faser, jeder verdammten Faser und Sehne seines Körpers. Verstehst du? Scheiß auf Iggy Pop! Und dann merkt er, dass es falsch war, aber dann eigentlich auch wieder nicht, weil er in dem Moment Sinew Singer wird. Er hat den Namen angenommen, und jetzt war es an ihm, diesem gerecht zu werden. Das ist genial, wenn du mich fragst. Meiner Meinung nach ist Genie Zufall, ein Versehen, eigentlich erst mal verkehrt. Kannst du sagen, was du willst. Aber in einer Sozialsiedlung in Airdrie irrt man sich nicht so leicht. Auch wenn die sich eigentlich alle irren! Aber sie wollen halt um jeden Preis recht haben. Sie wollen ein Bügelbrett, einen Herd und eine Waschmaschine. Eine Daunendecke, keinen Schlafsack. Ein verdammtes Haus aus Stein mit vier Fenstern. Irgendein scheiß Auto.

Einen Staubsauger. Einen Job wie eine Gefängnisstrafe. Einen großen Fernseher im Wohnzimmer. Und um sechs Uhr morgens geweckt werden, wenn es noch dunkel ist. Und außerdem wollen sie auch noch Respekt. Dafür, dass sie recht haben. Wie kann man jemanden dafür respektieren, dass er recht hat?

?

Wie verdammt einfach. Wie hirntötend scheiß öde. Herzlichen Glückwunsch. Du hast das Richtige getan. Weißt du das?

?

Die Leute fragen mich, warum ich Remy zu Memorial Device geholt hab. Was hat mich dazu gebracht, diesen Typen aus einer angeblich ätzenden Synth-Pop-Band bei uns Bass spielen zu lassen. Als ich Relate zum ersten Mal gesehen hab, fand ich die voll daneben. Da waren diese beiden Vollidioten ... Clowns, im Prinzip ... aber eigentlich noch viel makabrer, trauriger und verzweifelter ... sie waren ganz schlecht geschminkt, sodass ihre Münder wie schwarze Halbmonde aussahen, was sie wie zwei aufgedunsene Kadaver wirken ließ ... oder ein verdammter, aufgeblasener Albtraum ... die Musik war entsetzlich, hundsmiserabel ... und trotzdem sind sie rumgesprungen, auf und ab ... ich weiß noch, dass Remy irgendwann einen Fallrückzieher drangehängt hat ... er trug einen selbst bemalten Schlafanzug ... und hat sich den Kopf an der Decke gestoßen ... natürlich haben sie die ganze Show abgezogen, sich mit Blut übergossen, aber es sah aus, als hätte Remy sich wirklich den Kopf aufgeschlagen und würde heftig bluten ... und es waren keine Zuschauer da ... okay, vier oder fünf vielleicht ... aber niemand hat sich auch nur im Geringsten für sie interessiert ... außer mir ... und da hat es mich erwischt ... ich war fasziniert ... oder vielleicht sollte ich korrekterweise sagen, dass ich in ihren Bann geraten war ... das war wie ein Zwang ... die sind lebendig, sagte ich mir ... die schienen gar nicht mitzubekommen, dass keiner reagierte … ihre Gesichter waren verzerrt, sodass sie aussahen wie gemarterte Eier … das ist so sinnlos und falsch, dachte ich mir … ich find's geil.

Mit Lucas ist es dasselbe. Ich meine, Lucas performt in gewisser Weise immer. Weil das sein Zustand ist. Er tastet sich ständig an neue Rollen heran. Ununterbrochen, den ganzen Tag. Und das soll nicht reißerisch klingen, aber jeder Auftritt ist wie der allererste. Jedes Mal wacht er auf, als wär's der erste Morgen auf Erden. Bei Lucas besteht nicht die Gefahr, dass was einstudiert wirkt. Für ihn ist immer alles neu. Ich weiß, dass das auch eine Menge Leid mit sich bringt. Ich kann es mir nur vorstellen. Aber ich denke, für Lucas und für uns alle hatte es etwas Erfüllendes, dass wir von unserem Vergessen und Erinnern rituell Gebrauch machen können. Und natürlich bin ich so auf den Namen gekommen, Memorial Device. Für mich war das wie Shakespeare.

Willst du mal ziehen?

?

Cool. Kein Problem. Wie gesagt … ich hatte selbst eine künstlerische Krise … und ich stand auf Punkrock … eine Zeit lang … wer nicht … aber mir kam es vor, als würden alle in den Knast gehen … sinnlos Strafen absitzen… die Jungs von The Tunnel … einer tollen Band aus Airdrie … standen voll auf Rituale … kamen in den Knast, weil sie Gräber geschändet hatten … bei der Parish Church in Clarkston hatten sie Oberschenkelknochen ausgebuddelt, aus denen sie sich Trompeten schnitzen wollten … das konnte ich respektieren … schien's mir wert, dafür in den Knast zu gehen … hatte was Tragisches und Naives … das sprach mich an … aber die ganzen anderen saßen wegen Ladendiebstahl … Körperverletzung … Einbruch … Drogenbesitz … Trunkenheit und Ordnungswidrigkeiten … das war erbärmlich … Wahnsinn zieht mich an … ich geb's zu … aber nur, wenn er einen pusht … oder einen vollständig zerstört … wenn man aufsteigt oder zugrunde geht … in ein anderes Leben … und noch ein anderes Leben … und noch ein anderes Leben danach … diese Typen waren aber einfach Penner … ich hab mich nie für Underdogs begeistern können … nie vergessen, dass es trotz allem Hunde waren, Straßenköter … die, die ich respektiert hab, waren für mich die Gewinner … vielleicht nicht in den Augen der Gesellschaft … aber für mich waren sie keine Opfer … die kamen immer wieder hoch… auch wenn sie pleite waren … und Ausschlag hatten … und einem nicht in die Augen schauen konnten … und halb wahnsinnig waren … aber es endete damit, dass ich in diese … Clubs gegangen bin, diese … Bunker, eigentlich wirklich Atombunker … weil, so hat sich das angefühlt … ich hab im Dunkeln gesessen und eine Punkband gesehen … ganz mechanisch, großmäulig … drei Akkorde … die sind durch ein paar Songs gestolpert, die sie in Wirklichkeit zu Tode geprobt hatten … da war kein bisschen Spontanität, keine Realität … kein Leben … und da fing ich an zu überlegen… lieber Gott … wir haben diese Gebäude tief im Boden vergraben … wir haben Mauern hochgezogen … Fenster eingebaut, die Toiletten schwarz gemalt … uns bis zur Besinnungslosigkeit betrunken … nur um das Leben auszusperren … eigentlich sollte Kunst einen doch dem Leben gegenüber öffnen … wir haben sie auf eine verdammte scheiß Blackbox reduziert … mit ein paar schmutzigen Spiegeln an den Wänden …

Alles klar, mein Freund? Ja, voll der Hammer, besser geht's nicht. Was machst du so? Ich geb ein Interview, Mann, wonach sieht's denn aus? Ein Interview, Mann. Ich hab nichts. Nein, Mann, nein. Versuch's später, Mann, ruf später noch mal an. Tut mir leid, Mann, bloß ein Typ, den ich kenne. Kennst du die Whinhall Starvers?

?

Der Typ spielt Bass bei denen. Sicher, dass du nicht mal ziehen willst?

?

Also dann hab ich von einem Wohnblock im East End von Glasgow gehört, der abgerissen werden sollte … am Sonntag, als sie ihn hochgejagt haben, bin ich da alleine hin … da flogen Hubschrauber durch Staubwolken … die Walkie-Talkies der Polizei haben geknistert … aus der Musikszene hab ich niemanden gesehen … außer einem Typen … einem Fahrradkurier … den ich, ehrlich gesagt, nicht ausstehen konnte … aber ich hatte gute Laune … ich war früh aufgestanden und hatte am Abend davor nichts getrunken … also stand ich irgendwann neben ihm … er mit der kurzen Hose und dem T-Shirt … und so einer Art Basecap … verzeih mir … aber mich stößt so was ab, und dann seine Nase … seine rote Rotznase … aber egal … ich hab mich umgesehen, und da waren lauter Leute von dort. Das war wie ein Ereignis … das Gebäude hatte Geschichte … es war in den Sechzigerjahren gebaut worden. Ich dachte an all die Menschen, die hier gelebt hatten … das war stark … die Leute haben Schokoriegel gegessen und was getrunken … Zigaretten geraucht … und es hieß, dass angeblich Züge umgeleitet wurden, und plötzlich gab es so ein Geräusch … so einen Fliegeralarm, oder eine Sirene … und alle holten tief Luft … Neben mir schrie jemand … man konnte die Rotorblätter des Hubschraubers kreisen hören … und dann gingen die Sprengladungen hoch … und das Gebäude sackte zusammen, kippte nach vorne … und stürzte ein … wie ein kranker alter Mann, der am U-Bahngleis auf die Knie sackt … aber es hatte eindeutig was Künstlerisches … in dem Geräusch der Explosion hörte ich die jahrelange Planung … jahrzehntealte Bauvorhaben … die ganze Spanne von Menschenleben … ringsum standen Hochhäuser und es verfehlte sie nur um Meter … Ich war von den Socken … da war so viel los … ich sagte mir … okay … von jetzt an muss Musik wie einstürzende Gebäude klingen, sonst kannst du's vergessen.

Hör mal, mein Freund, ich muss los, reicht das, ist das okay?

?

In Ordnung, Mann, in Ordnung, bis später …

Scheiße!

3. So ein Katerzustand am helllichten Tag, der sich nur durch wildes Masturbieren kurieren lässt

Scott McKenzie ist als Erster von vielen verrückt nach Mary Hanna (bevor sie zu Memorial Device kam), rückt aber darüber hinaus nichts raus, obwohl ich ihn mehrmals mit Folgefragen gelöchert habe, hat er mich einfach ignoriert, ganz sein Stil, weil sein einziger Ehrgeiz darin bestand, möglichst wenig zu machen, wobei ich das sogar noch irgendwie bewundere, wie auch ganz Airdrie ihn dafür auf so lustlose, lahmarschige Hängerart verehrt hat.

Ich würde sagen, dass Mary in ungefähr fünfzig Prozent der besten Bands war, die Airdrie Mitte der Achtziger hervorgebracht hat. Auf jeden Fall war sie gefragt. Zuerst haben einige spekuliert, dass sie lesbisch ist. Aber sie war eher einfach distanziert. Wie ich sie kennengelernt hab? Na ja, ich bin froh, dass du mich das fragst, weil das eine andere Geschichte ist, und tatsächlich hat sie auch gar nichts mit Musik zu tun. Es war der erste Sommer nachdem ich mit der Highschool fertig war. Ich war siebzehn. Das war so ein Sommer, wie es sie heute nicht mehr gibt. Ich schwöre bei Gott, der Teer ist auf den Straßen geschmolzen. Die Leute haben in den Flüssen gebadet. Diesen dreckigen Flüssen. Diesen stinkenden Sommerflüssen. Aber trotzdem. Ich hatte einen Job in einer Zementfabrik in Coatdyke. Hab am Schreibtisch gesessen, was überhaupt keine Arbeit war, ich Glückspilz. Viel Laufkundschaft, die Zementsäcke kaufen wollte, gab's nicht. Ein paar natürlich schon. Normalerweise waren das Leute, die gerade ein Häuschen in einer Sozialsiedlung gekauft hatten und jetzt anbauen wollten, oder unabhängige Handwerker. Wir hatten viel mit Handwerkern zu tun.

Mein Chef war ein Idiot, hat keinen Zweck, was anderes zu behaupten. Als ich meinen Bewerbungsbogen ausgefüllt hatte, nahm er ihn, hielt ihn sich vor die Nase, weil er kurzsichtig war, und meinte, das ist gut, du hast eine saubere Handschrift. Das hielt er für die richtige Bemerkung. Er dachte, so beurteilt man potenzielle Angestellte. Dabei war meine Handschrift gar nicht sauber. Eigentlich war sie ganz schön krakelig. Ich konnte sie nicht mal selbst lesen. Hier kann ich eine ruhige Kugel schieben, dachte ich in dem Moment, das weiß ich noch. Ich werde die Füße hochlegen.

Außer dem Chef gab es noch eine Reihe von Männern, die sich um die Zementlieferungen gekümmert haben, um das Be- und Entladen der Laster, und eine Sekretärin namens Rachel, die wie eine Ente aussah. Oder wie ein Emu. Sie hatte einen langen Hals und ein winziges Köpfchen und trug dunklen Lidschatten zu ihrem fest zum Pferdeschwanz zusammengebundenen, schwarzen Haar. Also vielleicht doch ein Emu. Sie war Musikfan, und ihr allmählich kahl werdender Freund trug einen langen roten Pferdeschwanz hinten. Er holte sie nach der Arbeit ab, und dann gingen sie freitagabends an die Glasgow Tech und tranken Snakebites, Cider mit Stout, und tanzten zu Musik von The Cure oder Sisters of Mercy. Oder Schlimmeres. Dann bekam sie eine Krankheit und ihr gingen die Haare aus. Ich weiß nicht mehr, wie die hieß. Danach trug sie Kopftücher, sah aus wie eine Nonne damit. Wie eine Nonne mit John-Lennon-Brille. Das war nicht attraktiv, aber die Jungs an der Anlieferung machten trotzdem Nonnenwitze und andere dumme Sprüche.

Man lernte die Kunden kennen, und natürlich bekamen alle Spitznamen von uns. Da war einer, den wir The Wee Oddity nannten, zwei namens Hänsel & Gretel, und noch einer hieß Two Tub Man. Alle, die dort arbeiteten, waren ständig mit einer Staubschicht bedeckt. Das Zeug kam überallhin, sodass wir aussahen wie lebende Statuen. Gleich am Anfang hörte ich von einer Kundin, die sie Die Künstlerin nannten. Alle paar Monate kam sie vorbei und kaufte einen Sack Zement. Sie wurde mir als zierliches Mädchen mit großer Sonnenbrille beschrieben. Mit langen Haaren bis zum Hintern und engen Jeans. Und abgewetzten Turnschuhen, die sie oft ohne Socken trug. Und zerrissener Wildlederjacke. Sie hievte sich den Sack auf den Rücken und ging damit zu Fuß nach Hause, völlig krumm und vornübergebeugt. Das muss ich sehen, sagte ich mir. Aber in den ersten Monaten ließ sie sich nicht blicken.

Hin und wieder gab es einen Belegschaftsabend und der Chef buchte einen Raum im Tudor Hotel für uns. Alle betranken sich und baggerten Rachel an. Der Chef stellte ganz bewusst nur Katholiken ein, was sie doppelt angreifbar machte. Manchmal kam ihr Freund als Anstandswauwau mit, aber dann wurden Witze über Status Quo und Jaffa Cakes ohne Saft und Kraft gerissen, sodass sie früher gingen und wir uns stattdessen Geschichten über unser Sexleben ausdenken mussten, wobei ich damals insgesamt gerade mal auf eine kam. Obwohl ein paar der Männer mit Frauen verheiratet waren, die wie kleine hässliche Jungs aussahen, redeten sie nie über ihre Ehefrauen. Immer nur über die Mädchen, mit denen sie Sex gehabt hatten, als sie noch auf der Schule waren. Sie machten blau, hatten Sex unter Eisenbahnbrücken oder im Sommer am Rand der Golfplätze. Ich fand, das Ganze verbreitete eine traurige Stimmung.

Bei der Weihnachtsfeier 1983 in der Fabrik spitzte sich die Sache zu. Ich hatte vorher schon getrunken. Mich mit ein paar alten Schulfreunden in Glasgow getroffen und am Nachmittag gut und gründlich abgeschossen. Dann war ich in den Zug nach Airdrie gesprungen und dort in einem Park an der Forrest Street auf dem Rücken liegend eingeschlafen. Als ich wieder aufwachte, fing es schon an zu dämmern und ich hatte so einen Katerzustand am helllichten Tag, wie er sich nur durch wildes Masturbieren kurieren lässt. Mit der Hose an den Knöcheln holte ich mir hinter einem Baum an der frischen Luft einen runter, so wie ich's gerne hab. Dann ging ich zum Tudor Hotel. Auf dem Weg in die Stadt fühlte ich mich ganz unbeschwert.

Der Chef hatte einen DJ engagiert, und viele Angestellte waren mit ihren Frauen oder Freundinnen erschienen. Aus Höflichkeit und auch, weil ich immer noch betrunken war, forderte ich ein paar davon zum Tanzen auf. Sie machten nicht besonders viel her, rochen aber auf jeden Fall toll. Frauen mittleren Alters fand ich immer schon attraktiv. Rachel war alleine da. Ihr Freund war schon gegangen. Mit anderen Worten, sie hatten ihn verschreckt. Ich merkte, dass sie sich komisch benahm. Merkte, dass zu Hause bei ihr was nicht stimmte. Vom Nachmittag hatte ich noch einen Joint in der Tasche, also fragte ich sie, ob sie Lust hätte, einen durchzuziehen. Ist das gesetzeswidrig?, fragte sie. In dem Fall, ja bitte. Gesetzeswidrig, der war gut. Wir gingen raus und über einen Umweg ins Gebüsch. Wir schlichen auf dem überwucherten Pfad neben den Gleisen. Ich konnte kaum geradeaus gucken, aber sie nahm mich am Arm und ich konzentrierte mich darauf, einen Fuß vor den anderen zu setzen, während sie uns in die Dunkelheit führte. Wir gelangten an eine kleine Holzbrücke, die von Straßenlaternen beleuchtet war, und ich zündete den Joint an. Als ich ihn ihr gab, hätte ich mich fast bücken müssen. So klein war sie. Aber sie inhalierte wie ein Profi, blies eine Riesenrauchwolke aus, ohne auch nur ansatzweise zu husten. Ich bin schwanger, sagte sie. Wahrscheinlich sollte ich nicht rauchen. Dann sagte sie, scheiß drauf, und zog noch mal. Wer ist der Vater?, fragte ich. Na, mein Freund natürlich, sagte sie. Was denkst du denn, wer der Vater ist? Tut mir leid, sagte ich. Schon okay, sagte sie. Ich weiß, dass ihn alle für einen Jaffa-Cake halten. Ich tat, als wüsste ich nicht, was sie meinte. Du weißt schon, was ich meine, sagte sie, einer ohne Saft und Kraft. Ach so, sagte ich, obwohl ich an der Verarsche von Anfang an beteiligt gewesen war. In der Schule hab ich mal ein Video von einem Fötus in einem Eimer gesehen, sagte sie. Ich will's nicht haben, sagte sie. Ich will mein Baby nicht. Aber ich will auch nicht, dass es in einem Eimer landet. Zu dem Zeitpunkt war ich völlig breit und stellte mir vor, wie ich mit ausgestreckten und verdrehten Armen und Beinen in einem Eimer lag. Kurz dachte ich, ich müsste an meinen eigenen Körperflüssigkeiten ersticken. Ich muss aufhören, daran zu denken, sagte ich mir. Dann griff sie mit der Hand nach irgendwas vor sich. Als wollte sie was aus der Luft fangen. Hast du das gesehen?, fragte sie. Da sind Glühwürmchen! In Airdrie gibt's keine Glühwürmchen, sagte ich, und ganz bestimmt nicht mitten im Winter, aber dann sah ich auch eins und dann noch mehrere um uns herumschwirren. O Gott, sagte sie, die fliegen in Sternenkonstellationen. Da ist das Kreuz des Südens, da ist der Schütze! Das sind die Einzigen, an die ich mich erinnern kann. Sie hat noch ein paar mehr genannt, aber ich war nie gut in Astronomie. Ich kann nur sagen, dass die kleinen Lichter sich in Formationen bewegt haben und dass man tatsächlich Muster erkennen konnte, vielleicht waren da also wirklich Kreuze, Hunde und Herkules. Ich glaube, ich kann mein Sternzeichen sehen, sagte ich zu ihr und hob sie hoch und sie schlang mir sofort die Beine um die Hüfte, und ich küsste sie, und wir pressten ganz schön lange die Lippen aufeinander. Ich hatte noch nie eine Frau geküsst, die von einem anderen Mann schwanger war, aber es stimmt, dass das anders schmeckt. Salziger vor allem. Was fangen wir jetzt mit uns an?, fragte sie.

Danach betrank sie sich und fiel hin, und eine Freundin von der Frau vom Chef musste sie im Taxi nach Hause bringen. Ich ging zu Fuß heim. Ich hatte schon längst wieder einen neuen Kater, aber der fühlte sich toll an. Und da tauchte dann Mary auf. Am nächsten Morgen kam ich zu spät zur Arbeit, und gerade als ich die Aufsteller nach draußen zerrte, hörte ich die Tür, dann Schritte im Gang. Ich schaute auf. Sie trug eine große schwarze Sonnenbrille. Ich brauche einen Sack Zement, sagte sie. Zum Mitnehmen. Wofür hältst du das hier, fragte ich sie, einen China-Imbiss? Sollte ein Witz sein, aber sie stand einfach da und sagte nichts. Okay, sagte ich. Ein Sack Zement, kommt sofort.

4. Bevor ich wusste, wie mir geschah, waren Remy und Regina zusammen (ist das zu glauben?)

Johnny McLaughlin wurde auf dem George Square verdroschen, genau genommen windelweich geprügelt, ich war nicht dabei, aber als ich's erfuhr, wusste ich natürlich, dass eine Frau im Spiel gewesen sein musste, und natürlich war's so, das war ein wunder Punkt, und als ich Johnny bat, was für das Buch zu schreiben, sagte er, dass er erst mal richtigstellen muss, was da passiert war, außerdem hatte auch Remy Farr was damit zu tun, der gerade erst bei dieser grauenhaften Synth-Pop-Band Relate ausgestiegen war, aber es dauerte noch ein gutes Jahr, bis er bei Memorial Device einstieg, und deshalb hab ich gesagt, okay, aber lass den Blödsinn.

Obwohl Remy Farr Big Remy genannt wurde, war er eigentlich gar nicht so dick (er hatte nur einen Quadratschädel). Und außerdem war er überhaupt nie launisch (anscheinend verfügte er nicht über dieselbe emotionale Spannbreite wie normale Menschen). Man erlebte ihn nie wütend oder deprimiert, obwohl er manchmal stiller war als andere (aber selbst das glich eher an- und abschwellenden Gezeiten, einem planetarischen Phänomen als menschlichen Gefühlen). Er sprach stets zu einem, niemals mit einem und es kam einem immer vor, als hätte er das Material längst vorbereitet (fast einstudiert mitsamt Pointe und Spannungsaufbau), als wüsste er genau, wie das Gespräch verlaufen würde, und hätte eine Reihe von Wortspielen und Entgegnungen lange vorher parat (als hätte er an alles gedacht, jeden Blickwinkel vorausgesehen, sodass es einem ganz unmöglich war, das Gespräch in eine Richtung zu lenken, die er nicht vorausberechnet hatte).

Es gab Gerüchte, dass er schwul war (niemand hatte ihn je mit einer Partnerin gesehen). Er war Teil eines ziemlich berüchtigten

Synth-Pop-Duos aus Coatbridge, beide schminkten sich die Gesichter mit einer dicken Schicht weißer Farbe (und malten sich riesige, schwarze Lippen) und übergossen sich (auf der Bühne) mit Blut. Sie behaupteten, Leigh Bowery hätte bei ihnen abgekupfert.

Damals war im *Airdrie & Coatbridge Advertiser* ein Artikel über die beiden erschienen, in dem sie Leigh Bowery des Plagiats bezichtigten und die Vorteile von falschem Blut gegenüber echtem diskutierten. Der andere Typ in der Band (ich kann mich immer nicht an seinen richtigen Namen erinnern, aber er wurde Wee Be-Ro genannt, weil er so dick geschminkt war, dass es aussah, als wäre sein Gesicht mit Mehl paniert) plädierte für Kunstblut. Irgendwie sieht es echter aus (sagte er), und fließt besser. Big Remy war für echtes. Das macht psychologisch was mit einem (sagte er). Es riecht wie Blut (es schmeckt wie Blut), und irgendwann hat es tatsächlich mal was am Leben erhalten. Es operiert einen. Blut operiert einen?, fragte Wee Be-Ro. Richtig, sagte Big Remy: Blut ist der Chirurg. Blood is the Surgeon.

Das ist die Geschichte, wie ihre Maxi-Single erschienen ist. Ich hab sie damals gekauft (das muss 1982 gewesen sein). Ross und ich haben damals jede Single gekauft, die in Schottland rausgekommen ist, hauptsächlich bei einem Stand (oben im Savoy Centre in der Sauchiehall Street in Glasgow), wo ein Typ namens Jim mit seiner Freundin Moira (die immer Lederstiefel bis zu den Oberschenkeln und eine krause Dauerwelle trug) so Zeug verkaufte wie die erste EP der Disabled Adults, die frühen Singles der Pastels, Subway Sect, Scrotum Poles und The Fire Engines (die hatten damals sogar die legendäre Dissipated-Single da), außerdem »Blood is the Surgeon« von Relate (so hießen die, grauenhafter Name). Aber vor Relate hatte niemand Respekt, weil sie im Vorprogramm von Imagination aufgetreten waren, als die ein großes Konzert in Coatbridge gegeben hatten (nach ihrem Auftritt bei *Top of the Pops*), (wobei sie es so darstellten, als wären sie eine Art trojanisches Pferd und würden Performance Art in ein choreografiertes Popkonzert einschmuggeln, aber das kaufte ihnen niemand ab). Gab also einiges, was Big Remy vergessen wollte.

Er wurde mir eines Abends im Griffin (in Glasgow) vorgestellt (ein wirklich unvergesslicher Abend), an dem Ross und ich mit Damien Cook (einem alten Schulfreund, der selbst eine Menge Persönlichkeitsprobleme mit sich herumschleppte) was trinken waren, und irgendwann biss Damien in ein Pint-Glas (und sagte, was krieg ich von dir, wenn ich's aufesse?), und später sammelte er eine Nacktschnecke von der Straße, briet sie über einer Gasflamme (und schluckte sie im Ganzen), und dann schlief er nackt im Schnee auf dem Balkon (Ende November) (wobei ich zu dem Zeitpunkt dachte, soll er doch sterben, dann haben wir alle unsere Ruhe), aber natürlich sprang er am nächsten Morgen auf wie nach dem besten Schlaf seines Lebens (als Nächstes hörte ich, dass er einen Nervenzusammenbruch hatte und in Australien lebte). Unvermeidlich endete es damit, dass Damien und Remy sich die Köpfe einschlugen, zwei vaterlose Fehler auf der Suche nach einem Publikum (das sage ich mit meinem heutigen Wissen, also ist es vielleicht nicht fair), aber während Remy sein Drehbuch ausgezeichnet vorbereitet hatte, lieferte Damien eher verzweifelte Improvisationen am Rande eines Zusammenbruchs (womit ich Remy nicht kleiner machen möchte, trotzdem war Damien vielleicht der größere Künstler).

Jedenfalls bin ich ungefähr einen Monat später mit so einem anderen Typen, den ich kannte (würde euch nichts sagen, wenn ich euch seinen Namen verrate, aber er hieß Drew McPherson) (er hatte wirklich schlimme Hasenzähne und wurde Tusky genannt – Tusky McPherson), zu Joy of a Toy gefahren, einem Freitagabend-Club abseits der West George Street (in Glasgow), und hinterher (während wir am George Square standen und auf den Nachtbus warteten) entdeckte ich Big Remy. Durch die Tüte konnte ich das Cover der zweiten Suicide erkennen, also bin ich zu ihm hin und hab Hallo gesagt. Zu dem Zeitpunkt war ich mit einem total hübschen Mädchen (aus Caldercruix) zusammen, sie hieß Regina Yarr. Sie hatte heftig gesoffen, und vorher hatte es eine Szene gegeben, wo sie sich auf dem Klo eingeschlossen hatte (und drohte, sich umzubringen). Jetzt war ihr Make-up verschmiert, sie stakste mit ihrer verdrehten Strumpfhose und den hochhackigen Schuhen in der Hand umher (mit anderen Worten, sie sah höllisch scharf aus). Sie zerrte an Big Remys Plattentüte. Die brauche ich, sagte sie. »Mr. Ray« ist mein zweiter Lieblingssong nach »All I Really Want to Do« von den Byrds (oder vielleicht auch »Chance Meeting« von Josef K). Remy tat verblüfft. Ist längst nicht so gut wie das erste Album, sagte er. Außerdem hat Rick Ocasek von den Cars sie produziert, ich bitte dich (was aus seinem Mund ganz schön heftig war).

Blödsinn, schrie Regina. So ein Blödsinn. In dem Fall solltest du mir das Album sofort geben, weil ich es viel geiler finde als du. Dann ließ sie sich auf die Knie fallen und zerrte an der Tüte (richtig fest). Ich wollte sie wegziehen, erwischte sie aber aus Versehen an den Haaren und riss ihren Kopf nach hinten, woraufhin sie mir in die Hand biss und ich ihr ohne nachzudenken (einfach nur mit einer reflexartigen Bewegung) eine reinhaute und sie aus Versehen zu Boden schlug. Du schlägst Frauen?, sagte Big Remy (und ging sofort auf mich los). Plötzlich waren wir von Zuschauern umringt. Er hat sie bewusstlos geschlagen, sagte jemand, er hat sie fertiggemacht (ein anderer hat geschrien, werd erst mal ein Mann, das weiß ich noch, was ziemlich unglücklich war, in Anbetracht dessen, was wir später über Remys Vergangenheit erfahren haben, aber egal). Lass ihn in Ruhe, sagte jemand anders, der ist noch ein Kind (das schmerzte). Es war, als würden von allen Seiten Leute kommen. Ich schlug wild um mich (in die Luft). Jemand packte mich von hinten an den Armen und hielt mich fest, während Big Remy (ziemlich ruhig, das war das Eigenartige, was hab ich über seine Gefühle gesagt?) mir aus nächster Nähe ins Gesicht schlug (trotzdem mit voller Wucht). Kaum kam ich von ihm los, versuchten es zwei andere Typen in Anzügen, die gar nichts damit zu tun hatten (als hätte mich meine blutige Nase zum Freiwild gemacht).

Tusky McPherson verließ den Ort des Geschehens, ohne mir zu helfen (oder auch nur nachzusehen, ob ich okay war), und das war das Ende unserer Freundschaft, was mich betraf (er arbeitet bis heute in einer Bank, was für ein Depp). Nach einer Weile tauchte die Polizei auf und ich wurde in einem Hauseingang vernommen, aber die interessierten sich einzig und allein dafür, ob ich schwul war oder nicht (was einen Scheiß mit irgendwas zu tun hatte, aber es fühlte sich nach einer äußerst milden Form von göttlicher Vergeltung an). Ich fuhr alleine mit dem letzten Bus nach Hause. Bevor ich wusste, wie mir geschah, waren Remy und Regina zusammen (ist das zu glauben?).

5. Rimbaud war verzweifelt oder Iggy hat's gelebt

Ross Raymond erinnert sich, wie er mit dem Schlagzeuger von Memorial Device abhing, der alle so unendlich angeödet hat, dass ihnen die Tränen kamen (aber eigentlich auch wieder nicht, genau genommen stimmt das gar nicht, wie wir später alle erfahren haben, als Richard das Ganze hat platzen lassen), in einem weiteren Auszug aus dem supergeilen Buch über Airdrie, das Ross eines Tages schreiben wollte, aber natürlich nie fertig geschrieben hat, und das nie einen Titel hatte, aber zu verschiedenen Zeiten Das neue Buch über Airdrie *oder* Wir sind Airdrie *oder* Airdrie Calling *oder* Airdrie von Unten *oder sogar* Inverted Airdrie *hätte heißen sollen, was er immer im Hinterkopf gehabt hatte, wegen dem Album* Inverted Calder Cross *von Memorial Device, und dann war da noch* Negative Airdrie, *das stand auch zur Wahl, genau wie natürlich* No Airdrie, *was er als Titel immer gut gefunden hatte, aber vielleicht auch ein bisschen zu naheliegend, so wie* No New York, *und dann gab's auch noch* Subterranean Airdrie, *womit er eine ganze Weile geliebäugelt hat,* Airdrie Underground, *wer weiß,* Drop the Bomb on Airdrie, *er hat sich nie entscheiden können, und was spielt das jetzt überhaupt noch für eine Rolle, wo's in Airdrie überhaupt keinen nennenswerten Underground mehr gibt und alles hässlich und unverstellt an der Oberfläche zu sehen ist, und warum er überhaupt plötzlich von sich selbst in der dritten Person spricht – auch das gehört zu den Dingen, die wir niemals erfahren werden.*

Damals schien Richard Curtis die trübste Tasse in dem ganzen Haufen zu sein, oder vielleicht kann man sagen, der Normalste oder der allem Anschein nach Gewöhnlichste, mit anderen Worten, einem unbeteiligten Beobachter oder einem einfachen Bekannten oder jemandem aus dem Publikum mag er wie eine Fehlbesetzung vorgekommen sein, was eigentlich nicht stimmte, was ihn aber gewissermaßen zum Exzentrischsten von allen machte, zum

Ungewöhnlichsten irgendwie, und unvermeidlich eben auch zum Schlagzeuger.

Ich lernte ihn kennen, nachdem ich mich in eine Aufnahmesession geschlichen hatte, unter dem Vorwand, seine erste Band Meschersmith für die zweite Ausgabe unseres legendären Fanzines, die nie das Licht der Welt erblickte, zu interviewen. Als ich in das Studio kam, das in den Räumen einer unheimlichen, irgendwie verlassenen Kirche in Plains zusammengeschustert worden war, legte Richard gerade letzte Hand an ein Airfix-Modell eines Siebzigerjahre-Yamaha-Motorrads. Wozu zum Henker baut er im Studio ein Airfix-Modell, fragte ich mich. Bevor ich wusste, wie mir geschah, hatten sie mich überredet, bei einer Coverversion von einem Buzzcocks-Stück im Background mitzusingen. Damals waren die anderen bei Meschersmith alle Kommunisten und arbeiteten bei der Gemeindeverwaltung, alle außer dem Gitarristen Jim, der bei einem Metzger gearbeitet hat, die Unterhaltung tendierte also ins Triviale und politisch Banale, die gängige Gage für Roadies, die Fleischpreise, Lokalpolitik … mir war so irrsinnig langweilig, dass ich eine Ausrede erfand und früher ging.

Meine Freundschaft zu Richard war unkompliziert und tröstlich. Freitagabends trafen wir uns unten an der Straße neben dem Chinesen und gingen dann zum Staging Post in Airdrie, wo wir so was wie Promistatus erlangt hatten, Richard wegen dem Meschersmith-Video, das spätnachts im Fernsehen gezeigt worden war, und ich wegen meiner Artikel, die hin und wieder in der Lokalzeitung erschienen, wo ich über die neuen Bands schrieb und die Leute dazu ermunterte, auszusteigen und sich die Welt anzusehen, obwohl ich selbst zu Hause bei meiner Mum in Airdrie wohnte.

An der Bar hingen immer Möchtegern-Szene-Typen ab, hirnlose Wichser wie Colin Grant – kann sein, dass ihr nie von ihm gehört habt, ihr Glücklichen –, der sich ins Hemd machte wegen Tantiemen, die er niemals bekommen würde, ein richtig verbittertes Pärchen mit einem scheiß Bandnamen, den sie aus irgendeiner amerikanischen Sitcom hatten, und die darüber ablästerten, dass niemand mehr dabei erwischt werden wollte, wie er sein Instrument beherrscht, Mädchen, die unbedingt Groupies werden wollten, die üblichen Mitläufer, jeder Einzelne umgetrieben von Zukunftsvisionen all der Sorgen, die Ruhm und Bekanntheit mit sich bringen. Wir tranken meistens alleine, wobei wir manchmal Gesellschaft von Gruppen anderer Musiker bekamen, aber selbst dann blieben wir unter uns, oder Richard ließ alles ins Triviale abgleiten, zog alle runter, was eigentlich eine gute Taktik ist. Zum Beispiel, die eine Hälfte des verbitterten Pärchens – nennen wir sie Stacey Clark, ich will ihr eigentlich zu diesem Zeitpunkt keine Publicity spendieren – neigte zu emotionalen Ausbrüchen, zu großartigen Manifestationen von Labilität und poetischem Wahn, wobei sie weder das eine noch das andere auslebte. Eines Abends war ich in ihrer Wohnung, das war an einem Samstag, als wir nach Kneipenschluss noch zu ihr sind, und sie hatte kaum ein Buch zu Hause, und in ihrem Bad waren lauter verchromte Armaturen, und ich hab ihre Plattensammlung durchgesehen, was ich immer als Erstes tue, wenn ich bei jemandem neu zu Besuch bin, besonders das, was um den Plattenspieler herumliegt, und das war okay, also Wire, Television, und unser Johnny Thunders hatte einen Ehrenplatz, schließlich sind wir hier in Airdrie, aber dann war da auch so Zeug wie Dire Straits und Queen und noch Schlimmeres, und ganz oben auf dem Stapel lag eine Soul-Compilation mit Songs, die in einer Jeans-Werbung aufgetaucht waren, und ich hab sie aus der Hülle genommen und sie war total abgenudelt. Trotzdem fing Stacey immer mit so einem Kram an, wie von wegen Rimbaud war verzweifelt oder Iggy hat's gelebt, so oberflächliche Bemerkungen. Sie meinte, sie hätte mal mit Lou Reed abgehangen und dass er sie in einem Hotel im Swimmingpool flachgelegt hätte. Das war natürlich gelogen, sie war Lou nie begegnet, und wenn sie damit angab, dass er sie in einem Swimmingpool missbraucht hätte, dachte man bloß noch, nichts wie weg. Dann fing sie von irgendeiner x-beliebigen Ausstellung an oder einem Kunstding oder so, zum Beispiel, ach, habt ihr die Fluxus-Ausstellung in Edinburgh gesehen oder die in der Galerie von Weiß-der-Henker-Wem, und dann schaltete sich Richard sofort ein. Ich kann Kunst nicht ausstehen, sagte er. Im Leben würde ich in keine Galerie gehen. Sie sah ihn an, als hätte er gerade gebeichtet, dass er Leichen fickt, was eigentlich eher ihrem Stil entsprochen hätte.

Manchmal auf dem Nachhauseweg kam es vor – und das ist mir sonst in meinem ganzen Leben nicht passiert, ich bin nicht schwul, ich bin nicht bi, normalerweise steh ich auf Frauen –, dass ich Richard den Schwanz lutschen wollte, ich kann kaum glauben, dass ich das sage, und eines Nachts hätte ich ihn fast gefragt – obwohl ich ihn eigentlich nicht besonders anziehend fand, er war nicht das, was ich für gut aussehend halte –, draußen vor den Wohnungen an der Hauptstraße stellte ich mir vor, dass ich ihn an die Wand dränge und ihm im Licht der Mülltonnenlampen einen blase. Bereue ich's, dass ich ihm damals keinen geblasen habe? Fragt mich in zehn Jahren noch mal.

Oder lieber nicht, ich bezweifle nämlich, dass ich meine wahren Gefühle von damals dann besser kennen werde. Rückblickend kommt es mir vor, als wäre ich nie richtig da gewesen, als hätte ich diese ganzen Erfahrungen gehortet, Material gesammelt, anstatt es zu erleben, als sei ich immer der Autor und nie eine Figur in dem Buch gewesen, was natürlich erklärt, warum ich Schriftsteller werden wollte.

Ich weiß noch, dass Richard immer Tapes gemacht hat, Solo-Aufnahmen von einem total minimalen, dröhnenden Keyboard mit primitiven Drum Machines, und wir sind in seinem Auto rumgefahren – seine Frau war eine Furie, die ihn zu Hause nie hat Musik auflegen lassen –, und wir sind stundenlang ziellos rumgefahren, manchmal bis nach Gourock, haben dann an geheimen Aussichtspunkten gehalten, und er hat mir seine neuesten Tapes vorgespielt, hör dir das mal an, hat er gesagt, so klingt der Ozean oder das ist ein Wirbelsturm auf dem Mars, und damals hab ich nicht mal richtig hingehört, klang in meinen Ohren wie ein Typ, der ein paar Tasten am Keyboard drückt und das aufnimmt, weggeht und fünfundvierzig Minuten was anderes macht, aber in meiner Erinnerung waren das jetzt eher Wettersysteme auf fernen Planeten oder Gewitter, die aus der Vergangenheit heranktrachen.

Richard hat viel gelesen und Bücher gehortet, obwohl Margot, seine fiese Frau, die aussah wie Siouxsie Sioux, den Großteil seiner Sammlung in Kartons gepackt und auf den Dachboden verfrachtet hatte. Trotzdem hatte er seine Lieblingsautoren täglich um sich. Zum Beispiel sprach er über den Kritiker Lester Bangs, als würde er ihn persönlich kennen, und meinte, Lester hat dieses oder jenes gesagt, oder ich weiß, dass Lester das nicht mag. Lester war im April des Jahres gestorben und wir hatten einen Schrein für ihn bei den Bäumen hinter Katherine Park errichtet, wo wir manchmal zum Trinken hingegangen sind. Im Haus hätte Margot das niemals geduldet. Wir stritten uns über *Astral Weeks.* Richard und Lester schworen drauf. Zu Hause gingen wir dann seine Sammlung auf dem Dachboden durch und entdeckten zerlesene Ausgaben von *The Dharma Bums* und *Moravagine*, und trotzdem fristete er eine so banale Existenz, jammte am Wochenende mit Freunden, pendelte unter der Woche, dass ich mich allmählich fragte, ob keins der Bücher, die er las, ihm je so nah gegangen war, dass es sich tatsächlich auf sein Leben ausgewirkt hatte. Mein eigenes Leben war durch Bücher so schwer beschädigt – sobald mir eins gefiel, musste ich mich ihm gleich auf ewig verschreiben –, dass mir seine Bibliothek eher wie eine Sammlung fehlgezündeter Schusswaffen vorkam. Aber wie schon gesagt, seine Normalität wirkte anziehend. Jetzt frage ich mich, ob das mehr mit meiner eigenen anerzogenen Normalität zu tun hat. Als wäre er mein Zugang, als wäre seine Normalität so was wie ein Freifahrtschein, eine Art Bring-ihn-zu-seinen-Eltern-nach-Hause-Banalität, die der zutiefst konservative Teil in mir akzeptieren konnte. Aber schon bald wurde mir bewusst, dass keiner von uns beiden normal war. Worauf die ganze Geschichte in gewisser Weise hinausläuft.

6. Alle waren auf der Suche nach der sagenumwobenen ménage à trois

Andrea Anderson besucht Memorial Device in deren Probenraum in einem der Bahnbögen unweit des Bahnhofs von Airdrie und begibt sich auf einem waldigen Weg in ihre Fantasie, hätte beinahe ein hirnloses Luder an den Haaren ziehen müssen, hat es dann aber glücklicherweise doch nicht getan, obwohl es ihr gelingt, eine Affäre mit Mary Hanna anzufangen, die sich eines Abends bei einem Horrorfilm die Haare anzündet.

Sie hatten einen Probenraum in einem der Bögen in der Nähe des Bahnhofs. So habe ich es jedenfalls in Erinnerung. Die Bögen sind inzwischen abgerissen, deshalb kann ich nicht genau sagen, wo das war, aber alle fünfzehn Minuten fuhr ein Zug obendrüber, das weiß ich auf jeden Fall. Der ganze Raum bebte vor Maschinenlärm. Auf den frühen Aufnahmen hört man das. Sie meinten, das trägt zur Atmosphäre bei, und mir fällt immer das Landschaftsgemälde ein, das sie an der Wand hängen hatten und das gar nicht dazu zu passen schien. Aber wenn ich zu den Proben kam, einfach nur dort abhängen wollte – es gab immer spontan Publikum, Leute, die dort rumschlichen, tranken und rauchten, während die Band spielte –, dann setzte ich mich hin und starrte es an, dieses Bild von einem Wald. Ich stellte mir vor, wie ich da hineinging. Die Musik gab einem das Gefühl, er würde sich öffnen, als würde es leben, wahrscheinlich ging das nur mir so, aber ich spazierte immer zwischen den Büschen und Bäumen herum. Zumindest stellte ich mir vor, dass ich da so einem Weg folgte. Das war immer total wirr, als würde es eigentlich gar nicht passieren, aber ich hab's mir auch nicht nur vorgestellt, in gewisser Weise war's ein Portal. Klingt das verrückt? Ein von der Musik eröffnetes Portal. Aber ich hab die Band nie danach gefragt. Ich hab's immer für mich behalten, weil ich das Gefühl hatte, dass ich den wahren Grund erkannt hatte, warum sie's da aufgehängt hatten: nicht weil sie einen schlechten Geschmack hatten oder schlecht beraten wurden, sondern weil sie da reinwollten. Im Kopf seh ich immer noch den Weg vor mir. Patty spielte diesen einen Akkord auf der Gitarre und wiederholte ihn immer wieder. Richard spielte so einen mechanischen Rhythmus auf dem Schlagzeug. Remy zwei Töne immer abwechselnd auf dem Bass, und Lucas trat vor, um zu singen – er sah damals so gut aus, dicke Lippen, große Bambi-Augen, lange Stirnfransen –, und er fing an zu singen, und der Text handelte immer nur von einer Sache, wie wenn man was denkt, es dann macht und dann wieder was anderes sieht. Eins nach dem anderen. Mit roboterhafter Stimme, als wäre er persönlich gar nicht involviert. Sie hatten so einen Song, »Adherence«, einen Song, der irgendwie ewig lang war, und manchmal hörte ich ihn mir an und dachte, o Gott, alles ist vorherbestimmt, ich bin hier, weil es so sein soll, der Weg in den Wald ist real, und lauter so ein irres Zeug.

Ich hatte Affären. Alle hatten welche. Eines Abends war ich betrunken und hab Lucas gefragt, ob er mich küsst, nur einmal, hab ich gesagt, mitten auf die Wange. Seine Freundin war dabei und wurde sauer. Trotzdem hat er mich geküsst. Mit seinen dicken Lippen hätte er mein ganzes Gesicht verschlucken können. Im Herbst 1983 war ich sechs Monate lang mit einem Typen namens Patrick Remora zusammen. Das war unsere Saison. Er war eine Art tragischer Poet. Manchmal veranstaltete er Lesungen dort, und manchmal begleitete Patty ihn dabei an der Gitarre. Sie hielten sich für Lenny Kaye und Patti Smith, aber dann auch wieder nicht, dann lästerten sie über den Kram und sprachen stattdessen über Artaud, Breton und Éluard. Natürlich waren Dreier schwer angesagt. Alle waren auf der Suche nach der sagenumwobenen *ménage à trois*. Patrick meinte, er würde nur was mit bisexuellen Frauen anfangen – das traf ja nun voll auf mich zu –, weil er sich mit so vielen Frauen wie möglich umgeben wollte, also hat er mich ermuntert, mit möglichst vielen Frauen was anzufangen, was in Airdrie tatsächlich viel einfacher war, als man denken würde. Zum Beispiel war ich ein paar Monate lang mit Mary Hanna zusammen. Das weiß eigentlich niemand. Wenn ich sage, wir waren zusammen, dann meine ich, dass wir am Wochenende immer mal wieder miteinander geschlafen haben. Mary konnte man unmöglich kennenlernen. Das war, bevor sie bei Memorial Device Bass gespielt hat. Ich hatte gerade an der Kunstschule in Glasgow angefangen, war aber schon einigermaßen desillusioniert; alle wetterten gegen das Patriarchat und gegen Hegemonien und so, die Tutoren fanden's super, dafür haben sie Punkte vergeben, aber gesellschaftliche Kommentare waren mir scheißegal. Gesellschaftliche Kommentare sind für mich keine Kunst. Werden es auch niemals sein. Ich war auf der Suche nach was anderem, mir war's ernst. Ich kam mit Depressionen nach Hause, und natürlich waren Mary solche Probleme ein Gräuel, sie gehörte zu denjenigen, die einfach ohne nachzudenken etwas erschaffen. Zu dem Zeitpunkt hatte ich eine Wohnung in der Stadt. Eine Einzimmerwohnung, mit einem Hochbett und einem Arbeitsplatz untendrunter, an dem ich gemalt und gegessen habe, und wo ein kleiner Schwarz-Weiß-Fernseher stand. Mary schlief nie. Meine schönsten Erinnerungen hab ich daran, wie ich, nachdem wir uns geliebt hatten, im Bett lag und ihr zuhörte, wenn sie unten malte oder schrieb. Sie schrieb immer in ihr Tagebuch, und die ganze Zeit lief dabei leise der Fernseher, Horrorfilme spätnachts wie *Creature from the Black Lagoon* oder *It Came from Outer Space*, und ich roch den Rauch ihrer Zigaretten, der in Kombination mit dem Duft ihres Haarsprays in die Matratze kroch. Einmal zündete sie sich sogar die Haare an. Sie war so vertieft in das Bild, an dem sie gerade arbeitete, dass ich aufwachte, weil ich Verbranntes roch. Ich schob den Kopf über die Bettkante und sah, dass ihr Haar Feuer gefangen hatte – wahrscheinlich wegen dem Haarspray, das Zeug war ja hochentzündlich –, und während sie malte, kokelte es vor sich hin, und sie hat, mit der Zigarette zwischen den Fingern auf den Ellbogen gestützt, einfach weitergemacht. Ein anderes Mal wären wir fast an einer Gasvergiftung gestorben, weil sie einen Ring am Herd angelassen hatte. Mary war es, die mir Mut gemacht hat, mit dem Malen anzufangen.

Zuerst hab ich mit Film gearbeitet, hab Persiflagen auf die Werbung gedreht, Werbung für den Milchverband oder die Tourismusbehörde, gekünstelter Blödsinn, und Mary hat das gesehen und ist durchgedreht. Ausgeflippt. Das ist Blödsinn, hat sie gesagt. Wer ist dir denn in den Kopf gestiegen? Gute Frage: Damals hatte ich keine Ahnung, wer sich in meinem Kopf aufhielt, ich wusste nur, dass nicht ich es war. Sie hat mir beigebracht, Farben anzumischen. Sie hat mich mit Pinseln versorgt. Dann sind wir zusammen zu Ausstellungen gegangen. Patrick war anfangs ganz schön angeödet, weil er trotz seines ganzen Geredes eigentlich der Star in der Beziehung sein wollte, und ich sollte eine Art ununterbrochen betörter Fan sein, aber als Mary und ich uns näherkamen, wurde nichts draus.

Da hab ich angefangen, Landschaften zu malen. Auf die Idee bin ich durch das Gemälde im Probenraum von Memorial Device gekommen. Das hat mir keine Ruhe gelassen. Was bewegt dich?, hat Mary mich gefragt. Landschaften, hab ich gesagt, persönliche Landschaften. Dann mal sie. Echt albern, dass ich mir das erst genehmigen lassen musste, aber so war's. Zuerst hab ich einfach Landschaften gemalt, überwucherte Gegenden mit dichtem Gebüsch und eng stehenden Bäumen und Blumen, die wie verrückt blühten, dann fing ich an, Räume mit Landschaftsgemälden an den Wänden zu malen. Ich hatte die Idee zu einer Ausstellung, in der Landschaftsgemälde neben Gemälden von Ausstellungen mit Landschaftsgemälden hingen. Ich hab versucht, diesen Eindruck von einem Portal einzufangen. Diesen Eindruck, dass man in ein Gemälde eintritt und ein anderes Gemälde sieht.

Ich hab meinen Mut zusammengenommen und Lucas eins geschenkt. Eines Samstagmorgens bin ich in den Probenraum, samstags haben sie oft den ganzen Tag gespielt, und da hing diese schreckliche Frau rum, diese echt ätzende Freundin von Lucas, niemand konnte sie leiden, obwohl sie zugegebenermaßen toll aussah. Wahrscheinlich hab ich sie fast ein bisschen bewundert. Es kam also noch eine Menge Missgunst dazu. Von Musik hatte sie keine Ahnung – wahrscheinlich ist sie inzwischen auf dem Land mit irgendeinem elenden Alkoholiker verheiratet –, aber auf jeden Fall war's peinlich, wie man sich vorstellen kann. Ich hatte das Gemälde in eine alte Ausgabe der *International Times* gewickelt. Die Ausgabe vom April 1971 mit der Frau oben ohne und dem Maschinengewehr auf dem Titel, und die Freundin ließ eine arschcoole Bemerkung fallen. Ich übergab es Lucas, der – wie mir jetzt aus irgendeinem Grund wieder einfällt – ein schwarz-gelb gestreiftes T-Shirt trug. Er hat die Zeitung runtergerissen und das Gemälde einen Augenblick lang auf einer Armlänge Abstand betrachtet, und erst dann was gesagt. Er hat ein paar Mal genickt – als würde er das Szenario oder den Impuls kennen, der mich bewogen hatte, es zu malen –, dann gab er es mir zurück. Das Leben ist eine Abfolge innerer Tumulte, sagte er. Das war alles. Zuerst war ich sprachlos. Dann kehrte mein Selbstbewusstsein zurück. Das ist für dich, sagte ich, ich hab's für dich gemalt, die Proben haben mich inspiriert, erklärte ich ihm, das ist eine Landschaft in einer Landschaft, aber eigentlich bin ich es, die von draußen aus zuschaut. Ich dachte mir lauter Rechtfertigungen aus, lieferte lauter Gründe, die es gar nicht gegeben hatte. Seine zickige Freundin nannte mich einen Freak, verpiss dich, du Nervensäge, sagte sie. Das hat mich ein bisschen eingeschüchtert, aber ich hab weitergemacht. Ich bin keine Nervensäge, das kann ich dir sagen, erklärte ich, ich bin Künstlerin, ich reagiere auf das Gemälde an der Wand, im Gegensatz zu dir, mir bedeutet der ganze Scheiß hier nämlich tatsächlich was. Ich weiß nicht, ob ich wirklich Schimpfwörter benutzt habe, aber im Kopf schon. Was soll das heißen, im Gegensatz zu mir?, fragte sie. Du bist ein *hirnloses Luder*, sagte ich. Ich konnte mich nicht länger zurückhalten. Zu diesem Zeitpunkt grinste Lucas heimlich in sich rein, die Situation machte ihm eindeutig Spaß. Ich dachte mir, ich werde das *hirnlose Luder* an den Haaren ziehen. Es war schrecklich. Ich glaube, sie hieß Paprika, Paprika Jones, irgend so was Absurdes. Aber es ist nichts passiert. Am Ende stand ich da mit dem Gemälde in der Hand, und die beiden gingen. Auf dem Heimweg hab ich's in einen Müllcontainer geschmissen und noch mal von vorne angefangen.

7. Blonde Sägespäne (blonder Sternenstaub)

Johnny McLaughlin wächst in Airdrie auf, oder war's Belfast?

(Das ist mein Lieblingswitz.) Paddy aus Irland ist bei der Quizshow *Mastermind.* Sein Spezialgebiet ist die Geschichte der Irish Republican Army (seine Fragen fangen jetzt an). Wann wurde die Provisional IRA gegründet? (Weiter, sagt er.) In welchem Jahr fand der Osteraufstand statt? (Weiter.) Wie viele Menschen wurden von der Britischen Armee bei dem Massaker am Bloody Sunday ermordet? (Weiter.) Wer hat Michael Collins erschossen? (Weiter.) Wofür wurde Martin McGuinness 1973 verurteilt und ins Gefängnis gesteckt? (Weiter.) (Im Publikum steht jemand auf.) Genau, Paddy (ruft er), einen Scheiß wirst du denen verraten!

(Das ist mein Lieblingsfakt.) Es gibt weltweit dreitausend unterschiedliche Schlangenarten. (Noch ein Lieblingsfakt.) Im Meer gibt es mehr Lebewesen als an Land.

Ich zog mit meiner Familie aus Belfast in den Westen Schottlands (in den Siebzigerjahren), und wir hätten genauso gut auch Schlangen sein und unter Wasser leben können. Unsere gesamte Existenz bestand aus Geheimhaltung und sich verstecken (und nichts sagen). Auf dem Dachboden bei uns war ein Geheimzimmer (ein Anbau hinter einer Reihe hoher Bücherregale in einem begehbaren Schrank versteckt). Immer mal wieder wurden wir gebeten, einen Bruder, einen Vetter oder auch einen vollkommen Fremden aufzunehmen (einen Befehlshaber, der untertauchen, oder einen Soldaten, der vorübergehend abtauchen musste). Manchmal erlaubte uns mein Vater, dass wir uns nachts mit ihnen einschlossen (immer nur für ein paar Stunden), dann zeigten sie uns, wie man Zigaretten raucht und Karten spielt (und Faustschläge einsteckt). Manchmal machten sie Musik und sangen für uns (allesamt waren sie Schnulzensänger, sangen wie ganz früher und vergötterten Perry Como).

Wir hatten Sommerferien (es war der Sommer 1979). Ich war siebzehn Jahre alt (und in ein Geige spielendes Mädchen aus Salsburgh verliebt). Ihre Mutter war unverheiratet (vorzeitig gealtert), mit einer Dauerwelle so kraus, dass sie aussah, als hätte sie gebrannt und würde noch kokeln, so wie es mal zwischen ihren Beinen gewesen sein muss, als sie selbst siebzehn war und Samantha auf die Welt gebracht hatte. Sie arbeitete stundenweise in einem Café, das Joey's hieß oder Macchiavelli's (irgendwas Intellektuelles), und obwohl es Samantha verboten war, sich mit Jungs zu treffen (das Feuer zwischen den Beinen ihrer Tochter erinnerte sie an den Preis, den sie für ihre eigene Freiheit hatte zahlen müssen), gelang es uns, meine Hausbesuche auf ihre Arbeitszeiten abzustimmen, indem ich an der Bushaltestelle (die Haustür im Blick) wartete und zusah, wie ihre Mutter in den Wagen stieg und davonfuhr, und war ich erst mal drinnen (im Labyrinth ihres Hauses mit den dunklen Fluren, die zu Zimmern mit verwahrten und verwirrten Verwandten darin führten), ging sie mit mir in ein unaufgeräumtes Schlafzimmer im hinteren Teil des Hauses (die Vorhänge waren zugezogen) und wir liebten uns (in dem Bett, das sie sich mit ihrer Mutter teilte), begleitet von gelegentlichem Husten und Schlurfen und sich öffnenden und schließenden Türen im Flur draußen, der zu diesen Zeiten meinem Hirn ähnelte (meine eigenen Eltern, die meine Libido aus der Ferne überwachten), was mich daran erinnerte, dass das Blut, das jetzt in meinen Penis strömte und in dessen Spitze tanzte (gefangen zwischen ihren roten, perfekt geschminkten Lippen), einst ihres war und sie mir dieses Vergnügen dadurch überhaupt erst ermöglicht hatten (weshalb es ihnen für immer gehören würde). Die Geräusche der Menschen, die draußen auf der Straße vorbeigingen (und der Geruch nach warmen Handtüchern, die auf den Heizkörpern trockneten) in jener perfekten Zeit, in der wir uns auf die Schnelle und entgegen der Wünsche aller liebten, bewirkte, dass ich mir vorkam, als stünde ich in der Schuld gegenüber dem Anbeginn der Zeit (als ließe sich der Sex mit Samantha in dem Zimmer hinten irgendwie bis zum ersten Orgasmus der Schöpfung zurückverfolgen), und hier waren wir, das Nachbeben (die endlose Wiederaufführung), die Kinder der Kinder der Kinder der Kinder der Kinder (und genauso sündig wie sie alle).

Damals stand ich auf Strümpfe (und so wird es bleiben, bis mein letztes Stündlein geschlagen hat, so wahr mir Gott helfe). Ich war mit siebzehn frühreif genug, um einer ganz bestimmten Fantasie nachzuhängen. Ich bewegte sie auf ganz eigene Weise (hob ihr Bein), zog ihr türkisfarbenes Höschen zur Seite, führte meinen Penis mit der Hand in sie ein, in ihre (auf meine Bitte hin) frisch rasierte Pussy, obwohl es damals eigentlich nur ein paar Haare gab, ihre Vulva wie ein Ei (gewölbt, glatt, frisch ausgeblasen), ihre stoppeligen Haare wie blonde Sägespäne (blonder Sternenstaub, hätte ich beinahe gesagt) in der Schublade eines Sammlers, als der ich mich damals betrachtete (ganz bestimmt), als Sammler, Kenner, Gourmet, Pussylecker (Körperfresser, Pissetrinker, Scheißeschlabberer), Frauenliebhaber, Tittenknabberer, Autoasphyxiophiler (Arschliebhaber, Höschenersticker), Absatzfetischist und Schlauchumarmer. Ich würde mit ihren Körpern machen, was sie niemals gewagt hätten (sie auf Weisen kosten, wie sie sich selbst nie gekostet hatten), sodass ihr Geruch, wenn ich ihn an sie zurückgab, mein eigener war. Samantha schnitt ihre Netzstrumpfhose auf Strumpflänge ab und borgte sich die Strapse ihrer Mutter (wer hatte damals schon Geld für Dessous?), schwarze Seide, abgesehen von einem kleinen türkisfarbenen Blümchen in der Mitte, über das ich mit der Zunge fuhr, wo ich das Parfüm ihrer Mutter, das Talkumpuder und die warme Wäsche schmeckte, und ich dachte an ihre Mutter (wie sie zum Sex zurechtgemacht in ihrem fensterlosen Badezimmer masturbierte), während ihre Tochter zum Sex zurechtgemacht unter mir lag, an ihren zerfransten Strümpfen zog, mir in die Schulter biss, die Arme zerkratzte (die zarten Schnallen ihrer hohen Kunstlederschuhe schrammten mir über den Rücken und hinterließen Streifen mit Blutperlen, die wie die ersten Schreibversuche eines Kindes aussahen, ein stilles Ringen nach Luft, geheime Signaturen), und so ging ich all die stummen Mädchen meiner Jugend durch, die Stillen, und ließ mir von ihnen den Rücken beschriften oder ihre Namen in meinen Unterarm beißen. Ich bin Johannes, der gottverdammte Prophet (sagte ich mir).

Den Rest meiner Zeit verbrachte ich allein (ein intuitiver Herzensbrecher von Anfang an). Ich war ein frühreifer Leser (ein engagierter Zuhörer). Durch das Radio spätnachts bekam ich mit, was in New York, San Francisco und London (und in LA und Manchester) los war. Aber wenn ich auf die Straße ging, empfand ich nichts. Ich las Céline und Cendrars (Ginsberg und Borges) und schaute aus dem Fenster Richtung Glasgow und sah nichts außer beschissenen Straßenlaternen (die sich in die Ferne schlängelten).

Dann tauchte Michael auf. Auf dem Dachboden sei ein Neuer, erzählte mir meine Mum, als ich von einer unserer geheimen Verabredungen zurückkam (sofort stellte ich ihn mir als Muse vor, als Inspiration, die die Leiter des Hirnstamms erklimmt und sich in einem verbotenen Winkel versteckt, einem abgesperrten Hinterzimmer oder einem verlassenen Verlies, entschlossen, alles in die Hölle zu bomben).

Die IRA ist mir scheißegal, sagte Michael, zuckte mit den Schultern und strich sich die langen Haare hinters Ohr (und drückte eine Zigarette im Blumentopf meiner Mutter aus). Er sah aus wie nach einem Hungerstreik, schwarzer Bart, eingefallene Wangen, lehmfarbene Haut, rote Augen, gelbe Zähne, fettige Haare, Zigaretten (ein Holger Meins, ein Bobby Sands), eigentlich krankenhausreif, aber jetzt lag er auf dem Kissen und streckte sich wie ein Gemälde (seine fahle Haut rissig wie das Werk eines alten Meisters) und schimpfte auf den Papst, verdammte die Katholiken als die Pest für den Süden Irlands, zum Teufel mit dem italienischen

Aberglauben. Wofür kämpfst du?, fragte ich ihn. Lebensraum, sagte er. Das hat Hitler auch gesagt, erklärte ich. Stell dir eine von Katholiken regierte Welt vor, sagte er. Denk drüber nach (okay, ich denke drüber nach) (böse). Sex dient der Fortpflanzung, sagte Michael, das ist, als würde man sagen, Vergnügen sei reine Funktion, als würde man sagen, Liebe sei Pflicht (als würde man sagen, Gefühle seien Verbindlichkeiten), als würde man sagen, Herzschlag sei Sklaverei (als würde man sagen, Freiheit sei Gefängnis), als würde man sagen, Akzeptanz sei Entschuldigung (als würde man sagen, heute sei morgen), als würde man sagen, Leben sei Tod. So ein Scheiß, sagte ich. Okay, sagte er (klingt schon besser). Aber du bist nur ein Kind, sagte er (das tat weh). Was weißt du schon? Ich hab's Frauen mit dem Mund gemacht, sagte ich. Ich hab sie mir vors Gesicht geschnallt und aus ihnen getrunken wie aus Bechern. Aus Bechern?, fragte er. Aus überlaufenden Bechern, sagte ich. Wie aus Pokalen, aus Kelchen. Aber die Protestanten sind noch schlimmer, sagte er, schüttelte den Kopf. Trotz meiner intellektuellen Sympathien sind die schlimmer. Die sind gemein. Die haben keine Herzlichkeit. Die hassen das Leben und die Welt. Die glauben genauso wenig an den Himmel wie an ihre Nachbarn. Sie verachten alles Tröstliche. Sie existieren, um über jedes vorstellbare Maß an Leid hinaus zu leiden. Echt, eigentlich hätte ich genauso gut zu den Mudschahedin gehen können.

Was liest du gerade?, fragte er mich. *Die Verblendung des Duluoz* von Jack Kerouac, sagte ich (verhaspelte mich dabei). Bullshit, sagte er. Sag's nicht, sagte er. Charles Bukowski. William fucking Burroughs. Patty fucking Smith. Jim fucking Thompson. Hermann fucking Hesse (Bullshit von einem fucking Bullshit). Versuch's mal damit, sagte er (und zog eine Ausgabe von *Aufzeichnungen eines Wahnsinnigen* von Gogol aus dem Rucksack). Lies die Russen, sagte er. Und vergiss Satire, sagte er. Und vergiss Metaphern, die Russen haben mit Metaphern nichts am Hut. Und vergiss die Zeit, mit der Zeit haben die auch nichts am Hut. Wenn du Gogol liest, ist es weder gestern noch heute, noch morgen. Hast du schon mal

John Coltrane gehört?, fragte er mich. Ich hab *Kind of Blue*, sagte ich (da ist er drauf). Bullshit, sagte er. Du musst dir *Ascension* anhören. Du musst dir *Meditations* anhören. Du musst dir *Interstellar Space* anhören. Du musst aufwachen im Jetzt, mein Freund. Er drückte eine weitere Zigarette aus. Ich muss schlafen, sagte er. Du hast keine Ahnung, wie schwer mein Hirn gerade wiegt. Ich erzählte Samantha davon. Wir haben einen Gast oben (sagte ich).

Ich hatte wieder einen Job (schon wieder so einen verdammt elenden Job, den mir meine verdammten Eltern aufgezwungen hatten). Gärtnern (so haben sie's genannt). Eigentlich ging es eher darum, Zäune mit Teeröl zu streichen, Bäume zu stutzen und Stromkabel zu kappen, sinnlose Gespräche mit irren Alten zu führen, deren beschissenen Tee zu trinken, Steinplatten zu schleppen, Holz zu sägen, Kohle zu liefern (ihr scheiß Tablett leer zu essen). Das ist der Archipel Gulag, sagte ich zu Michael. Ich brauche keinen russischen Roman mehr.

Ich brachte Steingärten in Ordnung, fickte Samantha, schlief in einem tollen großen Doppelbett, das meinem Großvater gehört hatte (und in dem er, glaube ich, gestorben ist), und schloss mich mit Michael in die Geheimkammer ein. Gelegentlich kam mein Vater rauf und fragte ihn über irische Geschichte ab. Michael kannte sich ausgezeichnet aus (er hatte im Süden von Armagh gedient). Aber es gab nicht viele Hippies bei der IRA. Mods schon eher (oder Mafiatypen), sauber leben unter ärmlichen Bedingungen (dieser ganze Scheiß), wohingegen Michael lieber provozierte, erschreckte, entsetzte und unterminierte (und abstieß), und zwar um jeden Preis. Mein Dad brachte Perry Como mit nach oben. Was ist mit dem, hm? Perry Como existiert nicht, sagte Michael. Hat er nie. Was zum Teufel redest du da?, fragte mein Dad. Ich spiel dir jetzt gleich einen Song vor, eine gute Dosis (eine gute Dosis Como). Dann weißt du, dass er echt ist. Hast eine ganz schöne Klappe, sagte mein Dad. Dann mühte er sich mit der Anlage ab, zog 40

Greatest Hits von Perry Como aus der Hülle, ließ die Nadel auf »It's Impossible«, »For the Good Times«, »When You Were Sweet Sixteen« herunter, und heimlich, irgendwo in meinen Adern, in den Tunneln (lange in Rebellenhand) (zumindest dachte ich das) tauchte ein kleines Bläschen auf (ein winziges Luftbläschen), das sich an die Oberfläche meines Gehirns emporkämpfte, und (einen Augenblick lang) war ich bereit, für die Sentimentalität zu kämpfen (dafür einzutreten, dass Klischees etwas Tiefgründiges sind), vielleicht würde ich so was wie einer Offenbarung nie näher kommen (das denke ich jetzt, vielleicht war ich fast dran), und ich wollte etwas sagen. Aber dann griff Michael nach dem Tonarm (erst jetzt fällt mir auf, dass er den Namen eines Erzengels trägt) und zog die Nadel zurück, wie in einer Sitcom oder Radioreportage (das plötzliche *wrrrk!* des Vinyls wie das Klatschen von falschem Ektoplasma, das Ausweiden einer Art fliegenden Halluzination), und ich sah ihn an und er rauchte eine Zigarette (schamlos) (einen Arm hinter dem Kopf, den anderen in der Luft), die Schuhe ausgezogen, seine nackten Füße verhöhnten meinen Vater, und mit jedem Zug wurde die Existenz von Perry Como zweifelhafter.

8. Eine wunderschöne Form der Selbstverstümmelung und natürlich ohne Ende attraktiv

John Bailey erinnert sich an Vanity und Glass Sarcophagus in Aufruhr und es ist wahr, dass alle in Vanity verliebt waren, alle in Airdrie und in Coatbridge, und nach Memorial Device waren Glass Sarcophagus die beste Live-Band dieser Zeit, ich hab die Konzerte gesehen und die Tapes gekauft, die heute wahrscheinlich alle ein Vermögen wert sind, jetzt, wo alles vorbei ist.

Natürlich behaupten alle, dass ich erst mal wegen ihrer Titten auf sie stand, dass ich nichts anderes gesehen habe als ihre Titten, und danach war's um mich geschehen, aber da war was in ihren Augen, und das meine ich nicht als verklemmte jugendliche Verklärung von Tragödie und Poesie oder sonst einem Bullshit, oder weil ich ritterlich erscheinen will, so tiefgründig bin ich nicht, ich fand ihre Titten toll, so wie alle anderen auch, aber sie kamen im Paket mit den Augen. Dunkle Augen, funkelnde Augen, lebendige Augen, keine toten, nein, keine falschen Augen, Augen wie die einer Seiltänzerin über einem tiefen dunklen See. Und die Titten, ja, mein Gott, gemachte Titten, und natürlich haben die ganzen Mädchen gelästert und gemeint, sie hätte es nötig, würde sich Männern anbiedern, sei oberflächlich, dabei war sie eigentlich die aufrichtigste Person, der ich je begegnet bin, zumindest damals, und das hat mich auf Körpermodifikation gebracht, zumindest als Fan, wenn auch nicht persönlich, aber als etwas, das ich an anderen schätze, bestaune, weil es wirklich nicht mein Stil war. Ich war nicht abenteuerlustig genug, muss ich leider sagen, denn das haben mir diese Titten zugerufen, los geht's mit dem Abenteuer, schlag dem Schicksal in die Fresse oder Gott oder wer auch immer am Anfang die Karten verteilt, ich wünschte, ich hätte mit neunzehn etwas so Gewagtes machen können, wie mir zwei neue Titten wachsen zu lassen, zum Beispiel mir ein Bein abschneiden oder mir I-N-D-I-V-I-D-U-A-L auf den Hals tätowieren lassen, sodass ich niemals mehr in einer Bank hätte arbeiten können. Aber gemachte Titten sind das Beste, eine wunderschöne Form der Selbstverstümmelung und natürlich ohne Ende attraktiv, obwohl, wenn ich jetzt dran denke, an die dunklen Augen dahinter, wie sie zu mir aufschauen, vielleicht ein bisschen schielen, glänzen, mit dunkler Schminke umrandet, beide Hände halten mir die wunderschönen Titten entgegen, während ich darauf masturbiere, obwohl sie eigentlich gar nicht gestützt werden müssten, das gehörte alles zur Show. Sie liebte es, wenn ich auf ihre Titten kam, sich selbst auszustellen, manche finden das erniedrigend, aber bei ihr war das eine Art Salbung, es hatte einen spirituellen Aspekt und es war wunderschön und mehr als Tittenanbetung oder Augenverehrung oder gieriger Sex, wobei es das alles natürlich auch war. Aber wenn ich jetzt drüber nachdenke, waren ihre Pupillen dunkle Seerosen, die auf der Oberfläche ihrer Augen treiben und in wer weiß welchen Anfängen der Welt wurzeln, und die riesigen Titten in ihren Händen waren dazu erschaffen worden, mich wahnsinnig zu machen. Dann wird mir schwindlig vor Höhenangst und ich spüre, wie ich vorwärts falle, und mich überkommt Angst und ich verliere die Kontrolle über meine Gedanken, auch wenn es eigentlich eher ein Rückwärtsfallen ist, in die Vergangenheit, eine Vergangenheit, die nicht mal mehr da ist, weil es wahre Liebe war. Ich hatte seitdem jede Menge Beziehungen, gute und schlechte, jeweils mit Hochs und Tiefs, aber ich kann sie nicht alle – Hand aufs Herz – als Liebe bezeichnen. Ihr kennt doch den Song »Private Dancer« von Tina Turner, der war damals gerade rausgekommen und irgendwie war das unser Song, ich weiß, eigentlich ist der scheiße, aber wir haben ihn ständig zusammen gehört, haben ihn beim Sex aufgelegt oder manchmal, wenn wir uns einen ihrer Filme mit abgedrehtem Ton angesehen haben, dann war das der Soundtrack. Wenn man verliebt ist, dann funktioniert diese Art von billiger Musik für einen, im Prinzip handelt der Song genau davon, wisst ihr, dass es jede Musik tut, da wird klar, man denkt nicht mehr mit dem Kopf, man ist gefangen, wird mitgerissen, das ist die älteste Geschichte der Welt, und jedes Mal, wenn ich ihn höre, empfinde ich dasselbe, werde wieder zurückversetzt dahin, wie es damals war, weil es keine Fotos von uns beiden gibt, keine selbst gedrehten Filme, keine verblichenen Polaroids von uns beiden auf dem Glasgow Green oder auf der Fähre nach Dunoon im Dezember. Deshalb hab ich als Erinnerung an sie nur die VHS-Kassetten mit ihren Filmen, billig gedrehte Pornos, bei denen ich natürlich nicht mitgespielt habe, von meiner Erinnerung also mal abgesehen, kann ich sie immer nur sehen, wenn sie's mit anderen Männern treibt, ich meine, das macht mich nicht unbedingt eifersüchtig, nur manchmal traurig, wenn ich mein eigenes Spiegelbild dabei kurz im Fernseher sehe, wie ich mir anschaue, wie sie von zwei Männern auf einer Couch in einer Sozialwohnung penetriert wird, die so hergerichtet wurde, dass sie wie ein erstklassiges Hotelzimmer aussieht, dann ist es kurz so, als wäre sie nur eine Gedankenblase in meinem Kopf oder umgekehrt, wobei ich in den Filmen nie gesehen habe, dass jemand auf ihre Titten gekommen ist. Irgendwas muss man sich bewahren, hat sie immer gesagt, man muss was Besonderes behalten, außerdem hat sie Musik geliebt, sie war ein großer Fan von Punk, Krautrock und Industrial, und natürlich wollte sie mitmachen, sie war Künstlerin, so hat sie sich selbst gesehen, als Künstlerin, die mit ihrer Sexualität und ihrem Körper und ihrem Geschlecht und so gearbeitet hat – auch wenn sie nie in diesen Begriffen darüber geredet hat. Das war nicht ihr Stil – und deshalb haben wir schon früh angefangen, Musik zusammen zu machen und uns beim Sex aufzunehmen, sie ging völlig darin auf, und irgendwann war sie so angeturnt, man kann den Moment hören, es knackst auf dem Band, wenn die Stimme kommt, diese neue Stimme, diese irgendwie automatische Stimme, die nicht immer ganze Wörter spricht, aber manchmal schon, Wörter, die man nicht erwartet, Wörter wie Zurschaustellung, Turnier und Prozession, Wörter, die einem eigentlich zu lang vorkommen, als dass sie zu einem leidenschaftlichen Stöhnen oder einem Orgasmus passen würden, Wörter wie Kalkulation und Ausdruck und Verifikation, sexy Wörter, so scheint es mir sogar jetzt noch, und damals, o mein Gott, ich musste mich zusammenreißen, um nicht gleich abzuspritzen, wenn sie diese Wörter sagte, diese magischen Wörter, die so was wie Passwörter in ein ganz anderes Königreich der Leidenschaft waren, auf den Knien vor mir, manchmal nur mit einem schmalen silbernen Gürtel um die Taille und hochhackigen Schuhen, die Wimpern nach oben gebogen, sonst nichts. Neben meinem Penis ein Mikro, sodass man nie genau wusste, was sie jetzt in den Mund nehmen und lutschen würde und wo sie reinreden würde, und wir stellten Tapes in Auflagen von fünfzig Stück oder weniger her und vertrieben sie selbst, wir hatten einen Newsletter, nichts Weltbewegendes, aber wir haben zu jeder Neuerscheinung eine kleine Zusammenfassung geschrieben, auf den meisten war ein fotokopiertes Bild von Vanity vorne drauf oder eine verschwommene Szene aus einem ihrer Filme, absichtlich unkenntlich. Wir standen auf Throbbing Gristle, Peter Christophersons zweifelhafte Tapes, Whitehouse, so ein Zeug, und wir veröffentlichten Briefe von Leuten, die wir bekommen hatten, die Tapes von uns gekauft hatten, auch Kritiken, ein paar gab es, und schon bald baten uns andere, ihre eigenen Veröffentlichungen in unser Angebot aufzunehmen. Wenn sie uns gefielen, haben wir's auch gemacht, oder besser gesagt, ich hab's gemacht, weil Musik für Vanity immer noch ein Nebengleis war, die pornografische Arbeit stand bei ihr im Fokus, sie wollte der erste intelligente Pornostar werden, wobei ich ihr erklärte, dass es auch schon vorher Pornostars mit Hirn gegeben hatte, aber nicht solche wie mich, sagte sie dann. Ziemlich früh schon bekamen wir einen Brief von Robert Mulligan, der Sufferage Tapes in Greengairs gemacht hat, ich war der erste Mensch auf der Welt, der die Steel-Teeth-Kassetten gehört hatte, er hatte sie noch niemandem geschickt, hatte ganz allein da draußen diesen Krach gemacht, ohne jeden Kontext, ohne zu ahnen, dass irgendjemand sonst auch nur annähernd was Ähnliches macht, einfach vollkommen isoliert, aber er hatte ein Tape gehört, das Vanity und ich aufgenommen hatten, Gott weiß, woher er es hatte, wobei wir in der Underground-Szene der Gegend damals schon so was wie kleine Berühmtheiten waren, auch wenn er uns nie was abgekauft hat und ich ihn nie gefragt habe, wie es kam, dass er uns gehört hat. Aber es war das dritte Tape, das wir aufgenommen hatten, *Festival*, ein ganz besonders krachiges, das ihn inspiriert hat, selbst Stücke zu schreiben, und er hat uns eine Kassette geschickt, und der Rest, na ja, der Rest ist Geschichte. Wir haben seine Sachen veröffentlicht und er wurde zur Legende, hat sechs Tage die Woche in einer Würstchenfabrik in Mount Vernon gearbeitet und unglaubliche Elektroteile zusammengebaut, mit denen er diese ultra-minimale, ultra-einsame Musik gemacht hat. Er war einer der Ersten, mit denen wir uns zusammengetan haben, und natürlich konnte er, als wir ihn kennengelernt haben, Vanity nicht in die Augen schauen, aber sie mochte ihn, sie meinte, er sehe gut aus, sei was Besonderes, was kaum zu glauben ist, weil er schon damals klein und dick war, viel zu große schwarze Wollpullis und hautenge schwarze Jeans dazu trug, und eine enge Wollmütze, sogar wenn die Sonne schien, aber ihren Filmpartnern nach zu urteilen, mit denen sie gern arbeitete, dem inneren Kreis, wie sie die nannte, ließ sich unmöglich voraussagen, auf wen sie abfuhr. Wir gingen zusammen zu Konzerten, sie hat sich immer extravagant gekleidet, selbst für Underground-Verhältnisse, mit Pfennigabsätzen, Leotards, winzigen Lederjäckchen, die sie wie Fledermausflügel trug, ihr könnt euch vorstellen, was wir abbekommen haben, wenn wir die Carlisle Road runtergegangen sind, Köpfe drehten sich, die Leute riefen uns aus vorbeifahrenden Autos hinterher, das war unglaublich, und ich hab auch noch eins draufgelegt, hab mir die Haare wachsen lassen wie Dylan '65, die alten Jacken von meinem Dad ausgegraben, ein paar waren zerrissen und von Motten angefressen, dazu hab ich hautenge Jeans angezogen und Winkle Pickers, so spitz, dass man einem Wurm damit die Augen hätte ausstechen können. Manchmal zog sie ihre hohen Schuhe aus, stieg barfuß auf die Bühne und redete mit der Band, bevor die überhaupt die erste Nummer gespielt hatte, niemand hielt sie auf, die Rausschmeißer traten beiseite, die Band begrüßte sie, sie hielt die hohen Schuhe in der Hand, und alle im Publikum sahen sie an, natürlich haben die meisten Mädchen sie gehasst, und auch ein paar Typen haben das behauptet, aber alle Blicke waren auf sie gerichtet, und wenn sie wollte, hatte sie die Bühne für sich, auch wenn die in Wirklichkeit natürlich anderen gehörte. Ich hatte das Gefühl, als würde ich in die Zukunft gehen oder, genauer gesagt, von deren auserwählten Repräsentantin hingeführt werden, außerdem hatte sie gerne Sex an öffentlichen Plätzen, worauf ich vorher und auch später nie gestanden hatte, aber irgendwas an dem Zusammensein mit Vanity machte mich sinnlos draufgängerisch. Wir hatten Sex in Zugabteilen, im Bus, einmal auch hinten im Taxi, im Park, in der letzten Reihe bei einem Konzert, am offenen Fenster, bei einer Party auf dem Klo, und bevor sie einem einen blies, hatte sie so eine Art, ganz bedächtig Lippenstift aufzutragen, und dann fuhr sie sich mit der Zunge über die Lippen, als wollte sie sie befeuchten, und das machte mich verrückt, ich seh's noch vor mir, das war immer ein Ereignis. Das war's halt mit Vanity, es war nie alltäglich, wenn man älter wird, wird es immer schwerer, die Energie zu bewahren, aber ich kann mich dran erinnern und ich versuch das immer noch zu praktizieren, hin und wieder, und dann sah sie mich mit diesen Augen an, vielleicht einen Arm unter ihren Brüsten, hielt sie hoch und ich dachte, o mein Gott, wir werden weit entfernt voneinander in vollkommen unterschiedlichen Leben sterben, wie aufregend. Und dann tauchte sie immer öfter auf den Plattencovern von Bands aus der Gegend auf, alle waren scharf auf sie, und ungefähr ein Jahr lang oder so war sie gefühlt auf jeder zweiten Veröffentlichung, alle sahen ähnlich aus, ihr wisst schon, Bandname und Songtitel mit Tipp-Ex geschrieben, dann so ein verwackeltes Bild von ihr, vielleicht mit den Beinen in der Luft oder kniend und mit gefesselten Händen auf einem Bett, das Ganze in Schwarz-Weiß, ein paar davon sind heute eine Menge Geld wert. Ihre Karriere als Pornostar war kurz davor, richtig abzugehen, sie kam zu Imaginorg in Glasgow, der Firma von Rod Silvert, bevor er Gamma Productions ins Leben rief, damals als er noch hinten an der U-Bahnstation St. Enoch in Glasgow im zweiten Stock eines schmuddeligen Bürogebäudes ohne Fahrstuhl saß und versuchte, was Künstlerischeres hervorzubringen als die hirnlosen Wichsvorlagen, mit denen er sich einen Namen gemacht hatte. Sie hat ein paar Filme gedreht mit Randy Jewels und Manda Candy, den ganzen Leuten aus der ersten Generation der schottischen Pornostars. Ich war auf ein paar Partys mit denen, was aber irgendwie komisch war, da gab es einen Boxkampf im Tudor Hotel in Airdrie, und Silvert hatte seine Darsteller eingeladen, aber die Mischung stimmte überhaupt nicht, wisst ihr, diese ganzen sexuell verklemmten Schläger, die schmierigen Geschäftstypen und die verbrecherischen Veranstalter auf der einen Seite, und auf der anderen Seite wir, ein paar Punks und diese schönen, angstfreien Frauen in Strümpfen und Strapsen mit heraushängenden Titten und Röcken gerade mal bis hier, und dann ging alles richtig los, als sich ein besoffener Blödmann den Finger geleckt und ihn Manda ins Arschloch geschoben hat, während die sich über ihre Handtasche gebeugt hat. Die hatten einfach keine Ahnung, wie man sich in Gesellschaft von Frauen benimmt, aber statt eine Szene zu machen, sind wir alle zu Vanity nach Hause nach Gartness, aber vorher hat Manda den Typen an der Gurgel gepackt und ihm einen ihrer hohen Hacken über den Kopf gezogen. Vanity wohnte in einer Sozialwohnung in Gartness, untendrunter war eine leer stehende Wohnung, die bei einer Art Ehestreit ausgebrannt war, sie wohnte eigentlich nur in einem Zimmer und das war ganz schön schäbig, zum Beispiel stand immer ein Bügelbrett in einer Ecke und so was macht mich immer wahnsinnig. Ihre ganzen Klamotten lagen in riesigen Haufen auf dem Boden, im Prinzip hat sie im Bett gewohnt oder auf dem Hocker vor der Kommode, sie hatte kein Telefon und das war noch so was, das mich beeindruckt hat: Wenn sie gebucht wurde oder man Kontakt zu ihr aufnehmen wollte, musste man eine Zeit verabreden, zu der sie an der Telefonzelle unten an der Straße warten würde, oder man schrieb ihr einen Brief oder kam einfach vorbei, wobei vorbeikommen nicht immer so eine gute Idee war. Es gab ein paar Abende, an denen ich dem Drang nicht hatte widerstehen können, an denen ich wusste, dass etwas in der Luft lag, etwas, das sagte, geh nicht, ist nicht deine Zeit, dir wird nur das Herz brechen, aber natürlich bin ich trotzdem hin, und manchmal war das Licht in ihrem Zimmer an, aber sie machte einfach nicht auf, oder es brannte Licht in den anderen Räumen, die, soweit ich wusste, leer waren und nie benutzt wurden. Und einmal hörte ich Musik aus dem hinteren Schlafzimmer, von dem sie behauptet hatte, es sei bloß eine Abstellkammer, trotzdem hab ich eines Abends einen Song von dort gehört, durch ein einen Spaltbreit geöffnetes Fenster, ich war nämlich über den Zaun geklettert, nachdem sie nicht aufgemacht hatte, und die Musik hatte mich verwirrt. Ich hab Song gesagt, aber eigentlich war's gar keine Musik, obwohl irgendwie doch, wenn ihr wisst, was ich meine, es wurde lauter und leiser wie ein Song, manchmal hob es ein bisschen an, und dann ebbte es wieder ab, und am Anfang dachte ich, das ist die Zentralheizung, dann dachte ich, es ist ein Song, der in Gedanken wieder zu mir zurückkommt, und dann hatte ich ein noch schlimmeres Gefühl, dass es der Song im Abspann unseres Liebesfilms war, ein Song, als würde etwas langsam verblassen, als würde sanft die Luft rausgelassen, wie ein sterbendes Plastikspielzeug, wobei das vielleicht nur rückblickend so scheint oder wenn man gemein sein will. Wir haben ein paar Liveshows zusammen gemacht und drüber gesprochen, Sex auf der Bühne zu haben, aber ich war nicht scharf drauf, ich wollte nicht, dass alle meinen Penis sehen, obwohl er eigentlich ziemlich groß war und ich mich nicht dafür geschämt habe, außerdem hätte es Probleme gegeben wegen Sex in Nachtclubs, und schwuppdiwupp wären wir aus den falschen Gründen in die Zeitung gekommen, wobei Vanity natürlich meinte, es wären genau die richtigen Gründe gewesen, aber schließlich hat sie meine Sicht dann doch verstanden, zum Schluss. Aber Glass Sarcophagus sind bei dem Konzert aufgetreten, dem großen mit den ganzen Bands aus Airdrie, wobei ich mich nicht mehr an viel erinnere, es gab die unvermeidliche Prügelei, irgendein Vorfall während des Auftritts von Memorial Device, irgendwie waren ihre Visuals anstößig. Ich wusste, dass Vanity was mit Lucas von Memorial Device gehabt hatte, als sie noch jünger war, aber wenn man die beiden zusammen sah, ergab das eigentlich überhaupt keinen Sinn, nicht mal von der Größe her, es wirkte total verkehrt, sie sah winzig aus neben ihm. Ich weiß noch, dass Nein Nein Nein eins von ihren Verweigererstücken spielten, wo sie sich weigerten, den Akkord zu wechseln, immer nur so ein Mantra aus einem einzigen Akkord, das war echt gut und kurz bevor sie vollkommen auf Experimental umgestiegen sind, damals haben sie noch dreckigen Psychedelic Rock gespielt. Ich fand's toll, aber die Leute haben mit Sachen geworfen und sie beschimpft, für mich war das die erste Begegnung mit vielen der Musiker, endlich bekamen diese ganzen Namen Gesichter, das waren Leute, mit denen ich geschrieben oder deren Tapes ich vertrieben hatte, und es stimmt, dass Vanity und ich zu dem Zeitpunkt so was wie Lokalberühmtheiten waren, und ich denke immer noch, dass das einer unserer besten Auftritte war, alle haben erwartet, dass wir total provozieren, wir hatten so einen Ruf, aber an dem Abend hat Vanity ganz leise und verletzlich gesungen, zumindest kommt es mir jetzt so vor. Sie hat immer wieder einen einzigen Satz wiederholt, ich kann mich nicht mehr genau erinnern, was es für einer war, und auf den Aufnahmen kann man's auch nicht richtig verstehen, aber es klang wie »Back to Nowhere«, obwohl jemand anders gesagt hat, es wäre »Parting Always« gewesen, und ich hab sogar schon gesehen, dass jemand »Fucked in No Way« geschrieben hatte, aber das wäre meiner Ansicht nach zu platt gewesen. Ich spielte Gitarre mit einem Bogen, ich hatte ungefähr drei Saiten drauf und hab über ein Space Echo gespielt, und dann beim zweiten Stück, es waren zwei Stücke, aber das zweite wurde nie aufgenommen, wir hatten keinen Platz mehr auf dem Band oder jemand hatte vergessen, auf Aufnahme zu drücken, beim zweiten Stück hab ich einfach immer nur diese drei Töne gespielt, aber in ganz eigenartigen Rhythmen, bis sie ineinander übergingen und sich abstießen und aufeinanderprallten. Es war echt laut und ging ungefähr zwanzig Minuten lang so, bis Vanity zu singen anfing und immer wieder nur einen einfachen Satz, Do you remember?, das war alles, immer wieder, je länger es dauerte, desto weniger war es, als würde sie fragen, ob man sich an eine bestimmte Sache oder einen Ort oder eine Zeit erinnerte, sondern eher, ob man sich überhaupt erinnert, als hätte das was mit Raum und Zeit und Erfahrung und rückwärts und vorwärts und unserer eigenen Beziehung zu tun, und ich fragte mich, ob ich es erlebte oder mich erinnerte oder nur wünschte, dass es passiert wäre. Hinterher haben wir uns ganz schön betrunken, wir waren völlig weggetreten, sind zu ihr nach Hause und hatten echt unglaublichen Sex, aber als ich auf ihren Titten kam, fiel mir auf, dass mein Sperma aussah wie mit Silber durchsetzt, es hatte was Metallisches, o Gott, sagte ich, ich komme silbern, aber als sie's zwischen den Fingern zerrieb, bekam sie Panik. Das ist kein Sperma, sagte sie, ich laufe aus, und tatsächlich war da ein winziges Loch unter ihrer linken Brust, ein Vampirbiss, und da lief so eine geleeartige, silberne Flüssigkeit raus. Ich sah aus dem Fenster und es war Vollmond, oder vielleicht auch noch nicht ganz, irgendwas stimmt hier nicht, und zuerst hatte ich ein schlechtes Gewissen, ich hatte ihre Titten mit meinem Schwanz geklatscht, und ich hab einen ganz schön großen Schwanz, ich hatte sie richtig damit geprügelt, und ein bisschen fragte ich mich, ob ich den Schaden angerichtet hatte. Mach dir keine Sorgen, sagte sie, ich kann das bestimmt reparieren lassen, aber in ihrer Stimme lag etwas, das mir verriet, dass es sich eher um eine Sintflut als um ein Leck handelte, und bis dahin, sagte sie, decke ich's einfach zu, hab Sex in Dessous oder so. Aber ich war paranoid, do you remember, dachte ich. Sie ging zu dem Chirurgen und es war schlimmer, als wir dachten, in der Brust befanden sich zahlreiche undichte Stellen, und auch das Gewebe war in Mitleidenschaft gezogen worden, wodurch das Fleisch seitlich an der Brust an Elastizität verloren hatte und gerissen war. Sie kam aus der Klinik nach Hause, und wir haben beide geweint, die Brust wieder wie vorher nachzubauen würde sehr schwierig werden, hatten die ihr gesagt. Wir aßen bei unserem Lieblingsitaliener in der Stadt, wie wär's, wenn wir nach Europa fliegen, sagte ich, die haben doch die besten Kliniken, die sind technisch doch viel weiter als wir, aber das war eine idiotische Fantasie, wir hatten kein Geld, wir dachten an einen Benefiz-Gig, wisst ihr, Save Vanity's Breasts, aber wir wussten, dass dann die ganzen Hab-ich's-doch-gleich-gesagt-Leute und Puritaner auftauchen würden, und ehrlich gesagt sah es gar nicht so schlimm aus. Sie hat um die Zeit herum auch ein paar Filme gedreht, wo man's kaum gemerkt hat, außer wenn aus einem bestimmten Winkel gefilmt wurde, wo man einen schmalen Streifen Kreppband direkt unter dem BH-Träger erkennen kann, aber ganz ehrlich, Vanity war karrieremäßig sowieso in der Krise, sie war zu jung zu erfolgreich gewesen, sagte sie, die ganzen anderen Mädchen waren zurückhaltender gewesen, hatten nicht gleich am Anfang Mädchen-mit-Mädchen-Szenen gedreht, sie hatten keinen Analverkehr oder doppelte Penetrationen gemacht, und deshalb konnten sie jetzt höhere Gagen verlangen und sich langsam hocharbeiten. Nur Vanity hatte von Anfang an alles gemacht, sie war keine gottverdammte Geschäftsfrau, sie war leidenschaftliche Künstlerin und musste den Preis dafür bezahlen, während die ganzen zynischen Schlampen, denen man nicht mal einen Schwanz in den Arsch schieben konnte, ohne dass sie anfingen zu schielen, immer weiter aufstiegen, und die Wahrheit ist, dass es für Vanity eigentlich keinen nächsten Schritt mehr gab, sie hatte keine weiteren Spezialitäten oder Tricks auszupacken, sie hatte immer alles gegeben und das war ihr Fehler gewesen, zumindest in den Augen dieser Schleimscheißer.

Als ich's zum ersten Mal gesehen hab, wollte ich es nicht wahrhaben, hab mir eingeredet, es ist gar nichts, liegt nur am Blickwinkel, und ich hab's einfach nicht richtig gesehen, er hat sie in die Achsel gefickt, hab ich mir gesagt, komisch, nicht so sexy, aber ich schätze mal, sie musste was aus dem Hut zaubern. Aber dann konnte ich es nicht länger leugnen. Ich spulte das Tape zurück und sah es mir noch einmal an. Er hatte ganz eindeutig seinen Penis in das Loch seitlich an ihrer Brust gesteckt. Ich konnte das nicht ertragen. Ich zog mich an und ging im Dunkeln zu ihr nach Hause. Am Wochenende hatte sie mir das Video wortlos vorbeigebracht, es würde sie interessieren, was ich davon halte, hatte es in eine gepolsterte Versandtasche gesteckt und zugeklebt, als könnte der Inhalt auf den Boden kleckern. Als ich bei ihr ankam, waren die Vorhänge zugezogen und es schien niemand zu Hause zu sein, also bin ich über den Zaun geklettert und stand im Garten hinten, schaute zur Abstellkammer rauf, zu demselben Fenster, aus dem ich den Song zu hören geglaubt hatte. Jetzt hörte ich nichts außer dem Wind in den Rinnen und ein angespanntes, einschnürendes Geräusch irgendwo tief drinnen in meiner Brust, und schließlich kapierte ich, dass es mein Herz war, das als Cock-Ring benutzt wurde.

Vanity spielte noch in einigen weiteren Filmen die Hauptrolle, ließ sich in allen die Titten ficken, sogar doppelt die Titten ficken, wurde mir gesagt, aber bei dem Gedanken bekomme ich Lust, jemanden zu ermorden, die Vorstellung, dass diese Titten zerfetzt werden, und die Augen, die jetzt aus der Ferne zusehen, ohne Verbindung mehr zu den Titten, sondern wie Geister, die an den Schauplatz ihrer eigenen Ermordung zurückkehren, berührt mich auch jetzt noch. Später wurde sie ein ziemlich erfolgreicher Popstar, und natürlich hat irgendeine Zeitung die Tapes ausgegraben, und sie hat sie weggelacht, tatsächlich haben sie nur noch ihre Glaubwürdigkeit unterstrichen, dann ist sie auf dem Rückweg von einem Videodreh in den Hollywood Hills bei einem Autounfall ums Leben gekommen. Ich hab's in der Zeitung gelesen. Da stand, die Airbags seien nicht aufgegangen. Das ist das einzig Tröstliche für mich an der ganzen Sache.

9. Er wollte sich auf Kosten des NHS die Hoden entfernen lassen

Johnny McLaughlin erklärt die Situation mit Remys Vater, dass die was mit Vorsehung und Genitalverstümmelung zu tun hat, als Schlüssel zum Königreich oder einem Geheimpfad in den Urlaub an einem schwarzen Strand irgendwo in deinem eigenen Kopf, aber vor allem damit, wie wir uns damals, jeder Einzelne, gefühlt haben.

Big Remys Vater hatte die Familie verlassen, als Remy ein Teenager war. Er war ein relativ bekannter Wissenschaftler und Philosoph (obwohl ihn viele für einen Spinner und Okkultisten hielten). Man erzählte sich die Geschichte, er sei durch eine zwielichtige Operation zum Eunuchen geworden (wobei es sich wohl eher um eine Sadomaso-Folter-Session gehandelt hatte, da er sich mit einer Gruppe dubioser Schwuler eingelassen hatte, die Cock and Ball Torture praktizierten). Er wollte sich auf Kosten des NHS (so jedenfalls das Gerücht) die Hoden entfernen lassen, aber als ihn sein Hausarzt auslachte (und stattdessen eine Psychotherapie vorschlug), schaltete er eine private Anzeige in einer Schwulenzeitschrift und bot seine Genitalien zum weiteren Ge- und Missbrauch demjenigen an, der sie ihm im Gegenzug fachmännisch entfernte. Natürlich belegt die Geschichte nur, dass Big Remy aus einer langen Reihe Schwuler stammte. Aber der interessanteste Aspekt der Geschichte seines Vaters (den ich erst Jahre später herausgefunden habe) waren die Aufsätze, die er im Lauf seiner kurzen akademischen Laufbahn (am Coatbridge College) verfasst hatte, besonders das semi-autobiografische Traktat »Schicksal ist nur einmal«, das vom College abgelehnt wurde und in dem er seine Theorie von Raum und Zeit erläuterte (sowie deren Beziehung zu Gedanken und Taten). Die Theorie ging irgendwie so (und natürlich gebe ich sie in eigenen und vereinfachenden Worten wieder und habe sie vielleicht auch gar nicht richtig verstanden), aber der Kern seiner These war, dass zwischen Handlungen und Gedanken ein disjunktives Verhältnis besteht. Es gibt keine Parallelen zwischen ihnen, Handlungen sind unendlich und für immer, aber Gedanken finden in der Zeit statt und ereignen sich nur einmal. Er verwendete ein sehr banales Beispiel (das die These umso überzeugender machte).

Er sprach von einer Zeit, als er mit seiner Frau (seiner Ex-Frau natürlich) im Urlaub war. Es ist nicht klar, wo sie Urlaub machten, aber wir dürfen annehmen, dass es irgendwo an der Küste war (nicht in Großbritannien, von Blackpool oder Burntisland kann nicht die Rede sein), irgendwo an einem exotischen und exzentrischen Ort (vielleicht Neuseeland oder sogar Sausalito, dem Schauplatz seiner späteren Kastration), aber vielleicht ist das auch nur der Poet in mir. Sie halten an einem Picknickplatz (wir dürfen uns vorstellen, dass in der Ferne Berge zu sehen sind, aus irgendeinem Grund denke ich an schneebedeckte Gipfel) und vor ihnen liegt ein kristallklares Meer, das auch ein großer See sein könnte, ein Gewässer, das irgendwie ein Gefühl von Offenbarung vermittelt, von Klarheit (was dasselbe sein kann, aber nicht unbedingt sein muss), und dunkler Sand, schwarzer Sand (wenn man sich so was vorstellen kann). Es ist Mittag und nach der Fahrt sind beide hungrig. Er bereitet etwas auf dem Gaskocher im Wohnmobil zu (Eier und Salsa, würde ich vermuten), während sie ein paar Klappstühle und einen Tisch auf dem schwarzsandigen Uferstrand des funkelnden Wassers aufbaut. An dieser Stelle geht er peinlich genau ins Detail (was wichtig ist für seine These). Er erwähnt die Transparenz des Meeres, das, wie er sagt, sie in keinster Weise spiegeln wollte, obwohl die Sonne hinter ihnen stand und einige begeisterte Abenteuersportler ein Stück weiter weg Fallschirm sprangen und perfekte Silhouetten auf die Wasseroberfläche warfen (an dieser Stelle unterbricht er den Text mit einer eigenartigen ornamentalen Syntax, eckigen Klammern [[[]]], die seltsamerweise an den Blick aus einer Gefängniszelle erinnern, in der es natürlich schwierig ist, einen Schatten zu werfen, da die Sonne kaum Angriffsfläche hat), und dann beschreibt er die Zubereitung der Mahlzeit in allen Einzelheiten, das Kleinschneiden, Reiben, Vermischen, Braten, Rühren, Schmelzen, er spricht über das Besteck, das stumpfe Messer, die silberne Gabel, die bereits angelaufen ist, und er spricht davon, wie er mit den beiden Tellern runter zum Strand geht (an den schwarzen Strand, den ich im Kopf habe) und seine Frau dort sitzen sieht (verdattert, wie es jeder angesichts seines nicht vorhandenen Schattens wäre), und natürlich erwähnt er an keiner Stelle, was sie eigentlich essen (was wichtig zu sein scheint). Er spricht über den gesamten Prozess, die Vorbereitung, das Bringen, das Verschlingen, aber an keiner Stelle wird erwähnt, was er da eigentlich zubereitet hat. Die ganze Zeit spricht er davon, dass er sich wie in einem Theaterstück vorkommt, als würde er einer Art Drehbuch folgen, das eigens für ihn geschrieben wurde (mit anderen Worten, eine Traumrolle), und das Ganze kulminiert, als seine Frau zurück zum Wohnmobil geht und er die Teller abräumt (Teller, auf denen wer weiß was war), und er geht und kniet sich ins Gras (was er normalerweise niemals getan hätte, schließlich hat er eine schöne Hose an, auf deren Etikett »chemisch reinigen« steht), und gerade als er das tut, fallen ihm zwei kleine Abdrücke im Gras auf (von genau derselben Form wie seine Knie), und er schiebt seine Knie darauf, sie passen perfekt, so sehr, dass er zu der Überzeugung gelangt, selbst diese Kuhlen hinterlassen zu haben und weniger vorwärts in der Zeit zu leben als rückwärts.

Er kniet und findet sich in der Pose ein (ein Moment der Demut, so nennt er das – die ganze Zeit hält er an seinem christlichen Glauben fest, trotz der Hoden und der Philosophie, was es entweder noch konfuser macht oder restlos erklärt), und im Verlauf dieses Moments, noch während er ihn durchlebt (seine Frau im Wohnmobil weiter hinten, die aus dem Himmel fallenden Fallschirmspringer, das reine klare Wasser, die Essensreste auf den Tellern, die exakten Rostmuster auf dem Besteck), erscheint er ihm wie der Ewigkeit eingeschrieben, als hätte sein geheimes Ich (sein Schutzengel, so nannte er das) dieses absolute Kunstwerk geschaffen, das auf ihn gewartet hat (oder, besser gesagt, immer schon existiert hat und sich erst jetzt irgendwie dem Denken offenbarte).

Genau in diesem Moment, in dem er im Gras kniete und Essen von den Tellern kratzte (was genau werden wir nie erfahren), hatte er, wie er sagt, das Gefühl, als hätte er zu sich selbst aufgeholt (nur ganz kurz, das ist richtig), Kopf an Kopf aufgeschlossen (sagen wir's mal so). Als er die rote Flüssigkeit in der weißen Abfalltüte sah (ich stelle mir eine Tomatensauce in einer Mülltüte vor, wie eine Nahaufnahme von einer tuberkulösen Lunge), überführte er die Erfahrung in eine christliche Anschauung. Er definierte Denken in Urteilen um. Man bekommt dieses Leben, schreibt er, eine präzise Menge von Ereignissen: und wird aufgefordert, sie zu beurteilen.

(Aber denkt mal darüber nach.) Wenn alles bereits festgelegt ist, wenn wir schon mal hier waren und das Ganze hinter unserem Rücken eingefädelt wurde (oder ein Engel im Himmel dies für uns getan hat), bis hin zu den Rostmustern auf der Gabel und der Form der Abdrücke, die unsere Knie im (schwarzen) Sand eines Traumurlaubs hinterlassen, der vor langer Zeit stattfand, und dies bis in die Ewigkeit weiterlebt, dann verlangt das Denken von uns nicht weniger, als dass wir den Willen Gottes selbst abwägen.

Das ist eine heftige Vorstellung (aber hier kommt noch eine). Was, wenn die Vorstellung vom Willen Gottes als eine Art Papiertiger existiert? Was, wenn man das großartige Geschenk wegwirft? Wenn man es von vornherein ablehnt? Und wenn diese Kränkung, das Durchschauen des Tricks, diese Rebellion (wie auch immer man es nennen will) einem ermöglicht, die nächste Ebene zu erreichen, wie eine Reihe von miteinander verbundenen Verliesen, deren Wände sich unmöglich wegdenken lassen, und wofür man mit einer weniger verwirrenden Interaktion belohnt wird (und dann noch einer), bis sich der ganze Kreis wieder schließt und man endlich in der Lage ist, sein Leben wie vorgeschrieben zu leben (in der Geschichte und in der Zeit), aber diesmal außerhalb der Gedanken, ohne Urteil und jenseits von Verstehen? Sie mag nichts bedeuten (vielleicht gibt es nicht die Möglichkeit, auf Beurteilungen zu verzichten, vielleicht ist das ein Problem mit unseren Gehirnen oder vielleicht auch nur das wirre Gefasel eines Irren), aber damals, als wir für immer jung waren, schien mir das eine echte Möglichkeit zu sein.

10. Das goldene Licht drang aus dem Fenster und ergoss sich über den Gehweg wie ein perfekter Traum

David Kilpatrick erinnert sich an die Sage von Chinese Moon

Kaum jemand verlässt Airdrie: die Savings Bank in Airdrie ist die einzige überlebende unabhängige Sparkasse im Vereinigten Königreich. Das liegt daran, dass hier die am wenigsten mobile Bevölkerung aller britischen Städte lebt. Außerdem gilt hier das Kleine-Welt-Phänomen, und niemand ist zufrieden, bis er sich in einem komplexen Netzwerk aus Freunden, Angehörigen und entfernten Verwandten etabliert hat; irgendwie ein bisschen wie bei Juden.

Alle halten es für ein Drecksnest; eine Horrorshow; ein Irrenhaus. Das dient nur dazu, die Neugierigen fernzuhalten. Hinter verschlossenen Türen in den hinteren Ecken der Wohnsiedlungen, in den verfallenen Häusern in Clarkston und den modernen Wohnungen der Main Street, in einsamen möblierten Zimmern und tristen Wohnungen über Imbissen verstecken sich die mitunter exzentrischsten Charaktere, die je einem Roman entsprungen sind; einige der großartigsten Büchersammlungen, die je auf den Müll geworfen wurden; einige der überwuchertsten Gärten, in denen nie ein bodenständiger Typ aus dem East End Unkraut gejätet hat; einige der großartigsten Musiker, die herzzerreißendsten Sänger; die größten Säufer; die schlampigsten Arbeiter, die laschesten Lehrer; die engagiertesten Intellektuellen; die eigentümlichsten Astronomen; die verbissensten Sammler; die ernsthaftesten Amateure; und natürlich die größten Versager. Zu meiner Zeit hab ich sie alle gekannt. Ich kannte Memorial Device; ich ging zu den Konzerten. Ich stand auf die ganzen Bands aus Airdrie. Wir waren ein Team, wir wuchsen zusammen auf und gingen zu den Konzerten: Findlay, Alan, Duncan und ich.

Findlay und Alan waren Brüder und sie wohnten im Kenilworth Drive, um die Ecke vom alten Kenilworth Hotel, bei ihren Eltern, die Lehrer waren. Die beiden waren exzentrische Typen. Im Alter von vierzehn Jahren abonnierte Findlay *Newsweek* und Alan war praktizierender Zauberer und behauptete, durch einen Hexenzirkel, der nachts im Katherine Park sein Unwesen trieb, initiiert worden zu sein. Außerdem trugen beide Trainingsanzüge, die Hosen bis zu den Brustwarzen hochgezogen. Wir standen auf Comics, Science-Fiction, Kriegsspiele, Rollenspiele, so Zeug eben. Aber dann kamen wir auf die Musik. Duncan war's, der uns drauf gebracht hat. Sein Bruder hatte ein paar Platten von den Ramones und die unglaublichste Sammlung an Heavy-Metal-Alben, die ich je gesehen habe. Er musste mindestens dreißig LPs besessen haben. Wenn wir zu Duncan gingen, dessen Eltern hinter dem Kings Café in der Main Street wohnten, setzten wir uns ins Zimmer seines Bruders, das komplett mit Seiten aus *Sounds* und dem *NME* zutapeziert war, ein Snookertisch stand in der Mitte und das Bett war grundsätzlich ungemacht, überall lagen Socken und Zigarettenstummel und es war immer dunkel, unheimlich und erwachsen, und wir legten Platten auf und spielten Snooker und malten Bleifiguren an oder planten unseren nächsten Ausflug nach Glasgow, was genauso gut auch das Ende der Welt hätte sein können.

Duncans Dad war leider Alkoholiker. Obwohl er einen guten Job als Geschäftsführer eines Kaufhauses in Shettleston hatte, weigerte er sich, für irgendwas außer Alk Geld auszugeben, weshalb das Haus immer in einem schrecklichen Zustand war. Nackte Glühbirnen in allen Räumen. Ich erinnere mich immer an das Wohnzimmer, in dem eine Reihe von Geburtstagskarten von vor drei Jahren auf dem Fensterbrett stand. Sein Dad soff in The Tavern, direkt gegenüber vom Katherine Park – gibt's längst nicht mehr, braucht ihr nicht suchen –, und er ist immer mit dem Fahrrad hin- und zurückgefahren, und einmal sah ich ihn bei meiner Zeitungstour sternhagelvoll in eine Hecke radeln. Er kam nach Hause, wenn wir abends Platten auflegten, und wir hörten ihn schreiend und schimpfend die Treppe raufkommen, und Duncan war's peinlich und er sagte, dass sein Dad wieder so tun würde, als wäre er besoffen. Er würde nur zum Spaß so tun, und das Ganze sollte ein Scherz sein, um seine Mutter auf den Arm zu nehmen. Er tat mir leid. Duncans Mutter war Jüdin und sie hatten eine turbulente Beziehung. Duncan kaufte ein PLO-T-Shirt, und als er es in die Wäsche tat, sagte sie, sie würde seine Klamotten erst wieder waschen, wenn er's rausgenommen hätte, was er nicht machte, und deshalb wurde das zum ständigen Streitthema und hatte zur Folge, dass Duncan immer stank, weil er sich die schmutzigen Klamotten wieder aus dem Wäschekorb holen und noch mal tragen musste, normalerweise waren das hautenge Adidas-T-Shirts und Röhrenjeans.

Alles änderte sich, als wir psychedelische Drogen entdeckten. Schuld war so ein Typ namens Scott, der in der Szene berüchtigt war; ein krasser Dealer. Sein Spitzname war Sore Arse, weil er sich wegen irgendeines Syndroms oder so einige Male am Arsch hatte operieren lassen müssen, und deshalb wurde er von allen so genannt. Er hat sich irgendwie mit uns angefreundet; er stand auf Tolkien und John Norman, die Gor-Bücher und dieses ganze Zeug. Die Gor-Bücher kann man nicht verfilmen, sagte er, im Kino müssten sie das Mindestalter so weit raufsetzen, so alt kann man gar nicht werden, das geht gar nicht. Dann zündete er sich einen Joint an, Sonnenbrille auf und die Haare fettig, und wir starrten ihn an wie ein Zukunftsorakel; ein Orakel mit Penis. Scheiße, dachte ich. Der Typ ist echt drüber. Dieses Jahr mach ich Urlaub in Erotica, sagte er und zwinkerte, und wir haben's nicht mal kapiert. Aber die Sache ist die, dass er uns auf die Idee mit den Trips gebracht hat. In gewisser Weise sind wir Seiteneinsteiger bei den psychedelischen Drogen; irgendwie zufällig. Wir sind von Superhelden und Fantasy-Zeug auf Underground Comics umgestiegen, so was wie Robert Crumb und *Zap*, das Zeug, das du lieber unter dem Bett versteckst, damit deine Mum es nicht sieht. Aber das eigene Bewusstsein erweitern, verdammt, na klar, wir waren dabei;

wir haben ja in unseren Köpfen gelebt, je mehr Platz wir dort hatten, umso besser.

Am Abend des ersten Trips hatten wir uns bei meiner Mum zu Hause in Caldercruix getroffen. Ich hatte sturmfrei. Wir saßen im Wohnzimmer, Duncan legte eine Platte von Devo auf und jeder nahm eine halbe Tablette, um sicherzugehen. Nach einer Weile sah ich die Vorhänge ein bisschen wackeln und auf der Platte gab's ein Schlagzeugsolo, das scheinbar ewig dauerte, aber das war's auch schon. Ich hatte gerüchteweise gehört, dass der Stoff mit Strychnin gestreckt war, versuchte aber, meine Gedanken auf was anderes zu konzentrieren, besonders als ich den Wunsch verdrängen musste, zum Hörer zu greifen und Sore Arse zu fragen, ob alles okay war. Findlay lag auf der Couch und las das Buch von Truffaut über Hitchcock; das war noch, als Findlay drei Mal täglich ins Kino ging, völlig verrückt nach Filmen; ein echter Spinner. Plötzlich hatte ich eine Riesenbeule in der Hose und dachte, ich würde explodieren. Ich wollte nichts anderes mehr, als es rauswichsen; das war überwältigend. Ich hatte das Gefühl, in mir würde das Leben pulsieren. Ich spürte, wie sich die Eichel hervorwölbte, sich die Haut zurückschälte. Ich ging ins Bad und holte meine Pornos raus, die ich unter der Wanne, unter einer losen Diele versteckt hatte.

Ihr Name war Ginny; ich kann mich immer noch an sie erinnern. Sie lag breitbeinig auf dem Bett, hielt sich mit einer Hand am Kopfende aus Messing fest, trug Strümpfe, und neben ihr war die Schublade mit den Höschen aufgezogen und Unterwäsche quoll heraus. O Gott, sagte ich mir. Ich schaute ihr zwischen die Beine und das war, als würden zwei Welten aufeinanderprallen und als wäre Unterwäsche die höchste zivilisatorische Errungenschaft; alles, wofür wir gekämpft hatten; in Gor, in Mittelerde und der Realität. Das war ein zutiefst andächtiger Moment, und danach ging ich zurück ins Wohnzimmer und es fühlte sich an, als würde ich auf die Kommandobrücke eines Raumschiffs gehen. Ich erzählte den anderen, wie toll es gewesen war, dass sie mal versuchen sollten, auf Acid zu masturbieren, und einer nach dem anderen – alle außer Findlay – verschwanden sie im Badezimmer, sodass die Zeitschrift hinterher völlig durchweicht war, ich musste sie in eine Plastiktüte packen und am nächsten Morgen in den Müll schmeißen. Danach kamen wir nicht mehr drum herum, eine Band zu gründen.

Keiner von uns konnte irgendwas spielen, außer Alan, der Klaviervirtuose war und mit fünfzehn Jahren ein Buch über die Geschichte des Minimalismus geschrieben hatte, das er anschließend einfach in eine Schublade gestopft hatte; aber wir interessierten uns nicht für Technik, und außerdem war er einer dieser Typen, die super vom Blatt spielen, aber ums Verrecken nicht improvisieren konnten. In gewisser Weise waren wir alle so. Also hatten wir eine Idee. Duncans Dad hatte einen unendlichen Vorrat an Schaufensterpuppen, die er ins Fenster seines Geschäfts in der Baillieston Road stellte. Wir beschlossen, Tapes zu machen und dann ein Konzert zu organisieren, für das wir die Schaufensterpuppen anzogen wie uns, im Prinzip wie Schuljungs, die aber wie Rockstars aussahen, mit Instrumenten und Perücken, und hinter ihnen ließen wir dann die Tapes mit unserer Musik laufen, eben wie bei einem Konzert. Wir ließen uns einen Namen einfallen. Zuerst Shooting Gallery, dann Credible Ring, dann Chinese Moon. Wir riefen in ein paar Bars an, besorgten uns die Namen von Clubs, aber sobald wir denen dort erklärten, was wir vorhatten, legten sie auf oder lehnten ab oder kamen mit irgendeiner lahmen Ausrede. Uns blieb nur eine einzige Möglichkeit. Wir sagten zu Duncan, frag deinen Dad, ob wir ein Schaufenster gestalten dürfen. Wir ziehen die Puppen an und nehmen Tapes auf und machen ein musikalisches Schaufenster in Shettleston. Das war wie eine Installation, aber auch ein Gig, obwohl wir hingehen und ihn uns selbst ansehen konnten. Seinem Dad war's egal, er sagte Ja, er war betrunken, aber er war ein liebevoller Vater, soweit ich das beurteilen konnte, auch wenn Duncan ihn peinlich fand und die Lage zu Hause ein bisschen angespannt war.

Jeder zog seine Puppe dem eigenen Geschmack und der eigenen Persönlichkeit entsprechend an. Meine hatte eine Augenklappe und einen kakifarbenen Pulli mit Flicken an den Ellbogen, dazu eine beigefarbene Hose mit braunen Slippern und eine schwarze Gitarre – eine Les-Paul-Kopie, mehr konnte ich mir nicht leisten –, die langen schwarzen Synthetikhaare ließ ich offen. Alan saß am Schlagzeug und er sah aus wie eine blaue Flamme; seine Puppe war voll geschminkt, türkisfarbener Lidstrich und blaue Haare, die er wie Bryan Ferry auf dem ersten Roxy-Music-Album zu einer unglaublichen Art-school-Tolle aufgebürstet hatte, nur mit Blazer und grauer Hose; es sah aus, als hätte jemand seinen Kopf in Brand gesetzt oder abgeschmirgelt und als wäre dabei sein Schuljungengemüt explodiert. Findlay sah einfach aus wie er selbst, und das war in gewisser Weise das Unheimlichste; ein blauer Trainingsanzug, ein blonder Bob und ein übertriebener Mund, er hielt das Mikro wie eine Pistole, mit der er sich gerade selbst erschossen hatte. Duncans Puppe trug einen schwarzen Overall mit Armeeabzeichen und dazu eine russische Pelzmütze mit rotem Stern, Hammer und Sichel vorne drauf, die künstlichen Haare hingen runter, die Fingernägel waren lackiert und er hatte einen Bass wie eine Flying V, die er aus Pappe gebastelt und in die er einen Lautsprecher eingebaut hatte, angeschlossen an ein ganzes Regal voller Walkmans, auf denen in Endlosschleife immer unsere paar Tracks dudelten, sodass die Musik durch die Scheibe gedämpft klang, wenn man vorbeiging, wie unter Wasser; als würden wir mitten in der Nacht in einem beleuchteten Aquarium in Shettleston stehen und spielen. Das Fenster blieb ungefähr eine Woche lang, dann bekam es der Ladenbesitzer mit und befahl, dass es abgebaut wird. Immerhin: Was für eine Woche. In meiner Erinnerung erstreckt sie sich über den ganzen Sommer 1983 und ich sehe noch vor mir, wie wir in den frühen Morgenstunden darauf zugingen; das goldene Licht drang aus dem Fenster, ergoss sich über den Gehweg wie ein perfekter Traum, und dann hörte man im Näherkommen die Musik, leise, während im Hintergrund Leute mehrere Straßen weit entfernt etwas riefen und hin und wieder ein Taxi vorbeirauschte;

wir gingen darauf zu und sahen plötzlich uns selbst, oder besser gesagt, unsere auserwählten Repräsentanten, in dieser Welt und der nächsten, auf eine Weise, als wäre das ein Schritt in die Unsterblichkeit oder das Vergessen oder wie auch immer man es nennen will; und die Musik war gut, es war der Sound, den man hört, wenn man nachts aufwacht und für einen kurzen Augenblick ein Empfänger ist, als hätte man seine Rolle als Mensch vergessen und würde eine Sekunde lang einen eigenartigen, hohen Ton empfangen, auf einer Frequenz, auf die man sich nur in ganz bestimmten Zuständen einstellen kann; und als ich in das Fenster sah und diesen langen, anhaltenden Ton hörte, dieses langsame, eigenartige Schlagzeug, dachte ich mir, wenn ich sterbe, möchte ich hier aufwachen, bitte lass mich in dieses Bild wiedergeboren werden; lass mich für immer in diesem Moment leben.

Obwohl es uns nur eine Woche lang gab – und ehrlich gesagt, hatten wir auch nie gedacht, dass darüber hinaus noch was passieren würde –, haben wir eine Menge Interesse geweckt. Leute nahmen Kontakt auf, erkundigten sich im Laden nach uns, was zum Teil der Grund war, weshalb wir's abbauen mussten, denke ich: zu viele Irre, die kein Geld für Herrenbekleidung oder die neueste Sommermode ausgeben konnten, hatten davon Wind bekommen. Zum Glück notierte Duncans Dad die Namen und leitete Briefe weiter – so gesehen, hat er uns sehr unterstützt, fast schon ans Peinliche grenzend –, und dadurch wurden wir sehr schnell Teil dieses Zusammenschlusses aus kreativen Menschen, Spinnern und Freaks; was wir super fanden. Ich bekam Briefe von Künstlern, die sich obsessiv mit Körperteilen beschäftigten, einer Domina, seltsamen eigenbrötlerischen Homosexuellen, einem Professor, der am Coatbridge College Robotertechnik lehrte, Menschen, die über Phantomglieder fantasierten; einsamen CB-Funkern … aber der interessanteste Brief stammte von Lucas Black von Memorial Device.

Der Brief war eigenartig, als würde er sich selbst schreiben oder gewissermaßen einem Teil von sich. Er war adressiert an Mr. Downie, den Inhaber des Ladens; Downie's hieß er. Und das war, als würde er eine Petition an einen Teil seines Gehirns richten. Ich sage das jetzt, wo ich weiß, was ich weiß. Aber damals hat's mich umgehauen. Das war wie ein Lovesong.

Dear Mr. Downie, lautete er – ich zitiere hier aus dem Gedächtnis, ich wünschte, ich hätte den Brief noch. Dann erst mal diese ganze Vorrede, wo er seine Qualifikationen ausbreitet; als hätte er das Recht, Kontakt aufzunehmen; als wäre es unvermeidbar; als würde er zwei Drähte zusammenführen, damit es funkt. Ich erinnere mich besonders an einen Satz; *das Leben hat keine Bedeutung*, sagte er, *aber es hat Resonanzen, Reibungen, Orte, Geister. Vielleicht möchten Sie einige Beispiele meiner Arbeit sehen*, schrieb er. *Wenn ja, bitte beachten Sie Beiliegendes;* er hatte ein Foto dazugelegt von einem eigenartigen Diorama, das er selbst gebaut hatte; es sah aus wie ein Vulkan, aus dem Lava strömte; die Lava sah eher aus, als würden einem Pappmascheeberg Federboas aus dem Maul hängen, und an den vier Ecken standen Stipendiaten – den Begriff hat er benutzt –, eigenartige Puppen; Kinder mit bleichen Holzgesichtern, silbernem Kunsthaar und Sweatshirts mit Logos drauf oder Schriftzügen wie *I love New York* oder *Coatbridge College Athletics* oder, das, woran ich mich am besten erinnere, *California Good Guys;* alle fotografiert in diesem seltsamen Dämmerlicht, als wäre es eine Erinnerung.

Natürlich erklärte ich mich zu einem Treffen bereit. Zu dem Zeitpunkt wohnte ich in einer Wohnung im obersten Stock eines Wohnblocks in der Nähe der Airdrie Academy. Ich machte an einem College in Coatbridge eine Ausbildung zum Elektriker und teilte mir die Wohnung mit ein paar anderen Blödmännern, nur damit ich es mir leisten konnte, nicht zu Hause zu wohnen, was in Wirklichkeit nur fünf Minuten zu Fuß entfernt war. Rückblickend hab ich keine Ahnung, warum ich es so eilig hatte, zu Hause auszuziehen. Damals bin ich vor jedem Moment geflohen, der sich vor mir auftat. Ich konnte die Zukunft kaum abwarten, was jetzt ein schrecklicher Gedanke für mich ist.

Ich weiß noch, wie Lucas geklingelt hat, und normalerweise hab ich immer bis dreißig gezählt, bevor ich die Tür aufgemacht hab; so lange hat es meistens gedauert, bis jemand die drei Stockwerke über die Treppe hochkam. Aber diesmal hab ich sofort aufgemacht, stellte mich oben an die Treppe und sah ihn raufkommen, und ich werde nie vergessen, wie ich ans Geländer ging, um besser sehen zu können, und mit der Hand direkt in ein Spinnennetz gegriffen habe; genau mittendurch. Das hat was zu bedeuten, sagte ich mir, daran werde ich mich ewig erinnern; und ich erinnere mich noch daran, also muss es was zu bedeuten gehabt haben. Ich konnte immer noch Lucas' Schritte unten hören. Er hatte einen unverwechselbaren Gang, irgendwie schief, aber sanft, wie mit den großen Stiefeln, die Boris Karloff in dem Frankensteinfilm getragen hat, als ein Trotten würde ich es beschreiben, ein bedächtiges Trotten, ein Schritt nach dem anderen, und noch bevor ich ihn überhaupt erkennen konnte, sah ich seine Silhouette an der Wand, und fast rechnete ich schon damit, ein paar Schrauben aus seinem Hals ragen zu sehen und eine brennende Fackel, als würde er die Treppe in einer gruseligen Burg hinaufsteigen, womit ich sagen will, dass es was Mechanisches, aber trotzdem Bedächtiges, mit anderen Worten Unheilvolles hatte, wie ein Selbstmörder beim Erklimmen einer Klippe.

Das hat Spaß gemacht, sagte er, als er oben angekommen war, und ich wusste nicht so genau, was er meinte, aber ich sagte trotzdem: Gut und streckte den Arm aus, um ihn hereinzuführen. Er stand stocksteif im Flur und ich wusste nicht, ob er darauf wartete, dass ich ihm die Jacke abnahm, aber als ich auf ihn zuging, schreckte er zurück, also standen wir uns einfach kurz gegenüber. Vermutlich fragst du dich, warum ich hergekommen bin, sagte er nach einer scheinbar endlosen Stille, die aber wahrscheinlich höchstens ein paar Sekunden andauerte. Es geht um die Schaufensterpuppen, oder?, sagte ich. Ja, sagte er, ja, genau darum geht's. Das ist richtig. Aber was sollte denn sein mit den Schaufensterpuppen?, fragte er mich. Ich vermute, dass sie dir gefallen haben, sagte ich. Ich vermute, du hast was in ihnen erkannt, oder konntest was damit anfangen oder so und wolltest dich deshalb treffen. Ja, sagte er. Er hatte sie erkannt. Aber woher? Und von wann?

Es war, als würde man sich mit der Stimme im eigenen Kopf unterhalten. Ich wollte ihm wieder antworten; zu dem Zeitpunkt hatte er mich schon in so ein eigenartiges automatisches Antwort-Ding verwickelt und ich fing an, was zu erzählen, von wegen vielleicht sei es Vorahnung gewesen; so was wie Tod im Leben; so was wie, dass man sich selbst in den Schaufensterpuppen sieht, und das ist, als würde man den eigenen Tod betrauern; als würde man sich über die eigene Leiche beugen; so was in der Art. Der Punkt ist, dass es eine Erkenntnis gibt. Im Prinzip habe ich mir das spontan ausgedacht; ich meine, er hat Antworten verlangt, und plötzlich fühlte ich mich verantwortlich. Eine Vorahnung, sagte er zu mir. Ist es das, was vor der Ahnung kommt? Zu dem Zeitpunkt hatte ich das Gefühl, mein Gehirn würde sich verknoten. Eine Vorahnung ist das, was einem Gefühl vorausgeht, habe ich ihm erklärt. Was ist eine Nocturne, fragte er mich. Das ist ein Gefühl in der Nacht, erklärte ich ihm. Genau, sagte er, und von dort hab ich sie erkannt. Damit hat er mich wahnsinnig gemacht. Ich bin für den Beruf des Künstlers einfach nicht geschaffen, sagte ich mir.

Wir gehen durch in die Küche, schlug ich vor. Ich musste raus aus dem Gang, weg von diesen ganzen Fragen über Fragen. Er ging schweigend hinter mir, zog einen Stuhl hervor und setzte sich drauf. Er schaute den Küchentisch an; ein schlichter Holztisch, den wir auf dem Schrottplatz gefunden hatten. Wie mein Bett, sagte er. Schläfst du auf einem Tisch?, fragte ich. Natürlich nicht, sagte er. Sei nicht albern. Ich machte Kaffee und wir blieben schweigend noch ein bisschen sitzen. Woher weiß man, wie man aussieht, bevor man in einen Spiegel schaut?, fragte er mich. Das weiß man nicht, sagte ich. Du siehst aus wie das, was du im Spiegel siehst. Da seufzte er und stützte den Kopf auf die Hände – die übrigens riesig waren. Ich dachte, Atlas ist gekommen, um die Welt zu ersticken, verdammt.

Als er die Hände wieder wegnahm, fiel mir die große Narbe an seinem Kopf auf. Die haben ihm den Kopf aufgesägt, erinnere ich mich, gedacht zu haben, was haben sie da reingetan? Machst du Musik?, fragte ich ihn. Du bist doch bei Memorial Device, oder? Memorial Device hatten zu der Zeit gerade erst angefangen. Was ist ein Memorial Device?, fragte er mich. Sind das zum Beispiel Zeichen im Sand? Das ist eine Band und du bist dabei, ich hab euch gesehen, sagte ich. Genau, sagte er. Genau. Dann blieb er einfach sitzen. Ist es wie eine Taschenuhr, sagte er nach einer Weile, eine Taschenuhr, die man erbt? Ist es ein Grabstein? Eher wie ein Diktafon, würde ich meinen, sagte ich, wobei ich zu dem Zeitpunkt schon völlig überfordert war. Haben eure Puppen Namen?, fragte er mich. Ja, die heißen wie wir, erklärte ich ihm; das sind wir, sozusagen. Leuchtet mir ein, sagte er und nickte langsam. Dann zog er ein Notizbuch aus der Tasche. So halte ich alles zusammen, sagte er und zeigte auf das Notizbuch. Ich gebe meinen Puppen Namen, sagte er. Ich benenne sie nach den Teilen meines Gehirns. Diese hier, sagte er und zeigte mir ein Bild von einer Jungs-Puppe in kurzen Hosen und T-Shirt und mit einem erhobenen, winkenden Arm: diese nenne ich *Die Küste*. Das ist *Der Gully*, sagte er und schob mir ein Bild von einer älteren Männer-Puppe mit ausdruckslosem Gesicht und strohfarbenen Haaren zu, die er in einem Garten auf einem Stuhl sitzend fotografiert hatte. Dann gab es *Die Pfade*; ich hab kein Bild von ihm zur Hand. Er ist älter, in schlechtem Zustand, aber gut gekleidet. Dann haben wir *Der Umhang, Die Lampen, Die Seen* und *Der Mond*. Er reichte mir ein Bild von *Der Mond;* einem kleinen Mädchen, das in einem Buch las, mit riesigen Augen und traurigem Gesichtsausdruck. Sieht so dein Gehirn aus?, fragte ich ihn. Ich denke schon, sagte er. Denke schon.

Würden deine Puppen gerne ein Konzert geben?, fragte er mich. Wo, sagte ich, in deinem Gehirn? Darüber lachte er, zum ersten Mal. Ich verspürte so was wie Erleichterung. Da wird es auch stattfinden, grinste er. Aber ich hatte eher an einen Auftritt mit Memorial Device gedacht; vielleicht als Vorband. Was ist ein Memorial Device?, fragte ich ihn. Ich glaube, so was wie ein Taschenmesser.

So kam es, dass wir den Auftritt mit Memorial Device hatten. Ich werde immer noch von Leuten danach gefragt; Leute, die sich nicht mehr erinnern, ob es wirklich stattgefunden hat oder ob sie sich das alles nur vorgestellt haben. Sie sagen zu mir, erinnerst du dich an den Auftritt, wo nur die Puppen dastanden? Ich sage, ja, das war ich; das war meine Band. In der Lokalzeitung erschien ein Artikel über uns. Da war ein Bild von uns vor dem Haus von Alan und Findlays Eltern, wo die Band im Garten spielt und wir vor ihnen im sommerlangen Gras sitzen. Natürlich haben sie versucht, uns als Perverse darzustellen oder als sexuell irgendwie falsch gepolt. Vielleicht war das auch so; warum sollten wir's leugnen? Aber es war nur von kurzer Dauer. Keiner von uns freundete sich wirklich mit dieser Art Leben an; das späte Aufbleiben, das Trinken. Nach zwei Dosen war ich besoffen und fing an zu weinen. Ich hab mich in so viele Mädchen verliebt; das hat so wehgetan. Ich war einfach nur jung und sie wollten die älteren Jungs, die schlimmen Jungs oder die harten Kerle, und ich machte mich zum Idioten. Ich konnte nicht verstehen, warum die mit Jungs zusammen sein wollten, die rauchten, tranken und sie schlecht behandelten. Wir könnten ein Team werden, sagte ich zu ihnen; zu dunkelhaarigen Mädchen in schwarzen Strumpfhosen und dramatisch schwarz geschminkten Augen; wir könnten eine Familie werden. Was wusste ich schon von Familie? Wir hatten nur die Puppen, und die rissen alles an sich. Die Mädchen versuchten sich mit ihnen fotografieren zu lassen, aber wir beschlossen, den Zugang zu beschränken, das Rätselhafte zu bewahren, also haben wir sie jedes Mal nach Ende des Konzerts in Kisten gepackt und die Kisten zugeklebt, und dann sind wir raus, haben uns unter die

Menge gemischt, aber natürlich hat uns niemand erkannt, niemand hat sich für uns interessiert, obwohl wir das Gehirn dahinter waren, die Künstler; Superhelden in unseren Augen. Für mich war das Fass zum Überlaufen gebracht, als diese Vanity behauptet hat, sie wäre mit einer der Puppen zusammen. Und natürlich nicht mit mir. Sie hatte was mit Alan, sagte sie, aber nicht mit dem echten Alan, sondern eben mit Alans Double, Alan mit dem blauen Flammenhaar und der Schuluniform. Sie überredete Alan, sie mit der Puppe posieren zu lassen, oder besser gesagt, ihr Freund hat ihn überredet, der Idiot. Ich konnte es nicht fassen. Natürlich hat Alan mir nichts davon gesagt und ich hab's erst erfahren, als ich sie zusammen in irgendeinem dämlichen Fanzine abgebildet gesehen hab, darunter stand was von wahrer Liebe oder so. Du hast uns verscherbelt, habe ich zu Alan gesagt. Du hast das Ganze billig gemacht. Das hat mich echt mitgenommen. Da zeigten sich die ersten Risse.

Alan hatte sich mit so einem Chinesen aus Petersburn angefreundet. Er kannte ihn über einen Astrologiekurs, mit dem beide zu tun hatten. Es gab einen China-Imbiss in Clarkston, der seinem Vater gehörte, und eines Nachts hatte es dort einen Vorfall gegeben – ich weiß nicht genau, was passiert ist, die Einzelheiten sind noch immer unklar – aber das Ergebnis war, dass der Vater des Chinesen im Hinterhof umgebracht wurde. Er bekam eine Steinplatte auf den Schädel und starb an Ort und Stelle.

Alan rief mich an. Ich war nicht dabei, sagte er. Aber ich bin verwickelt. Was weißt du?, fragte ich ihn. Was hast du gesehen? Aber er hat nur gewimmert und aufgelegt. Dann hat mich Duncan angerufen. Alan steckt in der Scheiße, sagte er. Ich weiß, sagte ich. Hab gerade mit ihm gesprochen. Nein, nicht Alan, sagte er, du verstehst mich nicht, ich meine Alan, Alans Double, der mit den blauen Haaren; ich rede von unserem Schlagzeuger. Der läuft da draußen Amok.

Jemand hatte eine Person mit blauen Haaren und Schuluniform beschrieben, die vom Tatort geflohen war. Die Band muss sich auflösen, sagte Alan. Sie müssen untertauchen. Wir trafen uns bei Duncans Eltern zu Hause; wir saßen zu viert auf dem Bett, eine einzige nackte Glühbirne erleuchtete den Raum und überall lagen Haufen schmutziger Klamotten. Duncans Dad kam ins Zimmer, er war noch nicht ganz blau, nur einigermaßen angeheitert, und fragte uns nach dem Mord an dem Chinesen. Ich hab gehört, er hat einen Pflasterstein auf den Schädel bekommen, sagte ich. Wer ist denn überhaupt stark genug, um so eine Steinplatte hochzuheben, geschweige denn sie dem armen Kerl über den Schädel zu ziehen? Wir schüttelten unsere Köpfe und versuchten uns die Szene und die übermenschlichen Kräfte vorzustellen, die dazu nötig waren; alle außer Alan, der den Kopf in den Händen vergrub. Und dann eskalierte es. Ich verlangte, die Puppen zu sehen, die im Keller von Findlay und Alan in Kisten aufbewahrt wurden, und bestand darauf, dass wir sie rausholten und sie uns ansahen. Wozu?, fragte Duncan. Suchst du Blutspuren? Vielleicht, sagte ich. Kann sein. Er sah mich an, als befände er sich in den Fängen von irgendwas; als hätte sich ein riesiges Maul hinter ihm aufgetan und als würde er gerade zum ersten Mal den Druck auf seinem Fleisch spüren; den Schauder, kurz bevor der Zahn die Haut durchstößt; jetzt erkenne ich das als das Privileg junger Körper; der erwartungsvolle Schauder, wenn einem ein Verhängnis vorkommt wie ein fairer Tausch und eher wert, mit offenem Mund bestaunt und vollkommen hingebungsvoll begrüßt zu werden als mit tränenreicher Verzweiflung. Ich kam mir vor, als würde ich mit jeder Idee der Welt schwanger gehen und als wäre keine darunter von Bedeutung.

Wir gruben die Leichen aus – beinahe buchstäblich – und untersuchten sie auf Anzeichen begangener Missetaten. Abgesehen von ein paar Bierflecken und Zigarettenbrandlöchern – ganz zu schweigen vom Geruch nach altem Make-up, das vergammelt und bis zum Himmel stinkt, das könnt ihr mir glauben – gab es keinerlei

Hinweis auf Ungebührliches. Wenn du was damit zu tun hast, sagte ich zu Alan, dann musst du ein Geständnis ablegen und aufhören, alles auf diese armen Opfer abzuwälzen, Menschen, die sich nicht wehren können; womit ich eigentlich Findlay, Duncan und mich meinte.

Ich war in der Nacht bei ihm, sagte er. Ich war bei dem Chinesen. Aber ich hab mit dem Mord nichts zu tun. Wie kannst du so was auch nur denken? Wie sollte ich je in der Lage gewesen sein, mit der Steinplatte auszuholen? Du hast die Gruppe da reingezogen, sagte ich. Der Schlagzeuger wurde gesehen, wie er vom Tatort floh. Jetzt stecken wir alle mit drin. Gott weiß, was ich als Nächstes tun werde, oder Duncan oder Findlay. Jetzt kann ich wegen meinem Schatten nachts kaum noch schlafen.

Dann merkte ich was. Alans Puppe trug ein *California Good Guys*-Sweatshirt.

Warte mal, verdammt, sagte ich. Woher zum Teufel hatte er das? Zuerst reagierte keiner. Was meinst du?, fragte Findlay. Aber dann dämmerte es ihnen. Ach du Scheiße, sagte Duncan, seit wann ziehst du so was an, Alan? Das ist nicht Alan, sagte ich. Das ist Lucas von Memorial Device, und obwohl ich es nicht gesagt habe, dachte ich entsetzt, dass ist Lucas' Gehirn da, ach du Scheiße, jetzt *träumt er das alles.*

Ehe wir uns versahen, schaltete sich die Polizei ein. Sie vernahmen Alan als Zeugen. Laut seiner Geschichte hatte er hinter dem China-Restaurant abgehangen; donnerstagabends gab's einen Astrologiekurs, den die beiden besuchten, und da es so warm war – wer könnte den Sommer vergessen? –, hatten sie beschlossen, sich ins Gras zu setzen und noch mal ihre Aufzeichnungen anzusehen. Ein paar Schläger aus der Gegend waren aufgetaucht; im Prinzip ein paar Gangster, und es war zu Auseinandersetzungen gekommen; unklar war, was den Anlass gegeben hatte, aber schließlich hatte einer der Gangster einen Stein geworfen und Alan und seinen Freund verfehlt, aber die Scheibe der Hintertür des Restaurants damit eingeschlagen, woraufhin Mr. Chan rausgekommen war, sie beschimpft und mit einem Wischmopp bedroht hatte. Bevor sie noch wussten, was los war, tauchten Chans Brüder und weitere Schläger aus der Gegend auf – Verbrecher, wer weiß –, bis sie sich wie zwei Armeen gegenüberstanden, Alan und sein Freund genau dazwischen.

Wir befanden uns im Niemandsland, sagte Alan. Und was ist dann passiert?, fragte ihn die Polizei. Ich hab gesehen, wie jemand eine Steinplatte aufgehoben hat, sagte er. Ein Umriss, mehr nicht. Und ich hab gesehen, wie er ausholt und sie durch die Luft wirft, sodass sie sich wie ein Diskus oder eine Kugel gedreht hat. Und ich sah, wie sie Mr. Chan am Kopf erwischt hat, und dann hörte ich ein widerliches Knacken. Und ich sah, wie er zu Boden ging. Und es sah aus, als wäre sein Schädel eingeschlagen. Was ist dann passiert?, wollten sie wissen. Ich sah so ein Ding auftauchen, sagte er. So ein Typ, dieses Ding; ich dachte, ich würde ihn kennen. Wir haben eine Gruppe, wir machen Musik, erklärte er, aber das ist so ein Kunstding, wir stellen Puppen auf die Bühne zum Playbacksingen – na ja, nicht direkt Playback, aber die tun, als wären sie wir, gewissermaßen.

Was hat das mit der Sache zu tun?, fragten sie ihn. Das ist es ja, sagte er. Ich dachte, ich hätte gesehen, wie sich eine der Puppen vom Boden erhebt. Wie in einem Vampirfilm, fragte die Polizei, wie in einem Zombiestreifen? Ja, sagte er, wie in einem Horrorfilm, und ich sah, wie sie zwischen den beiden Parteien durchflutscht; sie schien zu schweben, sagte er. Und es war, als würde sie von unten her beleuchtet. Was hat sie gemacht?, fragte ihn die Polizei. Nichts, sagte er. Das ist es ja. Sie hat nichts gemacht. Aber alle haben es gesehen, beharrte er, und als sie sie gesehen haben, sind sie schreiend abgehauen. Was ist dann passiert?, fragten sie ihn. Ich hab sie eine

Weile lang beobachtet, sagte er, und sie ist immer weiter, bis sie nur noch ein Pünktchen am Horizont war.

Die Schläger wurden nie identifiziert; keiner gab irgendwas preis. Alans Freund war zu traumatisiert, um verlässliche Aussagen zu machen. Die Chinesen behaupteten, sie hätten die Schläger selbst verjagt. Aber unbeteiligte Beobachter berichteten, sie hätten einen Schuljungen mit blauen Haaren über den Park schweben, ins Tal gleiten und dann wie einen Kugelblitz am Horizont verschwinden sehen.

Das war Skidz, hatte Alan uns erklärt, als wir an der Box standen. Ich hab ihn gesehen, das war Skidz. Wer ist Skidz?, fragte ich ihn. Ich bin Skidz, sagte er und fing wieder an zu heulen. Skidz bin ich. Wir betrachteten die Puppe in der Kiste, die Beine unter sich verschränkt, die Augen geschminkt wie die eines ägyptischen Gottes, dann den blauen Strubbelkopf.

Ich habe nie herausgefunden, wie es kam, dass Skidz das Shirt von Lucas' Puppe trug; das war alles zu surreal und kompliziert und wirr, und ich konnte mich nicht überwinden zu fragen, wobei das voraussetzt, dass es überhaupt eine Wahrheit herauszufinden gab. Insgeheim, denke ich, waren wir alle beeindruckt. Alan war lebendig geworden; er war Künstler, wir anderen dagegen waren nur ein Haufen Synchronsprecher. Ich betrachtete meine eigene Puppe und hatte keine Ahnung, wie ich heiße. Wir sagten unsere anstehenden Auftritte ab. Wir hatten davon gesprochen, mit Memorial Device auf Tour zu gehen, aber wer weiß, ob überhaupt jemals was daraus geworden wäre. Gelegentlich sah ich Lucas in der Innenstadt, in Airdrie, oder einen von den anderen aus der Band, aber sie grüßten mich nie und gaben auch nie zu erkennen, dass sie wussten, wer ich war. Wir kehrten zu Lebenslänglich zurück, was Airdrie nun mal ist, ob gut oder schlecht, sei dahingestellt. Duncans Dad starb an Herzversagen und Duncan blieb bei seiner Mutter wohnen; wir haben den Kontakt verloren, aber ich habe gehört, er wohnt immer noch da und es gibt immer noch nirgendwo Lampenschirme. Findlay engagierte sich später in der Kirche. Manchmal, wenn ich in der Stadt einkaufen war, sah ich ihn bei Safeway in der Nähe der Kassen stehen und für wohltätige Zwecke sammeln. Er war einer von der Sorte, die sich stundenlang angeregt und aufrichtig interessiert mit schrulligen alten Omas unterhält; was für eine Verschwendung an Intellekt.

Aber Alan war derjenige, der es geschafft hat. Er hat Airdrie für immer verlassen. Wie Skidz schwebte er einem Geist oder einem UFO ähnlich wer weiß wohin, aber jedes Mal, wenn ich bei der Airdrie Savings Bank was abhebe oder ein Buch in der Bibliothek ausleihe oder nachmittags die South Bridge Street mit den vielen Schaufenstern und den verbarrikadierten Geschäften entlanggehe, ist es, als würde ich mich eine Sekunde lang von außen betrachten, und ich denke, mein eigener Geist ist irgendwo da draußen, meine eigene Schaufensterpuppe, die mit ihrem einen Auge auf mich herabschaut und den Kopf schüttelt.

11. In schlechtem Zustand mit Promostickern vorne drauf

Eine aufschlussreiche Liste der Platten, die Big Pattys Freundin Maya nach »der Trennung« von ihm wiederhaben wollte

Archie Shepp (auf Actuel) – du hast mich in Airdrie angerufen, als Memorial Device auf Tour waren, und mich gefragt, ob du sie mir kaufen sollst.

Louis Moholo – hab ich mir selbst auch gekauft, also müsstest du sie eigentlich doppelt haben.

Great Society – bei Bruce in Edinburgh aufgestöbert (von mir persönlich, bei demselben Ausflug wie John Fahey, *Voice of the Turtle*).

Silly Sisters – gefunden bei Virgin in Glasgow.

Big Brother … *Cheap Thrills* – gefunden bei Listen in Glasgow.

Steeleye Span – nur fair, dass ich wenigstens eine behalte. Deine Entscheidung.

Julie Tippets, *Sunset Glow* – hatten wir doppelt, schon vergessen?

Linda & Sonny Sharrock – *Paradise*

Morton Feldman – doppelt vorhanden

Muhal Richard Abrams – kann mich an das Label nicht erinnern, Nessa? Ich glaube, mir fehlt noch eine andere Platte vom selben Label. Ist Shelley Hirsch da drauf?

Mindestens eine Platte von International Artists – und zwar *Golden Dawn*. Das ist eher eine Bitte. Du weißt, dass ich keine dieser Platten jemals wiederfinden werde, außerdem würde ich niemals 100 Pfund dafür ausgeben.

Don Cherry, *Mu Parts 1 & 2* – gefunden im 23rd Precinct in Glasgow.

June Tabor – müssten zwei sein. Hab sie in Belfast gefunden, die andere hier (ich glaube, vorne ist ein Kätzchen drauf?).

Miles Davis, *On the Corner* – hab ich die nicht bei Bruce entdeckt? Kann mich auch irren.

Anthony Braxton – hab viele bei Virgin gekauft, eine Zeit lang hab ich nichts anderes gekauft.

Jimmy Guiffre – eine der älteren Aufnahmen. Kann sein, dass wir sie auf der Fahrt nach Wales gefunden haben. Entscheide du.

Das Buch von Octavia Butler – tut mir leid, fällt mir gerade ein.

Tim Buckley – ich erinnere mich genau, dass ich ein paar in London entdeckt habe, nämlich *Lorca, Happy Sad.* Waren in schlechtem Zustand mit Promostickern vorne drauf.

12. Eine aussichtsreiche Kandidatin für Sex, die Ehe, eine Entführung oder eine ganz andere Zukunft

Als sie beide noch dumme Kinder waren, nimmt Valerie Morris Remy mit zu den Zigeunern von Calderbank, um sich die Zukunft weissagen zu lassen.

Ich zog nach Airdrie, als ich sechzehn Jahre alt war und frisch aus der Schule, den Kopf voller Prophezeiungen, von denen sich einige erfüllten, andere auf eine Art bewahrheiteten, die ich niemals hätte vorhersehen können, und von denen einige immer noch über mir schweben, nicht unbedingt wie ein Schwert, das, wie jeder Idiot weiß, für Gedanken, Denkfähigkeit und im Wesentlichen für Spaltung steht, sondern doch eher wie eine Axt, eine stumpfe Axt, die droht, die Zukunft auf die Form der Vergangenheit zurechtzustutzen, eine Zukunft, die unfertig ist, ein Klecks, ein Ding mit lauter Extremitäten und Fühlern und Füßen, die hierhin und dorthin zeigen, und wenn man Glück hat, ist man in der Lage, einen einzelnen Faden herauszuziehen, eine einzelne Nudel, eine traurige Nabelschnur, ein krauses Schamhaar, das vielleicht überhaupt erst beweist, dass es deine war.

Wir sind zu einer Zigeunerin gefahren, das weiß ich noch. Das war am Calderbank Gala Day. Sie hatte sich ganz hinten am Fußballplatz, am Dorfrand auf einem Feld aufgebaut, das man nur über einen schmalen Weg entlang einer viel befahrenen Straße erreichen konnte, wo einem die Autos Dreck ins Gesicht bliesen, die Brombeersträucher sich in den Strumpfhosen verfingen und mein Großvater und ich einst riesige Fußspuren im Boden gefunden hatten, so groß wie die von Bigfoot oder einem Yeti.

Wegen allem möglichen Aberglauben, um nicht zu sagen eines kollektiven Bemühens, die elende Zukunft der elenden Vergangenheit anzupassen, durften die Zigeuner ihr Lager nicht innerhalb der Ortsgrenzen aufschlagen, sondern waren stattdessen in dieses Grenzland verbannt worden, wo einmal im Jahr der einzige Spaß stattfand, der in der Stadt zu haben war, und wo sich trotz des abfälligen Geredes unserer Eltern die meisten jungen Menschen am späten Nachmittag einfanden, sich an den Ständen vorbeischoben, die den Hauptweg säumten, vorbei an den Tunnock's Tea Cakes, den alten Whiskyfässern, hoch aufgestapelt darauf Mandarinen, an den Ständen mit den Modellflugzeugen, den Ansteckern, den Eistüten, dem Geruch nach Schokolade, Käse und Hotdogs und dem hellblauen Himmel mit Wattewölkchen, wie Kondensstreifen tollkühner Flieger, und dem Gestank nach Schießpulver, Benzin und offenem Feuer in der Luft, und in der Ferne verschwommene Farbtupfen, die junge Männer auf Motorrädern waren, die über die Sommerhügel rasten, und die Sonne war so nah, dass sie einem die Haare kräuselte und blond färbte. Rings um den Fußballplatz waren junge Männer, die Feuer spuckten, Benzin schluckten und die Flammen auf ihren Zungen tanzen ließen, und wenn man vorbeiging, musterten sie einen von oben bis unten, als wäre man eine aussichtsreiche Kandidatin für Sex, die Ehe, eine Entführung oder eine ganz andere Zukunft.

Remy und ich waren seit Jahren immer zum Gala Day gegangen, aber es musste 1979 gewesen sein, wobei ich mir da sogar ganz sicher bin, weil es das Jahr war, in dem ich mich freiwillig gemeldet hatte, um bei einer Ausstellung von ASTRA, der Association in Scotland To Research Into Astronautics, die im Airdrie Arts Centre gezeigt wurde, als Aufpasserin zu arbeiten, und gerade eben hab ich das Datum in einem Buch nachgeschlagen und es stimmt überein.

Im vergangenen Jahr hatten wir über die Wahrsagerin spekuliert, die in einer rot-weiß gestreiften Kiste saß, die an eine Punch-&-

Judy-Vorführung erinnerte und deren Haut – kein Scherz – grün war, oder fast grün, und über die wir Witze rissen, dass sie nur ein Torso sei, ein Kopf mit Schultern, die von Drähten und Chemikalien am Leben erhalten wurden, und natürlich waren wir damals verliebt oder jedenfalls so verliebt, wie man in dem Alter sein kann, und wir stellten uns gegenseitig zur Rede über das Ausmaß unserer Liebe. Würdest du mich lieben, wenn ich nur ein Gehirn in einem Glas wäre?, fragte Remy mich. Natürlich, sagte ich. Ich würde dem Glas einen Gutenachtkuss geben und eine Decke drüberziehen, es mir auf den Nachttisch stellen und direkt daneben einschlafen. Aber wenn ich gar nicht schlafen wollte?, fragte er mich. Wenn ich noch lesen wollte? Dann würde ich ein Buch vor dich hinstellen, sagte ich, dann würde ich schätzen, wie lange du brauchst, um beide Seiten zu lesen, und dann würde ich umblättern. Aber wenn du müde wärst, fragte er mich, oder die Zeit falsch einschätzt? Und wie soll ich überhaupt lesen können, wenn ich keine Augen im Kopf habe? In dem Fall würde ich dir vorlesen, sagte ich, in der Hoffnung, dass du mich hören kannst. Es heißt, das Gehör geht zuallerletzt, sagte er. Aber das vielleicht auch nur, wenn Ohren vorhanden sind.

Wir sahen, dass uns die Zigeunerin über das Feld hinweg betrachtete, den körperlosen Kopf nannten wir sie, und wir hatten unseren Hund dabei, na ja, nicht direkt unseren Hund, sondern einen riesigen Deutschen Schäferhund namens Judy, der jemandem im Dorf gehörte, der Remy aber, als er noch ein kleiner Junge war, jeden Tag besucht und den Tag mit ihm verbracht hatte, bevor er nachts zu seinem Besitzer zurückkehrte. Es gibt ein berühmtes Bild von uns beiden von diesem Tag, jedenfalls für mich berühmt, wo wir an den Schuppen gelehnt dasitzen, Judy wie eine freundliche Riesin aus einem Kinderbuch, gut möglich, dass es wie bei *Anne of Green Gables* war.

Ich glaube, Remys Vater hat das Bild gemacht. Das war ein echter Exzentriker, mehr oder weniger im wahrsten Sinne des Wortes, und Dorftratsch war ihm egal, oder die herkömmliche Denkweise, und in meinen Augen war er tapfer, auch wenn er schmächtig und dürr war und ständig das Gesicht verzog, wenn er einen ansah, als würde er direkt in die Sonne starren. Natürlich hab ich Jahre später den Aufsatz gelesen, wegen dem er gefeuert worden war, über das Schicksal, und ich dachte über das Foto nach und dass es einen Augenblick einfängt und wie man in Gedanken immer wieder dahin zurückkehren kann, sodass er vielleicht gar nicht so unrecht hatte, aber ich weiß es nicht – Fotos lassen einen alles glauben.

Ich weiß nicht, wessen Idee es war, dass wir uns das Schicksal weissagen ließen. Ihr wisst ja, wie sich manchmal so was im Kopf aufbaut und Sachen, die einem erst Angst machten, einen plötzlich anspornen, dann Spaß machen und schließlich egal werden. Damals befanden wir uns am Umkehrpunkt zwischen Angst und Ansporn. Was für ein Gefühl! Ich wünschte, die Erwachsenenwelt wäre immer noch Angst einflößend und unbekannt. Aber jetzt kann ich mich nicht mehr erinnern, was sie gesagt hat, was absurd ist, deshalb kann ich auch nicht wissen, ob es wahr wurde, was vielleicht auch besser so ist, wobei ich denke, dass sich insgesamt bei Remy mehr erfüllt hat als bei mir. Ich kann mich nur erinnern, wie wir auf dem Weg zu ihr so eine unsichtbare Linie übertreten haben, die die Zigeuner von allen anderen trennt, und dann wieder drüber zurückgekommen sind. Das ist ganz klar. Was dazwischen passiert ist – da herrscht Leere in meinem Gehirn. Sonst weiß ich nur noch, dass wir so einen scharfen Spieß gekauft haben, den sie in einem Wohnwagen gemacht haben, mit einer ganzen grünen Paprika drauf, und an das Fladenbrot mit Fleischbällchen, Salat, Sauce und Käse erinnere ich mich. Ich hatte in meinem ganzen Leben noch nie in eine ganze Paprika gebissen und ich wusste, wenn mich mein Dad sehen könnte, wenn er vom Himmel hätte herunterschauen können, hätte er protestierend den Kopf geschüttelt, was das Ganze nur umso köstlicher und schmerzhafter machte.

13. Meine Träume stehlen wie ein Katzendieb in der Nacht

Johnny McLaughlin trifft Big Patty in Airdrie oder doch in Belfast.

Auf der Welt gibt es zwei Sorten Menschen (hat mir mein Dad erklärt), Personen und Nicht-Personen. Und Michael ist eine Nicht-Person. Und außerdem ist er auch gewieft. Als ich ihm zum ersten Mal begegnet bin, merkte ich das an der Art, wie er sich selbst vorgestellt hat, wisst ihr, alles klar, mein Freund, dieser ganze Kram, ich wusste sofort, dass er leichtsinnig war.

Wir konnten Michael oben auf und ab gehen hören, wie er über der Zimmerdecke hin und her ging, immer und immer wieder. Er ist nervös, sagte mein Dad. Ich kann's ihm nicht verdenken. Das war, wie in einem Kopfschmerz leben. Michael kam jetzt seit Jahren regelmäßig zu uns zu Besuch (oder in unser Versteck), verbrachte hier und da immer wieder eine Woche oder einen Monat bei uns, einmal im Sommer 1983 sogar drei Monate am Stück.

Allmählich spiegelten sich unsere Tagesabläufe. Der Eingang zu seinem Versteck befand sich in einer Ecke meines Zimmers, und häufig wurde ich nachts wach, wenn Michael durch den Raum aufs Klo ging (oder auf einen nächtlichen Spaziergang nach draußen). Er verließ das Haus immer nur nachts (aus Angst, erkannt, festgenommen oder ermordet zu werden, was auch immer), und sobald ich ihn die Treppe runterkommen hörte (langsam, er testete jede Stufe auf Anzeichen von Morschheit, zumindest hatte es den Anschein, wie ein umgekehrter Katzendieb schlich er sich in die Nacht, stahl meine Träume vom eigenen Ausbrechen und machte sich unbehelligt mit ihnen davon), stieg ich aus dem Bett und sah ihm nach, wenn er die Auffahrt hinunterging (jetzt verstohlen), seine schmale Silhouette dem Schatten des Torpfostens und dem Nebel wich, und dann verschwand er in die Nacht (wie in ein Tintenfass). Ich lag im Bett und stellte mir seinen Weg vor, ging ihn selbst in allen Einzelheiten ab, malte mir den Moment aus, in dem er am Tor auf der alten Colliertree Road stehen blieb (einem Tor, das auf einen Pfad führte, über den man aufs offene Feld hinausgelangte, ein Pfad, der nicht mehr da ist), und in der Ferne die Lichter des Industriegebiets, die am Horizont funkelten (wie ein Traum im Traum), und häufig war es, als hätte ich eine Schwelle übertreten, nicht die zwischen Schlafen und Wachen, nicht zwischen Leben und Tod (nichts so Dramatisches), aber ich tauchte auf (oder besser gesagt unter) an einem Ort, wo ich derjenige war, der zum Gehen gebracht wurde, wo mich Michaels Spaziergänge gegen meinen Willen zum nächtlichen Verweilen zwangen, wo ich meinen Geist aufgab, oder mein Geist, besser gesagt, aufgegeben wurde, übergeben an das Streben eines mitleidlosen Phantoms, das unmöglich vor der Dunkelheit meiner Träume auszumachen war, aber das mich nachts durch die Straße zog, auf verschlossene Türen und erleuchtete Fenster im dritten Stock starren und Zigaretten rauchen ließ und mich mindestens für ein Drittel der Nacht von mir selbst absentierte (was, wenn man es zusammenrechnet, bedeutet, dass mir potenziell ein Drittel von einem Drittel meines Lebens gestohlen wurde, mit anderen Worten 0.11111111, wobei ich die Null bin und der Punkt die Schwelle, und die Einer sind die nächtlichen Schritte, und wenn er wieder nach Hause kam, weckte er mich wieder, wenn er durch mein Zimmer schlich, womit er im Prinzip das Drittel eines Drittels, das ich träumend verbracht hatte, umkehrte, sodass es sich eher anfühlte wie 11111111.0, wobei die Null der Schrank war, dieser geheime Raum, und der Punkt der Eingang ins Haus meiner Eltern und die Einer die automatische Aktivität meines Gehirns, wenn ich ihn nach Hause träumte, wie umgekehrte Angelhaken oder Ausrufezeichen, die sich gegen den Punkt sperren).

Ich hörte von Big Patty, bevor ich ihn kennenlernte. Beim Gärtnern arbeitete ich mit einem Typen namens David Nesbitt, der mich morgens an den hellen Herbsttagen abholte, die mir wie Überführungen in die Vergangenheit vorkamen, obwohl ich damals unweigerlich zu müde war (oder zu verkatert) oder einfach zu sehr in die Zukunft eingebunden, um zu merken, wie die Vergangenheit bereits die Gegenwart beeinflusste. David fuhr uns zu dem jeweiligen Job, den wir an dem Tag hatten, heruntergekommene Herrensitze, geheime Bungalows im Schatten hoher Hecken, Wohnungen im East End mit überwucherten Rasenflächen, auf denen Wildblumen wuchsen, viktorianische Doppelhäuser mit rotkiesigen Auffahrten und vergilbtem Rasen (verträumte Cottages mit stehen gelassenen Fahrrädern und Bäumen so hoch wie meine Erwartungen an das nächste Jahr und die Jahre danach). Es war Davids Firma und sie lief gut. Ich stelle noch jemanden ein, erklärte er mir. Ich habe schon mal mit ihm gearbeitet. Der Typ kann Löcher graben wie sonst keiner, sagte er. Ich hab mal gesehen, wie er in weniger als zwanzig Minuten ein anderthalb Meter tiefes Loch ausgehoben hat. Ich sah mich um und konnte nichts mehr erkennen außer seinen Kopf mit dem zerdellten Zylinder drauf, der oben rausguckte. Das ist vielleicht eine Marke, sagte er, ein Musiker. Er ist Vegetarier und außerdem, glaub ich, Hindu oder Buddhist oder so.

Patty trug den zerdellten Zylinder tatsächlich bei der Gartenarbeit (sah damit eher aus wie ein Totengräber). Außerdem einen Pulli mit nur einem Arm im Ärmel, sodass es aussah, als wäre sein anderer Arm verkümmert und abgestorben. Mir ist es entweder zu heiß oder zu kalt, sagte er, also hab ich gedacht, ich zieh nur einen halben Pulli an, dann ist das Problem gelöst (warum ziehst du nicht einfach bloß ein Unterhemd an, dachte ich mir, sagte aber nichts). Bei der Gartenarbeit diskutierten wir über Musik. Ich war in meinem ganzen Leben noch auf keinem Gig gewesen, erklärte uns David (wir arbeiteten im Garten einer Doppelhaushälfte in der Grahamshill Avenue, die von einer Theaterlehrerin namens Miss Sweden bewohnt wurde). Musik klingt anders, wenn man sie live spielt, sagte David. Oder? Sie klingt nicht so professionell. Wer will schon, dass sie professionell klingt?, fragte Patty. Je wilder, desto besser. Auf wen stehst du?, fragte Patty mich. Ich steh auf Dylan, sagte ich. Was singt die denn?, fragte David. Hast du noch nie was von Bob Dylan gehört?, platzte Patty raus und ließ seine Schaufel in den Dreck fallen, setzte sich auf einen Stein und zündete sich eine Zigarette an. Was für Songs singt der denn?, fragte David. »Mack the Knife«, und so? »Blowin' in the Wind«, sagte Patty. »The Times They Are a-Changing«. Nein, sagte David, lehnte sich aufs Kinn gestützt auf seinen Spaten, tut mir leid. Nie gehört. Was ist mit AC/DC?, fragte ich ihn. Du musst AC/DC kennen. Ist das mit dem Zug von denen?, fragte David. Ich geb's auf, verdammt noch mal, sagte Patty. Du bist doch völlig verpeilt.

Patty hatte keinen Fernseher zu Hause und David konnte es nicht fassen. Was machst du denn zur Unterhaltung?, fragte David ihn. Ich lese, sagte Patty. Ich höre Musik. Ich spiele Gitarre. Ich male. Ich koche. Ich spiele Schach. Ich gehe nachts spazieren. Wie lange brauchst du im Durchschnitt für ein Buch?, fragte David. Wie viele Seiten?, fragte Patty. Sagen wir mal, dreihundert Seiten, sagte David. Oh, in dem Fall, eine Nacht. Niemals, sagte David. Das ist nicht möglich. Okay, zwei Nächte höchstens, sagte Patty. Hast du überhaupt schon mal ein Buch gelesen?, fragte Patty. Einmal, sagte David. Ich hab die ersten dreiunddreißig Seiten gelesen, dann hab ich vergessen, was ich gelesen hab, und musste wieder von vorne anfangen. Dann ist mir dasselbe noch mal passiert, und da hab ich gedacht: scheiß drauf.

Als ich Patty zum ersten Mal mit Memorial Device hab spielen sehen, hat mich das total umgehauen (ich wusste nicht, was mich erwartet). Ich hatte Michael überredet mitzukommen. In dem Club wird's dunkel sein, hab ich gesagt. Außerdem wird niemand da sein, der auch nur die leiseste Ahnung hat, wer du bist. Das ist eine ganz andere Szene. Und diese Typen wie John Coltrane sind an der Gitarre, sagte ich (damals haben sie es als so was wie Free Jazz oder improvisierte Musik, nur mit Gitarre, Bass und Schlagzeug, bezeichnet). Sie spielten in einem Club in Coatbridge. In Coatbridge gab es mehr Veranstaltungsorte für Livemusik als in Airdrie, aber statt dass wir uns in einen Zug, ein Taxi oder den Bus setzten, schlug ich vor, hinzulaufen, aufzubrechen, sobald es dunkel wurde (was ehrlich gesagt in der Jahreszeit schon um vier Uhr der Fall war), und unterwegs in einigen ausgewählten Kneipen Station zu machen (wenn ich sage ausgewählt, meine ich in Wirklichkeit schrecklich, verzweifelt und irgendwie deprimierend). Wir haben in The Barrel Vaults auf der Hauptstraße was getrunken und dann im Staging Post (und im Tudor Hotel), und als wir nach Coatdyke kamen (ins Five Keys), benahm sich Michael ganz schön verrückt. Er bestellte zwei Whisky und ein Pint Heavy. Immer nur ein Getränk, sagte der Wirt. Was soll der Scheiß, sind wir hier in Nazi-Deutschland?, fragte Michael. Ein paar Köpfe drehten sich. Ich bezahlte einen Whisky und ein Pint Heavy und führte ihn an einen Tisch neben der Tür (ich dachte, vielleicht würden wir schnell abhauen müssen). In der Kneipe stank es nach Urin (unverkennbar), als würden sie nach Kneipenschluss alle die Schwänze auspacken und auf den Boden pissen, sich einnässen und ohnmächtig werden und am nächsten Morgen aufwachen und ohne jede Erinnerung daran nach Hause zu ihren gehässigen Ehefrauen gehen (so eine Atmosphäre herrschte da), wie in einer Gefängniszelle, einem Krankenhaus oder einer billigen Absteige (oder einem Pflegeheim), wo man einfach auf den Boden macht, und hinterher wischt es jemand auf, wo man sich jeder Entscheidung entziehen konnte, die man je getroffen hatte, außer einer einzigen, nämlich der Entscheidung, auf alles zu pissen (was ich verstehen konnte, ganz besonders morgens, wenn ich meine Pisse in die Toilettenschüssel oder das Waschbecken lenkte und es mir vorkam, als sei dies das Einzige, über das ich die Kontrolle hatte, während mein Herz tobte und mein Hirn hämmerte). Hier stinkt es nach Pisse, sagte ich zu Michael, und er sah mich an, als würde er direkt durch mich durchschauen, und sagte zu mir, ist das alles, was du zu sagen hast? Nein, sagte ich. Ich hab noch einiges mehr zu sagen. Aber du bist in keinem Zustand, es dir anzuhören. Er kippte seinen Whisky runter. Dann saß er da wie eine dürre Stange Dynamit. Was denkst du?, fragte ich. Worüber?, fragte er. Über alles, sagte ich. Was alles?, fragte er. Du musst mal den Mund aufmachen, mein Freund. Ich holte ihm noch einen Drink. Zuerst dachte ich, der Wirt würde sich weigern, uns zu bedienen, aber er tat, als könnte er sich an nichts mehr erinnern, und deshalb bestellte ich uns jeweils zwei Whisky (ich weiß nicht warum, vielleicht sah ich den Abgrund in der Ferne und wollte beschleunigen, in der Hoffnung, dass wir gemeinsam in die Schlucht springen oder, wenn nicht, im Bruchteil einer Sekunde an den Klippen zerschellen), und als ich damit zurück an den Tisch kam, brummte Michael und sagte was von wegen kleine Bomben auf uns selbst werfen (uns selbst torpedieren, sagte er, glaube ich) und er lachte, dieses angespannte, hohle Lachen, wie ein überlaufender Abfluss, als hätte er sich aus Versehen vollgekleckert, und ich dachte an ein U-Boot mit einem Leck (das über den Boden des Ozeans schrammt und Luft ins Meer entlässt).

Vor Coatbridge gab's noch eine weitere Bar (eine Familienkneipe direkt neben der Feuerwehr). Inzwischen war Michael total dicht (er schaute sich um, als würde er die ersten Schritte im Feenland wagen). O Gott, sagte er. Hast du das verdammt noch mal gesehen? Mädchen gingen vorbei (es war Samstagabend und die waren total aufgedonnert). An der Tür stand ein Rausschmeißer. Ich hab dich im Blick, sagte Michael, als wir an ihm vorbeigingen. Was hast du gerade gesagt?, fragte er. Michael hatte so eine Art, den Kopf beim Reden nicht zu bewegen, was extrem nervig war, und er ging irgendwie rückwärts und hielt den Kopf dabei total gerade (als würde man ein Video von einer Marionette oder einer Holzpuppe rückwärts abspielen, als würde sein Kopf an einer Schnur hängen oder an einer Angelleine, die gerade wieder eingeholt wird), bis er direkt vor dem Rausschmeißer stand (auf dessen kahlem Kopf sich das Licht des Schildes spiegelte, wie ein Muttermal oder ein Tattoo von Südamerika). Du bist ein Stechermesser, sagte Michael, ein Knallfroschfänger, ein Plapperinchen. Ich kenne dich, sagte er. Ich hab dich in meinem Leben noch nie gesehen, sagte der Rausschmeißer. Aber wenn ich du wäre, würde ich aufpassen. Ach, ich pass schon auf, sagte Michael. Ich pass auf die Geschäfte auf. Heute Abend nicht, sagte der Rausschmeißer. Nicht, wenn du so großkotzig bist. So großkotzig wie du bist, gehst du direkt nach Hause. Was willst du machen, sagte Michael, mir ein Taxi rufen? Noch ist es nicht Zeit zum Heimgehen, sagte der Rausschmeißer, aber wenn du so weit bist, dann zerr ich dich an den Haaren über die Straße wie einen Zigeuner. Einen Augenblick lang herrschte Stille zwischen ihnen (für den Bruchteil einer Sekunde, in dem ihre Mondgesichter zwei leeren Klammern ( ) in einem Polizeibericht oder einem russischen Roman ähnelten). Ich schaute zwischen ihnen durch wie durch ein Fernrohr, mit dem man ebenso in die Zeit wie in den Raum sehen kann. Könnte man bis ans Ende der Welt starren (dachte ich bei mir), bekäme man zum Schluss auch nicht mehr.

14. Scatman und Bobbin, das dynamische Duo

Big Pattys heimliche Freundin Miriam McLuskie gräbt Ross Raymond an.

Läuft das Band? O Gott, das ist wie ein Album aufnehmen. Die Stimme wird von da drüben niemals zu hören sein. Du musst näher rankommen. Okay, egal.

Ich hab Patty während seiner satanistischen Phase kennengelernt. Er hielt sich für den Teufel von Airdrie, den schwarzen Mann mit seinem großen Leichenhut, als wäre er gerade aus einem Pappsarg gesprungen, und in Wirklichkeit war sein Haus nämlich so, oder besser gesagt sein Zimmer. Er hatte so eine Theorie über Zentralheizungen, die wie seine Theorie über Käfer war, die wie seine Theorie über Urin war, die wie seine Theorie über Schweiß war; er hat immer geschwitzt, verschwitzte Hände, verschwitzte Handinnenflächen, und bei den Aufnahmen, wo Leute seine Slide-Guitar loben und sagen, das sei wie bei Blind Willie Johnson, war es eigentlich nur das Geräusch, das die Gitarre macht, wenn sie ihm entgleitet, als hätte er seinen Schwanz mit zu viel Gleitgel eingeschmiert und nicht zu fassen bekommen. O Gott, er hatte ein Zimmer über The Capocci Man in der High Street in Airdrie, das werde ich nie vergessen, das Loch hat sich mir ins Hirn gebrannt, ein einzelnes Zimmer, in dem es nicht unbedingt nach Eis roch, eher nach altem Joghurt, und danach stank auch seine Bettwäsche. Er hatte lauter Glasflaschen mit Heilmitteln, wie er es nannte, sie sahen aus wie Flaschen mit saurer Milch, nur dass noch schwarze Kräuter drin vergammelten und Olivenöl oder realistisch betrachtet Urin. Er hat seinen eigenen Urin getrunken, da bin ich todsicher. Wenn man ihn danach fragte, antwortete er nur, gib mir einen Kuss. Das sagt doch alles. Ich meinte dann immer, nein danke.

Und seine Fenster standen immer offen. Er hatte einen einzigen Heizkörper und behauptete, wenn man die Luft zirkulieren lässt, bringt er mehr Leistung, auch wenn er dadurch widerlegt wurde, dass alle auf der Bettkante saßen und sich die Eier abfroren. In allen seinen Büchern steckten Lesezeichen; manchmal einfach Bierdeckel oder abgerissene Pappe, aber trotzdem Lesezeichen, und immer ganz genau oder ungefähr in der Mitte. Es ist wichtig, den Anfang vom Ende zu unterscheiden, sagte Patty immer. Dann trank er was von seinem fauligen Gebräu und starrte zum offenen Fenster hinaus, als wollte er den Horizont hypnotisieren oder so. Wie ähnlich ein Körper einem Buch ist, würde er sagen. Vielleicht gebe ich das falsch wieder, aber ihr versteht, worauf es hinausläuft. Dann nahm er einen Band aus dem Regal und drehte ihn um, sodass man das Lesezeichen zwischen den Seiten sehen konnte. Sieht aus wie eine Arschritze, sagte er. Ich sagte dann so was wie: nicht wirklich, ein Arsch hat ein Loch in der Mitte, und er sah mich an, als hätte ich gerade den schlechtesten Scherz der Welt gerissen, und dann lachte er, stand auf und ging im Raum auf und ab. Ich dachte dann immer, was für ein Scheiß, aber ich bin trotzdem bei ihm geblieben.

Was trinken wir da eigentlich? IPA? Scheiße, ist das IPA? Schmeckt wie Melonensaft.

Ich war seine heimliche Freundin, das kann ich zugeben, obwohl, manchmal hielt ich mich für sein Gefühl von Befugnis, wie ein Teufelchen in seiner Tasche, ein klitzekleines Teufelchen, das aus seiner Tasche lugt. Was Sexuelles war es nie. Nee. Auf keinen Fall. Er war nie mein Typ. Mein Männergeschmack ist ziemlich konventionell, deprimierend normal, todlangweilig eigentlich. Ich habe keine Perversionen und null Faibles, aber außerhalb des Schlafzimmers oder des Restaurants oder der Ferienwohnung halte ich die Ohren offen, wenn ihr wisst, was ich meine. Ich hielt mich für eine Zauberin, um ehrlich zu sein, für jemanden, der den grundlegendsten aller Zauber beherrscht, und zwar, hättest du's gedacht, das Unsichtbarmachen. Ich konnte in jeden Kreis eindringen, jedes Verhalten hinnehmen, mich jeder Schrulle hingeben, und doch setzte es mir nie zu oder wirkte sich auf irgendeiner Ebene auf mich aus. Ich sah total normal aus, ihr hättet mich auf der Straße nicht zweimal angesehen, aber ich hielt mich für einen Punk, für einen echten Punk, keinen Postkarten-Punk. Ich war wie mit unsichtbarer Tinte in die Ecke des Raums geschrieben, sodass man eine Kerze und ein bisschen Geduld brauchte, um mich dort überhaupt zu entdecken. Ich ging abends aus, und Leute machten die haarsträubendsten Sachen vor mir, weil ich eher wie eine Stimme in deren Köpfen war oder ein Augenpaar in ihren Köpfen, ein stummes Augenpaar, das niemals etwas kommentierte, nicht urteilte, nicht widersprach, so oder so, sie aber wenigstens sah. Später hörte ich, dass wir Scatman und Bobbin genannt wurden, das dynamische Duo. Ganz genauso war ich, auf jeden Fall! Das sagt alles.

Musst auch 'ne Dose trinken. Das hat mein Vater gesagt, wenn er morgens um elf vorne auf den Stufen saß und eine Dose Tennent's trank, so war er; musst auch 'ne Dose trinken. Hast du noch welche im Kühlschrank? Was ist das für 'ne Marke? Nie gehört.

Ich hab Lucas kennengelernt, ja echt. Ich hatte immer das Gefühl, dass wir saugut miteinander klarkamen. Nicht dass wir uns verstanden hätten. Das würde ich nicht behaupten. Aber genau das meine ich. Wir haben gar nicht versucht, uns gegenseitig zu verstehen, wenn ihr wisst, was ich meine. Tatsächlich waren wir mehr wie die Produkte der Fantasie des jeweils anderen. Einmal haben Memorial Device in Kilmarnock gespielt, fragt mich nicht wieso, das war eine reine Rockerkneipe, und Richard hatte aus heiterem Himmel angerufen und gefragt, ob sie Interesse an Livemusik hätten, und mein Gott, der Inhaber hat zugesagt, ohne überhaupt einen einzigen Ton gehört zu haben, und hat sogar gemeint, das sei ein Glück, weil er an demselben Wochenende noch eine andere Band gebucht hatte, und dann könnten sie doch zusammen den ganzen Abend bestreiten. Ich bot an, sie hinzufahren, damals hatte ich einen Kombi, den ich bekommen hatte, weil ich fünf Tage die Woche für einen Erdölkonzern bedeutungslose Daten eingab, beschissene bedeutungslose Daten, und dabei über Kopfhörer Musik hörte, das war arscheinfach. Am Tag des Konzerts hat's gepisst, es war April und es hat gepisst wie verrückt, so ein Frühlingsregen, der einen echt erwischt und einem das Gefühl gibt, man wäre aus Blech. Ein kleiner Zinnsoldat, den der Regen niederprügelt … ich weiß noch, wie ich mal in ein echtes scheiß Gewitter geraten bin, nicht dieses, sondern ein anderes, als ich noch viel jünger war und auf der Rückreise von den Hütten in Carbeth war, wo wir den Tag über geangelt und den letzten Bus verpasst hatten, und mein Freund sagte, dass es zwei Tage dauern würde, zurückzulaufen, aber als endlich in diesem Pissregen ein Auto angehalten hatte, prallte der Regen von mir ab wie von einer Glocke, wie von einer rostigen Glocke, und erzeugte einen Ton, ein leises Brummen (nn-nnnnnnhhhhhhh wie Memorial Device, wie hhhhhhnn nnnnnnnn nn), und da dachte ich, o Gott, ich bin hohl, ich bin wie eine Milchflasche oder ein Glas Wein, und zum Schluss hat die Fahrt nach Hause nur fünfunddreißig Minuten gedauert, und noch Jahre später hab ich gesagt, o Gott, weißt du noch, wie wir in Carbeth festsaßen, mehrere Tage fernab der Zivilisation, du Blödmann? Und er meinte dann immer, du hast im Regen geläutet wie eine Glocke, weißt du noch, wie du leer wie ein Mülleimer warst, du *Plamf*?

Weißt du überhaupt, was ein Plamf ist? Ein Plamf ist einer, der an dreckigen Unterhosen schnuppert.

Und während wir in diesem Pissregen nach Kilmarnock fuhren, diesem Pissregen, der eher eine Erinnerung war als etwas, an das man sich einfach so erinnert, wenn ihr versteht, was ich sagen will, da war es, als würde derselbe Regen noch mal runterregnen und als wären Memorial Device wie mein Gehirn, ihr kennt den Song, *The red light was my baby, the green light was my mind,* obwohl ich nicht weiß, ob es möglich ist, das eigene Gehirn in vier Teile zu teilen, vielleicht in zwei, aber vier scheint mir ein sinnloser Vorgang, wozu auch, und als wir übers Moor fuhren, waren alle totenstill, niemand sagte auch nur ein verfluchtes Wort, niemand machte Piep, versteh mich doch, und es gab kein Geräusch außer dem Regen auf dem Dach, der wie eine Trommel oder ein Herzschlag klang, und ich fühlte mich wie eine Hexe mit ihren schwarzen Katzen auf dem Weg zu einer Séance.

O Gott, ich bin jetzt schon blau. Sieben Prozent, ist das viel? Scheiß drauf. Jetzt wird Bier getrunken.

Wir trafen in Kilmarnock ein, als die Sonne unterging, obwohl es einem eigentlich eher so vorkam, als hätte irgendein Arschloch sie in einen schwarzen Strumpf gestopft und auf einen leeren Parkplatz geworfen. Remy meinte, wieso ist es so dunkel? Lukas meinte, was für eine Frage. Wieso verdrehe ich die Augen, sagte er, wieso passiert mein Atem meine Lunge? Richard meinte, wieso tut mir der Arsch so weh? Ich meinte, aber nur ganz für mich alleine, ist eher so wie The Three Stooges, nur dass es The Three Iggys besser trifft. Patty sagte nichts. Typisch. Das war sein Stil. Total typisch. Er sonderte sich ab vom Rest, unnahbar, saß schweigend hinten im Wagen und rührte keinen verfluchten Finger oder half, die Verstärker reintragen. Wenn es was zu essen gab, was eher eine Seltenheit war, dann aß er abseits von allen anderen, entweder das, oder er nahm sich heimlich Pot Noodles, wenn keiner hinguckte. Scheiß Pot Noodles, Mann, die beste Katermedizin, die der Menschheit zur Verfügung steht.

Ich schnappte mir ein paar Flyer, ich hatte sie auf eigene Kosten drucken lassen. Ich weiß jetzt nicht mehr genau, was draufstand, irgendwas von wegen Outlaws oder wildem Rock oder so, hatte ich selbst geschrieben und bin in die Stadt und hab sie in ein paar Bars verteilt, unter anderem auch in so einer französisch angehauchten Angeber-Bar in Kilmarnock, ein verdammter Witz, jetzt mal im Ernst, in Kilmarnock? Das sind verfluchte Barbaren in Kilmarnock, hör mir bloß auf, das sind verfluchte Kannibalen in Kilmarnock, die fressen alle Schnecken, kein Problem, die fressen sogar verdammte Nacktschnecken. Die haben mich alle Flyer wieder einsammeln lassen, die ich auf den Tischen verteilt hatte, und dann kam so eine Frau raus und hat mich angeschrien, und mittendrin hab ich einfach einen ganzen Stapel genommen und sie über meine Schulter geworfen, sodass sie überall verstreut waren.

Du zerdrückst deine Dose nicht, wenn du sie ausgetrunken hast? Was soll das denn?

Die Sache ist die, okay, also mal im Ernst, und das bleibt unter uns, okay, Lucas hatte einen Bruder, oder jedenfalls wurde das behauptet. Im Ernst. Okay, hört zu, ernsthaft jetzt, ich hab die Geschichte gehört, dass es eineiige Zwillinge waren, aber natürlich wurden sie nie zusammen gesehen, versteht ihr, was zu der Theorie geführt hat, zu der Verschwörungstheorie, dass es eigentlich nur einen Lucas gibt, aber er tat so, oder konnte sich wahrscheinlich gar nicht mehr erinnern, dass er manchmal der andere Bruder war, oder überhaupt auch nur daran, dass der andere Bruder manchmal auftauchte und tat, als wäre er Lucas. Überlegt euch das. Verdammt noch mal, überlegt euch das. Natürlich war das möglich, denn Lucas hatte kaum oder gar keine Erinnerung an das, was bei früheren Gigs oder auch nur an den vorangegangenen Tagen passiert war, abgesehen von dem, was er sich in sein Notizbuch geschrieben hatte, also musste nur einer der Brüder einen kurzen Blick auf die Aufzeichnungen werfen, und schon war er auf dem aktuellen Stand, und natürlich wurde jeder Ausrutscher und jede Unstimmigkeit Lucas' Krankheit zugeschrieben, dem Wasser in seinem Gehirn, dem tragischen Nebenfluss, so hat er es mir gegenüber einmal bezeichnet, damals waren er und ich echt dicke, das war wie ein Delta, so hat er's beschrieben, versteht ihr. Und natürlich hab ich an die ganzen Blues-Songs gedacht, wie »High Water Everywhere«, den Charley Patton gesungen hat, ich weiß nicht, ob ihr das wisst, und natürlich »Texas Flood« und »Flood Water Blues« und »God Moves on the Water«, der war von Blind Willie Johnson, kennt ihr den, ist ein Klassiker, und natürlich »Goin' Down to the River« von Mississippi Fred McDowell, das ist auch ein absoluter Klassiker, wenn ihr mich fragt, und dann hab ich an »Little Rain« von Jimmy Reed gedacht. Keine Flüsse ohne Regen, immerhin gibt's ohne Regen keine Flüsse, nein, ganz bestimmt nicht, Jimmy hat nicht gelogen, Mann, und natürlich hab ich dran gedacht, welchen Schaden so ein bisschen Pissregen anrichten kann.

Weißt du was, das ist nicht Melone, das ist Grapefruit, oder? Von Grapefruitsaft wird man besoffen. Her damit.

Dann dachte ich daran, wie Leute das Mississippidelta besungen haben, als wär's eine Schlange oder eher ein ganzer Korb voller Schlangen, die sich durch die Zwanziger- und Vierzigerjahre nach Norden schlängeln, das waren die Jahre. Schlangen leben in Dekaden, das hat mir jemand erklärt, ist euch das bewusst, so wie Menschen in Jahren, Monaten oder Minuten leben, teilen sich Schlangen ihre Zeit in Dekaden ein. Das bedeutet, dass sie sich langsam durch die Zeit bewegen wie Bäume, wobei das für sie schnell ist, aber es dauert zehn Jahre, bis sie das in ihrer Selbstwahrnehmung zusammenbringen, versteht ihr, bis es in ihrem eigenen Existenzverständnis ankommt, was komisch ist, aber es ist kein Zufall, dass Säufer mindestens zehn Jahre brauchen, bis sie zu sich kommen, zehn Jahre, in denen sie leben wie Reptilien, das haben wir alle schon erlebt, darauf trinke ich. Außerdem hatte Lucas so weit auseinanderstehende große Augen, fast, als würden sie um die Seite seines Gesichts herum verschwinden, ihr wisst, was ich meine, und natürlich hat jeder eine Bemerkung über seine großen Füße gemacht, wie Schwimmflossen und so weiß, ganz im Ernst, rein weiß, aber trotzdem nicht wie Schnee, eher wie Joghurt, glibberig. Ich habe eine Theorie zu Weiß. Das ist meine eigene Theorie, keine von Patty. Reines Weiß hat etwas Glibberiges wie Eiweiß oder wie Eiter, wenn man ein Schlangenauge ausquetscht. Weiß ist ein Behältnis, will ich damit sagen, es enthält Dinge, Bakterien, Lebewesen, Enzyme, es ist meiner Meinung nach das Gegenteil von leer, wohingegen Schnee leer ist wie das Ende aller Dinge, weshalb er auch so romantisch ist. Habt ihr schon mal weißes Bier getrunken? Weißbier nennt man das. Aber ich fang lieber erst gar nicht an, über Weiß zu sprechen, dann hör ich die ganze Nacht lang nicht mehr auf. O Gott, jetzt wird mir schwindlig, ehrlich, das kommt von dem ganzen Erinnern.

Die Sache mit dem Konzert in Kilmarnock war, dass, nachdem die Vorband gespielt hatte, ein paar Geisteskranke, ein alter Mann, ein Idiot, eine Frau mittleren Alters und ein unheimlicher Typ, zusammen einen Krach machten wie ein Düsenjäger, der mit 200 km/h im Nebel in einen Bergtunnel fliegt, was gut war, solange sie gespielt hatten, aber noch besser, als es vorbei war und man Gelegenheit bekam, drüber nachzudenken, wenn ihr versteht, was ich meine … Und nachdem sie ihren Kram von der Bühne geholt hatten und alle ein bisschen verlegen waren und still und niemand sich aufraffen konnte, Musik aufzulegen, kam Lucas zu mir, nachdem wir den ganzen Abend kaum miteinander gesprochen hatten, und obwohl ich inoffiziell die Fahrerin, Tourmanagerin, Pressefrau und Langzeitleidende war, seien wir doch mal ehrlich, und obwohl ich seine großen weißen Füße nicht sehen konnte – er trug Doc Martens –, konnte ich eine lange Ader an seinem Hals sehen, die so blau war wie Gletscherwasser, und da dachte ich, okay, vielleicht ist Schnee doch nicht vollkommen leer, vielleicht ist es nur das Ende vor dem Anfang, wenn ihr versteht, was ich meine. Und bevor ich das überhaupt ausführen konnte, fragte er mich, ob ich stricken könnte, und wieder, noch bevor ich sagen konnte, wovon zum Teufel redest du, machst du verdammt noch mal Witze, du Sexist, meinte er, hab ich dir schon mal eins von meinen magischen Quadraten gegeben? Ich meinte, nein, du hast mir noch keins von deinen magischen Quadraten gegeben, obwohl ich eigentlich dachte, was zum Teufel haben gestrickte magische Quadrate mit meinem Leben zu tun, und dann nahm er so ein kleines gestricktes Quadrat aus der Tasche, es war türkis und braun und babyblau und hellblau und dunkelbraun und Fäden hingen raus wie aus einem scheiß Space Invader, und er sagte, hier ist ein magisches Quadrat, damit werden alle deine Träume wahr. Und ich meinte, o Gott, das ist irre.

Trinken wir noch eins? Du musst eine Dose trinken. Mein Dad hat immer Gitarre gespielt mit einer Dose als Slide. Das war irre. Okay, ein Absacker noch, normalerweise trinke ich tagsüber nicht.

An den Rest des Abends kann ich mich ehrlich gesagt kaum noch erinnern.

Das Konzert war gut, sie hatten so einen Song, bei dem Lucas alle möglichen Songthemen aufzählte, ich kann mich nicht mehr erinnern, wie viele es genau waren, aber da gab's Songs über das Verlieben und Songs über das Total-hin-und-weg-Sein und Songs über das Kennenlernen und Songs über das Entlieben und Songs über das Zerissenwerden und Songs über Verzweiflung, totale Verzweiflung (kann sein, dass ich mir das jetzt ausdenke, ich weiß es nicht mehr), Songs über Gott, Songs über die existenzialistische Lebensweise, Songs über die Jahreszeiten, über Herbstlaub und Blumen im Frühling, Songs über Tiere, dass man ein Tier sein möchte oder sich so benimmt, Songs, die eher Sozialkommentare waren, triviale Songs, Songs über das Erinnern, Songs über die Vergangenheit und über die Zukunft und Songs, die beides zusammenbringen, Songs, die ausschließlich aus Schuldgefühlen heraus entstanden, Songs, in denen Schuldgefühle ausgewalzt wurden und solche, die ihnen entgegenwirken sollten, entweder das eine oder das andere, die Anlage war billig, wer weiß, Songs über die Zeit zum Beispiel, wann wirst du oder was hast du, oder ob du, oder jetzt kannst du oder kannst nicht, Songs über Songs, Singen über das Singen, was, wenn ihr mich fragt, gar kein Singen ist, Singen über das Wachstum der Pflanzen oder die Unwägbarkeiten des Wetters, ist das ein Wort, Un-wäg-bar-keiten, und da waren noch mehr Songs, auf jeden Fall, er hat sie alle aufgelistet, oder jedenfalls schien es so, und dann machte er was, wo er so tat, als hätte er keine Songs mehr, er zuckte mit den Schultern und zitterte und heulte – für mich war das wie Rockabilly. Dann fing er an, Blödsinn zu labern, als würde er sich mit sich selbst unterhalten und Unsinn reden, einfach irres Zeug, das keinen Sinn ergab, und da hab ich's kapiert. Er singt über nichts. Leck mich am Arsch. Er schreibt einen Song über nichts. Das ist das Einzige, worüber noch keine Songs geschrieben wurden. Versteht ihr? Und das war wie ein Liebeslied, als würde er einen Song singen für etwas, dem so sehr Liebe fehlte, dass allein die Erwähnung seines Namens es schon zum Leben erwecken würde und wir alle würden es bemerken und uns reinverlieben, wie in eine Prom-Queen oder einen Filmstar. O Gott, jedes bisschen Nonsens war wie ein Gedicht an nichts aus den Tiefen seines Herzens an die Tiefen seines Herzens. Das ist alles Blödsinn, sagte ich mir, das ist alles Quatsch, dann stellte ich mir vor, wie Lucas mich in seine Arme hebt, ich stellte mir die klaren eisigen Flüsse vor, die durch seine Adern flossen, ich dachte an seine Füße, die zappelten wie Fische an Land.

Nach dem Konzert landeten wir in Pattys Wohnung über The Capocci Man, die Fenster in den Nachthimmel hinein geöffnet, und ich dachte an Wölfe und Stille und ferne Lichter und den Klang deines Herzschlags in dem leeren Hohlraum deiner Brust und diesen ganzen irren Kram, und es klang wie das großartigste Liebeslied, das je geschrieben wurde. Aber als ich mich umdrehte, um Lucas zu erzählen, dass ich immer noch hören konnte, was er gesungen hatte, und dass das offene Fenster und die Geräusche der Straße *denselben Song* spielten, sah er mich erschrocken an, und o Gott, als wäre ich ein Kind, das er gezeugt, von dem er aber nichts gewusst hatte und das jetzt plötzlich bei ihm vor der Tür stand und Geld und einen Schlafplatz verlangte, sodass ich meinte, egal, vergiss es, ich rede Mist, egal, und damit schien er zufrieden und ich ging nach nebenan und legte mich aufs Bett, ein Bett, auf dem die Jacken anderer Leute lagen, und schlief ein und wachte früh am nächsten Morgen auf und ging raus und lief in den Straßen umher wie nach dem Ende der Welt. Ich fragte mich, wie ich weitermachen könnte, wie zum Teufel ich weitermachen könnte, was ich mich heutzutage täglich frage, auch wenn der Rest von mir es ignoriert und trotzdem einfach weitermacht. Läuft das Band noch? Mach's aus, ich will nicht mehr drüber sprechen. Mach's aus. Ein Absacker noch und dann

15. Der Tag der erfrorenen Vampire

Der Tag, an dem Lucas starb, war der Tag der silbernen Sonne, sagt Ruth Turner in einem Brief an den Autor über die Vergangenheit und die Zukunft und darüber, wie wir, jeder verdammte Einzelne von uns, Enden erfinden und nichts mehr verankert ist.

Wir denken, wir laufen in die Zukunft. Wir machen uns was vor! Dabei geht jeder verdammte Einzelne von uns direkt in die Vergangenheit. Ein Schatten zieht an einem niedrigen Holzzaun vorbei. Er trägt einen Hut und ist bereits für eine andere Zeit gekleidet. Er geht in keinem eiligen Tempo, er geht in einem Tempo, das besagt, okay, ich gebe auf, ich akzeptiere es. Die Bewegung dieses Geistes, dieses Möchtegernghuls, wirkt selbst gewählt, aus tiefstem Innern herbeigesehnt, aus den stursten Tiefen seiner selbst. Ich habe gehört, wie dies jemand als Beerdigung bezeichnet hat. Wart ihr schon mal auf einer Beerdigung? Die Autos dürfen nicht schneller als 30 Stundenkilometer fahren. Und auch die Trauernden bewegen sich bedächtig, instinktiv, wie ein Vogelschwarm, der seinem Tod entgegen ins Herz der Sonne fliegt.

Sein Todestag, der genauso gut auch seine Todesnacht gewesen sein kann, war ein Tag der intensiven Widersprüche. Es war wie in einem Geisterfilm, einem Vampirstreifen. Die Sonne färbte sich weiß. Nebel stieg auf, senkte sich und stieg erneut auf. Als würde man durch Trockeneis laufen. Ich wachte am Morgen auf und dachte, ach du Scheiße! Meine ganze Anmaßung, meine ganzen Goth-Fantasien, alles, was ich je gelesen habe, wird wahr. Ich verfluchte jedes einzelne verdammte Buch in meiner Bibliothek. Dann rauchte ich eine Zigarette auf dem Fensterbrett, schaute drei Stockwerke tief auf die Straße runter. Die ganze verdammte Welt ist in Trauer, sagte ich mir. Das ist schlimmer als ein Buch von Kenneth Grant. Eher wie so französischer Trash.

Ich hatte immer so eine Theorie. Männer sterben, Frauen gehen links von der Bühne ab. Männertode sind schwer. Habt ihr mal eine Männerleiche gesehen? Von wegen Aus, Ende! Da gibt's nichts dran zu rütteln. Der Unterkiefer treibt auf. Die Lippen weiten sich. Die Haut verhärtet. Als würde eine Kröte aus dem Maul schlüpfen und oben auf dem Schädel Platz nehmen, eine rätselhafte Kröte, eine groteske, nicht zu leugnende Kröte, eine prähistorische Tatsache. Vergleicht das mit dem Tod von Frauen. Frauen sterben jeden Tag. Jeden Monat verlieren sie Blut. Ihr Blut verwandelt sich in Milch. Ihre Körper sind Brutkästen ebenso wie Särge. Die Tode von Männern fallen direkt auf einen selbst zurück, fordern einen heraus. Und dafür muss man schon verrückt sein! Aber Gott sei Dank haben wir in Schottland viele Verrückte, viele Verrückte in Airdrie. Frauen sind dem Tod verpflichtet. Ihr Tod ist nur ein Schulterzucken, kaum ein Plätschern im Wasser. Ich bin weicher als Wasser, scheint er zu sagen, nicht kräftiger als die Brise selbst. Frauen gleiten in Särge, die sie niemals ausfüllen, auch wenn die Särge unglaublich schmal sind oder aussehen wie Babybetten, sie zerfallen zu Asche, werden in die Wolken gefegt, in Körben zur Pyramidenstadt geschickt. Sie werden durch den Tod verwandelt. Wohingegen Männer einem eher wie Denkmäler erscheinen, wie kalter Stein, als Folge eines Erdrutsches wie eine Weissagung in Fleisch gemeißelt. Ich will nicht rührselig erscheinen. Es ist nur so, dass wir sehr wenige Fakten haben, und die meisten sind sehr sehr traurig.

Ich hab gehört, dass er eine Aufnahme vom Dämmerungschor gemacht hatte, angeblich am Tag seines Todes, am Tag der silbernen Sonne, dem Tag der erfrorenen Vampire, wie auch immer man ihn nennen will. Die Person, die mir das erzählt hat, ist absolut unzuverlässig, deshalb hab ich's nicht geglaubt. Aber dann hab ich's gehört. Es klang wie Musik fürs Schafott, *The Morning of the Execu-*

tioners, so haben wir's zum Schluss genannt. Ich hab das Tape von Patty bekommen.

Damals hatte ich noch mehr mit bildender Kunst zu tun. Ich hatte ein Haus in Gartlea, ein Haus, das besetzt worden war, eine alte Frau war darin gestorben und ich hatte es in ein visionäres Umfeld verwandelt, das 24 Stunden am Tag geöffnet war. Wenn ich sage, ein visionäres Umfeld, dann war das aber keiner dieser idiotischen intellektuellen Spielplätze und ganz bestimmt auch nicht die verfluchten Watts Towers! Tatsächlich war es so, wenn man nichts von Kunst verstand so wie ich, ups, dann hätte man denken können, dass es nur eine ganz gewöhnliche Sozialwohnung mit tristen Möbeln war, in der es nach Zigaretten und Waschpulver und vielleicht sogar Urin stank. Die Möbel hatte ich größtenteils vom Sperrmüll. Die Teppiche hab ich nie sauber gemacht. Die Fenster geschwärzt. Aber die Tür stand immer offen. Ich hab's in der Bibliothek bekannt gegeben. *Nothing is Anchored Any Longer*, hab ich es genannt, und gesagt, dass es rund um die Uhr zur Besichtigung geöffnet ist. Ich wollte es als eine Art Schiff verstehen, das in die Nacht hinausfährt, alle werden älter, unmerklich, in dunklen Räumen, die von wer weiß welch entsetzlichen Gezeiten hinausgezogen werden. Ich habe in dem Haus nicht gewohnt. In Galerien schläft man nicht, es sei denn, man ist so ein langweiliger Performance-Art-Künstler. Aber manchmal war ich anwesend, saß auf der Couch und rauchte eine Zigarette oder machte die Tür auf, um Leute reinzulassen. Ich meine, über der Tür stand ganz eindeutig, Gartlea Gallery of Geomancy and Geographic Speculation, G.G.G.G.S., was irgendwie kommunistisch wirkte, zumindest haben das die Leute gesagt, aber sogar dann hatten sie Schiss, reinzukommen, die Tür aufzumachen und in den Flur zu spähen, als wären sie gerade in eine etruskische Grabstätte eingedrungen, und dann schlichen sie von Raum zu Raum, unterhielten sich flüsternd, wie heimlich bei jemandem zu Hause, und betrachteten die Sachen, als sähen sie sie zum ersten Mal, entdeckten verborgene Muster in den Teeflecken auf der Anrichte und beschrieben die

Anordnung der Geschirrhandtücher in der Küche als *makaber*. Das Erstaunlichste daran war, dass es nicht verwüstet wurde. Ich ließ die Tür immer unverschlossen, und okay, manchmal kam ich zurück und fand einen Zigarettenbrandfleck auf einer Kommode oder eine zerdrückte Bierdose auf dem Frisiertisch, aber insgesamt funktionierte es ziemlich gut. Einmal war klar, dass jemand in einem der Betten geschlafen hatte. Die Decken waren alle zerwühlt und der tragbare Fernseher stand oben auf dem Schrank gegenüber, als hätte jemand im Bett gelegen und vor dem Einschlafen ferngesehen! Das war mir irgendwie unheimlich und gleichzeitig fand ich's aufregend, ich denke immer noch an diese Person, aber alles in allem blieb die Installation relativ unangetastet.

Als Patty auf mich zukam, merkte ich, dass er es eher für ein Kunstwerk hielt als für ein Album als solches. Er fragte mich, ob ich sie gerne präsentieren wollte, diese letzte Aufnahme, die Lucas gemacht hatte. Okay, also das ist ein vieldeutiger Begriff. Aber ich hab ihn nicht gebeten, es klarzustellen. Ich hab mir gesagt, okay. Okay, hab ich gesagt, wie präsentiert man das am besten? Zuerst hatte ich die Idee, es im Haus abzuspielen, wisst ihr, einfach als Endlosschleife, während die Leute sich umschauten, aber das kam mir zu pastoral vor und nahm auch was von der Atmosphäre des unheimlichen suburbanen Schreckens nachts auf dem Meer, die ich eigentlich geschaffen hatte, indem ich nicht viel tat. Dann kam mir der Gedanke, einen Lautsprecher in einen Baum zu stellen, wisst ihr, der Tag und Nacht dudelt, und dann dachte ich, noch besser, wir bauen einen Lautsprecher unten auf den Grund des Schwimmbads in Airdrie, lassen den Dämmerungschor unter den Wellen stattfinden, wie die Schöpfung selbst sozusagen, wodurch er eher zum Song aller Songs werden würde. Ich wandte mich an die Stadtverwaltung. Sie wollten nichts davon hören. Sie interessierten sich mehr für Metallstreifen auf niedrigen Podesten, um auf das elende Industrieerbe dieses gottverlassenen Drecksnests hinzuweisen. Vögel, die sich wie der erste Morgen durch das Wasser erheben, war für die stumpfen Linken zu viel Realität. Also haben wir's auf eine LP gepresst. Ich hatte vorher nie mit so was zu tun gehabt, deshalb war das ein schwieriger Vorgang. Wir fanden ein Presswerk in Glasgow in irgendeinem Keller in Merchant City, in dem es köstlich roch, nach alter Druckerschwärze und heißer Tinte, aber eigentlich waren sie völlig unfähig. Die Testpressung knisterte so sehr, dass es eher nach einer Aufnahme von Sonnenflecken klang. Schließlich ließen wir's in der Tschechoslowakei pressen, in einer kleinen Stadt außerhalb von Tábor. Wir ließen 333 Exemplare pressen, die Idee fürs Cover stammte von Patty. Es war ein Bild von einer Seite aus einem von Lucas' Notizbüchern. Natürlich sahen die verschnörkelten Buchstaben aus wie Henkersschlingen und die Punkte und Kommas wie Insekten, wie Maden, die sich durch den Text winden, aber das ist alles Zufall und eigentlich auch nebensächlich. Lucas' Ordnung folgend, hatte der Tag, den wir aussuchten, keine Bedeutung. Wir schlugen einfach das Notizbuch auf und verwendeten die erste Seite, die uns ins Auge fiel, die Iden des April, wie man sich denken kann. Der Text ist größtenteils nicht zu entziffern. Aber man kann einzelne Worte erkennen und ein paar auffällige Formulierungen. Da ist eine schnelle Null, wie eine Ellipse oder ein schiefer Heiligenschein, über einer Zeichnung, die nach einem Werwolf oder einem wilden Kind aussieht. Dann ist da ein E zusammengekauert wie ein Fötus, oder ein Spermafaden, vielleicht, sagen das nicht die Hermetiker? Die Leute meinen, es ist Saturn und eine Zeichnung der Sterne, aber ich sage, es ist ein Q und ein paar Punkte. Da sind eindeutig Worte, Rose, Earnest und Künstler, Vielleicht, ein bisschen, Dezember, was komisch ist, mitten im Frühjahr.

Wir erfinden Enden, wirklich, das sagt es mir. Es gibt keine Auflösung, keinen festgelegten Anfang, keinen sauber gefassten Schluss. Man muss so viel hineinlesen, dabei war es nur ein flüchtiger Moment. Dann ist da natürlich noch das Bild hintendrauf. Das hat jemand anders zur Verfügung gestellt. Es ist ein Standbild aus einem Stummfilm. Die Gestalt geht von der Kamera weg. Der Boden ist leicht abschüssig, ein leichtes Gefälle. Ich habe gehört, es sei auf der Isle of Man aufgenommen worden. Manche haben den Blickwinkel erkannt, besonders den alten Traktor, den man ganz hinten in der Einstellung sieht, ein Traktor, der in der Gegend bekannt ist, als *The Wreck of the Hesperus* nach dem Gedicht, in dem der Kapitän seine Tochter an den Mast des Schiffes bindet, in dem vergeblichen Versuch, ihr während eines grausamen Sturms das Leben zu retten. Man sagt, es wurde in einer Gegend, die als Smugglers' Cove bekannt ist, aufgenommen. Ich denke an Lucas und seine Erinnerungsbootlegs, wie er Beständigkeit fabriziert hat, und dann sehe ich ihn als Piraten, als lachenden Totenkopf und bekomme Lust, den Anker ein weiteres Mal zu lichten, zurückzukehren in das Haus, das ich in Gartlea hatte, die stille Galerie, und abzulegen zur nächsten Insel, zum nächsten Planeten oder Leben, wo auch immer ich angespült werde. Aber ich betrachte die Bilder noch ein bisschen länger und merke, dass wir weit entfernt sind vom Land und uns so vieles fehlt, wie eine Taube mit einem Zweig im Schnabel, so etwas wie eine Andeutung von der Zukunft, und so setze ich mich erneut an den Schreibtisch und schreibe diesen Brief und stecke ihn in eine Flasche und werfe sie hinaus aufs Meer, in der Hoffnung, dass sie dich erreicht. Schreib bald zurück. Ich vermisse dich.

16. Zellen für übergewichtige Ballerinas

Robert Mulligan alias Steel Teeth spricht über Sufferage Tapes, John Bailey und Vanity und das Leben in Greengairs, und er erinnert sich an die Herzlichkeit seiner Hobbykollegen, die er liebevoll in Erinnerung hat.

Ich hab angefangen, Kunst zu machen, als ich ungefähr zwölf war, das kann ich sagen, weil ich eine große Mappe voll mit meinen ganzen Zeichnungen, Comicstrips und Drehbüchern hab, schon früh hatte ich eine ganze Menge Drehbücher geschrieben, von denen natürlich keines je verfilmt wurde, alle haben ein Datum in der Ecke. Ich hatte mich bereits darauf vorbereitet, entdeckt zu werden wie eine im Wald versteckte Leiche. Ja, ich hab in Greengairs gelebt, aber gelebt lässt den Eindruck entstehen, als hätte es tatsächlich irgendeine Art von Leben dort gegeben, wohingegen meine Existenz in Wirklichkeit eher einem Scheintod ähnelte, einer Reihe erstarrter Gesten zwischen der Unmöglichkeit der Zukunft und der Unwahrscheinlichkeit der Vergangenheit.

Tagsüber arbeitete ich in einer Fleischfabrik in Mount Vernon. Wir haben Hamburger gemacht. Ich hatte so wenig Geld, dass ich die Reste, die hauptsächlich aus Pferdefleisch bestanden, in eine Plastiktüte gekratzt, mit nach Hause genommen und mir selbst Burger oder eine super Spaghetti-Bolo davon gemacht hab. Das war wie Leben in den Schützengräben, wie Mittagessen in Ypres. Nachts zeichnete oder schrieb ich, und irgendwann fing ich an, meine eigene Musik zu machen.

Ich hab Zeitschriften gekauft über Citizen's Band Radio, und so kam ich auf Schallplatten und Robotertechnik. In Airdrie gab es eine Gruppe, die sich einmal im Monat im Arts Centre traf, in einem der Kellerräume – die Räume waren wie Zellen, nur mit einer Stange und einem Spiegel über einer ganzen Wand, wir nannten sie Zellen für übergewichtige Ballerinas –, und wir tauschten Kreisdiagramme und Programmsprachen, von denen wir die meisten lernten, indem wir die Mülltonnen an der alten Organon-Fabrik in Calderbank durchwühlten und weggeworfene Handbücher und frühe Computerprotokolle rausfischten. Ich war völlig fasziniert von der Vorstellung, Abläufe zu automatisieren oder eine Form von Musik zu erfinden, die sich selbst spielt und die gesamte Inspiration aus sich selbst zieht, wisst ihr, eine Form von Spontangeburt, die in sich selbst schon die DNA enthält, die endlose Versionen und Umformulierungen ihrer selbst ermöglicht. In sich selbst, in sich selbst, in sich selbst, an was anderes konnte ich nicht mehr denken.

Schon früh hatte ich eine Vision oder vielleicht auch einen Albtraum. Ich hatte was über die Nacht in der Fruchthöhle gelesen, diesen aufgeschobenen Tod des Fötus und den Schrecken am Ende der Nacht, wenn die Fruchtblase platzt und die Vagina verkrampft und der Fötus dem Tod näher ist als dem Leben, und über das Trauma des Geburtskanals, den ersten Versuch, Luft in flache Lungen zu pressen, und ich fing an, über meinen eigenen Aufschub nachzudenken, dass ich vielleicht immer noch ungeboren war, gefangen in der Nacht, und als dann mein Dad starb, hab ich mich gefragt, ob er nicht in Wirklichkeit endlich geboren wurde und ob alles, was wir für eine Hirnblutung, Herzversagen und schwache Knochen gehalten haben, weshalb er ganz zusammengekrümmt war, in Wirklichkeit nur die letzten Augenblicke der Austreibung und Schöpfung waren.

Mir ist bewusst, dass wir das eine Million Mal durchgemacht, die Zeichen rückwärts gelesen, die Logik verkehrt haben in der Hoffnung, dass wir die Dinge nur falsch herum sehen, den leidenschaftlichen Traum, der wir selbst sind, aber dann fing ich an, den Traum als Berechnung zu betrachten, das Spezifische des Traums als bestimmte Variable, die in die Realität eingepasst werden konnte, wie eine Schallplatte, durch die das Ganze dann in einen ganz anderen Verlauf gelenkt würde. Die Sache ist die, wenn man sein ganzes Leben lang auf die Ankunft von Jesus Christus wartet, dann wartet man ewig. Aber wenn man beschließt, Jesus Christus in die Gleichung einfließen zu lassen, na ja, dann hat man sie selbst geschaffen.

Meine erste Figur war ein hüpfender mechanischer Frosch. Dann ein laufender Roboter, der auf eine Trommel schlägt. Dann scherte ich eine Weile auf ein Nebengleis aus, beschäftigte mich mit Lasern. Als ich wieder zurückkam, hatte ich praktisch die einzige bedeutsame Beziehung in meinem Leben zerstört. Nicht in echt, aber ich hätte sie auch mit einer Dosis elektromagnetischer Strahlung abschießen können.

Ich erinnere mich liebevoll an die Herzlichkeit meiner Hobbykollegen. Sie hatten was an sich, das in mir wieder den Wunsch zu leben weckte. Etwas in ihren Bemerkungen, ihren Ausrufen verriet eine kleine, aber ganz besonders fokussierte Lebensfreude, eine glückliche Einmaligkeit. Einer von ihnen hatte einen magnetischen Anstecker mit einem blinkenden LED-Licht in Form eines fünfzackigen Sterns erfunden. Das war schön. Sie brüteten über Katalogen mit elektronischen Teilen und lasen sich technische Daten vor, manchmal laut, manchmal bewegten sie nur stumm die Lippen, und ich erinnere mich immer noch an ihre wunderbaren Formulierungen, an ihr wissendes Nicken, ihre unbeschwerte Schwerkraft, die natürlich der Dauerzustand der Jugend ist, und auch der Fluch der Jugend, denn von dort aus kann man nur herunterstürzen, rückwärts fallen, so weit, bis Worte wie Oszilloskop, Lötzinn, Kondensatoren, Tafeln und Module keine Bedeutung mehr haben und keine Freude mehr bereiten. Obsession ist ein Zustand der Fixierung, der über die Besonderheiten eines Verhältnisses hinausgeht zu einer Analyse des Verhältnisses selbst. Um's mal mit einem Zitat zu sagen. Dann standen wir auf Symmetrie, Schwerkraft, Anziehung und Abstoßung, Nähe, Umlaufbahnen, positive und negative Ladungen. Auch das sind wunderschöne Worte, besonders wenn sie ganz leise ausgesprochen oder auch nur angedeutet werden.

Ich fing an, mir Elektronik für zu Hause zu bauen, Boxen, die primitive Beats erzeugten, Klangboxen, einfache Sampler. Ich war besessen von Kontaktmikros und Geigenbögen. Ich schloss Mikrofone an Kleiderbügel aus Draht an, an die Glühstäbe der Gasheizung, an Einkaufswagen aus dem Supermarkt, die ich aus dem Fluss holte und im Dunkeln mit nach Hause nahm, an alte Auspuffrohre. Ich hatte das Gefühl, als würde ich alles Mögliche wieder zum Leben erwecken, stumme Dinge, metallene Dinge. Ich strich mit meinem Bogen darüber, und der Sound, der Sound war, als würde eine Realität aufreißen, wie die Stimme des Elements selbst, im Schmerz oder im Glück, wer kann das schon sagen?

Ich veröffentlichte ein paar Kassetten oder besser gesagt, ich kopierte sie und verstaute sie unter meinem Bett. Kein Schwein interessierte sich dafür. Bei den Treffen im Airdrie Arts Centre verteilte ich sie, weil ich dachte, wir hätten dort ein paar Gleichgesinnte. Das ist eigenartig, hat sich jemand beschwert. Ich dachte, wir wären alle eigenartig, hab ich mir gesagt, ich dachte, darüber wären wir uns einig. Aber tatsächlich war Elektronik das einzig Eigenartige an den anderen, oder besser gesagt, das einzige Eigenartige, das ihre gesamte Zeit in Anspruch nahm. Ansonsten waren sie einfach nur unbeholfen und normal, was ich zu schätzen wusste, aber trotzdem waren sie nicht mein Publikum.

Ich weiß nicht mehr, wie John und Vanity ursprünglich Kontakt aufgenommen hatten. Vielleicht haben sie mir geschrieben. Sie waren nicht die Ersten, die meine Musik gehört haben, aber sie waren ganz bestimmt die Ersten, die sich anerkennend dazu geäußert haben.

Ungefähr zu der Zeit bekam ich eine Kassette von The Traveller in Black, was eigentlich ein Typ namens Peter Solly war, der in Plains im Haus seiner Mutter wohnte, das er geerbt hatte, nachdem seine Eltern gestorben waren, und der extrem minimalistische elektronische Musik machte, die bei mir einschlug wie eine läutende Glocke, eine Glocke, die zu einer Beerdigung läutet. Ich fand heraus, dass er wie ich CB-Funk-Freak war, und die ersten paar Male nahmen wir Kontakt über CB-Funk auf. Sein Rufname war Uncle Adolf. Eines Tages verabredeten wir uns zu einem Treffen im Freizeitcenter in Airdrie. Ein Sturm tobte, als ich durch Rawyards Park ging, das weiß ich noch. Man musste sich im rechten Winkel nach vorn stemmen, um überhaupt voranzukommen, und dann wechselte der Wind die Richtung und man lag auf der Nase. Trotzdem, ich würde's gerne noch mal machen, wenn ich könnte. Nichts bleibt einem besser im Gedächtnis als Sturmwetter.

Als ich am Freitzeitcenter ankam, sah ich ihn draußen vor der Tür im Regen stehen. Ihm war gar nicht eingefallen, dass er reingehen könnte, oder aber er wollte mich ankommen sehen, dachte ich, da ich selbst früh dran war und er offensichtlich Wert drauf gelegt hatte, noch früher da zu sein als ich.

Er hatte ein Riesenmaul, und nach jedem Satz klappte es mit einem lauten Knall zu, als hätte er ihn auf Nimmerwiederhören verschluckt wie eine Fliege. Das ist eine Begegnung, wie man sie nur einmal im Leben hat, sagte ich mir. Wir gingen in die Lobby. Ich schlug vor, uns aus dem Automaten was zu trinken zu holen, aber er sah mich an, als hätte ich gegen irgendeine unausgesprochene Vereinbarung verstoßen, weshalb ich das Thema fallen ließ. Dann sind wir eine Weile rumgelaufen. An der Stelle muss ich seine Lider erwähnen, die schwer waren und seinen leicht glupschigen haselnussbraunen Augen eine Anmutung von Straßenlaternen verliehen, als könnten sie ihr Licht nur nach unten richten, seine Füße anstrahlen, wenn er die Hände in die Taschen steckte oder direkt auf den Kern einer Sache starrte. Der Typ hat wissenschaftliche Augen, dachte ich bei mir. Das ist einer von uns. Ich hatte immer noch meine schwarze Wollmütze auf, die zu dem Zeitpunkt völlig durchnässt war, und mir wurde bewusst, dass mir Wasser übers Gesicht lief. Ich weiß nicht, ob er dachte, er könnte meinen schutzlosen Zustand ausnutzen, aber er rückte näher, oder jedenfalls schien's mir so, ich hab's damals so empfunden, und stellte mir ein Ultimatum, zumindest kam es mir so vor, und drängte mich, Wort zu halten und der Welt seine Musik zugänglich zu machen. Ich versuchte ihm zu erklären, dass die Welt, was Sufferage Tapes betraf, höchstens von vierzig Menschen bevölkert wurde, aber er bestand trotzdem drauf. Am liebsten hätte ich zu ihm gesagt, du bist wie der wahnsinnige Diktator in einem Science-Fiction-Roman, ein Größenwahnsinniger von einem fremden Planeten. Aber ich nickte und sagte, ich würde tun, was ich konnte. Dann zog er ein Mars aus der Tasche und fragte, ob ich's mit ihm teilen wollte. Klar, hab ich gesagt.

Auf dem Nachhauseweg hatte das schlechte Wetter nachgelassen, die Sonne war rausgekommen und ich kniete mich an den Brunnen hinten im Park, tauchte den Kopf unter Wasser und hielt die Augen dabei offen, was so eine Art privates Ritual von mir ist, aber ich konnte nichts sehen außer Algen und kleinen Materiekrümeln, die im trüben Licht trieben und mich an nasses Shortbread erinnerten. Ich las sie wie die Zukunft, eine Zukunft, die immer stärker einem vollgesogenen Butterkeks in einem Zauberteich oder einem Vollkornkeks in Tee oder, Gott behüte, einem Abwasserkanal ähnelte.

Einen Tag später erhielt ich eine Kassette mit der Post. Vorne drauf war ein schlecht fotokopiertes Bild von Benito Mussolini und seiner Frau, die an den Füßen von einem Laternenmast hingen. Der Titel lautete: *A Negative Incident Abroad: Mussolini's Tired Young Halfwit Tongue Lolls.* Darunter waren zwei Klammern mit zwei Punkten und einem Komma dazwischen (.,.). Ihr könnt euch vorstellen, dass mir nichts anderes übrig blieb, als sie rauszubringen.

Mit diesen ganzen Typen war es immer dasselbe. Man hört die Musik, man sieht das Thema, man könnte glauben, das wären brutale Lehensherren, die ein Leben im Höllenschlund fristen, durch die Lücken zwischen den Höllenzähnen hindurchstarren, auf Seziertischen schlafen; seltsame Leichen in unbeleuchteten Kellern, kaum funktionierende Gelehrte, den Kopf voll mit zwanzigstem Jahrhundert, dunkle Okkultisten, Fröschequäler, Geistaussauger, Waffenschieber, Paramilitärs, Supermänner, aber eigentlich hatten sie genauso viele Probleme wie du und ich, vielleicht sogar noch mehr. Vielleicht noch mehr, weil sie eine solche Angst hatten, wobei das halt einfach nur so eine Lieblingstheorie von mir ist, so große Angst, dass sie sich jeden Morgen vor Schreck die Gesichter reiben, die Köpfe in diesen einen bestimmten Fluss tauchen mussten, so wie wenn man bedroht wird und den Angreifer ausfindig zu machen versucht, man es nicht abwarten kann, man die Spannung nicht ertragen kann; man will rein in den tiefsten Wald und die Nacht dort verbringen, nur um zu sehen, ob alle Albträume wahr werden, und dem Hohn und Spott aus dem eigenen überarbeiteten Gehirn endlich ein Ende bereiten. Dann, wenn der Tod selbst sich meldet oder einem die Zunge rausstreckt, dann spürt man, dass man ihn längst totkopiert hat, man bereits davon gekostet hat, tatsächlich warst du schon auf der anderen Seite, du hast schon am gegenüberliegenden Ufer gestanden, als die Schiffe abgelegt haben, die Armada aus verkohlten Schädeln und modrigen Leichen, dem Unsagbaren, dem Unaussprechlichen, auf diesem Gewässer des Hasses, diesem See des Entsetzens, diesem scheußlichen Fluss, den wir in Gedanken längst durchwatet haben. Man würde meinen, es bräuchte einen Titanen, um es wahrzunehmen, einen Lehensherren, um es zu leben, einen immensen Mut, nur um sich selbst ins Wasser zu stürzen. Aber so ist es gar nicht. Nur ganz gewöhnliche Kerle. Nach einer Weile gewöhnte ich mich an die Vorstellung, dass diese transgressiven Typen, diese Avantgardisten ganz genauso normal waren wie alle anderen. Schau nachts zum Himmel auf, sieh dir den Sprühnebel der Milchstraße an und sag mir, dass es nicht stimmt. Wir alle sind Kosmonauten.

Vanity und John kamen zu Besuch. Ich war in Vanity verknallt. Sie mochte mich, und immer wenn sie redete, berührte sie mich, als würde sie zu ganz bestimmten Körperteilen von mir sprechen, Reaktionen bei mir auslösen, mit mir spielen wie mit ein paar Würfeln. Darlin', sagte sie zu mir, berührte mich am Knie, als wäre ein Schmetterling dort gelandet oder ein Blatt. Und ich kann immer noch ihre Zunge sehen, wie sie das Wort strangulierte, Darlin', ihm den Atem nahm. Wenn Kunst einem so etwas beschert, sagte ich mir, dann gebt mir eine scheiß Staffelei. John war das Gegenteil, sarkastisch, distanziert, ausdruckslos. Eines Nachts gab's einen Autounfall. Ich hab nie alle Einzelheiten erfahren. Sie flogen im Regen über eine Hecke und landeten auf einem Acker. Soweit ich weiß, war kein anderes Fahrzeug beteiligt. Passiert war's auf der Straße zwischen Rawyards und Greengairs, einer schrecklichen Nebenstrecke, die Rennstrecke minderjähriger Raser und betrunkener Lasterfahrer. Vanity stand im Regen bei mir vor der Tür. Sie sah aus wie ein Aquarellgemälde. Ich wollte die Hand ausstrecken und ihren Lippenstift verschmieren oder ihr mit den Fingern durch die dicken dunklen Haare fahren. Sie hatte einen Mantel an mit einem Gürtel und hohe Absätze mit dunklen Strümpfen. Ein Kissogramm, dachte ich. Wir hatten einen Unfall, sagte sie. Wir brauchen deine Hilfe. Ich hab eine Taschenlampe genommen und einen Rucksack mit Verpflegung, kam mir vor wie vor einem Aufstieg auf den Everest, und wir zogen in die Dunkelheit los. Danke, sagte sie, vielen vielen Dank. Für mich klang das wie ein Echo, wie was, das ich schon mal gehört hatte, eine Stimme aus einer Kindheit. Alle Straßenlaternen waren in jener Nacht aus, irgendwo gab's eine Stromsperre und wir gingen durch den Regen, der Strahl meiner Taschenlampe beleuchtete Bungalows und nasse Wohnwagen. Es war wie ein Experiment der Regierung, als würden wir uns in einem Modelldorf befinden, das gebaut worden war, um einen apokalyptischen Angriff zu simulieren. Ich leuchtete Vanity mit der Taschenlampe ins Gesicht, nur eine Sekunde lang, mehr hätte ich nicht gewagt, und sie sah aus wie eine Hexe nach dem Hexenbad.

Als wir zum Wagen kamen, hielt ich ihn zuerst für eine Art Installation. So eine Faszination übten sie auf mich aus. Das ist ein Kunstmoment, sagte ich mir. Eine einmalige Performance. Aber dann war's, als würde die Sonne aufgehen. Im Auto ging das Licht an. John saß auf dem Fahrersitz, schaute geradeaus. Ist das eine Falle?, fragte ich mich. Ihr müsst wissen, dass es um uns herum stockdunkel war, wegen der Stromsperre lag sogar Airdrie in der Ferne völlig im Dunkeln. Und da war John, der die Karre gelenkt hatte, die auch genauso gut mitten in der Luft hätte hängen geblieben sein können und durch die Dunkelheit treiben. Bin ich hier, um sie zu retten?, fragte ich mich.

Was ist passiert?, fragte ich ihn. Ich bin im Dunkeln über die Hecke rüber, sagte er. Wieso? Weil ich zu schnell gefahren bin. Mehr hat er nicht gesagt, sonst hat er gar nichts gesagt. Ich ging wieder nach Hause und kam mit dem Wagen meiner Mutter zurück, hab die beiden mit einem Seil rausgezogen. Wahrscheinlich sollten wir eine Zeit lang den Ball flach halten, meinte John. Können wir zu dir? Meine Mutter hat geschlafen und ich musste am nächsten Morgen aufstehen und zur Arbeit, aber ich hab trotzdem Ja gesagt. Vanity legte mir eine Hand aufs Ohr, berührte es nur ganz sanft. Sie will mich hypnotisieren, dachte ich bei mir. Was soll der Scheiß? Auf dem Rückweg sagte John nichts, obwohl mir auffiel, dass er immer noch seine Sonnenbrille trug. Wie er damit was sehen konnte, werde ich nie begreifen. Natürlich gingen mir inzwischen alle möglichen verrückten Szenarien durch den Kopf. Ich bin tot, dachte ich, ich überquere den Fluss, das sind die Geister, die mich heimholen, das ist wie bei den Moor-Morden, alles noch mal von vorne, die werden mich umbringen und mich auf einem Acker vergraben, dann dachte ich, o Gott, vielleicht werde ich Sex mit Vanity haben, während John zuschaut, wahrscheinlich sind die so pervers, und um ehrlich zu sein, hatte ich schon drauf gehofft, obwohl ich wusste, dass ich keinen hochkriegen würde, nicht unter den Umständen.

Wir kamen nach Hause und ich hab Feuer im Wohnzimmer gemacht und sie gefragt, ob sie einen Tee oder was zu essen wollten. Hast du nicht was Stärkeres?, fragte John. Meine Mutter hatte Gin und Wodka und auch Whisky in der Anrichte, hauptsächlich für Gäste, und sie hatte auch eine Schachtel After Eights, also hab ich die Minzblättchen aufgemacht und uns allen dreien ein Glas Gin eingeschenkt, obwohl ich normalerweise gar nichts getrunken hab. Die Gläser waren alle schmutzig, also haben wir stattdessen aus Eierbechern getrunken. Hast du in letzter Zeit mal wieder was aufgenommen?, fragte mich John.

Ich erklärte, dass ich an einer neuen Kassette arbeitete. Immer noch dabei, sagte er und nickte. Vanity setzte sich zu ihm auf den Schoß und fing an, ihm die Brust zu streicheln. Ich schob meine Hand unter mein T-Shirt und meine Haut fühlte sich klamm an, ich konnte mein Herz spüren, als würde es Edgar Allan Poe gehören und wäre in einer Kiste eingesperrt. Was ist es für ein Entwurf, sagte er, was ist die Idee dahinter? Ich erklärte ihm, das Konzept sei so was wie Kommunikation in der Sprache der Zellen, wisst ihr, diese Musik, die sich selbst erzeugt, an der ich gearbeitet hatte. Ich erzählte ihm, dass ich mir vorstellte, wie Organe untereinander kommunizierten, wie das Herz mit der Leber spricht und die Niere mit den Hoden, und die Songs sind die Organe, die traurigen Songs in der Nacht des Körpers, sie hallen wider in den Venen, vibrieren im Blut, wobei Vanity in dem Moment schrill gluckste und an seinem Ohr leckte mit ihrer perfekt geschwungenen Zungenspitze, die mich an Frankreich oder Europa denken ließ, bloß nicht an Greengairs. Ich sagte ihm, dass ich irgendwo was über Atome gelesen hatte, wie sie sich gegenseitig abstießen, wie sie sich auf festen Umlaufbahnen bewegten, und man, wenn man etwas berührt, eigentlich gar nichts berührt, man schwebt darüber, treibt umher in diesem großen Kraftfeld, in dieser ständigen Anziehung und Abstoßung, die schlimmer ist als Schwerkraft, und wie ich mir vorgestellt hatte, die Kluft mit meiner Musik zu überbrücken, diese Leere, wo das Herz die Hand das Auge den Kopf das Ohr das sanfte Ohr berühren konnte. Die leere Musik, nannte ich das.

Ich stand auf, um aufs Klo zu gehen, und als ich zurückkam, hockte Vanity vor John auf den Knien in der hellgelben Musik des Kerzenscheins, in der Dunkelheit von Greengairs, und lutschte ihm den Schwanz. John hatte immer noch die Sonnenbrille auf, deshalb wusste ich nicht, ob er mich ansah oder nicht. Ich setzte mich wieder in meinen Sessel und sah zu, wie sie ihre gallische Zunge um den Schaft seines Penis schlang, der von ungefähr durchschnittlicher Größe war, vermutete ich, aber richtig hart. Keiner von beiden machte ein Geräusch, abgesehen von ihrem Mund an seinem Schwanz. Irgendwann nahm er ihre Haare in die Hand, wickelte sie sich fest um die Faust und ich nehme an, dass er kam, weil sich sein ganzer Körper versteifte und er sich dann entspannte, obwohl sein Penis, als er aufstand, immer noch aus dem Reißverschluss schaute, noch immer erigiert war und ich kein Sperma dran entdeckte, er war vollkommen sauber, sie musste alles geschluckt haben, dachte ich bei mir, und als er sich entschuldigte, drehte sich Vanity auf dem Stuhl herum und fuhr sich mit den Fingern über die Lippen, die jetzt perfekt und blutrot waren, und sah mich mit ihren braunen Augen an, die so dunkel waren und glänzten wie die Vergangenheit, und sagte: Ich liebe dich, Robert. Ich dachte an die Atome, die uns trennten, und es war, als würde mich einer meiner eigenen Songs wieder einholen. Am Morgen, bevor meine Mutter aufwachte, schleppte ich die beiden in eine Garage, wo sie ihr Auto reparieren lassen konnten. Dann ging ich wieder Hamburger machen.

17. Einer Zwanzigjährigen um die halbe Welt hinterherjagen und im Kriegsgebiet Zelte aufschlagen

Monica Lawson sieht Richard, den Schlagzeuger, verschwinden und zurückkehren.

Es gab eine Phase kurz vor dem Ende, in der Memorial Device als vierköpfige Band ohne Schlagzeug spielten; Remy wechselte ans Keyboard, was natürlich sein erstes Instrument war, und Mary Hanna sprang am Bass ein. Zu dem Zeitpunkt waren sie die Könige der Szene und die Auftritte waren der Wahnsinn; die Musik klang, als würde sie frei schweben, herumwirbeln, wie eine vertikale Konstruktion. Die Leute warfen mit Namen um sich: Fripp & Eno, La Monte Young, The Velvet Underground. Aber das traf es alles nicht. Außerdem war es eher aus der Notwendigkeit heraus geboren als aus irgendeiner Idee oder einer echten Referenz. Richard war verschwunden. Oder genauer gesagt, er war mit einer Zwanzigjährigen wegen eines Jobs als Entwicklungshelfer nach Palästina abgehauen. Glaubt mir, Richard hatte nicht den blassesten Schimmer von der Misere der Palästinenser. Er wusste nicht mal, dass es eine gab. Aber er hat sich trotzdem in sie verliebt. Sie hieß Lubby, was, glaube ich, die Abkürzung von Ljubljana oder so war. Sie war halb Araberin und halb Deutsche. Sie war bei einem Konzert von Memorial Device aufgetaucht; einem Mittagskonzert im Laden von Our Price Records in Coatbridge. Sie hatte die Musik noch nie gehört. Ich war bei dem Konzert; ich hab sie kennengelernt. Ich hab gesehen, wie sie Platten gekauft hat, die erste Creedence Clearwater, *Led Zeppelin II:* Zeug auf Einsteigerniveau. Die ganze Zeit über trank sie aus so einer extragroßen Dose Cider; was zugegebenermaßen süß war, und Richard hatte immer schon was übriggehabt für kleine Mädchen mit großen Dosen und das ist übrigens kein Euphemismus, weil wirklich alles an ihr winzig war, außer den Augen, die waren endlos und dunkel. Sie trug ein Jungs-T-Shirt, ein Rugby-Trikot von einer englischen Uni, Oxford oder Cambridge oder so, und zwar zu einem winzigen Röckchen, das sich auffächerte wie ein japanischer Schirm, dazu Stiefeletten aus Wildleder, blickdichte Strumpfhosen und rote Wollsocken, ganz runtergeschoben. Und natürlich trank sie aus der riesigen Dose, wodurch ihre Augen wie dunkle Sonnenaufgänge aussahen und die Dose wie ein Hinkelstein oder Dolmen, wisst ihr, so wie: Jetzt wird's Sommer.

Die Sache ist die, dass Richard nicht gerade das war, was man allgemein unter attraktiv versteht. Ich meine, ich mochte ihn und so, ich hab Zeit mit ihm verbracht, wisst ihr, hab ihn natürlich geschätzt, aber eher aus Loyalität meinem Leben und den Umständen gegenüber als aufgrund von Anziehung. Wir waren in der Lage, offen zueinander zu sein, vielleicht war es das. Ganz früh war da was zwischen uns, aber es kühlte schnell ab, und irgendwie gestattete es uns, einander näher zu sein, als Junge und Mädchen sich normalerweise sind, ganz besonders in dem Alter, hab ich recht? Natürlich war ich ein bisschen eifersüchtig, das war unvermeidbar. Lubby hatte so eine junge Haut, war so makellos, ihre Augen so wach und klar, die Lippen sahen aus wie mit Bleistift gezeichnet. Ich sah sie miteinander reden und ich wusste es einfach; ich wusste, sie würden zusammenkommen, obwohl sie in anderer Hinsicht überhaupt nicht zueinander passten. Natürlich hatte sie eine Riesenerleuchtung, was die Musik anging, sie konnte nicht glauben, dass jemand so eine Musik machte, alles hatte sich dadurch verändert, das ging so weit, dass sie zu jedem Konzert von Memorial Device ging, immer ganz vorne stand, mit zarten Lippen trank sie aus der Riesendose, und Richard war oben auf der Bühne, man sah, dass er für sie spielte; er begann sich anders anzuziehen, trug jetzt zum Beispiel eine Cap, eine Basecap, die Patty nicht ausstehen konnte. Was ist das, sagte er, ein schlechter Scherz? Ich musste ihm recht geben. Aber Richard wurde allmählich kahl, ihm gingen die Haare aus, und das überkompensierte er.

Bevor wir wussten, was los war, hatte er sich so ein Haarbüschel wachsen lassen; so ein buschiges Bärtchen, das Poser sich unter der Unterlippe stehen lassen. Aber er war Sternzeichen Löwe, also ergab das irgendwie Sinn. Natürlich ist seine Frau nie zu seinen Konzerten gekommen. Ich war seine einzige Stütze von früher und das so erfolgreich, dass man ihm einfach alles durchgehen ließ.

Ich hab mich verliebt, erzählte er mir. Wir trafen uns am Wochenende zum Chinesischessen; wir bestellten immer was bei Lucky Star in der Forrest Street in Airdrie und gingen damit in einen Park die Straße weiter runter, wo sonst nie jemand hinging und wohin ich heute noch in meinen Träumen zurückkehre, auch wenn es ihn schon gar nicht mehr gibt, und im Sommer lagen wir im Gras und aßen unser Essen mit Stäbchen aus den Alubehältern und tranken Dosenbier und diskutierten über die Zukunft und Romane. Wir erstellten selbst Lehrpläne für uns, wir hatten so was wie einen eigenen Club, ihr wisst schon, zum Beispiel haben wir alle John-Coltrane-Alben in chronologischer Reihenfolge gehört, jeden Tag eins, bis wir alle seine Veröffentlichungen durchhatten, oder wir nahmen uns Romane vor, sagen wir mal, alle Russen, Gogol, Turgenjew, Dostojewski, Tolstoi, Bulgakow (*Der Meister und Margarita* von Michail Bulgakow ist mein absolutes Lieblingsbuch), Tschechow, Puschkin und Lermontow, und dann diskutierten wir samstagnachmittags, wobei unweigerlich Abende und späte Nächte daraus wurden, und wir schliefen im Park. Seine Frau war eine echte Schlampe, ihr war's egal, obwohl sie gut aussah, das muss ich ihr lassen, was eigenartig war, wisst ihr, ich meine, was um Himmels willen wollten die beiden voneinander, und an diesem bestimmten Samstag hatten wir Tschechow gelesen und da sagte er, dass er aufhören wolle mit dem Lesen, dass er eigentlich keinen weiteren Lesebedarf habe. Ich bin in einen Roman eingetreten, sagte er. Ich könnte auch Rimbaud sein auf dem Weg nach Palästina. Willst du wirklich fahren?, fragte ich ihn. Ich will abenteuerlustig sein, sagte er. Ich will leben. Bücher sind kein Leben, sagte er. Musik ist kein Leben. Am Leben bleiben ist kein Leben. Einer Zwanzigjährigen um die halbe Welt hinterherjagen und im Kriegsgebiet Zelte aufschlagen: Vielleicht ist das ein Leben. Dagegen konnte man schlecht was sagen, auch wenn ich sehr genau wusste, dass Bücher lebendig waren und Musik lebendig war. Ich hab ihre Muschi gesehen, sagte er. Damit war ich entwaffnet, das gebe ich zu. Normalerweise redeten wir nicht über so was. Verdammt, sagte er. Ich hab ihre Muschi gesehen. Sie hat ihr Höschen runtergezogen und sie mir gezeigt, sagte er. Sie wollte nicht, dass ich sie anfasse, aber sie wollte, dass ich sie sehe. Ich will sie dir zeigen, hat sie gesagt. Und sie war vollkommen unbehaart. Sie war nicht rasiert, da waren keine Stoppeln, keine Schrammen, keine Pickel; einfach nur die nackte Tatsache. Du weißt doch, dass man sagt, jeder hat seinen eigenen, einzigartigen Fingerabdruck? Sie war wie jemand ohne Fingerabdruck, jemand ohne ein einziges krauses Haar, ohne Falte oder Makel, und ich dachte mir, zum Teufel, ich folge ihr bis ans Ende der Welt, und auf die Art wird uns nie jemand finden.

Als der Rest der Gruppe davon hörte, gab es erst mal ein Riesengeschrei, aber als Remy vorschlug, Mary Hanna dazuzuholen, freundeten sie sich allmählich mit der Idee an. Patty sagte, ja, wir machen weiter, aber ohne Schlagzeug, wenn die uns fragen, was aus unserem Schlagzeuger geworden ist, dann sagen wir, dass er nach Palästina abgehauen ist, er hat seine Frau wegen einer Zwanzigjährigen verlassen und ist jetzt irgendwo im Westjordanland, genauer Aufenthaltsort unbekannt, und das macht ihn zu einem besseren Schlagzeuger. Das ist besser als sterben oder durchdrehen oder von seiner Frau gesagt bekommen, dass man seine Sachen packen soll. Er bleibt Bandmitglied, sagte Patty. Er ist jetzt noch wichtiger als je zuvor.

In den Augen der Band, seiner Freunde, der Klatschmäuler und der Schlampen und Mitläufer und in den Augen der Kommentatoren, Journalisten und Hagiografen war das der Moment seiner Erhöhung, aber nicht in den Augen seiner Familie, und ich muss gestehen, dass sogar ich mir nicht ganz sicher war. Wegen einer Zwanzigjährigen alles hinzuschmeißen muss zwangsläufig mit Tränen enden, dachte ich. Aber wer weiß, wozu Tränen gut sind?

Zum Schluss war ich diejenige, die die beiden zum Flughafen fuhr. Richards Familie wollte nichts damit zu tun haben. Seine ihm entfremdete Frau hatte seinen Vater angerufen und ihn davon überzeugt, dass er den Verstand verloren hatte, dass er eine Art Krise durchlief, als ließe sich jeder Versuch zu entkommen auf Biologie in ihrer erbärmlichsten Form zurückführen.

Sie flogen am frühen Morgen. Lubby hatte alles arrangiert. Sie sollten bei einem Freund übernachten, der in Tel Aviv in einer Hotelsuite an der Küste lebte, und von dort aus würden sie Kontakt zu einer humanitären Organisation aufnehmen und in ein Güterverteilungszentrum im Gazastreifen übersiedeln; auch wenn sie, als ich sie im Rückspiegel betrachtete, eher aussahen wie Jackie O und JFK auf dem Weg nach Dallas. Sie trug eine große dunkle Sonnenbrille und einen Schlapphut, sodass man ihr Gesicht gar nicht richtig sah, was in gewisser Weise gut war, denn es stimmte, dass sie die Sorte von dunklen Augen hatte, die in jedem Menschen das Waghalsige weckt, und wer weiß, vielleicht wäre ich selbst in Israel gelandet.

Trotzdem herrschte eine betretene Atmosphäre. Sie sagten nicht viel. In mancher Hinsicht war es wie bei einem ersten Date, und sie schienen kein besonders enges Verhältnis zu haben. Als wir die M8 entlangfuhren, war die Straße vollkommen leer, abgesehen von ein paar langsamen Lastern und hin und wieder einem Taxi. Die Vögel zwitscherten, die Sonne ging auf. Ab und zu sah ich ein Licht in einem Fenster, das hoffnungsvolle Leuchten eines neuen Tages in einem Wohnblock oder einem gläsernen Bürogebäude in einem Industriegebiet, und ich dachte mir, dass das Leben von Neuem beginnt, dass jeder Tag ein unbeschriebenes Blatt ist. Alles ist verziehen, sagte ich mir, wenn auch ganz leise. Ich wollte nicht, dass sie dachten, ich würde über sie richten. Als wir am Flughafen vorfuhren, machte Lubby viel Theater darum, mir zu danken und mir zu sagen, wie wunderbar ich war, es ging so weit, dass es schon aufgesetzt wirkte und unecht, aber vielleicht wirkte es auch nur auf mich so; wäre typisch für mich. Richard und ich gaben uns einfach nur die Hand; das schien uns passender als eine Umarmung oder ein Kuss, als wäre es schon total übertrieben, jemandem die Hand zu schütteln. Als ich ihnen hinterhersah, ging Lubby ein paar Schritte vor Richard, und irgendwie machte mir das Sorgen. Ich dachte an meine eigenen streitenden Eltern und an die Distanz zwischen ihnen, und das machte mich traurig. Auf dem Heimweg hatte ich das Bedürfnis, den Tag zu verschwenden, es abzutun. Zu der Zeit hatte ich einen Job als Reinigungskraft in der Augenklinik in der Sauchiehall Street in Glasgow, wo ich nachts arbeitete, das Gebäude von unten bis oben putzte, als eine von drei Angestellten, und ich dachte mir, scheiß drauf. Werde ich mich am Ende meines Lebens wirklich an einen weiteren trostlosen Tag erinnern, an dem ich Türrahmen abgewischt und Spritzen weggesaugt habe, werde ich mich je daran erinnern, dass mein Lohn einbehalten wurde und ich eine schriftliche Abmahnung bekommen habe? Na ja, ich erzähl's euch jetzt, also erinnere ich mich wohl, aber egal. Ich dachte an eine Figur in dem russischen Roman, den Richard und ich gelesen und über den wir im Park gesprochen hatten, der uns dazu gebracht hat, nachts draußen zu schlafen, in der Wildnis, wegen dem wir uns in Abgründe werfen und über Hausdächer rennen wollten, während alle anderen noch schliefen, und es war, als wäre er endlich aus dem Roman ausgestiegen, und ich sah meine eigene Chance irgendwie, auch wenn es nur Kleinscheiß war, eigentlich, eher so, als würde ich aus einem Absatz rausklettern, wie hieß er noch, das war der, wo einer ein Tagebuch schreibt, ein Tagebuch, in dem es plötzlich, wenn er es am nächsten Tag liest, nur so vor wundersamen Ereignissen wimmelt, lauter vergessene Taten, darunter einige kriminelle, aber auch wunderbare, der Erinnerung enthobene, selbst dass er sie niedergeschrieben hat, und er kommt zu dem Schluss, dass er ebenso wenig Autor seines eigenen Lebens ist wie Autor seines Tagebuchs, was ihm ein großartiges Gefühl von Freiheit verschafft.

Wir hielten schriftlich Kontakt, Briefe mit Poststempeln von überall aus dem Nahen Osten, Namen wie Nuserat, Aschdod, Hebron, Yatta und Halhul, Postkarten mit geballten Fäusten oder auf der Straße tanzenden Kindern, Silhouetten von Beduinenlagern im Sonnenuntergang am Toten Meer, und ich hatte allmählich das Gefühl, als würden sie sich selbst schreiben, als wäre Richard irgendwie von der Geschichte, der Geografie verschluckt worden, in der Ferne ertrunken, und jedes Schreiben war wie ein Grabstein, jeder Buchstabe wie in Marmor gemeißelt, geliebter Sohn, teurer Verstorbener, lieber lieber Freund. Er schrieb über das Essen, das man auf der Straße kaufen konnte, die Aussicht aus ihrem Zimmer, seine ersten Eindrücke von Jerusalem, den Anblick der Männer, die nach dem Gebet die Moschee verließen, durch die winzigen, alten Straßen strömten (was mich an Fische oder Sperma denken ließ) und ihn durch ihre schiere Masse an die Wand drängten, eine Begegnung mit einem schottischen Rabbi an der Klagemauer, was ganz unglaublich schien, aber klar, so was passiert, die Metalldetektoren, die Pendlertunnel, Checkpoints und Kinder, die sich von nichts als Dreck ernähren, und den israelischen Razzien, den Entführungen und den prozesslos Inhaftierten. Ich versuchte die Stimmung zu heben. Was ist mit ihrer Muschi?, fragte ich. Sind schon Haare gewachsen? Aber er biss nie an. Wir tun hier draußen eine Menge Gutes, sagte er. Wir verändern was zum Besseren. Ich hatte meine Zweifel, das gebe ich zu. Was mir aber auffiel, war, dass seine Handschrift mit der Zeit besser wurde. Viel ordentlicher. Auf den Postkarten, die er mir anfangs schickte, war sie kaum zu entziffern, wie eine einzige fließende Linie, als könne seine Hand mit dem Tempo seiner Gedanken nicht mithalten, hätte genug gehabt und es einfach aufgegeben. Sie ähnelte eher den Aufzeichnungen eines Kardiografen als einer Handschrift. Und als sie sich veränderte, als ich plötzlich jedes Wort lesen konnte, ohne raten zu müssen, ohne die Augen zusammenzukneifen oder die Karte dicht vor die Nase und dann wieder auf Abstand zu halten, dachte ich, dass sich irgendwas in seinem Herzen verändert hatte.

In der Zwischenzeit hatten Memorial Device einen Plattenvertrag angeboten bekommen. Und zwar bei einem von diesen Indie-Labels, die sich heimlich von einem Major finanzieren ließen und Künstler suchten, die was hermachen, um ihre Glaubwürdigkeit zu bewahren. Jedenfalls kamen sie mir so vor, zynisch wie ich bin. Sie zahlten der Band die Fahrt nach London, und Patty bat mich, mitzufahren, er wollte mich zur Archivarin der Band machen, meinte er, ich sollte die Reise dokumentieren. Außerdem hatten sie sich mit Miriam McLuskie verkracht, ihrer inoffiziellen Managerin, weil sie sie nicht mehr alle hatte. Ich kündigte meinen Job. Ich schrieb Richard. Ich fahre mit der Band nach London, erklärte ich ihm. Sie wurde von einem Plattenlabel angeworben. Er schrieb mir aus einem Café in Jerusalem. Er hatte angefangen zu rauchen und sich den Schädel rasiert. Ich hab ganz schön abgenommen, schrieb er. Du würdest mich kaum wiedererkennen. Im Moment kommt mir die Welt der Plattenverträge vor wie ein anderer Planet.

Wir fuhren im Schlafwagen nach London, Patty, Remy, Lucas und ich. Das Plattenlabel hatte Erste-Klasse-Tickets für uns gebucht, deshalb hatten wir auch Zugang zur Bar und blieben die ganze Nacht auf und tranken. Es hatte heftig geschneit, und das Wetter beeinträchtigte die Stromleitungen, was bedeutete, dass der Strom immer wieder ausfiel, sodass wir im Dunkeln hockten und soffen und die Welt draußen vor den Fenstern grellweiß erstrahlte, als würden wir mit Karacho über eine Hochzeitstorte rasen. Geredet wurde nicht viel; hauptsächlich tranken wir und schauten aus dem Fenster. Morgens waren wir halb betrunken und halb verkatert, aber wir kamen so früh an, dass noch nichts geöffnet hatte, also gingen wir in einen Park am Soho Square, fegten den Schnee von den Bänken und versuchten zu schlafen. Danach sind wir in die St.

Patrick's Church und haben um die Ecke der Charlotte Street gefrühstückt, wo die Plattenfirma war.

Als wir reinkamen, hatte der Labelchef die Füße auf dem Schreibtisch und bot uns sofort Bier an. Er wollte cool sein. Lucas war in Form und stellte ihm ein paar spektakuläre Fragen, zum Beispiel sollten wir während der Aufnahmen zu unserem ersten Album ungewöhnlich großen Eifer an den Tag legen – das waren genau die Worte, die er benutzt hat, *ungewöhnlich großen Eifer an den Tag legen,* das werde ich nie vergessen –, ob wir dann mit dem, was vom Budget übrig blieb, eine Performance in Timbuktu finanzieren könnten? Meine Mum hatte immer gesagt, sie würde mich nach Timbuktu schicken, wenn ich nicht lieb war, sagte er. Ich denke, ich war jetzt oft genug nicht lieb. Der Labelchef, ich glaube, er hieß Sidney Irgendwie oder so, wirkte ein bisschen verlegen. Dann fragte Lucas ihn nach Roger Daltrey. Das war eine Obsession von Lucas, die immer mal wieder zum Vorschein kam. Alle anderen konnten The Who nicht ausstehen. Ich meine, wer kann's ihnen vorwerfen? Hat es jemals eine deprimierendere Form von Vaudeville-Rock'n'Roll gegeben? Aber Lucas liebte sie, besonders Daltrey, und er hatte gehört, dass Daltrey in seinem ganzen verdammten Leben noch keinen einzigen Song selbst geschrieben, sich aber trotzdem in Woodstock die Bühne mit Jefferson Airplane und The Grateful Dead geteilt hatte. Dabei stimmte das nicht mal, Daltrey hatte jede Menge Songs geschrieben, aber es hatte keinen Sinn, Lucas das zu sagen. Weißt du, ob Roger Daltrey Material sucht?, fragte er Sidney. Ich kenne Roger nicht persönlich, sagte Sidney, aber ich kenne seine Verleger, ich könnte bestimmt einen Kontakt herstellen. Abgemacht, sagte Lucas, sprang vom Stuhl und streckte ihm seine Hand hin, diese Riesenhand, die aussah wie ein Plattfisch vom Grund des Ozeans. Sidney schlug ein und schüttelte vorsichtig die Hand. Ich hab eine Aufnahme davon. Ich hockte die ganze Zeit auf der anderen Seite des Schreibtischs. Ich war klein genug, sodass mich niemand beachtete, und ich glaube, die hatten alle vergessen, dass ich da war, weshalb ich ein paar tolle Bilder schoss, glaubt mir. Alle schwarz-weiß; ich wollte es damals nicht zu offensichtlich machen, dass es was Besonderes war – für mich hätten sie genauso gut auch eine Bluesband, Southern Boppers oder eine Punkband oder so sein können. Außerdem hockte ich auf dem Boden und deshalb sind alle meine Bilder von unten aufgenommen, sodass alles riesengroß aufragt und sehr bedeutsam wirkt, finde ich.

Eigentlich war ich baff, dass sie nicht mehr Fragen gestellt haben. Ehrlich gesagt, wirkten sie ein bisschen überwältigt von allem. Ich hatte gedacht, sie würden dieses verlangen, sich jenes sichern und die Regeln diktieren wollen, aber nein, wäre Lucas nicht gewesen, bezweifle ich, dass sie überhaupt eine einzige Frage gestellt hätten. Später ging Sidney mit uns allen in einen Club in Soho, was trinken. Wir klopften unten an einer Treppe an eine Tür, ein Riegel wurde zurückgeschoben und ein Augenpaar tauchte auf. Eigentlich war's da ziemlich langweilig. Er hat uns seinen Assistenten vorgestellt, ich kann mich jetzt nicht mehr an seinen Namen erinnern, irgendwas wie Simon oder Richard Sparks, ein Name wie ein Radiomoderator aus der Frühstückssendung, und er war so ermüdend fröhlich, dass es einen anödete. Irgendwann drängte er Remy in eine Ecke und stützte sich mit einer Hand über Remys Schulter an der Wand ab, sodass der nicht mehr weg konnte. Das meiste verstand ich nicht, aber ich hörte, dass sie über die Vorzüge von Kunstblut gegenüber echtem diskutierten, die olle Kamelle. Dann tauchten ein paar Mädchen auf; Sidneys Schwester und ihre Freundin Jemima und noch ein paar. Jemima sah toll aus, mit langen schwarzen Haaren, dunklen Augen, Sommersprossen und enger Lederhose, dazu ein hautenges Top in Türkis und Schwarz, das ihre Brüste hochschob. Sie stürzte sich sofort auf Lucas, und Sidney schlug vor, dass wir alle zu ihm nach Hause gehen, in einen Wohnblock auf der Südseite der Themse mit Blick auf den Fluss.

In seiner Wohnung sah es schlimm aus. Auf dem Tisch standen noch die Reste vom Frühstück. In der Ferne sahen wir Motorboote, Kähne und kleine Dampfschiffe, die den Fluss im Dunkeln rauf- oder runterfuhren. Er legte *Loaded* von The Velvet Underground auf, nicht *White Light / White Heat*, also im Prinzip eine sichere Nummer, dann ließ er ein paar Joints rumgehen. Mir bot niemand was an; zu dem Zeitpunkt hatten sie vergessen, dass ich überhaupt da war, unwichtig wie ich war. Ich beobachtete, wie Jemima Lucas' Hemd aufknöpfte und ihre Hand reinschob, während alle herumsaßen und redeten, und es sah aus, als hätte er Narben auf der Brust, vielleicht auch Brandwunden, und als würde sie sie massieren. Lucas schrieb weiter in sein Notizbuch, aber heimlich, er machte das so, dass es sonst niemandem auffiel. Ich schaute auf den Fluss und sah St. Paul's und den Post Office Tower in der Ferne, und am Himmel kreisten Flugzeuge mit blinkenden Lichtern, und Schiffe bewegten sich gleichzeitig in beide Richtungen. Ich hatte so ein Gefühl, das lässt sich schwer beschreiben, aber irgendwas in mir war enttäuscht, in gewisser Weise schien das alles derselbe Unfug zu sein, dieselben alten Versuchungen, derselbe alte vergammelte Müll. Ich hatte mehr von der Band erwartet, und von mir. Dann hatte ich ein schlechtes Gewissen, als wäre ich auf der Flucht vor dem Vergnügen, also machte ich ein fröhlicheres Gesicht. Ich stand auf und bat um einen Joint. Lucas sah mich an, als wäre ich gerade aus dem Nichts aufgetaucht, fischte mir einen Stummel aus dem Aschenbecher und ich zündete ihn an, dann legte ich mich auf ein paar Kissen am Fenster und nahm beiläufig ein paar Bilder zum Fenster hinaus auf, außerdem von meinen Händen und der Lampe über mir, die wie ein altmodischer Kronleuchter aussehen sollte, aber einfach nur komisch krumm war, wie Spinnenbeine. Die ganze Zeit über hatte Patty mit Sonnenbrille und seinem zerdellten Zylinder schweigend auf der Couch gesessen, aber dann kam er rüber ans Fenster und bat mich, mit dem Bildermachen aufzuhören. Ich mach ja keine von dir, sagte ich, nur welche für mich. Trotzdem, das ist mir peinlich. Ich hätte dich nicht fragen sollen, ob du mitkommst. Inzwischen war ich ganz schön stoned und ich glaube, ich hab's falsch interpretiert, hab gedacht, dass er sich Sorgen um mich macht, um meine Werte, und fürchtet, mich irgendwie zu enttäuschen, also meinte ich, du musst dich nicht entschuldigen, mein Lieber, wir sind doch alle Menschen, aber er hat mich nur ausdruckslos angesehen und mich um die Kamera gebeten, die ich ihm daraufhin gegeben habe, keine Ahnung warum, Sonnenbrillen nach Einbruch der Dunkelheit verleihen einem Macht, mehr kann ich dazu nicht sagen.

Dann wurde es abgefahren. Jemima saß am Frühstückstresen und zog ihr Oberteil aus. Ein Freund kam im Taxi an und brachte Opium mit. Sidney legte Musik auf, schreckliche Discomusik, und Jemima tanzte mit Sidneys Schwester, bis sie beide oben ohne waren und ihre Brüste aneinander rieben. Dann zauberte er ein Mikro und einen Verstärker aus dem Nichts und die beiden Mädchen stöhnten abwechselnd ins Mikro und sangen so was wie *I'm gonna take you higher and higher*, während die jeweils andere sich auf den Boden hockte und dann langsam wiederaufrichtete. Inzwischen war's eine ausgewachsene Party, fremde Menschen kamen und gingen, und Leute schüttelten der Band die Hand, klopften ihnen auf die Schultern. Das ist hier total daneben, sagte ich mir. Ich suchte mir einen stillen Raum im Dunkeln und schlief ein.

Am Morgen lagen überall Leute rum. Erst mal bekam ich die Schlafzimmertür nicht auf, weil ein Mädchen auf der anderen Seite davor lag. Sah aus, als hätte ihr jemand in die Haare ejakuliert. Remy und Simon Sparkles, oder wie er hieß, saßen zusammen am Frühstückstisch, sie schauten auf und kicherten verschwörerisch, als ich reinkam. Schau mal, was uns der Wind da hereinbläst, sagte Remy. Der Einzige, der hier was bläst, bist du und dein neuer Freund, sagte ich und steckte die Finger in den Mund und zog meine schönste Froschgrimasse. Sie redeten weiter Blödsinn oder was auch immer sie gerade machten, stupsten sich gegenseitig an und packten sich an den Schultern und rangen zum Spaß miteinander und lauter solche Sachen, die verklemmte Betrunkene so machen. Ich setzte mich auf die andere Seite vom Tisch und schälte eine

Mandarine. Die Frühstücksreste vom Vortag waren als Aschenbecher benutzt worden, ein Stück Spiegelei und ein paar Streifen Speck lagen unter einem Berg aus Asche und Kippen. Ich sag dir was, sagte Sparkles. Du kriegst fünfzig Pence von mir, wenn du das isst. Kein Problem, sagte Remy, leg das Geld auf den Tisch. Sparkles legte fünfzig Pence hin, zwei Zwanzig-Pence-Münzen und ein Fünf-Pence-Stück, zwei Zwei-Pence und einen Penny, eine echte Beleidigung, und Remy machte sich ohne noch mal nachzudenken drüber her, würgte zwischendurch, spülte mit Wasser nach, aß die Kippen und alles. Das war ekelhaft, erbärmlich und eigentlich auch traurig. Das ist jetzt also unsere tolle Zeit, sagte ich mir, als Remy einen lauten Rülpser ausstieß, der nach abgestandenen Kippen stank.

Den Rest des Tages verbrachte ich allein. Ich besuchte das Jewish Museum in Camden und dachte an Richard und was er von all dem halten würde. Ich rauchte einen Joint auf dem Gelände des Imperial War Museum, dann ging ich am Südufer des Flusses entlang. Ich bin die Prinzessin auf der Erbse, sagte ich mir, als ich mich auf eine Bank gegenüber der London Bridge setzte. Jetzt lebe ich das tolle Leben, das ich mir immer gewünscht habe, hänge mit einer meiner Lieblingsbands ab, bin in den inneren Kreis aufgestiegen, und trotzdem kommt mir alles so sinnlos, leer und erniedrigend vor. Sind denn alle so?, fragte ich mich. Reden denn alle bloß Scheiße?

Als wir uns trafen, um mit dem Nachtzug nach Hause zurückzufahren, redete keiner. Die Bar war tabu. Wir hatten alle getrennte Abteile und gingen wortlos ins Bett. Als wir am nächsten Morgen in Glasgow ankamen, war ich bereit und angezogen, sprang aus dem Zug und fuhr mit dem Taxi nach Hause, ohne auch nur Tschüs zu sagen.

Ich schrieb Richard. Was du machst, ist gut, sagte ich ihm. Es war richtig, dass du gegangen bist. Ich legte eine von ihren Kassetten ein, *Give us Sorrow / give us Rope,* und legte mich auf mein Bett. Es klang so gut.

Allmählich kehrte alles wieder zur Normalität zurück. Ich vermutete, als Archivarin war ich entlassen, aber ich wollte mir keinen neuen Job suchen, ich wollte mir Zeit nehmen, um meine eigenen Vorzüge zu entdecken und mich neu zu orientieren. Meine Mum und mein Dad, ich vermisse sie so sehr, wenn ich nur dran denke, waren so cool und haben mich immer unterstützt, auch wenn sie ihre eigenen Sorgen hatten, und als ich meinem Dad erzählte, dass ich meinen Traumjob verloren hatte, dass mich die Gruppe gefeuert hatte, was streng genommen gar nicht stimmte, nahm er mich einfach in den Arm und sagte, sei froh, dass du den Mist los bist, und machte mir einen Tee und toastete mir ein paar Scones.

Ich gewöhnte mir an, lange Spaziergänge zu unternehmen; ich bin eine Spaziergängerin, immer schon gewesen, dabei setzten sich meine Hirnwindungen genauso in Bewegung wie meine Beine, meine munter umherblickenden Augen treiben die Gedanken an und führen zu Schlussfolgerungen. Ich ging zum Botanischen Garten im Glasgower Westend. Es war ein schöner Frühlingstag und die Narzissen sahen aus, als wollten sie gleich explodieren, und die Schneeglöckchen waren so traurig und weiß und verloren und hoffnungsvoll gleichzeitig, dass ich an Rosen denken musste. Da waren ein paar Querschnittsgelähmte, die mit ihren Pflegern im Gras picknickten. Einer der Jungs, dem Aussehen nach Mitte dreißig, kicherte über das Sandwich in seiner Hand. Ich will auch über Sandwiches lachen, sagte ich mir, ich will über Laub weinen, Sternenlicht preisen und Gedichte über Parkplätze schreiben und darüber, dass Eis kalt ist und Kaffee heiß. Ich weiß, das ist nicht unbedingt ein Beruf, aber vielleicht könnte ich ihn ja erfinden.

Ich bekam einen Brief von Richard. Er war während einer Demonstration vor einem Grenzübergang in eine Auseinandersetzung geraten, bei der ein alter Mann von Israelis festgehalten und anschließend zusammengebrochen und gestorben war. Die haben mich weggezerrt, schrieb er. Dann haben sie mich verprügelt. Im Umschlag steckte ein blutiger Verband und ein Bild von ihm, wie er von vier Militärs weggetragen wurde, Arme und Beine ausgestreckt wie ein Seestern. Ich hab mir meine Sporen verdient, sagte er. Was ist mit Lubby?, fragte ich. Ein paar Wochen lang hörte ich daraufhin nichts mehr von ihm. In der Zwischenzeit legte ich mir beim Schlafen den Verband unters Kissen. Ich weiß nicht, warum; vielleicht dachte ich, dass meine Träume dadurch mutiger werden.

Lubby geht es gut, schrieb er zurück. Hat viel zu tun. Sie arbeitet als Assistentin für einen Menschenrechtsanwalt. Wir haben beide sehr viel zu tun. Ich arbeite ehrenamtlich und Teilzeit bei einem Radiosender, Radio Free Hebron, ist ein Piratensender. Den Großteil meiner Zeit verbringe ich damit, mich mit Feuerwehrleuten und Sicherheitskräften anzufreunden, um Zugang zu den Dächern zu bekommen, auf denen wir Sender aufstellen können. Natürlich müssen wir ständig mobil bleiben, und wenn wir erwischt werden, was dann?

Lubby war im Fernsehen, erzählte er mir. Ganz kurz. Der Anwalt, für den sie arbeitet, vertritt die Familie eines Mannes, der in der Haft gestorben ist. Sie war in den Nachrichten, stand neben dem Anwalt, als er ein Statement der Familie verlas. Sie sah toll aus, sagte er, sie habe einen Stapel Papiere unter dem Arm gehalten und eine Sonnenbrille getragen. Sie habe Respekt einflößend ausgesehen, aber auch ganz sanft, als wäre die Fassade hinter verschlossener Tür von ihr abgefallen. Es ändert sich einiges, sagte er, du wirst es sehen. Ich hab einen Job, ich verkaufe Parfüm und hab mir den Knöchel verstaucht, schrieb ich ihm, mehr hatte ich nicht zu berichten.

Memorial Device spielten in Bellshill. Ich ging hin, ließ mich aber nicht bei ihnen blicken, lungerte einfach bloß herum, bis sie anfingen. Sie spielten im Vorprogramm von irgendeinem schrecklichen alten Folksänger, der von den Kritikern auf einmal hochgelobt wurde, weil er früher als alle anderen östliche Melodien und Raga-Gitarren mit westlichen Folksongs in Verbindung gebracht hatte. Es war das Debüt des neuen Line-ups mit Mary Hanna am Bass und Remy am Keyboard. Das Schlagzeug ist immer noch unbesetzt, schrieb ich Richard. Aber es gibt ein neues Bandmitglied, und zwar ein Mädchen. Ich hatte noch nie was von Mary gehört, aber jemand hatte mir erzählt, sie habe einen Steinkreis oder so etwas Ähnliches gebaut, draußen vor Greengairs, und dass sie Künstlerin sei, heimlich.

Sie klangen so gut. Ich kam mir vor, als würde ich im Dunkeln auf einem Hügel stehen, eine große Fabrik in der Ferne, und einfach nur dieses Rauschen spüren, diese massive überirdische Vibration, als wäre die Stille selbst von etwas übernommen worden, das viel tiefer war als die Stille, etwas, das die Stille in gewisser Weise implizierte, als wäre die Stille ein Geräusch und wir hörten hier ihren Grundton, diesen unglaublichen, festgefahrenen Lärm, der nach totalem Stillstand klang, obwohl er nie aufhörte, sich zu bewegen. Aus denen wird nichts, sagte ich mir, und war erleichtert.

Seit du weg bist, schrieb ich Richard, haben sie die Richtung verloren. Die Musik bleibt stehen und vibriert. Das ist Wahnsinn. Wie der Soundtrack meines Lebens.

Richard schrieb zurück. Ich hab eine Scheibe eingeschlagen. Hab mich auf die Straße gelegt. Bin oben auf einem Fahrstuhl in den 21. Stock gefahren. Hab mich der Verhaftung widersetzt. Lubby und ich wurden für eine Zeitung fotografiert. Ich hab eine Protestaktion angeführt. Bin Laster gefahren. Eingetreten für das, was richtig ist.

Er schrieb mir von einer neuen Adresse in Tel Aviv. Bleib vage, sagte er. Ich glaube, jemand liest meine Post. Es fiel mir nicht schwer, unverfänglich zu schreiben, so war damals mein Leben.

Ich erzählte ihm vom Spazierengehen, von der Gesundheit meines Vaters, die immer schlechter wurde, den gymnastischen Vorführungen meiner Schwester, dem finanziellen Erfolg meines Bruders. Ich komme mir vor wie ein hässlicher Troll unter einer Brücke, sagte ich.

Im Juli starb mein Vater. Ich will nicht zu viel darüber sprechen, außer dass mir alles sinnlos erschien, bis ich ihm eines Nachts im Traum begegnete und er dasselbe himmelblaue Hemd trug wie auf dem Bild, das wir für die Trauerfeier ausgesucht hatten, das im Urlaub in Salou in Spanien aufgenommen worden war, seine gebräunte Haut, sein Geruch, und ich streckte die Hand aus und berührte ihn wie im Traum und ich küsste ihn auf die Stirn und fragte ihn, ob ich immer zu ihm kommen dürfe, ob wir in Träumen noch unsere Zuneigung zeigen durften und ob er dort noch am Leben war, und er sagte Ja und lächelte und nahm mich in den Arm, gefangen in diesem unbeständigen Geisteszustand, den wir für einen Traum halten, und ich fragte ihn, wie das möglich sei, und er erwiderte mit einem Wort, das mit dem Buchstaben P begann und mir sofort wieder entfallen ist, dessen Bedeutung ich aber damals als allgegenwärtig verstand, als hätte er sich dem Leben so vollständig hingegeben, dass er nun in jedem Teil davon weiter anwesend war, aber es war mehr als nur sein Ich, das da sprach, es war eher sein offenbartes Ich, und gleichzeitig war da auch ein Gefühl von Ruhe, oder besser gesagt, eine altes Gefühl von Ruhe, als hätte er den Geist dessen aufgegeben, etwas anderes sein zu wollen als er selbst. Er sagte, das ist, weil ich vorherrschend bin oder alles durchdringe oder durchziehe, irgendwie so was, und das war ein großer Trost und gab mir viel Kraft. Ich schrieb Richard. Ich habe mich für eine Karriere in der Magie entschieden, erklärte ich ihm. Ich habe meine wahre Berufung gefunden.

Eine Zeit lang hörten die Briefe auf, und als wieder welche kamen, hatte sich der Ton verändert. Sie waren jetzt eher wie anonyme Postkarten, stinknormaler Kram. Hin und wieder gab's einen

Poststempel aus dem Libanon oder Jordanien oder Ägypten. Ich hab die Pyramiden gesehen, schrieb er. Hier ist es heiß. Wie geht's Lubby?, fragte ich ihn. Allmählich hatte ich ein ungutes Gefühl, das gebe ich zu, aber er hat nicht geantwortet. Wie sich herausstellte, hatte er auf der Straße geschlafen, hauptsächlich auf dem Dach eines zweistöckigen Gebäudes in der Jerusalemer Innenstadt, und Jobs als Aushilfsarbeiter angenommen, wenn er welche kriegen konnte. Das Ganze flog auf, als seine Mutter einen Schlaganfall erlitt und mich die Familie bat, Kontakt zu ihm aufzunehmen und ihn zu bitten, nach Hause zu kommen. Ich kann nicht nach Hause kommen, schrieb er. Ich bin mittellos. So hat er sich ausgedrückt, mittellos, und natürlich hab ich alles Mögliche vermutet. Ich hab ein paar Sachen gemacht, auf die ich nicht stolz bin, sagte er, die ich lieber vergessen würde. Dann zitierte er den Anfang von *Aufzeichnungen aus einem Kellerloch* von Dostojewski, einem der Bücher, die wir zusammen gelesen hatten. Ich bin ein kranker Mensch, schrieb er. Ich bin ein böser Mensch. Ein abstoßender Mensch bin ich. Ich glaube, meine Leber ist krank. Leb wohl, sagte er, und damit verschwand er aus meinem Leben.

Inzwischen hatte ich meine Vorstellung von Spaziergangskuren ausformuliert und ein paar Bändchen und Artikel in der New-Age-Presse zum Thema veröffentlicht. Ich hatte mir so was ausgedacht, wo man Punkte benennt, ähnlich wie in der Akupunktur, aber anstatt die Organe miteinander zu verbinden, verbindet man die Punkte zwischen den vergangenen und gegenwärtigen Teilen des eigenen Lebens, gibt dem Ganzen im Prinzip eine neue Richtung, aber der Schlüssel ist, dass man irgendwas Neues dazutun muss, man muss den Spaziergang symbolisch in die Zukunft hineinverlängern, indem man sich willentlich verläuft, oder indem man Schildern folgt, Stimmungen, der Stimme der Stille selbst, das ist ein zwiespältiges Ding, insofern man die eigene Vergangenheit umschreibt, während man sich der Zukunft hingibt, und wie jede wirkungsvolle Magie hängt sie auch mit dem physischen Prozess des Körpers selbst zusammen, der Physiologie, weshalb das nicht nur müßige, sich selbst ergebene Gedanken sind. Aber der Knackpunkt ist, dass man seine eigenen Orientierungen schafft. Die Vorstellung, es gäbe ganz eigene Gemarkungen in der Erde, die unbestreitbar und auf jeden Fall diese Macht besitzen, erscheint mir absurd, das ist, als würde man behaupten, wir alle teilten einen Fingerabdruck oder alle unsere Adern hätten dieselbe Form wie das Londoner U-Bahnnetz. Es geht darum, persönliche Entsprechungen im Raum festzulegen und dann von dort aus zu wachsen, was zu der Art von magischem Denken führt, die beweist, dass man die ganze Zeit schon im Himmel gewohnt hat, aber das ist noch in weiter Ferne, der erste grundlegende Punkt ist, dass man den Abstand zwischen Gefühlen und Erinnerungen überwindet, um Kreisläufe herzustellen, die zum Leben erwachen, während man Sprache aus den eigenen Bewegungen schöpft, als würde man in großer Dankbarkeit einen Liebesbrief an die Besonderheiten des eigenen Lebens schreiben. Das ist wichtig, das ist gewissermaßen der Schlüssel, aber es sind eigentlich eher Hieroglyphen, die entworfen wurden, um aus großer Höhe gelesen zu werden, weiter als die Erde, weiter als unser Leben, und so wird es eine Seite in diesem Buch sein, das wir schreiben und das eigentlich ein endloses Buch ist, oder eine endlose Reihe von Büchern, jeder Einzelne von uns, wenn wir wach sind, und manchmal, wenn es schneit, wenn es den ganzen Abend schneit, dann gibt es, wenn man mitten in der Nacht rausgeht, keine Fußspuren außer den eigenen, und wenn man im orangefarbenen Leuchten der Straßenlaternen auf sich selbst zurückblickt und die eigene Bewegung sieht und nach vorne schaut, sieht man nichts außer frischem Schnee. Einen Moment lang kommt man sich vor wie eine Künstlerin oder eine Schriftstellerin, und vor einem liegt so eine Leinwand, eine leere Seite, und die Bewegungen werden leicht und bedacht, was echte Anmut bedeutet, anmutig zu sein, und deshalb ist Kalligrafie wichtig, vor allem für einen Spaziergänger, und warum ich vom Schnee träume, dem weichen weißen Schnee, der auf das Grab meines Vaters fällt, und ich möchte sanft darauf treten, mit Bedacht, und dann Licht aus, um dorthin zu gelangen, wohin mich der Geist auch immer trägt, und ich schaue niemals zurück, um mich zur Zukunft hin zu orientieren, was für mich eine Art von Heilung ist, denke ich.

Ich habe eine Reihe von Vorträgen gehalten. Bei einem Abend der Gesellschaft für Theosophie, einem Wochenend-Festival, organisiert von einer Firma, die Seife herstellt, einem Workshop im Keller eines Naturheilkundearztes im Westend. Ich habe eine Reihe von Spaziergängen angeboten. Ich lief herzförmig an der Küste der Isle of Man entlang, wo ich einen Ferienjob in einem Café bekommen hatte. Als Kind war ich mal dort gewesen und verlor mich einen ganzen Sommer lang auf der Insel. Ganz besonders gut gefiel mir der Monkland Canal, dem ich von Coatbridge bis nach Calderbank folgte, wo meine Großeltern gelebt hatten und wo mein Vater aufgewachsen war, und dann weiter nach Gartness, Plains und Caldercruix, wo ich einmal im sumpfigen Boden hinter dem Easter Moffat Golf Club stecken blieb und mich in Tränen auflöste, weil ich so verloren war und wünschte, so wie alle hin und wieder, dass ich einfach nach Hause könnte, dass es irgendwo einen Trödelmarkt gäbe oder ein Essen, zu dem man zu spät kommen kann, doch dann riss ich mich zusammen und schimpfte auf die Gefühlsduselei oder zumindest wollte ich es versuchen.

Zu der Zeit hatte ich nur wenige Freunde. Als Richard aus meinem Leben verschwand, war das, als würde man von einem winzigen Schlauchboot auf einem endlosen Meer aus zusehen, wie ein Körper unter Wasser sinkt, einem Meer ohne Wellen, ohne Strömung, ohne Vögel am Himmel, einem Meer ohne Abende, ohne Nacht, was eigentlich ein unerträglicher Gedanke ist, der mich aber irgendwie aufrecht hielt, fragt mich nicht wie.

Dann schrieb Richard. Fast auf den Tag genau ein Jahr nachdem mein Vater gestorben war. Es ist etwas passiert, erzählte er mir. Ich wurde verhaftet, sagte er. Ich wurde wegen schwerer Körperverletzung verurteilt. Lubbys Mann, der Anwalt, hat mir geholfen. Das bedeutet, die schicken mich nach Glasgow zurück, damit ich meine Strafe dort absitzen kann. Du kannst mich zu einer bestimmten Zeit unter dieser Nummer erreichen, sagte er. Das heißt, wenn du überhaupt noch willst.

Am nächsten Tag rief ich ihn an. Mein Vater ist gestorben, erzählte ich ihm, aber ich bin da durchspaziert. Dein Dad war ein ehrenwerter Mann, sagte er. Er klang wie ein Anwalt. Hör mal, sagte ich, wohin schicken die dich? Barlinnie, sagte er. Lubbys Ehemann hat seine Beziehungen spielen lassen. Das Gefängnissystem hier ist erbärmlich, die schieben mich ab. Rein rechtlich dürfte ich gar nicht hier sein. Ich wusste nicht, dass Lubby geheiratet hat, sagte ich. Ja, sagte er. Hat sie. Was ist passiert?, fragte ich. Ich wurde am ersten Weihnachtsfeiertag überfallen, sagte er. Ich hab in einem Hauseingang gepennt und die wollten mich ausrauben. Am ersten Weihnachtsfeiertag, ist das zu fassen? Ich bin aufgewacht und bin auf die los, und dann sind beide im Krankenhaus gelandet. Ich wurde mit siebzehn Stichen am Kopf genäht. Die sind völlig ungestraft davongekommen. Das ist doch ein Witz, sagte er.

Mir fiel nichts ein, was ich sagen konnte. Ich blieb schweigend stehen, konnte ihn atmen hören, als wäre er gerade eine Treppe raufgerannt, aber das war unwahrscheinlich. Wo ruf ich dich denn gerade an?, fragte ich. In einer Haftanstalt, sagte er – nein, nicht so ganz, eher so ein Zwischending. Ich hab meine eigene Zelle, sagte er, als würde das was heißen. Hast du der Band erzählt, was passiert ist?, fragte ich. Das ist eine Welt, die für mich nicht mehr existiert, sagte er. Wieso rufst du mich dann an?, fragte ich. Ich weiß es nicht, sagte er. Ich weiß es nicht. Dann hörte ich, wie jemand was im Hintergrund sagte, und er erklärte mir, er müsse auflegen. Ich schreibe dir, wenn ich lande, sagte er. Erzähl's niemandem. Komm mich besuchen.

Kaum einen Monat später machte ich mich zu Fuß auf den Weg nach Barlinnie. Niemand geht zu Fuß zum Gefängnis; alle fahren, nehmen den Bus oder lassen sich von einem Freund im Auto mitnehmen. Aber niemand geht zu Fuß. Die Straßen im Westen des Gefängnisses sehen aus wie die Sonne, ein Halbkreis, durchtrennt vom Horizont, oder vielleicht auch ein Rad, das sich langsam dreht, ein Riesenrad. Ob das Absicht ist oder nicht, keine Ahnung. Aber östlich von der Cumbernauld Road, neben dem Gefängnis, sieht es schon ganz anders aus, die Straßen erinnern eher an ein Spinnennetz auf Koffein. Da ist ein Friseur, eine Bibliothek, ein Königreichsaal der Zeugen Jehovas, alles, was man bei seiner Entlassung braucht, und in der Luft liegt der Gestank von schimmligem Brot und Bier, den Oberdämonen des Ostens.

Als ich reinkam, sah Richard aus wie ein Gespenst, er saß an einem kleinen Holztisch in einem fensterlosen Raum, ein Teil meiner Vergangenheit, die mich nun endlich eingeholt hatte. Zuerst sagte keiner von uns beiden was. Wir saßen da, konnten uns beinahe nicht ansehen. Wir hätten nicht gedacht, dass es so endet, oder, sagte er, brach endlich das Schweigen. Vielleicht nicht, sagte ich, auch wenn ich an die Fahrt zum Flughafen zurückdachte und es mir eher vorkam, als hätte ich Lubby und ihn der Zukunft ausgeliefert anstatt verabschiedet. Befreiung, sagte er, ist es das, was du denkst? Ich war bestürzt. Ich weiß nicht, was du meinst, sagte ich. Dann zuckte er mit den Schultern und fragte, ob er sich fünf Pfund leihen könnte. Ich hab einen Job in der Küche, sagte er, was bedeutet, dass ich mehr zu essen bekomme, aber für den Anfang könnte ich was brauchen. Plötzlich spürte ich einen Schmerz im Kopf, als würde er mir mit einer Taschenlampe ins Gehirn leuchten. Hör mal, sagte ich. Ich glaube, ich kann das nicht. Du meinst, das mit dem Besuchen, sagte er. Ja, sagte ich, das ist zu viel. Das Gefängnis hier ist zu viel. Frag mich mal, sagte er. Soll ich sonst irgendjemandem sagen, dass du wieder zu Hause bist?, fragte ich. Meinst du denn, ich bin wieder zu Hause?, fragte er zurück.

Ich schenkte ihm ein paar Bücher. Kannst dich vom Lesen ernähren, sagte ich und warf ihm über den Tisch eine Kusshand zu, versuchte die Atmosphäre rumzureißen. Du musst nicht mehr herkommen, sagte er. Wir können uns schreiben. Okay, sagte ich, abgemacht. Lass uns da anknüpfen, wo wir aufgehört haben.

In seinem ersten Brief schrieb er über die Bestien, so nannte er sie, die Pädophilen und die Sexualstraftäter. Auf der Straße würde man die nicht erkennen, sagte er. Die haben kein bestimmtes Aussehen, keinen Stil und keine Masche. Die kennen sich alle und quatschen untereinander einfach drauflos. Manchmal redet man mit einem Typen, einem echt netten Kerl, denkt man, und dann gehst du die Treppe mit ihm rauf und er biegt rechts ab und du kapierst, dass er einer von den Bestien war. Außerdem bekommen die mehr Privilegien als wir, wir müssen uns unsere Fernsehzeit verdienen, aber die dürfen immer gucken, wenn sie wollen.

Ziemlich am Anfang erzählte er mir, dass er jetzt seine eigene Zelle hatte. Mein Zellengenosse wollte ausziehen, hat er gesagt, das war alles. Ich dachte mir, diese Person kenne ich überhaupt nicht.

Musik ist immer mehr als das Leben, schrieb er. Seine Gedanken waren verkehrt worden. Das Leben hat die Pflicht, der Musik gerecht zu werden, schrieb er. Wann ist das Leben der Musik ebenbürtig, außer in der Erinnerung, außer in Träumen?

Damit konnte ich was anfangen.

Musik ist eine andere Welt für mich, sagte er. An die Musik musst du dich nicht erinnern, sagte er, aber denk an mich, in deinen Träumen heute Nacht. Gute Nacht, schrieb er, als ich den Brief überflog, während ich am Fenster eine Zigarette rauchte und Musik hörte und mich fragte, was zum Teufel sie mit der Erinnerung oder einer Prophezeiung, der Vergangenheit oder der Zukunft, zu tun hatte. Ich stellte mir vor, wie er durch die Gitterstäbe seiner nun leeren Zelle schaute, auf dieses umgekippte Rad aus Straßen und Häusern, das Kommen und Gehen von Menschen, diese endlos sich wiederholende Vergangenheit, und ich dachte an die Musik von Memorial Device ohne ihn, an die Musik, die sich scheinbar nie veränderte, aber doch noch auf Zeit basierte, und ich dachte an Performance Art und so einen Blödsinn und dachte, er würde sich irren, wisst ihr, dem Leben müssen wir gerecht werden, die Kunst hat die Pflicht, dem Anlass gerecht zu werden.

Ich stieß auf ein paar Fotos von meinem Vater als junger Mann; sie mussten irgendwann in den Fünfzigerjahren entstanden sein. Er saß vor einem Mäuerchen und hinter ihm war ein Rosengarten. Etwas verriet mir, dass er ihn selbst angelegt hatte, irgendwas an der Art, wie er dort saß, aufrecht, ein Bein lässig über das andere geschlagen, eine Zigarette in der Hand, schaute er nicht in die Kamera oder sonst wohin um sich herum, sondern starrte leicht nach rechts, fokussierte nichts Besonderes, zumindest nichts, das man sehen konnte.

Ich erzählte Richard davon. Ebenso gut könntest du um eine Wolke am Himmel trauern, sagte er. Allmählich hielt ich ihn für eine Art Zen-Meister, der gekommen war, um sich über mich lustig zu machen, aber das hielt mich nicht davon ab, es ihm übel zu nehmen. Im Gefängnis hab ich ein paar Rosenkreuzler kennengelernt. Auch ein paar Freimaurer. Ich hab lauter Mottos und Zeichnungen und Sprüche auf den Stahlrahmen des Stockbetts über mir geschrieben. Wer da als Nächstes reinkommt, kann sich auf was freuen. Dann erzählte er mir, er habe beschlossen, solange er noch eingesperrt war, die Gesammelten Werke Shakespeares zu lesen. Gibt keine bessere Zeit dafür, sagte er. Dabei hielt er mich auf dem Laufenden. *Der Sturm* konnte er nicht ausstehen, fand es unerträglich. *Ein Sommernachtstraum* hatte er immer gemocht. *Hamlet* war gut. Er wollte Sonette mit den Wärtern tauschen; wer hätte gedacht, dass die so gebildet waren?

Gerüchteweise hörte er, dass einer der beiden, die ihn überfallen hatten, bei einer Schlägerei ein Ohr verloren hatte. Vielleicht tauche ich eines Tages mit einem Ohr in der Tasche auf, sagte er, mehr sag ich nicht. Er verliebte sich unsterblich in den Mond; das weiß ich ganz sicher. Ich bewege mich immer hin zum Licht, sagte er, immer. Dann schrieb er mir eines Abends diesen sagenhaften Brief, den ich leider verloren habe, in dem er aber davon sprach, dass er den Mond über den Häusern in der Ferne hatte aufgehen sehen, in der Ecke des Fensters, durch die Gitterstäbe hindurch, wie er über dem halbkreisförmigen Gelände aufgestiegen war und es in ein eigenartiges silbernes Licht getaucht hatte, sodass es aussah, als würde es brennen, wie brennendes Eis, sagte er, und dass er neben dem Bett gestanden und den Kopf in den Nacken gelegt und die Arme ausgestreckt habe und sich vorgekommen sei wie ein Kristall, der gereinigt wird.

Im Oktober kam er raus und hatte keine Wohnung. Seine Eltern wussten immer noch nicht, ob er lebte oder tot war, geschweige denn, dass er wieder zurück im Land und frisch aus dem Gefängnis entlassen war. Seine Frau – na ja, Gott weiß, was die mit ihrem Leben anfing. Ich hatte zu der Zeit keinen Kontakt mehr zur Musikszene, also konnte ich es niemandem erzählen, auch wenn ich Remy eines Nachmittags in der Sauchiehall Street in der Apotheke sah, aber ich verkniff es mir, ihn anzusprechen. Natürlich dachte ich, alles würde wieder normal werden, wenn Richard erst mal entlassen war, dass wir dann nachmittags wieder miteinander abhängen würden, dass ich meinen Lesepartner zurückbekommen würde, meinen Spaziergangspartner, meinen lieben Freund. Das war typisch ich. Trotz meines ganzen Geredes wünsche ich mir immer was zurück. Aber es sollte nicht sein. Richard schrieb sich auf eine Warteliste für eine Sozialwohnung ein, wohnte aber in der Zwischenzeit in einem Hostel in der Nähe vom Glasgow Green, wo er nachts seine ganzen Habseligkeiten in seine Jacke wickeln und als Kissen benutzen musste, damit sie nicht gestohlen wurden. An ein paar Nachmittagen verabredeten wir uns im East End, gingen ein paar Mal am Clyde spazieren, aber er war nicht mehr derselbe. Nicht, dass er unglücklich wirkte; es war eher, als wäre er porös geworden, als gäbe es keine Barriere mehr zwischen ihm und der Außenwelt. Ständig verstand er etwas falsch, sodass Gespräche entweder extrem frustrierend waren oder extrem magisch, je nachdem, in welcher Stimmung man gerade war. Er kam mit Worten, einzelnen Worten, als hätte er sie aus der Luft gegriffen oder aus deinen Gedanken oder doch eher den Gedanken der Welt. Gestrandet, würde er sagen. Hast du gerade gesagt, du fühlst dich, als wärst du gestrandet? Oder eines Nachmittags sagte er, ein Bekenntnis, ein Bekenntnis? Zuerst dachte ich, er würde von einer Frau sprechen, aber dann nahm er einen tiefen Schluck aus seiner Milchtüte, auch das war eine neue Entwicklung, und sagte, nein, ich hab nur gedacht, du wolltest mir was mitteilen. Außerdem hatte er lauter Pusteln im Gesicht, mit denen er ehrlich gesagt abstoßend aussah.

Wie soll ich es sagen? Es war, als würde man am Rande eines Abgrunds stehen, oben an einem Wasserfall, und von unten diese ganzen Geräusche heraufhallen hören und sich ein Wort aus dem fernen Rauschen greifen, das vielleicht Sprache sein konnte, als könnte Sprache allein Schwindel verursachen, und manchmal, wenn er diese Worte aus der Luft griff, bekam ich riesige Angst, als wäre mir gerade der Boden unter den Füßen weggezogen worden, und als würde ich rennen, wie eine Zeichentrickfigur in der Luft hängen und rennen, so war ich mir auch vorgekommen, als ich ihn im Gefängnis besucht hatte, sodass ich dort wegmusste und nie mehr zurückkehren konnte, dass es ein letzter Schritt war, den ich nicht machen wollte, ein letzter Sprung, der viel zu Angst einflößend war, um sich damit auseinanderzusetzen. Trotzdem tat ich, was ich konnte, um ihm zu helfen. Ich stellte ein paar Anträge für ihn, lieh ihm hier und da fünf Pfund, bemühte mich, unsere Freundschaft aufrechtzuerhalten. Mein Dad war mein Vorbild. Aber manchmal handelt die Geschichte nicht von einem selbst. Eines Tages verschwand ich aus seinem Leben wie eine Wolke, wie eine Wolke, um die niemand trauert, genau wie er vorausgesagt hatte. Es war weder sein noch mein Ende, aber manchmal denke ich an den Wasserfall zurück, an diesen Schwall aus Sprache, und sehe ein Bild von uns beiden, wie wir nebeneinander im Gras liegen, uns gegenseitig über Bücher ausfragen, an der frischen Luft, und ich frage mich, ob nicht da schon der Verfall eingesetzt hat, ob wir uns durch die Bücher nicht was eingefangen haben, das es uns unmöglich gemacht hat, glücklich zu werden. Natürlich hab ich seine Briefe aufbewahrt, und natürlich behalte ich ihn in meiner Erinnerung. Aber seine Musik hören? Das soll wohl ein Witz sein.

18. Hier werde ich es aussitzen und dann die Zukunft durchdringen

Airdrie und Bobby Foster erinnern sich an Teddy Ohm.

Da war so ein Typ namens Teddy Ohm. Er hat immer alle Groover genannt, wisst ihr, so alles klar, Groover? Aber er war hip. In den Sechzigern war er in irgendeiner Band, keine Ahnung, eine Beatband aus der Gegend, die alle Acid genommen, ihr Bewusstsein erweitert haben und berühmt waren, weil sie ein Anti-Vietnam-Konzert in der Airdrie Town Hall gegeben hatten. Ich meine, wir waren ja gar nicht in Vietnam. Außerdem hatte er so ein richtig frühes Fanzine veröffentlicht, wo er über die 13th Floor Elevators und The Chocolate Watchband geschrieben hatte, über Rockabilly, Blues und so einen Scheiß geredet hat. Er hat gesagt, Eddie Cochran sei eine psychedelische Offenbarung gewesen, was auch immer er damit gemeint hat.

Er war die Connection von allen. Pillen, Haschisch, egal was. Er sah aus wie Edgar Winter gekreuzt mit Frank Zappa gekreuzt mit Cher in den Siebzigern, weiblich, aber zäh und dadurch irgendwie noch unheimlicher. Yeah. Was ich sagen will, er fiel auf. Er ging in einem langen Ledermantel die Straße entlang, manchmal einem weißen, manchmal einem schwarzen, seine langen grauen Haare trug er offen, und neben den Drogen verdiente er noch Geld, indem er Requisiten für Filme besorgte, hauptsächlich historischer Mist: er hatte eine irre Sammlung an Schwertern, Streitkolben, Dolchen und Kettenpanzern und lauter so einem Scheiß. Das war echt ein krasser Typ. Angeblich war er mit Mel Gibson per Du. Keine Ahnung, ob das stimmt. Ich hab gehört, die bodenlangen Ledermäntel trug er, weil er immer eine Schrotflinte in der Innentasche hatte. Und das andere war, dass er mit Platten dealte. Er hatte goldene Finger. Er konnte den ganzen Raritätenscheiß auftreiben. Seine Spezialität war schräge, privat gepresste Scheiße, Hämmer wie die Fraction LP, Circuit Rider, D.R. Hooker, Garagenkram wie The Bachs und Index und Provinzzeug wie Relatively Clean Rivers und Hickory Wind, alles Mögliche. Irgendwann hab ich die alle von ihm bekommen, abgefahrener Scheiß, und das meiste in mehr als ausgezeichnetem Zustand.

Man ging zu ihm nach Hause. Er wohnte draußen außerhalb vor Caldercruix auf einem Acker in einem Haus, das er selbst entworfen und gebaut hatte, mitten auf einem freien Feld, und außer einem Motorradpfad führte kein anderer Weg bis an die Haustür, echt komisch, aber mit Blick auf den Wasserspeicher, wo er sich sein Essen angelte. Das ist noch so was: In seiner Garage stand eine Tiefkühltruhe randvoll mit Fisch. Aber egal, man ging also hin, und bei ihm zu Hause sah es aus wie in einer Siebzigerjahre-Bude, wisst ihr, mit einem Wohnzimmer auf einer niedrigeren Ebene, das man über ein paar Stufen erreichte, überall lagen Flokatis, Rattanstühle hingen von der Decke, und an den Wänden aus Backsteinen gebaute Bücherregale mit Büchern über Sternzeichen und pharmazeutische Kataloge und Okkultes, so Scheiß eben, und natürlich auch Beat-Literatur und Science-Fiction und noch viel komischeren Mist wie Bikersekten, was zum Teufel sollte das? Man fragte ihn also nach einer bestimmten Platte, sagen wir mal, du bist auf der Suche nach einer Mono-Pressung des ersten Albums von Red Krayola. Okay. Also setzte er sich mit dir hin, schwieg die ganze Zeit, als ginge es um verdammt viel, als würde ein Ritual stattfinden, ein verdammtes okkultes Ritual, und zog mit viel Getue seinen Vaporizer heraus, er war der Erste, den ich kannte, der so was hatte, wisst ihr, was ich meine? Die Dinger sehen aus wie aus Glas, und man steckt sie in die Steckdose, und er befüllte seinen mit Gras, Zeitkillergras, anders kann ich nicht beschreiben, wie stark das war, es hat einfach die Zeit getötet – keine Frage –, und dann reichte er ihn weiter, zog die Platte heraus, nach der man sich erkundigt hatte, und schnupperte dran: er schnupperte dran und beurteilte sie mit Blicken und nach Geruch. Ah, sagte er, nahm noch eine große schmutzige Nase voll, das ist eine schöne Pressung, Groover. Das war unglaublich. Seitdem rieche ich auch immer an Platten. Irgendwie wie bei gutem Wein.

Aus irgendeinem Grund hat er mir vertraut, keine Ahnung warum, vielleicht weil ich naiv und unbedarft, aber enthusiastisch war und auch ein bisschen Geld zusammenhatte, weil ich mit sechzehn von der Schule runter bin und mir einen Job im Bankwesen besorgt habe, und im Prinzip mein ganzes Gehalt für mein Hobby und meine Wochenenden ausgab und ihm regelmäßig Kram abgekauft hab.

Okay, also eines Tages saßen wir da rum und schnupperten Vinyl, ich glaube, wir machten gerade eine Stichprobe an *Days Have Gone By* von John Fahey, was tatsächlich sogar meine absolute Lieblingsplatte ist, wenn ich ehrlich bin, als er mich fragte, was ich wegen dem Ende der Welt unternehmen wollte. Wie meinst du das?, fragte ich. Was willst du machen, wenn alles zusammenkracht, Groover?, fragte er. Darüber hab ich noch nie nachgedacht, sagte ich. Ich schätze, ich laufe der Explosion entgegen und hoffe, dass sie mich in tausend Teile zerfetzt oder ich mich auflöse, was auch immer das Ende mit uns macht. Ich werd's aussitzen, sagte er. Und danach werde ich ein paar Frauen schwängern. Dann verkaufte er mir die Platte und scheuchte mich aus dem Haus, weil er meinte, er hätte später noch eine Party und dass ich gehen sollte, bevor ich mich noch selbst belaste. Das waren seine Worte.

Okay, also immer, wenn ich ihn sah, laberte er vom Ende der Welt, deshalb fragte ich ihn irgendwann, wie er denn eigentlich zu überleben gedachte. Der Bungalow fliegt doch himmelhoch in die Luft, sagte ich zu ihm, und dann gibt es auch keine Frauen mehr zum Schwängern. Da irrst du dich, Groover, sagte er. Dann fragte er, ob ich Lust auf eine Spazierfahrt hätte. Ich setzte mich hinten auf sein Bike und legte erst mal meine Arme um seine Hüfte, aber dann merkte ich, dass ich damit einen schweren *faux pas* beging und das irgendwie schwul war, also nahm ich die Arme hinter den Rücken und hielt mich an der Metallstange fest. Die Fahrt war berauschend. Wir trugen keine Helme und der Wind hat ihm die Haare zerzaust, mir ins Gesicht geweht und mich gepeitscht und sie um meinen Kopf geschlungen wie bei einer verdammten Medusa. Wir fuhren ein paar Minuten, dann hielt er an einem weiteren nichtssagenden Feld irgendwo draußen vor Slamannan. Wir sprangen über den Zaun und ich folgte ihm durch das feuchte Gras, bis wir an ein schlichtes Einstiegsloch im Boden kamen. Schau dir das an, Groover, sagte er. Und er öffnete den Deckel mit einem Dolch, in dessen Klinge spezielle Kerben geschlagen waren, und wir stiegen über eine Stahlleiter in einen tiefen dunklen Raum. Er legte einen Schalter um und das Licht ging an. Es war ein verlassener Atombunker, den er der Regierung für 15 000 Pfund abgekauft hatte. Wow. Okay. Es gab eine eigene Belüftungsanlage mit Filter, die mit der Strahlung und Giftgasangriffen fertigwerden würde, und das Ganze war durch einen stählernen Faraday'schen Käfig und sieben Meter dicken Beton verstärkt. Rings um uns herum lagen ausrangierte Elektronikgeräte, abgefahrener Scheiß, Funkgeräte aus dem Zweiten Weltkrieg, Kurzwellensender, Oszillatoren, alles Mögliche. Der Raum war halb so groß wie ein Fußballplatz, außerdem baute er da unten Marihuana an. Ist nicht zu entdecken, sagte er. Eine Traum-Kombi. Außerdem hatte er Dubletten von jeder LP in seiner Sammlung, alle in allerbester oder ausgezeichneter Qualität und in alphabetischer Reihenfolge auf einem Regal, das sich über die gesamte Länge einer Wand zog. Hier werde ich es aussitzen, sagte er, und dann die Zukunft schwängern.

Verlangt nicht von mir, dass ich euch hinführe. Echt nicht. Ich würde es nicht mehr finden. Außerdem sitzt er wahrscheinlich just in diesem Moment dort, im Stockdunkeln, und wetzt eine verdammte Wikinger-Axt. Okay, also eines Tages tauche ich bei ihm zu Hause auf und will die Savage-Resurrection-LP kaufen. Teddy hatte mich auf Blue Cheer gebracht und mir von deren Produzenten erzählt, Abe »Voco« Kesh, der mit dieser ganzen Untergrund-Biker-Szene um Typen wie Allen »Gut« Turk herum zu tun hatte, über die Jack Kerouac geschrieben hatte. Und natürlich war ich völlig versessen drauf und fing an, alles zu sammeln, was irgendwie mit ihm zu tun hatte, weil ich mir dachte, dass Teddy so was wie sein Pendant war, nur eben aus Lanarkshire, und ich mich in ein abgefucktes psychedelisches Biker-Geschlecht einkaufte.

Okay, also Kesh hat das Album von The Savage Resurrection produziert, das angeblich klang, als würden zwei Gitarristen fünfundvierzig Minuten nonstop solo spielen, und natürlich musste ich das haben. Teddy hatte logischerweise zwei Exemplare, eins im Bunker, und beide praktisch neu. Ich kam zur Stichprobe und Schnuppersession, das ganze Ritual, und da saß so ein junger Typ mit Pickeln im Gesicht und Rotznase irgendwie betreten in einer Hängematte am Fenster und guckte belämmert. Was ist das für ein Horst?, dachte ich. Dann, wow, warte mal verdammt, ist das seine Alte, oder was? Okay. Ich hab keine Ahnung, auf was diese Schwulen stehen. Aber dann fiel mir wieder ein, wie er meinte, dass er Frauen schwängern wollte, natürlich erst nach der Apokalypse, aber wer weiß, vielleicht auch nur, damit sie noch mehr Jungs in die Welt setzten, die er dann in seinen Bunker sperren würde. Ich hoffe übrigens bei Gott, dass er das hier niemals liest, sonst bin ich verdammt noch mal tot. Okay, also wie sich herausstellt, ist der Typ mit der Akne Big Patty oder Patrick Pierce, wie ich ihn kannte. Er muss damals fünfzehn Jahre alt gewesen sein. Was willst du kaufen, fragte ich ihn. The Velvet Underground, sagte er, *Live 1969*. Amateur, dachte ich.

Teddy nahm den Vaporizer, befüllte ihn mit Gras. Als er ihn herumgehen ließ, nahm er beide Velvet-Underground-LPs aus der Hülle – es war ein Doppelalbum – und hielt sie sich unter die Nase. Dann legte er die erste LP auf den Plattenteller und setzte die Nadel auf »What Goes On«. Okay, also irgendwann kommt da ein Keyboardsolo, und genau da war ich raus. Als hätte mir jemand den Teppich unter den Füßen weggezogen und als würde ich im freien Fall auf den Boden von Teddys unterirdischer Höhle knallen. Ich sah Patty auf der Hängematte, wie er vor- und zurückschaukelte und Grimassen schnitt, ein bisschen Sabber hing ihm am Mund. An der Wand klebte ein Poster mit einem Schädel drauf, irgendein Horrorposter, und der Schädel fing an zu schmelzen und die Wand runterzulaufen. Verdammte Scheiße, sagte ich mir. Ich muss mich bewegen. Okay, ich kann mich nicht erinnern, was als Nächstes passiert ist, aber irgendwie bin ich auf dem Weg zum Klo aus Versehen in einen Schrank gelaufen, einen Schrank mit lauter leeren Kisten, in denen man Platten verpackt. Und ich stieg in eine Kiste und kauerte mich zusammen und blieb einfach da liegen. Das Einzige, woran ich mich erinnere, ist das silbrige Gesicht von Jesus, das durch die Decke gesickert und auf mich runtergetropft ist und mir mit jedem Tropfen die Haut verbrannt hat. Wow. Das hat echt verdammt gebrannt, aber es hat sich gut angefühlt. Ich muss ungefähr eine Stunde da drin gelegen haben, zusammengekauert in der Kiste, während ein gequältes Gesicht auf mich runterschmolz, aber als ich allmählich wieder runterkam, riss ich mich zusammen und ging ins Zimmer zurück, wo keiner auch nur fragte, wo ich gewesen war oder warum ich so lange weg war. Okay, aber etwas hatte sich verändert, und das machte mich fertig, Teddy und Patty hatten nämlich die Plätze getauscht. Jetzt saß Teddy in der Hängematte und Patty auf dem Stuhl, während die ganze Zeit dieses Orgelsolo von Doug Yule aus »What Goes On« lief. Das war unmöglich. Oder? Die beiden wollen mich fertigmachen, sagte ich mir, dahinter steckt mehr, als man auf den ersten Blick erkennen kann oder so was in der Richtung. Jedenfalls hab ich die Savage Resurrection gekauft und bin gegangen, hab sie ihrer vielleicht schwulen Szene überlassen, aber druck das lieber nicht.

Ich weiß gar nicht mehr, wie Patty und ich zusammenkamen. Nee. Ich glaube, vielleicht hab ich ihn noch mal bei einer Plattenbörse getroffen, wo er mit so einer schönen kleinen Blondine war, die ich auf Konzerten gesehen hatte und die so ziemlich das Heißeste war, was die ganze Szene zu bieten hatte, ich konnte es kaum glauben, aber später hab ich mit ihr geschlafen, und das war eine große Enttäuschung, sie hat nicht mal ihren Tampon rausgenommen, bevor wir ins Bett sind, damals hatte es aber schon genügt, um mein Interesse zu wecken, wisst ihr, was zum Teufel hatte dieser Typ, dieser Patty, für eine Geschichte? Okay, also irgendwann hingen wir zusammen rum, wir waren Kids, standen auf den üblichen Scheiß, Comics, Pornos, Musik, Drogen, Alk. Alk war das große Problem. Wir bekamen nie genug davon. Unsere einzige Connection war so ein Typ namens Assif, der Sohn vom Besitzer des Getränkeladens in Clarkston. Wir waren noch minderjährig, aber wenn sein Dad nicht da war, hat er uns die Ware zugeschoben, und wir haben ihm die Kohle zugesteckt, wenn wir ihn das nächste Mal gesehen haben. Dann sind wir in den Park zum Trinken oder zu dem, der gerade sturmfrei hatte. Zu der Zeit wohnte Patty in so einem großen geräumigen, unheimlichen Bungalow in der Forrest Street, der hinter sieben Metern Bäumen von der Straße versteckt war, wo es ständig halbdunkel und düster war, und im Garten hinten waren die Ruinen einer alten Grube und ein alter Schornstein und so große baufällige Gewächshäuser, in denen wir in heißen Sommern oft getrunken haben und wo sein Geheimversteck war, in dem er seine Pornos aufbewahrte, weil er so viel Schiss hatte, erwischt zu werden, so paranoid war, dass er die Hefte im Boden vergraben oder in den Tomatenpflanzsäcken verstaut hat, was irre war, weil sie meistens total nass oder voller Erde oder voller Dreck waren, aber sag ihm das mal, das war einfach so sein Style. Bis heute steh ich auf verdreckte Pornohefte. Er hat sie von einem Händler gekauft, der draußen vor der Queen Street Station in Glasgow einen Stand hatte. In Airdrie kaufte keiner Pornos, das wär, als würde man vor die eigene Haustür pissen, außerdem wusste dieser Typ, wie's läuft, und deshalb sorgte er dafür, dass es weniger peinlich war, klappte das Heft gleich zusammen, wickelte es in braunes Papier und klemmte es einem unter den Arm. Patty staunte über seine Technik. Was für ein Profi, sagte er immer. Okay, also an manchen Tagen ist dein Schwanz scharf auf so was und an anderen Tagen eben nicht, was soll ich sagen.

Was wir sonst noch machten, war Klauen, Sachen rippen, einfach bloß zum Spaß. Wir sind hinten in die Gärten im Viertel und einmal sogar durch ein Haus oben in der Grahamshill Avenue geschlichen, haben ein paar Bücher geklaut und sie in der Erde vergraben, sinnloser Mist. Dann kam die Nacht unserer großen Eskapade, unserer Teenagerrache. Okay. Wir hatten uns mit Assif verkracht. Ich kann euch nichts mehr verkaufen, hatte er gesagt, mein Dad ist dahintergekommen, er bringt mich um. Mach dir wegen deinem Dad keine Gedanken, hatte Patty gesagt, *wir* bringen dich um, wir sind ein viel größeres Problem. Das Ganze wurde für uns ein Riesending, so wie das halt bei Teenagern ist, und schon bald bekriegten wir uns mit Assif, hatten Rechnungen zu begleichen, obwohl wir natürlich im Unrecht waren. Also gut, eines Abends gingen wir zu einem Konzert in Airdrie, irgendeine deprimierende, abgewrackte Punkband mit Live-Action-Painting von so einem nackten Typen und seiner Frau, die schließlich vom Veranstalter von der Bühne gezerrt wurden, was eigentlich echt super war.

Hinterher waren wir so halb betrunken und haben Stoff gesucht. Scheiße. Da bin ich auf die Idee gekommen, Assifs Laden auszuräumen. Genau. Ich weiß.

Wir kamen ungefähr um zwei Uhr früh an. Der Laden war verrammelt. Okay, also machten wir Steigleiter, ich unten und Patty kletterte rauf aufs Dach. Ich hinter ihm her. Direkt über der Kasse war ein Oberlicht. Im Laden war es vollkommen dunkel. Patty tritt auf die Scheibe und das gesamte Fenster kracht runter, wow, okay, in tausend Scherben auf den Tresen unten. Heilige Scheiße, denke ich, jetzt sind wir erledigt. Aber wir steigen trotzdem durchs Fenster ein. Damals gab es keine Alarmanlage und keine Überwachungskameras oder sonst so einen Scheiß; alles war ehrlicher. Wir hatten zu viel Schiss, dass Leute auf uns aufmerksam werden, wenn wir Licht machen, also sind wir mit hoch erhobenen Feuerzeugen rumgelaufen. Wir haben Alk geholt, guten Alk, eine Flasche Single Malt, der scheißteuer war, und haben uns vor die Kühlschränke auf den Boden gesetzt und abwechselnd draus getrunken. Ich hab mir die Taschen vollgestopft mit Zigaretten und Batterien, weiß nicht warum, reine Gier, und dann saßen wir da, rauchten und tranken und schauten Pornohefte an. Da drin gab's eine Mikrowelle, also haben wir uns Snacks warm gemacht – Ravioli, irgend so ein Scheiß; verdammte tiefgefrorene Hamburger, könnt ihr euch noch an die erinnern? Die kamen immer so schwammig raus. O ja.

Patty erzählte mir von seinem Dad, von dem ich gar nicht wusste, dass er auf offener See ertrunken war, weil er von dem Schiff gefallen war, auf dem er gearbeitet hat, irgendwo draußen vor Dschidda, oder jedenfalls hatten die das behauptet; er war Koch auf einem Ozeandampfer gewesen und bei einem Sturm einfach von Deck gefegt worden, so wurde es berichtet, auch wenn's keiner so genau weiß. Es gab Gerüchte, meinte er, dass es vielleicht Selbstmord war. Schon damals war Patty ein großer Leser, stand auf Gedichte und so einen Scheiß, und er sagte, sein Dad würde ihn an Hart Crane erinnern, der auch einfach auf die Reling gestiegen und ganz ruhig gesprungen war, rein ins Wasser des Vergessens, absichtlich, total nüchtern. Wo sind die Gedichte?, fragte ich. Kommen noch, sagte er. Ich will sein wie mein Dad, sagte er. Wie Hart Crane. Okay, inzwischen war er stockbesoffen. Ich will verschwinden, sagte er. Dann fing er an zu weinen und seine Nase lief, und es war ekelhaft, er hatte gelben Rotz überall im Gesicht. Putz dir die Nase, sagte ich. Trockne dir die Augen und reiß dich zusammen. Wir leben wie die Crème de la crème, sagte ich, oder wie Abschaum, jetzt bist du ein krimineller Dichter, komm schon. Ich nahm ihn bloß auf den Arm, aber irgendwie musste ich mich ja von dem ganzen Rotz ablenken. Es wurde weiter gesoffen, die Tränen versiegten, das Essen wurde kalt. Ich trank weiter, bis ich kotzte, dann dämmerte ich weg.

Geweckt wurde ich morgens von Assifs Vater, der mich wach rüttelte. Ihr verdammten Arschlöcher, sagte er immer wieder, ihr verdammten Arschlöcher, mit diesem irren Akzent, und rannte im Laden rum. Okay, das war eigentlich sogar lustig, auf surreale Weise. Natürlich hat er die Polizei gerufen. Zuerst bekamen wir Patty nicht wach und dachten, vielleicht ist er tot oder im Koma, aber schließlich kam er doch zu sich, und als er kapierte, was passiert war, fing er wieder an zu weinen. Ich sag das nicht, um ihn schlecht aussehen zu lassen, aber so war's, er war ein echtes Weichei. Jedenfalls hat Assifs Dad drauf verzichtet, Anzeige zu erstatten, zum Glück, aber Pattys Mutter kochte vor Wut. Meinen Eltern war's scheißegal. Sie waren beide schwere Alkoholiker und hielten sich so ziemlich aus allem raus, von ein paar erbärmlichen Schlägen hin und wieder einmal abgesehen, aber es wurde beschlossen, dass wir uns nicht mehr sehen sollten, weil ich ein schlechter Einfluss war.

Scheiß drauf, dachte ich und musste an seine Rotznase und sein Geheule denken und war froh, ihn los zu sein. Dann starben meine Eltern, einer nach dem anderen, einfach so, und es war, als hätten auch sie denselben Schritt in die Luft und rein ins Wasser gemacht. In diesen großen weiten Ozean, auf dessen Grund wir alle ebenso leicht sinken wie wir in die Ferien fahren oder einen Tag freinehmen. Sie starben sehr leicht, meine ich. Als würden sie davontreiben oder im Nichts ertrinken. Macht sie das zu Dichtern? Danach bin ich eine Zeit lang gereist, nur in Großbritannien, ich wollte sehen, was das für ein Land war, in dem ich lebte, und ich hab eine ganze Menge Geld geerbt zusätzlich zu dem Haus, das ich sofort verkauft habe und zu dem ich nie wieder hin bin; hab die ganze Einrichtung, die Möbel, die Fotos, alles weggegeben. Hin und wieder rief ich Teddy an und fragte ihn, was gerade so fetzte, was geil war, und eines Tages sagte er mir, Memorial Device fetzen voll, Groover, Memorial Device sind geil, und ich meinte, wer sind denn Memorial Device, und er sagte, weißt du noch, Patty, dein Komplize? Ich konnte es nicht glauben. Irgendwie wäre das doch meine Rolle gewesen. Ich stand schon auf den ganzen Scheiß, als der sich noch Pickel vorm Spiegel ausgedrückt hat. Was zum Teufel sollte das? Okay, also hab ich die Platte gekauft, ich hab immer drauf gehört, was Teddy empfohlen hat, aber ich hab nichts Neues rausgehört. Ich hab sie ein paar Mal live gesehen, blieb aber hinten und hab nicht Hallo gesagt. Ich war ja ein schlechter Einfluss, stimmt's?

19. Ein Rädchen im Getriebe, ein kleines Leben, ein Vögelchen

Eine anonyme Mutter schreibt, wie sie Lucas Black großgezogen hat und über Liebe auf den ersten Blick (so wie es sie immer nur in der Vergangenheit gibt) und die Etikette eines Tête-à-Tête und dass sie davon träumt, völlig gebannt zu sein, wie von einem Science-Fiction- oder Fantasy-Roman, wobei sie aber immer wieder zum Schnee zurückkehrt, dem unvorstellbaren Schnee, immer und immer wieder.

Ich will nicht, dass mein neuer Name abgedruckt wird. Vieles hat sich verändert, jetzt lebe ich ein anderes Leben. Wobei das nicht wichtig ist, trotzdem will ich nicht, dass der Name abgedruckt wird, wenn das okay ist. Ich bin nur ein Rädchen im Getriebe, ein kleines Leben, ein Vögelchen. Selbst wenn ich meinen Namen preisgeben würde, er würde nichts bedeuten, weniger als nichts sogar, er wäre nur ein Name ohne Gesicht, eine weitere Carol, Philippa oder Elizabeth. Was würde euch das sagen? Trotzdem ist es mir lieber, ihn für mich zu behalten. Während ich dies schreibe, schaue ich aus einem Fenster im dritten Stock auf das verschneite Paris. Könnt ihr euch das vorstellen? Natürlich könnt ihr das. Ich meine, Paris im Schnee; da bleibt wenig der Fantasie überlassen. Stellt euch vor, ich hätte Budapest im Frühling gesagt, oder noch besser, Arran im Herbst oder ganz gewagt Nigeria im Winter, was später noch in meiner Geschichte vorkommt, also stellt es euch jetzt vor, wenn ihr könnt, und dann sehen wir mal, wo's hinführt.

Erst mal gibt es nicht viel zu erzählen, zumindest nicht viel, das einen Außenstehenden interessieren würde. Ich hatte eine glückliche Kindheit. War gut in der Schule. Ich fand keinen Job. Kam viel rum. Nahm Aushilfsjobs an der untersten Lohngrenze an. Dann, eines Tages, kam ein Mann in den Laden – ich arbeitete in einem Schuhgeschäft, einem ganz stinknormalen Schuhgeschäft in der Dumbarton Road in Glasgow. Er erriet meine Schuhgröße; ich hatte Größe 3. Ich bin doch eigentlich diejenige, die sich auskennen müsste, sagte ich. Mit Auskennen hat das nichts zu tun, sagte er, das ist Intuition. Stehst du auf Musik?, fragte er. Ich hatte immer davon geträumt, Musik zu mögen, alles um mich herum zu vergessen, was Musik ja bewirken kann, jedenfalls sagt man das.

Wird sie mich in ihren Bann ziehen, wie in einem Roman oder einem altmodischen Film?, fragte ich mich. Mein Geschmack war altmodisch, sogar damals schon. Ich las Bücher, ich mochte Kreuzworträtsel, in gewisser Weise war ich lange vor der Zeit eine alte Jungfer. Aber da kam mein Verehrer, bereit, mich vor einer Zukunft der Wörtersuche und Brettspiele zu bewahren. Naiv war ich auch. Ich redete viel zu lange über Schuhgrößen, über den Punkt hinaus, an dem der Wortwechsel in die ersten verlegenen Manöver einer Romanze hätte übergehen sollen. Du magst Musik, sagte er zu mir, dieser Fremde, der so gut gekleidet war, aber du tanzt nicht gern. Ich verstand das als persönlichen Affront, wobei ich tief im Innern wusste, dass es stimmte. Ich kann genauso gut tanzen wie alle anderen, sagte ich und beabsichtigte, es zu beweisen. Ich staunte über mich selbst. Das war ein Ausbruch, anders kann man es nicht beschreiben, etwas, das ich so nie erlebt hatte, außer allein. Wenn ich im Park in der Nähe der Universität spazieren ging, wo ich mich häufig selbst mit plötzlichen Ausbrüchen belästigte, die mich beunruhigten und vielleicht auf eine Art angeborenen Wahnsinn schließen ließen.

Das Feld unseres Wettstreits war bereitet. Wir verabredeten ein Treffen im Barrowland Ballroom, um fünf nach acht am darauffolgenden Freitag. In der Zwischenzeit versuchte ich an meinen Bewegungen zu feilen. Ich erinnere mich, dass ich in die Mitchell Library ging und fragte, ob es ein Buch gäbe, das mich über die neuesten Schritte aufklären könnte, das korrekte Maß an Geben und Nehmen, wie es einem Mann und einer Frau beim Tête-à-

Tête gebührt, was ich damals für eine besondere Choreografie hielt, woraufhin mich ein brüsker junger Mann am Informationsschalter darüber aufklärte, dass ein Tête-à-Tête mit Tanzen nichts zu tun habe, auch wenn er sich zuzugeben gezwungen sah, dass eine gewisse Diskretion durchaus dazugehörte. In meiner Mittagspause musterte ich Diagramme, versuchte Bewegungen zu entschlüsseln, die durch gewundene Pfeile und Fußabdrücke beschrieben waren. Ich kramte im alten Bestand des Ladens, bis ich schließlich ein paar elegante Kitten Heels fand, die mir maximale Beweglichkeit gewährten, gleichzeitig aber meine Beine, die hübsch und anmutig waren und auf die ich in meiner Jugend häufig angesprochen wurde, angemessen verlängerten.

An diesem Abend war es Liebe auf den ersten Blick. Er zog mich aus dem Taxi, und dann berührten meine Füße den ganzen Abend lang kaum den Boden. So viel zu meinem Tanzunterricht! Es war eine großartige Romanze, so wie sie sich nur in der Vergangenheit ereignet. Er war ritterlich, zuvorkommend; eines Abends verpasste er zum Beispiel den Bus von Calderbank zurück nach Glasgow, er hatte mich besucht, um die Gunst meiner Eltern zu erwerben, doch anstatt deren freundliches Angebot anzunehmen, über Nacht zu bleiben, hatte er darauf bestanden, alleine nach Glasgow zurückzulaufen, ein Marsch durch die nächtliche Stadt, der ihn insgesamt fünf Stunden gekostet haben musste, was meine Eltern über alle Maßen beeindruckte. Ein echter Gentleman, mit einem athletischen Verständnis von Werten, rief meine Mutter aus. Ich saß am Feuer, rieb mir die Hände und dachte, Abrakadabra, hier kommt die Zukunft, gestiefelt und gespornt.

Ich kündigte meinen Job im Schuhgeschäft, um an der Glasgow University zu studieren. Ich war die Erste in meiner Familie, die in den Vorzug einer höheren Schulbildung kam. Auf dem Campus traf ich mich mit meinem Verehrer, und er spielte mit seinen Jungs in der Studentenvereinigung Billard, während ich Vorlesungen besuchte. In manchen Nächten lernte ich so lange, dass ich meinen

Vater morgens aufstehen und zur Arbeit gehen hörte, noch bevor ich mit meinen Notizen fertig war.

Mein Verehrer hatte nicht viel Geld, wie sich herausstellte. Das war zunächst eine Enttäuschung. Er lebte in einer Einzimmerwohnung in Kirklee Circus in der Nähe des Botanischen Gartens in Glasgow, möbliert lediglich mit einer schlichten Matratze auf dem Boden und einem Schrank, in dem seine schönen Anzüge hingen, überall hatte er Kerzen verteilt, falls ihm das Geld für den Stromzähler ausgehen sollte. Er war kürzlich aus Nordirland eingetroffen, erklärte er mir, aber viel ließ er nicht durchblicken. Was hast du vor?, fragte ich. Ich habe vor, dich auszupacken wie ein Geschenk, sagte er, warf mich grob aufs Bett und machte sich daran, mich zu verschlingen. Damals war ich ein recht appetitliches kleines Ding.

Wir beschlossen, eine Familie zu gründen, und heirateten '59. Ein paar seiner Angehörigen kamen aus Belfast zur Hochzeit, drei Brüder und zwei Schwestern, aber ich war nicht in der Lage, Bezug zu ihnen zu finden. Die Feier fand im Tudor Hotel in Airdrie statt, und wir fuhren in einem alten Morris Minor in die Flitterwochen nach Italien, was ich nicht empfehlen würde, da Autofahren in Europa höchst gefährlich ist und unsere Reise von Zwischenfällen belastet war. Wir versuchten immer wieder, ein Kind zu bekommen, aber vergeblich, und entschieden daher, eines zu adoptieren. Familie war meinem Mann sehr wichtig, seine *raison d'être*, wenn ich den Begriff richtig verstanden habe. Wir durchliefen die üblichen Prozeduren, kreuzten die üblichen Kästchen an. Unser kleiner Engel, unser kleines Päckchen vom Storch, wurde uns von ein paar blassen Nonnen überbracht, die ein Asyl für unverheiratete Mütter im Westend führten. Da war er, starrte uns mit seinen großen blauen Augen an, Augen, die für seinen Kopf zu groß waren, sagte sein Vater, und ich hielt ihm meinen Finger hin, mehr konnte er mit seinem winzigen Händchen nicht greifen, und er schlang die Hand darum und klammerte sich daran, als ginge es um sein Leben. Ich dachte an die Bibelstelle, wo Jesus davon spricht, seine Jünger zu Menschenfischern zu machen. Das ist unser Junge, sagte ich zu meinem Mann. Ich bin sein Dad, sagte er, und wir hielten einander, alle drei, und weinten ein bisschen.

Bei seiner Geburt hat ihn ein Engel am Kopf berührt, das hat sein Dad immer gesagt, und natürlich war da viel mehr Wahres dran, als wir ahnten.

Wir zogen in eine Erdgeschosswohnung an der Woodlands Road in Glasgow. An der Ecke gab es einen großen Secondhand-Buchladen, was mir ausgezeichnet zupasskam, da ich ein großer Science-Fiction-Fan war und man dort Bücher eintauschen konnte, die man schon gelesen hatte, deshalb herrschte bei uns nie Mangel an Unterhaltung. Mein Mann war kein großer Leser, er hatte kaum die Schule besucht, sein Dad hatte darauf bestanden, dass er sich Arbeit sucht, um die Familie zu unterstützen, deshalb las ich ihm und unserem kleinen Baby abends vor; wir hatten ihn Lucas genannt nach einem alten Onkel, der sich im Nebel der Zeit verloren hatte und von dem wir dachten, dass wir ihn wieder aufleben lassen könnten. Manchmal frage ich mich, ob diese fremden Welten und außerirdischen Planeten das Ganze ausgelöst haben. Wir werden es nie erfahren. Mein Mann war einer, der alles sehr wörtlich nahm, ein sehr direkter Mensch, und er stellte Fragen wie zum Beispiel, in welchem Jahr spielt das, oder welche Sprache sprechen die Außerirdischen, und wie lange brauchen sie bis zum Mars, praktische Dinge eben. Wohingegen ich und der kleine Lucas uns völlig der Fantasie überließen.

Als Kind war er nicht besonders musikalisch. Ich glaube, seine Musiklehrerin in der Schule hat ihn verschreckt. Sie war sehr streng und schalt ihn, weil er bei der Schulaufführung schief sang, was ihn befangen gemacht hat. In der Schule hatte er mit ein paar Kumpels eine Band, 7 UP, glaube ich, hießen sie, aber sie kamen nie über die Planungsphase hinaus.

In der Grundschule war alles noch in Ordnung. Im Sommer bevor er auf die Secondary School wechseln sollte, ging sein Dad mit ihm einkaufen und kaufte ihm Bücher über Mathematik, Sternenbilder und Ägyptologie, und später am Abend kam er im Schlafanzug runter und sagte, er könne nicht schlafen, weil er ständig an den Tod denken müsse, dass sein Dad sterben und ich verschrumpelt wie ein altes Blatt in einem Sarg liegen würde. Es wird noch lange dauern, bis es so weit ist, sagte sein Dad, was ein Fehler war, weil Lucas daraufhin weinte und sagte, dann gibst du's zu, dass es so kommen wird. Rückblickend hätten wir den Schein wahren sollen. Welches Kind muss schon etwas über den Tod erfahren? Genauso gut hätte man ihm auch sagen können, dass es den Weihnachtsmann nicht gibt.

Anscheinend hatte er eine morbide Ader, die er von mir nicht haben konnte, denn ich war einfältig wie ein Milchmädchen; er durchlief eine religiöse Phase, die wir beide unterstützten. Wir dachten, das könnte ihm ein bisschen Trost spenden. Bei Lucas musste man aufpassen, was man sagte, musste vorsichtig sein, er vereinte Ernsthaftigkeit und Naivität auf die liebenswerteste Weise, was bedeutete, dass er für Gehirnwäschen anfällig war.

Mit siebzehn zog er zu Hause aus. Wir wollten ihn nicht gehen lassen, konnten nicht verstehen, warum er wegwollte, aber alle seine Schulfreunde zogen in Wohnungen in der Stadt, bereiteten sich so auf den Universitätsbesuch vor. Damals war sein Dad schon ein hohes Tier im Schuhhandel, wir hatten eine hübsche Doppelhaushälfte in Airdrie gekauft. Zunächst schien er sich gut einzuleben. Er rief immer seltener zu Hause an. Dann kam der Selbstmordversuch. Es ging um irgendein Mädchen mit Zirkustätowierungen am Arm und langen roten Haaren, die Lederstiefel trug, drei Sprachen sprach und Cello spielte. Als er sich im Krankenhaus erholte, hat sie ihn besucht, aber er wollte sie nicht sehen, also bin ich mit ihr ein Sandwich in der Kantine essen gegangen. Du darfst dir keinen Vorwurf machen, habe ich zu ihr gesagt. Du kannst dich ja nicht in jedes bedürftige Hündchen verlieben. Mein Junge ist was ganz Besonderes, habe ich ihr erklärt, er ist einer, der viel schreit und weint. Ihr schien es danach besser zu gehen.

Er kam nach Hause, um sich zu erholen, aber er war still und zurückgezogen, außerdem hatte er angefangen zu rauchen und saß nachts in seinem Zimmer, seine Lieblingsmusik lief und er starrte auf die Straßenlaternen draußen in der Ferne und rauchte eine nach der anderen, diese schrecklichen, starken Zigaretten, die er selbst drehte. Manchmal schickte ich seinen Vater zu ihm nach oben, und wenn ich später nach den beiden sah, lag sein Dad schlafend auf dem Bett, während Lucas immer noch dort saß, ins Leere starrte, raus Richtung Glasgow, und Zigaretten aus dem Mundwinkel rauchte, so hat er nämlich auch Cola getrunken oder Bier, immer seitlich am Mund. Das war eine seiner Marotten.

Lucas hatte immer große Füße gehabt, große Füße und große Hände. Sein Spitzname war Der Mann aus Atlantis oder manchmal Luciano. Außerdem hatte er eine breite, majestätische Stirn, man konnte sich fast ein Wappen oder einen mit Juwelen besetzten Turban dort vorstellen. Das verlieh ihm etwas sehr Exotisches. Ich sagte ihm, diese Leute sind nicht mal halb so intelligent wie du. Du bist ein sehr gebildeter Mensch. Du bist ein ganz besonderer Junge. Lass die gar nicht erst an dich ran. Manchmal stellte ich mir vor, wie er vom Stuhl aufstand und durch das Fenster schwebte, durch den Nachthimmel schwamm, als wären wir auf dem Grund des Ozeans gestrandet und als würde er die hellen Wolken durchbrechen und mit den Händen winken, seinen großen massiven Händen, als Notsignal oder als Leuchtfeuer, und eine Gruppe von Engeln mit Masken und Sauerstoffgeräten würde uns in den Himmel bringen oder ins Glück oder was auch immer es war, das uns fehlte.

Von da an wurde es leider immer schlimmer. Während sein Dad und ich unsere großartige Romanze fortsetzten, ging es mit Lucas bergab. Er ließ sich mit einer Sekte ein, die Häuser und Land in den Borders besaß. Ich habe nicht ganz verstanden, worum es denen ging. Aber da war ein Anführer, einer mit einem Namen wie Sri Abergavenny, ich glaube, das ist korrekt, ein religiöser Name, und sie praktizierten vollkommene Entsagung, Hirntod nannten sie das. Sie reduzierten Mitgefühl, Empathie, Liebe, Sorge, Anstand immer weiter ... betrachteten das alles als störend, wie Insekten auf der Windschutzscheibe, durch die man gezwungen ist, langsamer zu fahren, und die verhindern, dass man vorankommt. Lucas rasierte sich den Schädel, was eine Tragödie war, denn als Kind hatte er unwiderstehliche Locken gehabt. Sie glaubten, ihre Anhänger vor der Welt abschirmen zu müssen, deshalb durfte keiner das Gelände verlassen. Lucas wollte weg, das weiß ich. Später hat er über Schläge gesprochen, sexuelle Übergriffe. Aber er konnte nicht weg. Ich glaube, sie meditierten, gärtnerten, aßen Linsen, liefen nackt herum, solche Sachen eben. Auch wiederholten sie Klischees oder Allgemeinplätze, die sein Dad oder ich vielleicht gesagt hatten, so lange, bis sie unsinnig klangen. Das nannten sie Whirlpooling. Das tat weh. Hin und wieder erhielten wir einen Brief von ihm, der aber immer getippt und nie unterschrieben war, wer weiß also, wer ihn wirklich verfasst hat, und da standen Sachen drin, wie: Ich spreche zu dir aus einem Traum oder ich sitze auf einem einsamen Balkon mit Blick aufs Meer, was Blödsinn war, da sie ringsum von Land umschlossen waren, aber anscheinend hatte das was mit den Lehren zu tun, als hätten sie sich über das Meer erhoben, was mich wieder daran erinnerte, wie Lucas einsam an seinem Fenster geraucht hatte. Und dann war er plötzlich wieder zu Hause. Er war ungefähr acht Monate weg gewesen. Es hieß, dass er bei einem Vortrag war, es gab dort immer diese Massenvorträge, Die Prinzipien, so nannten sie das, und da waren Hunderte von Menschen in einem riesigen Saal, die gekommen waren, um Sri Abergavenny zu sehen, der dort auf einem Kissen saß, und irgendwann brach ein Mann, ein vollkommen Fremder vor ihm zusammen und beklagte sich über einen entsetzlichen Schmerz in der Brust. Lucas hob ihn auf und trug ihn zur Bühne.

Der Mann stirbt, sagte er. Ich muss ihn ins Krankenhaus bringen. Im ganzen Saal wurde es still. Waren sie nicht darauf programmiert worden, auf genau so etwas nicht zu reagieren? Aber er erhält die Erlaubnis und Lucas verlässt den Saal, trägt den Fremden in seinen Armen und liefert ihn im Krankenhaus ab. Er fuhr nie wieder zurück.

Doch dann änderte sich sein Verhalten. Er war nicht deprimiert, er verlor nicht seinen Enthusiasmus. Er war eher fehlgeleitet. Er sprach mit sich selbst, kommentierte alles, beschrieb alles, was er tat, zum Beispiel, ich schäle einen Apfel und jetzt esse ich ihn. Ich koche einen Tee für meinen Vater. Zum Frühstück sauge ich den Saft aus einer Orange. Sein Name, seine Adresse, sein Geburtsdatum. Er war wie einer, der immer wieder ins Koma fällt, erwacht und sich in Todesangst an Fakten klammert.

Ungefähr zu dieser Zeit bekam sein Vater die Teilhaberschaft an einem lukrativen Unternehmen angeboten, wobei wir später erfuhren, dass es sich um kriminelle Machenschaften unter dem Deckmantel einer karitativen Organisation handelte, was sich zu unserem Schaden, aber auch zu unseren Gunsten auswirkte, muss ich gestehen. Wir packten unsere Sachen und zogen nach Nigeria. Eine Salzwasserkur nennt man so was, denke ich, Urlaub an der Sonne. Wir zogen nach Jos, nordöstlich von Abuja. Das war wie ein Elendsviertel an einer Autobahn, ein Slum mit einem Casino in der Wüste. Wir lebten in einem kleinen Lehmsteinhaus mit Dachterrasse. Zunächst schien es Lucas zu gefallen. Er freundete sich mit Leuten an und spielte in der sengend heißen Sonne Würfelspiele auf der Straße, arbeitete eine Weile als Fahrer, transportierte landwirtschaftliches Gerät und Holz, manchmal saßen auch ganze Familien hinten auf seinem Laster und fuhren hierhin und dorthin und wieder zurück. Inzwischen hatte sein Dad die karitative Arbeit in Gang gebracht, wobei ich sagen muss, dass dazu auch gehörte, dass er Transparente herstellte und Lizenzen fälschte, damit wir zu Hause in der Sauchiehall Street Geld von gutgläubigen Passanten sammeln konnten, das angeblich einem nicht existierenden Völkermordkonflikt in Afrika zugutekommen sollte, wofür ich mich heute schäme. Aber es war nicht so, dass es keine Schwierigkeiten gab. Sein Dad hatte nach einer Auseinandersetzung bei einem Dorftreffen irgendwo in der Prärie Brandwunden an den Oberschenkeln und beiden Füßen, aber wir waren als Galionsfiguren oder Verbindungsglieder dort, dieser schrecklichen ökonomischen Kette, die vom Leid anderer profitierte, und nicht als Missionare. Dann kam der Winter und kostete seinem Dad das Leben. Kann man sich das vorstellen?

Während ich hier in Paris sitze, im dritten Stock, im tristen Winter, kann ich es mir nur schwer vor Augen führen. Ich sehe meinen Mann, Lucas' Dad, schlafend neben mir. Ich sehe die Sonntagszeitungen, die englischen Ausgaben, eine Woche alt, von einem Mulatten, einem Jungen namens Kenji, persönlich ausgeliefert, ausgebreitet auf dem Bett. Das einzige Geräusch kommt von dem rotierenden Ventilator und dem Surren der Erde draußen. Von nebenan höre ich Stimmen, durch den wandbreiten Kleiderschrank am Fußende des Bettes, einen ununterbrochenen Kommentar. Ich bin, ich war, ich werde immer sein, sagte er, wenn auch nicht mit ganz so vielen Worten. Ich wuchs in einem stillen Haushalt auf, es herrschte eine ruhige Atmosphäre. Ich hatte keine Erfahrung damit. Ich hatte nie erlebt, dass mein Vater die Stimme erhob. Meine Mutter war wegen eines Nierenproblems jung gestorben. Meine kleine Schwester mit drei Jahren. Ich hatte mich auf dasselbe ruhige Leben gefreut, dann auf den Tod, aber kultiviert. Jetzt sitze ich hier in einem Kloster für Geisteskranke, im Winter, in einem Land, in dem Schnee Erinnerung oder Traum ist.

20. *Ich dachte, die hätten ihm die Schädeldecke aufgeschnitten und würden sein Hirn auslöffeln*

The Clarkston Parks hatten eine tolle Zeit in Airdrie.

Wir hatten eine Band, die hieß The Clarkston Parks, Alan, Dougie, Goosey und ich. Gut, oder? Mod, oder? Mein alter Herr war Kraftfahrer, meine Mum arbeitete in einem Ofenkartoffel-Imbiss in Airdrie. Ich war Mod. Ich wurde Mod. Meine Kumpels und ich waren der Mod Squad. Wir wohnten in so einer Schuhschachtel in Mull, in Petersburn, was einem jetzt natürlich romantisch vorkommt, jetzt, wo ich nicht mehr dort lebe und meine Mum und mein alter Herr schon gestorben sind. Ich erinnere mich, wie ich in meinem Stockbett lag, das weiß ich bis heute, mein kleiner Bruder schlief unter mir, und ich hörte die ganze Nacht Kassetten und starrte das Licht der Straßenlaternen draußen an, manchmal hab ich auch Schritte auf der Straße oder betrunkene Unterhaltungen oder einmal sogar echten Sex gehört, was aufregend war, das könnt ihr mir glauben. Ich träumte davon, Zigaretten zu rauchen, zu trinken, und stellte mir vor, meine künftige Frau wäre irgendwo da draußen, und was sie gerade machte und lauter so Sachen. Oh Baby, I'm dreamin' of Monday, oh baby, when I see you again. Das war ich: Porträt eines jungen Mod. Ich hörte so was wie die Pistols, die Stranglers, The Jam. Ich weiß noch, wie ich eines Nachmittags im Sommer bis nach Coatbridge gelaufen bin, quer durch die leeren Parks, total smart, so war ich damals, was für ein Moment, man lebt nur einmal, es war keine Menschenseele da, und die ganze Zeit knallte die Sonne runter und es war wie eine Mission oder eine Initiation, einfach nur eine Kassette mit *Machine Gun Etiquette* von The Damned zu kaufen. Da fing ich an, Sechzigerjahre-Zeug zu hören, Mod, Psychedelia und Freakbeat. In Glasgow gab es einen Club, Joy of a Toy, hieß der, wo klassischer

Sixties Soul, Garage und British Psych lief. Wir sind da alle hin. Ich ließ mir Fanzines schicken, in denen Bilder von Mr. Spock und Twiggy waren, oder Brian Jones vorne drauf oder Roger McGuinn, der cool aussah mit seinem Pagenkopf. Ich stand auf dieses ganze saubere Leben unter ärmlichen Verhältnissen.

Mein alter Herr fuhr uns abends nach Glasgow und holte uns hinterher wieder ab, egal wie spät es war. In der Hinsicht war er toll, mein Alter. Ich hab mir seine Anzüge geborgt, in den Sechzigern hatte er sich schick gekleidet, und dann behauptete ich, ich hätte sie selbst gekauft oder noch besser, ich hätte meinen eigenen Schneider. Damals hatte ich eine Freundin, Mary Bell, nicht die Kindsmörderin, aber natürlich hat das jeder zu ihr gesagt und sie Mad Mary Bell genannt. Mad Mary Bell, the Modette. Sie war wirklich ganz schön verrückt. Einmal hat sie ein paar Pillen aufgehoben, die einfach so auf der Straße lagen, voller Dreck, und hat sie geschluckt. Wir sind die Straße runtergelaufen, und bevor ich dazwischengehen konnte, hatte sie sie schon aufgehoben und runtergeschluckt. Glückliche Zeiten waren das! Das hätte alles Mögliche sein können, aber zum Schluss ist nichts passiert. Einmal hat sie eine Flasche Pflanzendünger getrunken, einfach nur so zum Spaß. Ich war beeindruckt. Sie war irre. Sex mochte sie nicht, das war so eine Sache, na ja, jedenfalls nicht mit penetrieren, sie stand nur drauf, wenn man sein Bein oder den Penis an ihrem Höschen rieb und das war's, da stöhnte sie und leckte sich die Lippen wie verrückt. Das war ein echter Anheizer, aber natürlich gleichzeitig total frustrierend. Dafür sah sie toll aus, langer weißer Mantel, winziges Handtäschchen, blonde Haare, die sich um ihr Gesicht lockten wie bei Mary Quant. Wir sahen super aus, Mad Mary Bell und ich, Absolute Beginners, der Klassiker.

The Clarkston Parks wurden ganz schön wichtig in der Szene. Wir hatten einen festen Auftrittsort in einem Laden in Calderbank, einem Working Men's Club, der vor langer Zeit ausgebrannt war. Wir haben da draußen in diesem komischen verarmten Bergarbeiterdorf, das damals eigentlich ein Nährboden für Mods war, eine ganz schöne Szene aufgebaut. Wer hätte das gedacht? Und sie kamen mit dem Bus aus Coatbridge, Airdrie, Shotts und Greengairs an und manchmal sogar aus Glasgow, und alle sangen auf der Fahrt, und weil es Calderbank war, kamen außer den Hardcore-Anhängern auch immer noch eine wilde Mischung von Leuten, ein echter Haufen Irrer. Manchmal kamen Rocker und Metaller, die Ärger machen wollten; manchmal auch Einheimische, die Streit suchten; manchmal sogar Einheimische, die keinen Streit suchten. Wir verstanden uns ja als Arbeiterklasse mit Stil, deshalb wussten wir uns zu benehmen, auch wenn das bedeutete, dass unsere Schuhe Kratzer abbekamen und wir unsere Anzüge ruinierten.

Eines Abends kam eine Bikergang von irgendwo aus der Gegend, wollte Ärger machen. Sie nannten sich The Fenric Wolves oder The Wolves of Fenric, irgendwie so. Das war eine echt hässliche Verbrechergalerie, mit ihren Bärten, langen Haaren und den Schweißflecken auf den dämlichen T-Shirts und ihren Turnschuhen. Bis heute kann ich Freizeitkleidung nicht ausstehen, tut mir richtig weh, so was. Sie machten ein Riesentheater, fuhren mit ihren Bikes vor und kurvten mit eingeschalteten Lichtern auf dem Parkplatz herum, bevor wir spielten. Natürlich parkten draußen eine Menge Roller, und später hörten wir, dass dieser Typ, dieser berüchtigte Biker namens Teddy Ohm, ein paar genommen hatte – und das waren klassische Roller, echte Vespas aus den Sechzigern – und sie über die Brücke in den River Calder geworfen hatte. Jahre später, als ich einmal, um Geld für die Krebshilfe zu sammeln, den ganzen Monkland Canal von Coatbridge aus abgelaufen bin, kam ich unter der Brücke vorbei, und da ragte immer noch ein verrosteter Roller aus dem Wasser.

Unser Bassist Goosey hatte fettige Locken. Das ist eine Krankheit, oder? Wir anderen hatten alle klassische Pagenköpfe, super smart, aber er sah aus wie ein Dartspieler oder so. Er war cool und ein toller Musiker, aber er starb mit gerade mal zweiunddreißig Jahren an einer Lungenkrankheit, lange nachdem wir den Kontakt verloren hatten, wobei ich seinem Bruder, dem Spinner, hin und wieder noch begegnet bin. An dem Abend kamen die ganzen Biker und stellten sich vor die Bühne. Das war wie in Altamont oder so. Sie keuchten schwer, das weiß ich noch, ihre Nasenflügel bebten. Wie Bullen, bereit zum Angriff. Ich ging ans Mikro. Wir hatten so einen Song von Tinkerbells Fairydust, klassischer British Psych, klar, »In My Magic Garden«, und ich hab einfach gesagt, das ist ein Song von Tinkerbells Fairydust, und das war quasi das rote Tuch. Ich sah, wie einer von denen wütend seine Bierdose durchbiss, aus der er getrunken hatte. Auf einmal brach eine Riesenprügelei aus. Ich trat einem voll in die Fresse – die Bühne war auf Augenhöhe. Die Leute warfen mit Tischen wie bei einer Schlägerei im Western. Die Biker hatten Ketten, Hämmer und Stanley- und Klappmesser. Goosey sprang von der Bühne und nahm dabei drei Typen mit. Ich zog einem meine Gitarre über den Kopf. Überall flogen Flaschen. Ich sah, wie sie auf Goosey losgingen, und dann ist was Irres passiert. Ich werd's nie vergessen. Die haben ihn skalpiert. Einer kniete sich auf seine Brust, während ein anderer seinen Kopf festhielt und ihm ein Dritter mit einer Klinge an den Schädel ging. Das Ganze lief wie in Zeitlupe ab. Überall war Blut, und eine Sekunde lang dachte ich, die hätten ihm die Schädeldecke aufgesägt und würden sein Hirn auslöffeln. Aber dann hielt einer von ihnen so einen Mopp grauer Lockenhaare hoch, an denen noch eine dünne Fleischschicht klebte, und das war, als hätten sie einen Gorgonen in einem Snooker-Club geköpft. Das war grotesk, und ich bin einfach komplett ausgerastet. Auf meinem Verstärker lag ein Schraubenzieher, den hab ich mir geschnappt und mich damit auf die Angreifer geworfen. Ich hab einem ins Genick gestochen, und er zuckte wie eine Marionette oder ein kaputter Roboter, so wie wenn die einem so eine Elektrode am Gehirn befestigen und man sich verrückt benimmt. Seine Freunde zogen sich zurück, obwohl einer von ihnen immer noch Gooseys Skalp in der Hand hielt, wie eine Art griechischen Mythos. Ich fuchtelte mit dem Schraubenzieher, als hätte ich was damit vor, und sie rannten zur Tür, aber erst schnappte sich noch einer Mary und zerrte sie, die wild um sich trat und kreischte, in die Nacht hinaus. Ein absoluter Albtraum. Niemand rief die Polizei, kaum zu fassen, nicht mal der Besitzer, der mehr Angst vor möglichen Vergeltungsversuchen hatte und dass sie ihm den Laden dichtmachen, als dass er sich um Gerechtigkeit scherte, was gewissermaßen unser Glück war. Einer von uns fuhr den Typen, den ich abgestochen hatte, ins Industriegebiet draußen vor Holytown, wo wir ihn auf den Gehweg warfen. Keine Ahnung, ob tot oder lebendig. Wir mussten Goosey ins Krankenhaus bringen und machten denen dort weis, er wäre am River Calder die Böschung runtergefallen und hätte sich irgendwie an den Klippen selbst skalpiert, was die uns erstaunlicherweise glaubten. Wo sind die Haare?, fragten sie. Haben wir verloren, sagten wir, die müssen in den Fluss gefallen sein.

Dann mussten wir Mary suchen; Mad Mary Bell. Der nächste Tag verging und niemand hörte einen Mucks. Zum Glück wohnten ihre Eltern in St. Albans und scherten sich nicht drum, ob sie lebte oder tot war, also gab's von der Seite keinen Druck. Alans Adresse stand auf allen unseren Platten hintendrauf. Er wohnte bei seiner Mum, die rund um die Uhr gepflegt wurde, weil sie im Prinzip ballaballa war, er konnte also machen, was er wollte. Zwei Tage später rief er mich an. Sie hatten ihm ein Erpresserschreiben geschickt. Anscheinend hatten sie's aus dem *Daily Record* ausgeschnitten, ein klassischer Drohbrief aus Zeitungsbuchstaben. WEnn iHr das mäDcHen leBendig wieDersEHen WolLt, stand da, KoMmt am SAmStag uM 12 Uhr HEr. Dann die Koordinaten einer Generalstabskarte, ob ihr's glaubt oder nicht. Keiner von uns hatte eine Ahnung, wie man damit was findet, aber wir hatten an der Schule einen Lehrer gehabt, der sich für Orientierung und den ganzen klassischen Kram interessierte, und zu dem hatten wir noch Kontakt. Er war so eine Art Legende hier in der Gegend; Mr. Scotia. Wir riefen ihn an und er lud uns zu sich nach Hause zum Mittagessen ein. Er wohnte in einer modernen Wohnung um die

Ecke der Forrest Street, und nach Brot und Suppe, die seine Frau gemacht hatte, und dem Kaffee und einer kurzen historischen Abhandlung über die Parks von Clarkston – er war außerdem auch noch ein Experte für Lokalgeschichte – räumte seine Frau den Tisch ab und er breitete eine Karte aus. Da ist die Stelle, da, sagte er. Sie lag unter einer stillgelegten Eisenbahnbrücke im Tal hinter Katherine Park. Ah, Katherine Park, sagte er und tat ganz schwärmerisch und sein Monokel fiel ihm vom Auge und in die Tasche seines viel zu großen Hahnentrittanzugs. Katherine Park, sagte er, Geliebte meiner Jugend, meine Geliebte, mein Stolz! Was habt ihr vor, Jungs, fragte er uns. Irgendeine Heldentat? Ich wollte den Zauber nicht brechen, in der Hinsicht war ich immer leicht zu beeindrucken, also sagte ich, man habe mich zum Duell herausgefordert, es gehe um die Hand einer jungen Frau. Ich werde dir sekundieren, verkündete er. Du bist vierundsiebzig Jahre alt, unterbrach ihn seine Frau, du sekundierst niemandem. Lasst euch nichts vormachen, wisperte er, kaum dass sie den Raum verlassen hatte. Ich bin flink. Lasst euch vom Anblick meiner Hängebacken nicht in die Irre führen.

Ich dachte kurz darüber nach. Alan sah mich an, als wäre ich verrückt, und schnitt sich pantomimisch die Gurgel durch. Aber dann dachte ich, scheiß drauf, das Ganze wird mit jeder Sekunde irrer, wir setzen noch eins drauf. Okay, sagte ich, Sie sekundieren mir, worauf Scotias Augen strahlten, Augen wie graue Erdbeeren, kurz vorm Überlaufen.

Am nächsten Tag besuchten wir Goosey im Krankenhaus. Von jetzt an heißt es Perücken, Jungs, sagte er, das haben die mir gesagt, und insgeheim dachte ich, endlich können wir mal einen irgendwie einheitlichen Look als Band hinkriegen, aber dann hatte ich ein schlechtes Gewissen, sein Kopf war schwer geschunden, er sah aus wie eine gehäutete rote Rübe. Wir haben Mad Mary lokalisiert, sagte ich, wir treffen uns unten im Tal zur Übergabe und um Vergeltung zu üben. Tu's nicht, sagte er, lasst euch da nicht reinziehen.

Lasst uns die Polizei rufen, wir haben nichts verbrochen. Da vergisst du was, sagte ich. Kann sein, dass ich einen umgebracht hab. Keiner von uns hat eine Ahnung, ob der Typ, den ich abgestochen habe, lebt oder tot ist.

Ich hatte Angst, das ließ sich nicht leugnen. Nachts saß ich auf dem Bett, schaute aus dem Fenster und hielt bei jeder Sirene in der Ferne die Luft an – die kommen und holen mich, kommen und nehmen mich mit. Was hast du dir dabei gedacht, fragte ich mich. Wie bist du da reingeraten? Genügt es dir nicht, hier zu Hause zu sitzen, wo's sicher ist, nachts, mit den ganzen Kassetten, leise Musik zu hören, in der Blüte deiner Jugend, gut auszusehen, einer zu sein, den man in Airdrie kennt, genügt dir das nicht? Natürlich nicht, das wusste ich, und selbst da spürte ich eine unsichtbare Hand, von der ich wusste, dass es eigentlich meine eigene war, oder die von Gott. Oder von Paul Weller, wie auch immer man das nennen will, die mich über die entscheidende Schwelle schob, weiter vorantrieb.

Ich rief Mr. Scotia an. Es ist komplizierter, erklärte ich ihm. Der Tod hat sein hässliches Haupt erhoben. Er erzählte mir eine Geschichte, wie er in der Armee war, über Soldaten, die Münzen warfen, um zu entscheiden, wer ausschiffen und wer auf der Insel bleiben musste. Kreta gegen Ende des Krieges. Am Schluss wird immer einfach eine Münze geworfen, sagte er. Diese Leute meinen es ernst, sagte ich. Ich wollte, dass er's kapierte. Diese Leute sind gefährlich. Junger Mann, ich bin Rentner, sagte er, aber noch nicht aus dem Leben geschieden. Dann herrschte lange Stille in der Leitung. Der gesamte Anruf gehörte zum Schulunterricht.

Als der Tag gekommen war, waren wir zu viert, Dougie, Alan, Mr. Scotia und ich. Scotia hatte sich mit einem alten irischen Gehstock bewaffnet, mit einer Eisenspitze unten dran, und jedes Mal, wenn er deklamierte, stieß er ihn auf den Boden, sodass er Funken sprühte. Als hätten wir einen uralten Donnergott auf unserer Seite. Ein Gott, der sich mit drei km/h Höchstgeschwindigkeit fortbewegte; ein Gott, der alle paar Schritte stehen blieb, um an Blumen zu riechen oder wild in der Luft herumzugestikulieren oder uns einen von Geistern heimgesuchten Ort seiner Kindheit oder einen Platz von pseudohistorischer Bedeutung zu zeigen. Am Ende kamen wir zwanzig Minuten zu spät, aber sie waren noch alle da, warteten auf uns, hatten sich unter der Brücke verteilt, als wär's eine Fotosession und kein potenzielles Gemetzel. Der Sommer war warm, denkwürdig warm, und natürlich war Scotia im Anzug, mit Schiebermütze und Krawatte erschienen, und ich weiß noch, dass er bei unserer Ankunft schweißüberströmt war und sich immer wieder das Gesicht mit einem Taschentuch abwischte. Er trug ein Hemd und ein Unterhemd, ein Jackett und, Gott weiß, wahrscheinlich sogar auch noch eine Weste. Hier hält ein alter Mod das Heft in der Hand, sagte ich mir.

Kaum hatte er die Biker erblickt, stürmte er voran, führte uns ins Gefecht. Ich sah, dass sie sprachlos waren. Was zum Teufel war das? Dann sah ich Mary, Mad Mary Bell. Sie wirkte überhaupt nicht mitgenommen. Sah gar nicht entführt aus. Tatsächlich stand sie lächelnd da, unterhielt sich mit so einem pickligen jungen Typen mit zurückgebundenen langen Haaren und einer Ray-Ban auf der Nase und drehte einen Finger durchs Haar, als hätte sie keine einzige Sorge auf der Welt.

Das Ganze endet einvernehmlich oder gar nicht, brüllte Scotia und stieß seinen Gehstock auf, sodass es einmal über die gesamte Brücke und wieder zurück hallte. Ich dachte, das alles ähnelte eher einer Séance als einem Duell. Teddy Ohm trat vor. Zuerst schien er vernünftig. Er setzte zu einer langen Vorrede über Ehre, Gebietsansprüche, den Ehrenkodex des Kriegers und so einen Blödsinn an, aber Scotia unterbrach ihn, indem er erneut den Gehstock aufstieß. Höret auf und lasset ab, sagte Scotia. Ich kenne dich. Du bist Edward Thom, ich erinnere mich an dich. Ich hab dich in der Grundschule unterrichtet. Jetzt schau dich an, sagte er, fuhr mit dem Stock an seinem Körper herum, als spräche er einen Zauberspruch.

Was habe ich dir über Tattoos und Ohrringe und lange Haare gesagt? Habe ich dir nicht prophezeit, dass du dir damit Ärger einhandelst? Gekicher in der Menge. Hör zu, alter Mann, sagte Teddy, aber Scotia fiel ihm ins Wort. Alter Mann?, sagte er. Alter Mann? Lass mich dich belehren, Sonnenschein, über den wahren Ehrenkodex des Kriegers. Erstens, sagte er, das Mädchen kommt mit mir, und deutete mit seinem Stock auf Mary, die inzwischen gebannt lauschte und wie magnetisch angezogen zu ihm ging. Ein Krieger zieht in die Schlacht und sieht den wahrscheinlichen Verlust voraus, sagte Scotia und wischte sich wieder über die Stirn. Das ist mir im Gedächtnis geblieben. Der Mars ist ein toter Planet, sagte er. Aber etwas bleibt zurück. Wir gieren danach, das Fleisch des anderen zu kosten, sagte er, nickte Teddy zu und schaute ihn direkt an. Ich sah ein paar Biker zurückschrecken, aber Teddys Aufmerksamkeit war ihm sicher. Teddy wirkte irgendwie nervös. Was ist mit dem Mars hinter dem Mars?, fragte Scotia. Was ist mit dem Stern hinter den Sternen? Teddy guckte entgeistert. Dann stieß Scotia erneut den Stock auf, Funken flogen in alle vier Himmelsrichtungen. Der picklige Junge mit den langen Haaren stieß einen Stöhnlaut aus, und auf ein Signal von Scotia hin machten wir alle kehrt, ich nahm Mad Mary an der Hand und wir gingen angeführt von Scotia langsam davon. Den ganzen Bikern hatte es die Sprache verschlagen, sie blieben stehen wie Statuen, rührten sich nicht, aus Angst, Scotia könne sie an Ort und Stelle vernichten. Es war unglaublich. Später bekam ich raus, dass der Picklige Patty Pierce war. Jahre bevor er eine große Nummer in der Musikszene wurde. Damals haben wir ihm eine Lektion erteilt, so viel steht fest.

21. Jede Enttäuschung eine Preisverleihung im Himmel

Street Hassle in einem seltenen, unter vier Augen geführten Interview mit Ross Raymond.

RR: Hast du eine Drogenvergangenheit, gibt's da eine Geschichte?

SH: Eine Geschichte impliziert ja, dass sich was zusammenfügen lässt und einen Sinn ergibt. So gesehen, habe ich eigentlich keine Geschichte mit Drogen.

RR: Welches waren deine frühen Einflüsse?

SH: Spät aufstehen. Feuerzeugbenzin. Das Buch, wie heißt das noch, weiß der Henker. Der Film auch. Fragen, allgemein.

RR: Was für Fragen?

SH: Diese und jene.

RR: Warum?

SH: Du meinst wozu?

RR: Wie alt warst du, als du zum ersten Mal masturbiert hast?

SH: Dreizehn, vierzehn, irgendwie so. Ich war ein Spätzünder und versuche seitdem aufzuholen. Als ich das erste Mal gekommen bin, war das so ein Schock, dass ich dachte, ich hätte mir den Schwanz gebrochen. Wobei ich eine Zeit lang mit Urin und Sperma durcheinanderkam. Aber das ist ein ganz anderes Thema.

RR: Wenn du die Musikszene von Airdrie in einem Wort zusammenfassen könntest, welches Wort wäre das?

SH: Sinnlos.

RR: War Punk wichtig?

SH: Nein. Na ja, doch, in gewisser Weise, weil viele, die vielleicht auch was anderes mit ihrem Leben hätten anfangen können, plötzlich gemerkt haben, dass sie ungestraft damit davonkommen, wenn sie sie selbst sind und trotzdem überleben oder sogar gedeihen, aber auch sterben, was ihnen sowieso bevorstand, was unvermeidlich war, aber Punk war eine Möglichkeit, eigenartige Charakterzüge und besondere Tics zu verherrlichen und verschiedene Formen von Fähigkeiten interessant zu machen, weil die Vorstellung von einer Norm abgeschafft wurde, sodass alles faszinierend war und jeder gescheiterte Versuch ein Durchbruch war, und jede Enttäuschung eine Preisverleihung im Himmel, diese Hinterzimmerauftritte, verkorksten Art-Centre-Konzerte und Proberaum-Jams waren so was wie neue Wege zur Unsterblichkeit, Mann, als wäre jeder einen Augenblick lang seliggesprochen oder als wäre allen alles verziehen, aber natürlich wollte dann jeder so spielen wie alle anderen und die Anmut ging verloren und es gab ganz neue Maßstäbe, die allem im Weg standen. Punk sollte uns vom Rock'n'Roll erlösen, aber zum Schluss brauchte es den Rock'n'Roll, um uns vom Punk zu erlösen. Weniger spezifische Orthodoxien sind interessanter als die vollkommene Zerstörung derselben.

RR: Aber was ist mit dem ganzen Blue-Jeans-wir-meinen's-ehrlich-Rock-'n'-Roll-Scheiß?

SH: Gott ist der Erlöser.

RR: Bist du religiös?

SH: O ja, na klar, sehr sogar. Ich bin wie so ein Eremit, der in der Wüste kopfüber an einem einzigen Zeh von einer Klippe hängt. Nur dass es bei mir normalerweise das Kriegerdenkmal in Coatdyke ist und ich auf den Kopf gefallen bin.

RR: Nenne drei Bands, die wir kennen sollten.

SH: The Pin Group. Steel Teeth. Chinese Moon.

RR: Was war deine erste Band?

SH: Rat Tattoo.

RR: Was war die Geschichte dazu?

SH: Wir haben die Band in der Schule gegründet, das muss 1978 gewesen sein. Wir haben Kassetten von einem Rekorder auf einen anderen überspielt und fünf Kassettenalben veröffentlicht. Uns ging es um so was wie: Kennst du diesen Schwulenkanal, den es mal auf CB-Funk gab? Und wenn es einen Metal-Kanal gegeben hätte, auf dem sich alle gegenseitig Metal vorgespielt hätten? Wie würde es klingen, wenn man einen Kassettenrekorder direkt an den CB-Empfänger stellt und das direkt auf Band aufnimmt? So haben Rat Tattoo geklungen.

RR: Primitiv?

SH: Sehr raffiniert, würde ich behaupten.

RR: Wie denkst du über Memorial Device?

SH: Sehr viel. Ich denke, dieser Remy ist ein Clown, und dass ich an seiner Stelle schleunigst die Stadt verlassen und nie wiederkommen würde. Das kannst du drucken, verdammt. Ich erinnere mich noch an damals, als er auf einer Party in so engen silbernen Leggins dasaß, mit einer dicht verputzten Mauer an Lidschatten, und beschissene Songs auf einer akustischen Gitarre gespielt, sich auf den Boden gelegt, an der Wand gelehnt hat, und alle ihn ignorierten oder taten, als wäre er gar nicht da. Er versuchte sich neu zu erfinden, aber alle kannten seinen Synth-Pop-Bullshit. Ich konnte es nicht glauben, als er bei Memorial Device auftauchte und alle meinten, die wären hip. Meine Eier sind auch hip, hab ich gesagt, aber die nehmen keine Platten auf, obwohl sie bei verschiedenen Gelegenheiten, die sich allesamt meiner Kontrolle entzogen, durchaus in der Öffentlichkeit zu sehen waren, das gebe ich zu.

RR: Deine Eier waren in der Öffentlichkeit zu sehen?

SH: Du weißt doch, wie das ist, du hast einen Riss in der Hose und die fallen durch, was willst du machen?

RR: Trägst du keine Unterwäsche?

SH: Das ist es ja. Ich hab eine große Schwester, die ist ein gutes Stück älter und sehr viel erfahrener als ich etc. Sie hat immer Freunde mit nach Hause gebracht, Mods, Rocker, Punks, Goths, Trendies, alle möglichen. Einmal hat sie so einen Typen angeschleppt, einen Typen, der DJ war in Glasgow und an so einem Abend aufgelegt hat, der damals schwer angesagt war, Joy of a Toy hieß der, den gab's seit 1977 oder so, da lief Punk und Psych, aber zum Beispiel auch klassischer Rock, Soul und Alternative, das war schizophren, und es war Silvester, als sie ihn nach Hause gebracht hat, und sie hatten sich ein Taxi aus der Stadt raus geteilt, und meine Mum und mein Dad waren selbst betrunken, deshalb war's ihnen egal, die Nachbarn fielen hin, so eine Art von Abend war das, also blieb er über Nacht und ich weiß noch, wie die nebenan so richtig laut Sex hatten, mit Ächzen, Stöhnen, Betteln und dem ganzen Scheiß. Am nächsten Tag saß er strahlend am Frühstückstisch. Er trug eine Jeans und ein schwarzes T-Shirt mit V-Ausschnitt und so eine karierte Siebzigerjahre-Holzfällerjacke und Baseballstiefel, glaube ich, und ich setzte mich neben ihn und fragte ihn nach Musik. Er erzählte was von Wire, *Pink Flag*, was für mich klarging, aber dann kam er mit Neil Young, die ganze Zeit hat er über Neil Young gelabert, dass sein Album *Harvest* wahrer Country wäre, kein Acuff-Rose-Scheiß, sagte er immer wieder, was mir damals nichts gesagt hat, und dann machte er immer so was Komisches mit seiner Augenbraue, hob die rechte Augenbraue eine Millisekunde, als würde ein Vögelchen mit den Schultern zucken, als würde ein Vögelchen davonfliegen und ratlos schauen und sagen, weißt du, was hast du denn erwartet, das ist mein Job, und ich war beeindruckt, dieser Typ lebt es wirklich, dachte ich in meinem Teenagerhirn. Was er lebt, keine Ahnung, aber richtig umgehauen hat es mich dann, als mir meine Schwester erzählte, dass, als er in der Nacht seine Jeans ausgezogen hatte, keine Unterhose drunter war, überhaupt keine Unterwäsche, nur seine nackten Eier unter der Jeans. Das hat mich echt umgehauen, einfach nur die nackten Eier, dachte ich, was für eine Idee. Ich war mit Sachen wie Kämmen, Zahnpasta, Socken, Unterhemden und Unterhosen aufgewachsen. Für mich war das verrückt. Ich hab sie gefragt, stinkt das nicht, bleiben da keine Flecken? Er hat gemeint, wenn sie schmutzig ist, wäscht er seine Jeans, sagte sie. Außerdem sagte sie, ist es ihm egal, ob es stinkt und so. Dann grinste sie dreckig und sagte, dass sie's sexy fand, sein Penis so knapp unter der Oberfläche, sprungbereit, in keinen Käfig gesperrt, ohne alles. Ich gebe zu, ich war bekehrt. Von dem Tag an hab ich alle meine Unterhosen in den Mülleimer geschmissen und bin ohne rumgelaufen, hab meinen Sack frei baumeln lassen. Danach war sich jeder selbst der Nächste.

RR: Was war dein erster Kontakt zur Musikszene in Airdrie?

SH: Meine Mum hatte Platten von Sinew Singer. Sie behauptete, sie wäre 1960 oder so mal kurz mit ihm zusammen gewesen, aber er hätte sich mit keiner Frau verloben können, weil er mit dem Rock'n'Roll verheiratet war, deshalb hatte er lauter Freundinnen, und das hat nicht funktioniert, konnte nicht funktionieren, meine Mum war eher von der monogamen Sorte, und außerdem gab es lauter Frauen, die behaupteten, Sinew sei der Vater ihrer Söhne, weiß Gott, wie viel von Airdrie er bevölkert hat. Aber er war ganz sicher mein Vater, spirituell. Ich hab immer zu seinen Platten getanzt, ihr wisst schon, so was wie »Who's Responsible?« und »Tracing Paper Moon«, so ein Scheiß. Mrs. Grey, die mit ihrem Mann Alec ein paar Straßen weiter wohnte, kam rüber und ich führte im Wohnzimmer einen Tanz auf, und sie sahen mir zu, die Münder sperrangelweit offen, und wussten nicht, was sie davon halten sollten. Ich bin im ganzen Zimmer rumgesprungen. Da hab ich wohl angefangen, Kunst mit Wahnsinn oder Hochenergie oder so in Verbindung zu bringen.

RR: Was war dein erstes Instrument?

SH: Bass. Mehr hab ich nicht hinbekommen, ein Ton nach dem anderen. Außerdem hat er einem Raum gelassen, um sich zum Beispiel auf den Boden zu werfen oder von der Bühne zu springen.

RR: Hast du je Memorial Device mit Mary Hanna am Bass gesehen?

SH: Ich will dir mal was über Mary Hanna erzählen. Ich kenne sie von der Schule. Sie hat immer so Strümpfe angehabt. Scheiße, das war unglaublich, ich spür schon wieder meinen nackten Schwanz in der Jeans. Hellblaue Nylonstrümpfe, einmal sogar rote. Die Leute haben ihr so Zeug nachgerufen wie *Bettpfosten und Besenstiele*, weil das Gerücht ging, sie wäre beim Masturbieren mit einem Bettpfosten oder einem Besenstiel erwischt worden, irgendwie so. Aber ihr war's egal, sie stand drüber, zumindest wirkte es so. Ich werde nie vergessen, wie sie einmal in Chemie auf dem Boden neben einem Heizkörper hockte, ich weiß nicht, was da los war, aber sie saß da und hatte die Beine mit den hohen Absätzen unten an die Brust gezogen und die Arme drumgelegt, und eine Sekunde lang hab ich den oberen Rand ihrer Strümpfe gesehen und das war unvergesslich, das hat sich für immer in mein Hirn eingebrannt, die winzige zentimeterbreite Lücke zwischen dem Blau ihrer Strümpfe und dem Schwarz ihres Rocks. O Gott, dachte ich, das ist ein Geschenk. Manchmal sah man ältere Jungs nach der Schule auf sie warten, aber es wurde gemunkelt, sie sei eine Lesbe, ich schätze, weil sie unerreichbar war. Dann bin ich mal in eine Schlägerei geraten. Ich war kein harter Typ, das war nicht mein Stil, aber eines Tages bin ich über die Felder nach Hause gelaufen, und so ein Typ, ein älterer, hat mich angerempelt und mich weggestoßen, und ich hab einfach instinktiv ausgeholt und ihm eine reingehauen. Er hat mich an der Gurgel gepackt und gesagt, du hast einen Riesenhaufen Ärger, einfach so, und hat einen Kampf für die kommende Nacht anberaumt, oben auf der Brache bei Craigneuk. Ich wollte nicht, ich war nicht so hart drauf, aber das lag auf meinem Heimweg, und ich kam nicht drum herum. Ich bin mit ein paar Freunden rüber, die ich überredet hatte, mir beizustehen, aber sie waren mir überhaupt keine Hilfe, und plötzlich kam der Typ wie aus dem Nichts, haute mir eine rein und ich lag rückwärts im Gras, hab Wolken aufziehen und Vögel vor meinen Augen flattern sehen. Ich konnte mich noch rechtzeitig auf die Ellbogen stützen, um mitzubekommen, wie der Typ mit einem dreckigen Grinsen im Gesicht davonlatschte, sie nannten ihn Spike, was für ein Witz, und bei ihm war Mary Hanna. Irgendwann drehte sie sich um, sah mich an und schrie, verpiss dich, du Loser. Das werde ich nie vergessen.

RR: Hattest du jemals einen normalen Job?

SH: Einen Tag lang hab ich mal in einem Schuhgeschäft in Coatbridge gearbeitet, und wurde gleich gefeuert. Ich hatte keinen Bock, ins Lager zu gehen und andere Größen rauszusuchen, also hab ich den Leuten einfach immer gesagt, dass wir's nicht mehr dahaben. Du hast einfach wirklich keinen Bock, oder?, hat mich der Geschäftsführer gefragt. Irgendwie schien er beeindruckt von mir. Das haben Sie gut beobachtet, sagte ich, und das war's dann. Natürlich hab ich auch Zeitungen ausgetragen, mein Dad hat mich immer für die Zeitungsrunden angemeldet. In Airdrie hat jeder irgendwann mal Zeitungen ausgetragen. Das ist ein richtiger Job, sagte er immer, und natürlich hab ich die Zeitungen einfach bloß hinter der scheiß Hecke am Easter Moffat Golf Club verklappt und war fertig. Mein bester Job war der als Briefträger in Holehills in Airdrie. Der hat mir die scheiß Augen geöffnet. Da lagen menschliche Exkremente in Treppenhäusern, und man hörte irre Streitereien hinter verschlossenen Türen. Außerdem wurden gerichtliche Mahnungen zugestellt und so ein Scheiß, und oft hat man an eine Tür geklopft, hinten was zuschlagen hören, und dann haute der Typ, der da wohnte, durch den Garten ab, sprang über den Zaun und verschwand. Ständig wurde man blöd angemacht, die Leute kamen und sagten, hast du meinen Scheck von der Stütze, Alter? Ich muss ihn durch den Briefschlitz stecken, hab ich gesagt, das ist Gesetz. Ich kann nicht einfach mitten auf der Straße Schecks verteilen, wofür hältst du mich, den Eiswagen? Aber dann wurden sie nervös und kamen mit irgendeinem Scheiß, ich bin aber nicht den ganzen Tag zu Hause, ich brauch meinen scheiß Scheck, Mann, ich bin pleite, ich muss meine Mutter im Krankenhaus besuchen, mein Dad ist Diabetiker, lauter so Mist, sodass ich's einfach aufgegeben hab und ihnen den Wisch auf der Stelle gegeben hab, wer weiß, ob die Geschichten überhaupt gestimmt haben, aber ich bin nun mal ein leichtes Opfer, und das wussten die. Alle mit ungekämmten Haaren sind scheiß Liberale, und irgendwann geben sie auf Druck nach, das war die Philosophie in Holehills, und außerdem: Wenn man vor die eigene Haustür kackt, hält man damit die anderen Köter in Schach. Es war wie ein verdammtes soziales Experiment. Was war das noch mal für eine Dokumentarserie, wo alle ins Gefängnis gegangen sind? Genau so war das. Ich wurde dabei sogar mal von einem Hund gebissen. Ich hatte so einen alten Mod-Parka an, und dieser scheiß Hund in der Auffahrt von so einem Typen ist einfach an mir hochgesprungen, hat meinen Arm geschnappt und nicht mehr losgelassen. Ich hab den Arm hochgehoben, und er hing da mit den Zähnen dran, einfach so. Zum Glück war der Parka dick genug, sodass er seine Zähne nicht richtig reinschlagen konnte, aber als ich wieder auf der Post war, waren alle echt cool und der Chef hat einen Brief geschickt, das war genial, hat ihn an alle Häuser in der Straße verteilt, und da stand drin, dass niemand mehr Post erhalten wird, solange dieser Hund nicht unter Kontrolle ist. So was würden die einem heute niemals mehr durchgehen lassen. Aber damals hat die Post zu mir gestanden, das hat sich gut angefühlt, auch wenn der Chef der Vater meiner ersten Freundin war und ihr verboten hatte, mich zu treffen, weil ich Protestant war und sie Katholikin, was ein verdammter Blödsinn ist. Ich war nicht mal Atheist. Ich wollte mit dem ganzen Scheiß nichts zu tun haben. Vielleicht kennst du sie, Maya McCormack, sie hat in einer Mädchenband gespielt, Dark Bathroom?

RR: Was ist aus denen geworden?

SH: Ist eine lange Geschichte. Angefangen haben die als nervige Sechziger-Girlgroup, weißt du, so eine Mischung aus Shangri-Las und Buzzcocks, so was gab es Anfang der Achtziger überall. Eigentlich glaube ich, dass die damals anders hießen, The Ladybugs, irgendwas Niedliches. Einmal bin ich mit dem Zug nach Glasgow gefahren und hab ein paar Mädchen getroffen, die ich kannte, zwei irgendwie berüchtigte, und Maya war dabei. Ich weiß nicht, ob sie überhaupt schon mal in Glasgow gewesen war, oder wenn, dann war's erst ihr zweites oder drittes Mal, aber da war so was wie eine erwartungsvolle Stimmung, als wir aus dem Bahnhof fuhren, wir vier. Ich hab ihr auf die Beine gestiert, ich kann mich noch dran erinnern, sie hatte ein kurzes schwarz-weißes Gogo-Kleid mit dunklen Wollstrumpfhosen an und Stiefeletten, die dunklen Haare zu einem wilden Bienenkorb hochgesteckt, einzelne lockige Strähnen hingen wie irre Korkenzieher runter. Sie wirkte nervös und zart, aber auch poetisch und ein bisschen neben der Spur. Mit anderen Worten, in jeder Hinsicht genau richtig. Sie wollten in irgendeinen Club in der Stadt, vielleicht zu Joy of a Toy, ich weiß es nicht mehr, aber ich hab beschlossen mitzuziehen, obwohl Maya mir erzählt hatte, dass sie sich dort mit ihrem Freund treffen würde. Soll das ein Witz sein, sagte ich, das Mädchen gehört mir. Ihr Freund gehörte zur typischen sensibel-intellektuellen Feministensorte, die für Frauen total unattraktiv ist. Ich saß mit den dreien am Tisch und machte bewusst vage Bemerkungen, um ihm das Wasser abzugraben. Es funktionierte, und schon bald war die Anspannung spürbar. Irgendwann gingen Maya und ihr Freund zum Reden raus, und mir ist nicht ganz klar, was passiert ist, aber anscheinend regte er sich immer mehr auf und wollte sie dann schlagen, aber vielleicht hat er nur ausgeholt aus Frust, oder so, wer kann's ihm schon verdenken, aber bevor ich wusste, was los war, hielten ihn die Türsteher fest und sie kam wieder reingerannt mit einem Mädchen aus ihrer Band, Megan, glaube ich, und die ganze Zeit sehe ich ihn schreien und draußen an die Scheibe hauen. Ich kam mir schlecht vor, als hätte ich ein Insekt in einem Glas gefangen oder so. Es gab eine Menge Theater, die Türsteher sagten, sie könnten Maya zur Hintertür rausschmuggeln, raus aus Teufels Küche. Was für ein Witz, in Wirklichkeit brachten sie sie damit überhaupt erst in Teufels Küche. Hahahaha, aber schon bald sind wir drei, Maya, Megan und ich, zum Zug nach Hause geflitzt. Als wir in Airdrie angekommen waren, sind wir in ein Taxi gesprungen, aber dann ist Megan der Kragen geplatzt, als Maya drauf bestanden hat, mit zu mir nach Hause zu fahren. Hätte ich gewusst, dass es dir nur darum geht, hätte ich dir überhaupt gar nicht erst geholfen, hat sie geschrien, mit den Fäusten an die Tür getrommelt, und dann ist sie aus dem Taxi gesprungen und stinksauer weggerannt. Das war das Ende von The Ladybugs, hahahahaha. Wir sind zu mir. Ich hatte eine Wohnung über Benny's, dem fettigen Imbiss in Clarkston, vor dem immer alle abhingen und nichts Gutes im Schilde führten. Mein Vormieter war in seinem Bett gestorben und die Leiche hatte wochenlang unentdeckt dort gelegen, das war damals eine große Sache gewesen und der Grund, warum ich die Wohnung billig bekam. Wollte sonst keiner dort wohnen. Aber für mich war's eine Künstlerbude, auch wenn ich nichts anderes gemacht hab als auf der Kante meiner Matratze zu sitzen, aus dem Fenster in den Park zu starren, Bier zu trinken und mit verwirrten Mädchen Sex zu haben, so wie an diesem Abend, und wenn Sie das lesen sollten, Mr. McCormack, wir haben sogar ein Kondom benutzt, also können Sie mich mal. Ich erinnere mich an drei Dinge bei Maya. Erstens, sie hatte die festesten Arschbacken, die ich je in Händen hielt. Die waren ein wunderbarer Anblick, ihr winziger Rock stand praktisch im rechten Winkel ab, und ich erinnere mich, wie sie auf mir lag, ihr Rock war hochgeschoben und ich hatte eine Hand auf jeder Backe, wie der erste Mensch auf dem Mond. Zweitens ihre Augen. Sie hatte grüne Augen, wie eine Katze in der Ecke eines dunklen Raums. Drittens ihre Haut. Ihren Hals zu küssen war, wie mit der Zunge über eine kalte Marmorsäule zu fahren. Es dauerte nicht lange, ihr Vater duldete es nicht, und eines Tages bekam ich einen Brief durch die Tür, persönlich abgeliefert, und darin stand, sie könne mich nicht mehr sehen. Eines Nachmittags im Sommer war sie den ganzen Weg von Plains zu Fuß gegangen, was nicht so weit ist, aber irgendwie hat mich der Gedanke an diesen Weg und ihre traurige Entschlossenheit wirklich berührt. Wenn einem so was in jungen Jahren passiert, hat man das Gefühl, als wäre das alles noch vor der eigenen Geburt in einem Buch niedergeschrieben worden, und das nächste Kapitel wäre noch schöner und tragischer als das letzte. In der kurzen Zeit, die wir zusammen hatten, versuchte ich, sie in Sachen Musik fortzubilden. Ich spielte ihr Kassetten von Pere Ubu, Peel Sessions und Zeug wie The Only Ones und Suicide vor, ich brachte sie auf Free Jazz, Albert Ayler, Ornette Coleman, Frank Wright und so was. Auf jeden Fall hat sie in dem Sommer was von mir gelernt, das steht fest. Das war meine Rolle in dieser ganzen Geschichte. Danach wurde es komisch.

RR: Was meinst du?

SH: Sie hatte dann einen älteren Freund und ging mir aus dem Weg. Wenn ich ihr zufällig in Glasgow begegnet bin, sagen wir mal in der Queen Street, ging ihr neuer Freund einfach weiter und blieb nicht mal stehen, sodass sie nur ganz kurz Hallo sagen konnte und ihm dann hinterherrennen musste, und ich sah, wie die beiden kopfschüttelnd zum George Square rübergingen, als wäre ich einfach irgendein Müll, den man loswerden wollte.

RR: Du wolltest uns erzählen, was aus Dark Bathroom geworden ist. Ich hatte ihr Demotape, *June 1941,* und das war unglaublich, Songs wie »Easter Island« und »Harm That Foot Down« und so was.

SH: Ja, okay. Weißt du, ich hab mich immer über den Titel gewundert. Das war wohl ein anderer Sommer. Wenn ich meinen Kram auf die Reihe bekommen hab, werde ich wieder eine Band gründen. Außerdem will ich einen Roman schreiben, wahrscheinlich eine Geistergeschichte. Eines Morgens bin ich echt früh aufgewacht und konnte nicht mehr schlafen, und das war so ein komischer, richtig nebliger Herbstmorgen, und ich hab die Vorhänge aufgezogen und zum Fenster raus über die Straße in den Katherine Park geguckt und sah da lauter Gestalten im ganzen Park verteilt, stocksteif standen die einfach so da, sahen mich nicht an, sondern schauten irgendwo in die Ferne, oder einfach nur zu Boden, sahen sich nicht mal gegenseitig an. Das werde ich nie vergessen. Irgendwie steckt da eine Geschichte drin, was meinst du?

RR: Du wolltest uns von Dark Bathroom …

SH: Das ist auch eine Geistergeschichte. Da wimmelt es nur so vor Geistern.

RR: Wo?

SH: Im Katherine Park. In Airdrie. Egal wo.

RR: Was ist dann passiert?

SH: Dann hab ich mich geritzt. Das war gleich nach der Trennung von Maya. Ich hab ein Messer genommen und mir in den Arm geschnitten. Ohne Grund. Nur weil ich das Gefühl hatte, an einen Punkt zu kommen, an dem ich sterbe, wo das alte Ich stirbt, und vor mir sah ich nur das alles, was alle anderen in meinem Leben auch schon erfahren hatten, weißt du, Ruhe und Frieden, dieses Gefühl von Erfüllung, ob's einem gefällt oder nicht, Vorbereitungen fürs Grab, so ein Scheiß. Es hat mich wahnsinnig gemacht. Das war kein Selbstmordversuch, weit gefehlt. Das war ein Versuch zu leben. Es gibt einen alten griechischen Mythos, wo der Arm abgetrennt wird oder die Hand geopfert, irgendwie so, davon hast du bestimmt gehört, du gibst deine Hand, wie beim Heiraten, nur dass du sie einem neuen Leben gibst. Zu dem Zeitpunkt hatte ich das Gefühl, als würde ein Magnet an mir haften, als wäre mein Körper aus Metall und als wäre es unmöglich, mich vorwärts oder rückwärts zu bewegen. Also rammte ich mir ein Messer in meinen scheiß Arm, um zu sehen, ob es sich verbiegen würde oder ob doch noch die Möglichkeit besteht, dass ich mich etwas Neuem hingebe.

RR: Hat es sich verbogen?

SH: Einen Scheiß hat es. Also war Maya eine Weile mit Patty zusammen. Damals hab ich ihn für einen Angeber gehalten.

RR: Wieso?

SH: Er war so einer, dem immer ein Roman deutlich sichtbar aus der Tasche lugte. Ich hab ihn sogar mal auf der Straße gehen und dabei lesen sehen.

RR: Was für ein Buch?

SH: *Unter dem Vulkan.* Er hat es vor sich gehalten, damit jeder es sehen konnte, als ob den anderen in Airdrie nicht scheißegal gewesen wäre, was du gerade liest. Damit hast du nur ausgesehen wie ein Uranier.

RR: Was ist ein Uranier?

SH: Ein Uranier, ein Schwuler, Mann. Kaum war Maya mit ihm zusammen, war alles anders. Er hatte immer solche Stiefel an, ich weiß nicht, ob du die gesehen hast, diese quasimilitärischen Lederstiefel, die fast bis zu den Knien gingen, und plötzlich rannte Maya in Lederstiefeln bis zum Oberschenkel rum, rauchte und war permanent voll schlecht gelaunt. Sie gingen die Hauptstraße in Airdrie runter und alle drehten sich nach ihnen um, Patty mit seiner Brille, dieser nervigen kleinen Lennon-Brille, so eine, die man immer nur zerschlagen will, mit einem verfluchten Zylinder und einem bodenlangen Trenchcoat, und Maya neben ihm, nur dass sie einen weißen Pelzmantel trug, eine verdammte weiße Lederhose, Stiefel und eine Sonnenbrille und voller Verachtung in die Gegend schaute, aber trotzdem Eindruck schinden wollte, wenn du weißt, was ich meine. Einmal hab ich sie in der Drogerie gesehen, wo sie weißen Mascara oder so was gekauft hat, und sie hatte eine ultraenge Lederhose an, bei der man das schmale V ihres Tangas sehen konnte, der hinten aus der Hose rausschaute, und ich dachte, seit wann zum Teufel trägt die denn Dessous? Als ich ihr mal Dessous gekauft hab, hat sie getan, als wär ich ein Vergewaltiger. Natürlich hab ich mich über mich selbst geärgert. Wieso hatte ich sie nicht überzeugen können?

RR: Aber warst du nicht eine Zeit lang mit Patty bei Occult Theocracy?

SH: Die Band war totaler Humbug. Wäre ich nicht so ein verdammter übersinnlicher Kanal, wär's einfach bloß Pub-Rock gewesen.

RR: Und was war jetzt mit Dark Bathroom?

SH: Also bitte, Dark Bathroom, komm schon. Wer hat sich das ausgedacht? Auf einmal hatte sie eine Band, eine reine Mädchenbadezimmerband. Ich kann mich an die Namen der anderen beiden nicht erinnern, aber Maya hat Gitarre gespielt und gesungen, und Mary Hanna hat eine Weile Bass bei denen gespielt. Mary war in den ganzen guten Bands, die Schlampe. Die haben sich immer echt krass angezogen, wie Dominas in hautengen Latex-Kleidern, mit langen Haaren und ganz gerade geschnittenen Ponys, weißer Haut und rotem Lippenstift, und dann haben sie immer einen Stuhl mitten auf die Bühne gestellt und gespielt; immer alles improvisiert, mit anderen Worten, sie haben sich das an Ort und Stelle ausgedacht, haben Slides an der E-Gitarre verwendet, nur so einen kreischenden elektrischen Krach gemacht und dann so wahnsinnige Crescendos aufgebaut, die wie ein Magnetsturm klangen, und dann ist ihr Opfer aufgetreten, meistens irgendein gestörter Junge, irgendein ahnungsloser Anhänger, und den haben sie dann an den Stuhl gefesselt und gequält. Deshalb haben sie auch oft Auftrittsverbot bekommen. Manchmal haben sie ihn gefesselt und Eier über ihm aufgeschlagen, und dann hat Maya ihn rückwärts umgestoßen, der Stuhl hing an Seilen fest, und sie hat ihm ihren Stiefelabsatz in den Mund geschoben und er musste ihn lutschen, und dann haben sie eine Musik gespielt, die klang, als wäre der Stamm der Muttergottheit zurückgekehrt, um die Welt zu erobern, und sie haben Federn oder Marmelade oder geschmolzenes Kerzenwachs über ihm ausgekippt, und manchmal hat sich Maya oder eine von den anderen – ich hab nie gesehen, dass Mary das gemacht hat – einen Plastikdildo umgeschnallt und auf ihn draufejakuliert, Gott weiß, was da drin war, ich hab gehört, es war Joghurt, aber wer weiß. Ich hab sie spielen sehen und mir ist die Kinnlade runtergeklappt. Ich hatte das Gefühl, als wäre ich mit einem ein Meter sechzig großen schwarzen Loch zusammen gewesen.

RR: War da nicht auch mal was mit einer Käsereibe?

SH: Ja, das hab ich gesehen, das war total krank. Die haben den Schwanz von einem Typen mit einer Käsereibe bearbeitet. Zum Schluss war da nur noch so eine schlaffe blaue Ader, hahahaha. Ein paar Mal hab ich nach den Auftritten mit Maya gesprochen, ich war immer noch mit Patty befreundet, aber sie stand immer da und hat mich angesehen, als wär ich's nicht mal wert, gequält zu werden. Wer weiß, vielleicht war ich's auch nicht, oder vielleicht hab ich das selbst schon viel zu gut gemacht. Ich hab noch eine andere Band zusammengeholt, aber das war eine heftige Szene, wir standen auf so Kram wie Wire, Gang of Four, Eyeless in Gaza, This Heat, im Prinzip halt schrägen Scheiß. Keith Levenes Gitarre auf *Metal Box* war der Hammer. Der Leadsänger – ich hab Bass gespielt – stand auf französische Nouvelle-Vague-Filme, Kunst und so Mist, aber er war Junkie, das waren die alle. Wir hatten ein paar Konzerte, wir haben in einem Pub in Finsbury Park in London gespielt, ein großes Konzert, wo Journalisten vom *NME* und von *Sounds* auftauchten, aber wir waren so chaotisch und abgefuckt, dass sie nicht mal eine Kritik schreiben wollten. Ich fand, das war ein Pluspunkt, als hätten wir irgendeine Art ultimativen Coup gelandet, aber eigentlich zeigt das nur, wie absolut abgefuckt ich war. Ich war auch selbst ein bisschen auf Heroin. Natürlich hatten wir kein Geld, um nach Hause zu fahren, und der Sänger, seinen Namen werde ich nicht erwähnen, er ist inzwischen tot, du weißt, wer's ist, hat unsere Gitarren verpfändet, um in der verdammten Pennerabsteige in King's Cross, wo wir übernachtet haben, eine Prostituierte zu bezahlen. Zwei Nächte waren wir dort und hatten unsere Gitarren in einem Hinterzimmer der Kneipe stehen lassen, wo wir aufgetreten waren, und als wir sie abholen wollten, meinten die Leute am Tresen, der Sänger wäre schon da gewesen und mit dem ganzen Kram verschwunden. Wir stellten ihn zur Rede, und er meinte total trocken, ich hab ein Loch gebraucht. Was für ein Spruch, das werde ich nie vergessen. Dann hat er einfach nur mit den Schultern gezuckt, als wär's völlig okay und als müssten wir's alle verstehen und nachvollziehen können. Dieser Typ war ungefähr eins fünfzig und hatte fettige Haare im Gesicht kleben und eine Bikerjacke, die ihm drei Nummern zu klein war. Keine Ahnung, wie er's gemacht hat. Der Leadgitarrist und der Schlagzeuger, der James Begley hieß, vielleicht kennst du den, die sind sofort ausgestiegen und auf und davon und haben mich als den Angeschmierten stehen lassen. Anders wären wir nicht nach Hause gekommen, also sind wir zu zweit per Anhalter gefahren. Wir haben uns an die Auffahrt zur North Circular Road, direkt neben das Schild Richtung Hatfield und The North gestellt, sind aber am ersten Abend gerade mal bis St. Albans gekommen, wo wir im Park neben der Kathedrale geschlafen haben. Am nächsten Abend sind wir mit Daumen raus nach Carlisle, wo der Sänger einen Lasterfahrer überreden konnte, uns für einen Blowjob an der Raste draußen vor Hamilton abzusetzen. Ich konnte es nicht fassen. Er kam total ruhig und gelassen zurück, als hätte er gerade den großartigsten Deal aller Zeiten ausgehandelt, als hätte er den Typen für blöd verkauft. Ich muss ihm doch bloß den Schwanz lutschen, sagte er schulterzuckend, wenn er den Laster fährt, mehr nicht. Das ging mir zu weit. Muss das sein, wenn er fährt?, fragte ich. Anders kommt er nicht, sagte er. Ach komm, sagte er, als wäre ich total prüde, leben und leben lassen. Ich konnte nicht glauben, was ich da verdammt noch mal hörte. Und wo bin ich, während du dem Typen unter dem Lenkrad am Schwanz rumschlotzt?, fragte ich. Du bist auch da, sagte er, und guckst zu. Das gehört zum Deal. Und tatsächlich fuhren wir von Carlisle nach Hamilton, während der Sänger auf den Knien lag und sich den ranzigen Schwanz des Lkw-Fahrers in den Rachen schob und der Fahrer, der anscheinend auf Speed war, mit hundertsechzig über die Autobahn heizte, sich hin und wieder zu mir umdrehte und nickte, als müsste man's genauso machen, Kleiner, als wär's das wahre Leben. Verfluchte Scheiße, dachte ich, endlich bin ich in einer Rock-'n'-Roll-Band. Dann hat er sich umgebracht, vielleicht hast du davon gehört? Er hat eine Kreditkarte gefunden, hat sie nicht gestohlen, er hat sie in einer Jacke im West End Park gefunden, gegenüber vom Krankenhaus, und da war ein Geldbeutel mit einer Kreditkarte drin, und ich glaube, er hat das als Zeichen verstanden, als Geschenk Gottes, und wie ein guter Soldat hat er's unter seinen Freunden verteilt. Es gab diesen berühmten Tag, den letzten Tag, an dem er mit Freunden nach Edinburgh gefahren ist und alles mit der gefundenen Kreditkarte bezahlt hat. Ich selbst war nicht dabei, aber ich hab gehört, die haben alle schon morgens im Zug gesoffen und Platten gekauft und erstklassig im Restaurant gegessen und die halbe Bar im Pubic Triangle ausgetrunken, wo alle mit Stripperinnen getanzt und es haben krachen lassen. Er muss gewusst haben, dass es sein letzter wilder Abend ist, dass er sich im Prinzip sein eigenes Grab geschaufelt hat. Bevor er überhaupt noch verhaftet werden konnte, hat er sich an einem Baum in der Carlisle Road erhängt. In der Zeitung stand ein Artikel drüber, und natürlich habe ich an den Song gedacht über die seltsamen Früchte an den Bäumen.

RR: Woran arbeitest du gerade?

SH: Ich schreibe Texte, Songs. Seit damals hatte ich noch ein paar Bands, aber die Chemie stimmte nie ganz, es hat sich nie wirklich richtig angefühlt. Ich interessiere mich sehr für Aleister Crowley und das Okkulte, und sobald ich meinen Kram auf die Reihe bekomme, werde ich die Rituale durchführen und mein Leben und meine Magical Practice ernsthaft angehen. Und natürlich will ich auch eine Geistergeschichte schreiben. Irgendwo da drin ist sie, da bin ich sicher.

22. Schiffe steigen auf und ziehen durch Wasser voller Sonnenlicht, die Streiche, die einem die Erinnerung spielt

Bruce Cook über Autonomes Träumen mit Lucas und Vanity und dem ganzen Ballast, der einen verfolgt wie Geisterschiffe, die sich vom Grund des Ozeans lösen, auf einem Friedhof unter dem Meer, und an die Oberfläche steigen.

Wenn ich mich richtig erinnere, waren Pattys Mum und sein Dad Italiener – oder Halbitaliener – oder so. Ich kann mich auch irren. Ihnen gehörte ein kleiner Laden in der Hauptstraße in Airdrie, wo sie italienische Schokolade, Zigaretten und Eis verkauften, so Zeug. Man sah seine Mum jeden Abend, wenn sie zugemacht hatte, mit Zigarettenstangen unter dem Arm die Straße langgehen. Sie hat sie nie über Nacht dort gelassen. Das wäre eine zu große Versuchung für Einbrecher gewesen. In Airdrie bringen die dich schon wegen einer Kippe um.

Das erste Mal, dass ich Turkish Delight probiert habe, war da bei denen. Ich hab's mir von meinem Taschengeld gekauft und hätte fast gekotzt, Mann, im Ernst. Aber ich bin immer wieder hin und wollte mehr, vielleicht weil ich die Werbung gesehen habe oder so, aber ich hatte mir in den Kopf gesetzt, dass es romantisch und elegant war – ihr wisst schon, so wie Knoblauch oder Pasta. Manchmal sah ich Patty – er war damals noch ein Junge – hinten an einem Tisch sitzen und Brausepulver oder Smarties essen, und ich dachte, Mann, der wohnt im Himmel.

Irgendwann wurden wir Freunde, so oft kam ich in den Laden, und dann hingen wir bei ihm zu Hause ab, was ein unglaublich düsteres Haus war – das hättet ihr sehen sollen, echt abgefahren – Toiletten mit schiefem Boden und ein Spielzimmer im Keller, einfach so ein offener Durchgang, der in die Dunkelheit führte, und das war echt unheimlich, aber super, wenn man spätnachts auf dem tragbaren Schwarz-Weiß-Fernseher Horror- oder Science-Fiction-Filme gucken wollte. Seine Mutter hat uns immer Sandwiches runtergebracht, auch wenn's eigentlich nur Brote mit Sülze, Oliven und Hummus waren, was das Gefühl noch verstärkte, ganz woanders zu sein.

Unsere Freundschaft hielt nicht lange – ist manchmal so, Mann, kein großes Ding –, meine Eltern sind nach Shettleston, und das war's. Ich wuchs auf und ging aufs College – totale Zeitverschwendung, wozu die Mühe –, dann bekam ich einen Job in einem Supermarkt im East End. Ich wurde Leiter der Obst- und Gemüseabteilung und die Arbeit machte mir echt Spaß. Ich mietete ein Häuschen mit einem Garten, wo ich dann selbst Sachen angebaut hab – oder es wenigstens versucht hab, Mann. Damals waren wir ein Haufen Hippies, wir standen auf Solarkollektoren, Körner, Buddhismus, Weihrauch, Yoga, Kissen, haha … wisst ihr, was ich meine? Aber wir waren auch sozial engagiert – uns war es wichtig, dass wir im East End waren und dort veränderten, was wir verändern konnten. Was hat Gary Snyder noch mal gesagt, von wegen, dass man sehen soll, wo man ist und was getan werden kann? Das war genau unser Ding. Ich hab angefangen, samstagmorgens Kampfkunst in einem Hinterzimmer in der Shettleston Library zu unterrichten. Ein komischer Haufen, Mann – alte Rentner, die ihre Muskeln mal wieder spielen lassen wollten, ein paar echte Spinner, ein paar schwangere Frauen waren auch dabei, die Sorte von eigenartigen Einzelgängern, die sich im East End von Glasgow tummelt, ein paar von meinen Hippiefreunden – und dann tauchte eines Tages so ein Typ auf, einer mit einer Narbe am Kopf – was nicht ungewöhnlich war im East End –, aber mit riesigen Händen und Füßen. Ich weiß noch, wie er zum ersten Mal reingekommen ist – er hatte ein weißes T-Shirt an und lange weiße Shorts –, und ich hab seine Hände gesehen, die wie Schaufeln waren. Wenn der mir damit eine reinhaut, dachte ich, bin ich tot.

Wie sich herausstellte, konnte er ums Verrecken nicht kämpfen, was mein Glück war. Ich fragte ihn, warum er trainieren wollte, und er erzählte mir so eine Geschichte, Mann, dass er geträumt hatte, dass er einen Sanskrit-Namen bekam, der Der Verteidiger bedeutete, Der Beschützer – irgendwie so, ganz im Ernst –, und dass er dem Titel jetzt gerecht werden wollte. Ich fragte ihn, ob er Kampferfahrung habe, und er sprach davon, die Frontlinie in seinem Gehirn besetzen zu wollen – ehrlich jetzt, so hat der geredet, Mann – und dass er gut Bescheid weiß über Strategie und Theorie, er sprach von historischen Modellen, Mann, diesen Manövern und Schachzügen, wie hat er das genannt – so was wie das Manöver vom Oslofjord oder der Kompromiss von Lundtoftbjerg –, und da hab ich gemerkt, dass er vom Zweiten Weltkrieg redet. Wesertag, sagte er, zeigte auf die Narbe auf seiner Stirn. Weserzeit. Er wies immer wieder auf ein kleines Notizbuch in seiner Brusttasche. Er sagte, seine Organe seien in schlechtem Zustand, und er fragte, ob ich was für sie tun könne. Ich sagte, dass Kampfsport seinen Körper auf alle Fälle wieder in Form und seine Organe in ein harmonischeres Verhältnis zueinander bringen würde – genau darum ging es schließlich, ihr wisst, was ich meine, zumindest so wie ich es unterrichtet habe. Er wirkte erleichtert. Meine Organe haben mir Albträume beschert, sagte er. Dann erzählte er mir, dass Träume die Sprache der Organe seien. Wow, sagte ich, das ist ganz schön heavy, Mann, erzähl mir mehr. Dann sagte er, dass Träume tatsächlich die eigenen inneren Organe seien, die mit einem sprechen. Zum Beispiel sprechen bestimmte Organe auf eine ganz bestimmte Weise. Die Nieren, sagte er – und daran kann ich mich noch ganz besonders erinnern, das war echt abgefahren –, die Nieren sprechen nicht so, wie man meinen würde. Die sprechen nicht über Wasser oder Wüsten oder so. Nein, sagte er, die Nieren sind eher wie Panther, Mann, wie Schakale und Luchse, die im Mondlicht umherstreichen. Heftig, oder? Oder wie Sex mit einer sehr katzenartigen Frau, sagte er. So sprechen die Nieren. Ich war baff, Mann. So hatte ich das noch nicht betrachtet und ich erinnerte mich an die alte Maxime, wisst ihr, wie oben, so unten. Ich stellte mir den Blutkreislauf als ein Netzwerk aus Stimmen vor, Mann, reich an Informationen, Fluten von diesem und jenem, das ist mir einfach so eingefallen – erzähl mir mehr, Mann, sagte ich, erzähl mir mehr. Dann erzählte er mir, dass das Herz der Ozean unter dem Ozean sei – könnt ihr's glauben –, dass die Genitalien durch Elefanten dargestellt werden – zieht euch das mal rein –, aber als Zirkustiere und Lasttiere mit schweren Augen. Was willst du von mir lernen, Mann?, fragte ich. Du hast es drauf. Bewegung, sagte er. Gleichgewicht. Koordination. Der Typ muss unterrichten, dachte ich, wir müssen einen Kurs für ihn starten.

Also fingen wir an, zusammen zu trainieren, und dann stellten wir zu zweit einen Kurs auf die Beine – wir nannten ihn Autonomes Träumen.

Jede Nacht wird das Herz auf die Probe gestellt, sagte Lucas, so begannen wir jeden Workshop – das war atemberaubend, es war irre –, er las dieses ganze Zeug aus seinem Notizbuch vor. Es wird aus dem Körper genommen und gewogen, sagte er, es wird verfolgt wie ein Löwe, auf Verletzlichkeiten untersucht, wir folgen ihm, wir prüfen es gründlich. Das Herz ist außerdem ein Hotel, sagte er. Vor allem aber Gepäck. Immer wiederkehrende Träume von Hotels oder zurückgelassenem Gepäck, abreisen und alles zurücklassen, da spricht das Herz. Ich meinte, Scheiße, wenn du's sagst, stimmt's bestimmt.

Wir dachten uns eine Atemübung aus – Visualisierungen. Wir reisten über die geheimen Seitenwege – so nannten wir sie, die weißen und roten Adern, die am Rückgrat entlanglaufen, sagte er – und wir schweiften ab in die Gefilde fantastischer Kreaturen – prächtige Gebäude, wilde Tiere, ungezähmtes Verhalten – dieser ganze Scheiß. Ich begriff, dass die Organe praktisch die Welt träumen. Im Ernst, zu dem Schluss bin ich gekommen. Gleichzeitig gediehen Lucas' Kampfsportkünste. Mit seinen großen Händen warf er Partner in die Luft wie Tennisschläger, schickte sie Räder schlagend quer durch den Raum. Ich kam mir vor, als hätte ich einen künftigen Champion vor mir.

Unvermeidlich fingen wir an, Zeit miteinander zu verbringen. Ich fuhr raus nach Airdrie, um ihn im Haus seiner Mutter zu besuchen, wo er in einem Wohnwagen lebte, der in der Auffahrt geparkt war. Er hatte immer schon Platten gesammelt und Musik laufen – eigenartige Musik, völlig abgefahrene Musik. Ich weiß noch, eines Abends, als ich im Wohnwagen saß und er mir seine Platten vorspielte – das war vor Memorial Device, ich weiß nicht, ob er zu der Zeit selbst schon Musik gemacht hat –, ist er in die Küche gegangen, um uns was zu trinken zu holen, und ich hab ein Gespräch zwischen ihm und seiner Mutter mitgehört. Das hat mir das Herz gebrochen. Ernsthaft, das hat mich echt abgefuckt, Mann. Sieht aus, als hättest du einen Freund, Lucas, hab ich sie sagen hören. Dann war es eine Weile still, und ich hörte, wie er sie gefragt hat – hatte ich schon mal einen Freund? Einen Freund, sagte sie, ich glaube nicht, nein, nur wenn man deine Mitschüler mitzählt, aber eigentlich sind die so wenig wählerisch, dass es kaum Freunde sind. Ernsthaft, in dem Moment hab ich eine so große Verantwortung gespürt, dass ich fast aufgestanden und abgehauen wäre.

Das mit seinem Gedächtnis hab ich erst allmählich mitbekommen. Natürlich hatte ich schon den Verdacht, dass was nicht stimmte, aber ich hab ihn wohl einfach für eine Art Gelehrten gehalten – ist das schlimm, Mann? Ich meine, ich hab's nicht hinterfragt, Mann, ich hab's einfach akzeptiert, ihr wisst, was ich meine, dieser übernatürliche Aspekt, dieses Fadenscheinige, wenn man so will – was ich gar nicht negativ meine –, nur dass er nicht so wie die meisten Menschen von Persönlichkeit erfüllt zu sein schien. Er war eine absolut liebenswerte Kombination aus einem, sagen wir mal, verblüffenden Intellekt und kindlicher Unschuld – seine großen Hände und seine Riesenfüße zusammen mit seinem friedfertigen, engelsgleichen Verhalten. Ich hab gehört, es wurde schlimmer, Mann –

dass er immer isolierter wurde, immer mehr neben der Spur –, aber damals kam er einem einfach verwirrt vor, »touched«, wie die Iren sagen.

Überall gab es Synchronitäten – das ist noch so was mit Lucas, er löste sie einfach aus, als würde er allein durch seine Gegenwart alle Voreinstellungen der Welt aktivieren. Wenn man jemandes Namen erwähnte, tauchte derjenige kurz darauf auf. Zum Beispiel, Mann, erzählte ich Lucas von einer alten Freundin von mir, Vanity – sie wurde später berühmt und starb bei einem Autounfall in San Francisco oder so –, aber die Sache ist die, Mann, ich hatte sie jahrelang nicht gesehen und ich erzählte Lucas die Geschichte von unserem ersten Date, ich war bei einem Konzert in Glasgow gewesen und hinten durch die Küche gegangen – ich suchte den Notausgang, weil ich heimlich einen Joint rauchen wollte –, und da stand sie, wusch ab, sah mich und dachte, ich sei in einer der Bands, die spielen sollten. Kommst du gerade von der Bühne, Mann?, fragte sie. Ja, Mann, sagte ich. In welcher Band bist du, Mann, sagte sie, in der mit den Hüten? Ja, Mann, sagte ich, in der mit den Hüten. Das machte mir sofort Mut. Wir sollten mal zusammen ausgehen, sagte ich. Ja, Mann, sagte sie und schrieb schnell ihre Telefonnummer auf einen Zettel, bevor mich ihr Chef aus der Küche scheuchte. So einfach war das. Aber natürlich verfing ich mich von da an in einem Lügengespinst, und aus der Beziehung wurde nichts, Mann, besonders als klar wurde, dass ich in gar keiner Band war und auch überhaupt kein Talent hatte, und keine Freunde und keine Zukunftsaussichten, haha, wenn ihr wisst, was ich meine. Was eigentlich gar nicht so schlimm war, Mann, sie war die schlechteste Küsserin aller Zeiten, ernsthaft – nur Zähne –, an ihr war nichts Weiches. Und ihr Musikgeschmack war entsetzlich. Schockierend, Mann. Sie kam zu mir und konnte nicht mal eine Platte aussuchen – sie sagte, sie würde in meiner Sammlung überhaupt nichts kennen, ist das zu fassen? Das war erbärmlich, Mann. Ernsthaft. Wir hatten ein paar Mal Sex – oh, das war peinlich, echt schlecht – ihr Mund fest verschlossen, die ganze Zeit atmete sie schwer durch die Nase – ernsthaft –, das war abstoßend. Du hast Sex, dachte ich, und kriegst kein Kind. Ich kann mich nicht genau erinnern, wie's dazu gekommen ist – vielleicht hat irgendein übermäßig enthusiastisches Mädchen in einem der Kurse hyperventiliert, und ich sagte zu Lucas, das es mich an Sex mit Vanity erinnert – und prompt tauchte Vanity kaum eine Woche später in einem der Kurse auf. Ich hörte sie draußen mit Lucas reden und erkannte sofort ihre Stimme, ich hörte den Satz, Mann, *das ist aber total gegen die Vereinbarung*, sagte sie. Wer außer ihr in Glasgow redet so, wenn ihr versteht, was ich meine? Sie kommt reinspaziert, als wär sie ein Gespenst, ein sexy Gespenst, das sich über mich lustig macht. Sie sieht toll aus, Mann, das muss ich ihr lassen, inzwischen füllt sie ihren Körper voll aus, aber als ich mit ihr zusammen war, war sie eher eine Bohnenstange, lauter Ecken und Kanten, aber jetzt steht sie da, in einer engen Jogginghose und einem Gymnastikanzug, sieht aus wie Olivia Newton-John, vom Himmel geschickt. Ich bin's ganz dreist angegangen, Mann. Wow, hab ich gesagt. Im Himmel haben die jetzt wohl einen Engel weniger. Auf jeden Fall werden in der Hölle Fragen gestellt, sagte sie und schaute an mir rauf und runter. Übrigens hatte sie auch ein ganz schönes Mundwerk.

Wir machten den Kurs. Inzwischen hatten wir eine Lehrmethode entwickelt, bei der wir geleitete Meditation, Körperarbeit und einen kurzen Wissensvortrag kombinierten. Während der Unterrichtseinheiten beschäftigten wir uns jeweils mit bestimmten Organen, als Ort bestimmter Bilder oder Geisteszustände. An diesem Abend war es die Bauchspeicheldrüse – die natürlich mit der Ziege ebenso wie mit Freizeitparks assoziiert wird, der Zerstörung von Haushaltsgegenständen, Halluzinationen, dem Nichts und bestimmten Gemüsesorten ebenso wie mit vollständiger Körperlähmung.

Lucas hatte sich diesen Bewegungsablauf – wie er es nannte, ein Tanz war's in dem Sinne ja nicht – unter meiner Anleitung einfallen lassen, mit dem er die mit der Bauchspeicheldrüse verbundene Sprache nachbildete, er drehte sich und hob einen Fuß nach dem anderen, glitt vorwärts – das ist eine Spiralrutsche, sagte er, so arbeiten wir mit der Bauchspeicheldrüse. An dem Abend war der Kurs voll – ältere Frauen, ehemalige Drogensüchtige und Alkoholiker, ein Typ namens Akbar, mit dem ich hin und wieder in einer Wohnung in der Alexandra Parade Schach spielte – und ehrlich gesagt, Mann, ich war insgeheim froh festzustellen, dass, obwohl Vanity aufgeblüht war, sie sich so wenig anmutig wie eh und je bewegte. Sie stampfte herum wie ein Elefantenbaby, aber vielleicht sprechen da auch meine Genitalien, wenn ihr wisst, was ich meine.

Ich sah, dass Lucas sie genau beobachtete. Er ging durch den Raum, korrigierte die Bewegungsabläufe der anderen. Ich hatte ihm einiges beigebracht. Aber als er zu Vanity kam, nahm er ihre beiden Hände und küsste eine. Mann, das war beachtlich. Das ist wie Shakespeare, sagte ich mir. Puh. Alle anderen waren mit ihren eigenen Bewegungen beschäftigt, aber ich hab's deutlich gesehen, Mann, hab Vanitys Gesichtsausdruck gesehen, wie verdutzt sie war, wie sprachlos, und dann griff Lucas nach unten und hob erst ihren einen, dann ihren anderen Fuß, setzte ihre nackten Füße auf seine und hielt sie an der Taille fest. Ernsthaft. Ihre Füße sahen winzig aus auf seinen riesigen Fleischplatten – ich erinnere mich noch an ihren abblätternden Nagellack und ihre Ballenzehen –, und dann hob er seine Füße, langsam, einen nach dem anderen, führte sie durch den Raum, als wäre sie eine Marionette unter seinem Kommando, ehrlich, Mann, und ich hab gesehen, wie sie sich zurückgelehnt hat, hab gesehen, wie ihr Körper reagierte, ernsthaft, wer wusste schon, was in ihr vorging – und er führte sie in eine langsame schleifenförmige Bewegung – wie DNA, sagte ich mir –, sie hielt den Kopf über der Schulter geneigt, das Haar hing herab – und sie schloss die Augen, Mann, sie war vollkommen in seiner Macht – *vollkommen in seiner Macht* – und ich sah, wie er einen seiner Finger anleckte und ihr damit über den nackten Hals fuhr. Ernsthaft. Er hätte ihr genauso gut auch die Kehle aufschlitzen können.

Dann stieß McManus zu der Gruppe dazu – Adam McManus. Ich hätte es kommen sehen müssen, Mann, rückblickend betrachtet. Er hatte alles, was einen Kung-Fu-Guru auszeichnet – wenn ihr wisst, was ich meine –, rasierter Schädel, trainierter Körper, er trank nicht, ernährte sich vegan, war so absolut im Gleichgewicht, Mann, und freundlich zu allen, dass man einfach wusste, dass Hass, Verachtung und Wahnsinn in ihm brodelten und sich jeden Augenblick Bahn brechen konnten. Er stieg voll auf Lucas' Theorie mit den Organen ein, Mann. Er kam zu den Kampfsportkursen, und manchmal behauptete er, er sei früher beim SAS gewesen oder Special Services oder so. Das hab ich alles schon gehört, Mann, jeder Türsteher in Glasgow, jeder Sicherheitsmann behauptet, er habe bei irgendeiner Sondereinheit gedient. Aber dann sagte er, er sei in Nordirland als *agent provocateur* eingesetzt worden. Das ließ er Lucas gegenüber einfach so fallen, Mann, der schrieb es auf und erzählte es mir. Es hatte keinen Sinn, Lucas irgendwas zu erzählen, das man geheim halten wollte – man musste davon ausgehen, dass er's sofort weitererzählte. Er hatte ja nichts, wo er Geheimnisse aufbewahren konnte.

Er erzählte Lucas von einem Bankraub der IRA, der schiefgegangen war. Sie hatten alles penibel und in allen Einzelheiten geplant. Sie hatten die Bank ausgekundschaftet – wo sitzen die Kassierer, wo befinden sich die Ausgänge, die Alarmanlage –, alles, Mann. McManus wurde als Anführer ausgewählt. Wenn du reingehst – bekam er gesagt –, drehst du dich nach links, wo die wichtigste Sicherheitskraft sitzt. Er hat die Generalschlüssel und kann dich in den Tresorraum lassen. Alles war vorbereitet. McManus trat die Tür auf und wirbelte links herum, schrie: Keine Bewegung! Aber da war nichts außer einer leeren Wand. Ernsthaft, Mann, das hat er gesagt. Jemand kam von hinten und schlug ihm was über den Schädel. Als er aufwachte, war er in einem Nebengebäude auf einer Farm in South Armagh auf einen Tisch gefesselt. Aber es wird noch heftiger, Mann. Drei Typen mit Skimasken, vollkommen schwarz gekleidet, standen um ihn herum. Er sagte, er habe ihre

Stimmen erkannt. Er war ziemlich sicher, dass es dieselben drei Typen waren, mit denen er in die Bank rein ist. Ihr Wichser, sagte er – zumindest hat er behauptet, dass er das gesagt hat, wer weiß, Mann. Ihr habt mich reingelegt, sagte er. Er beschimpfte sie angeblich als Verräter, Spitzel und Überläufer. Dann nahm einer der Männer eine Eisensäge und fuhr ihm damit ganz sachte zwischen die Beine. Ernsthaft, Mann. Was sagst du jetzt?, meinte der Typ dabei.

Dann trat der Anführer vor – der Größte der drei. Wir stehen auf keiner Seite, sagte er. Wir haben uns über dieses kleinkarierte Partisanendenken erhoben und sind hier, um Auseinandersetzungen beizulegen, irgendwie so. Dann fing er mit was an, Mann – aus McManus' Vergangenheit, das er unmöglich gewusst haben konnte –, das nie geklärt worden war. Du hast gesündigt, sagte er ganz sachlich, einfach so. Dann nahm er ein Stück rohes Gemüse aus der Tasche und fing an, daran rumzuknabbern, ernsthaft, das hat er behauptet. McManus fing an zu weinen, Mann, im Prinzip hat er die Nerven verloren. Dann zog der Anführer seine Skimaske ab. Er sah aus wie ein älterer McManus. Ich bin zurückgekommen, um dich zu holen, sagte er.

Er wacht wieder auf, Mann. Diesmal fährt er mit einem Wagen zur Fähre in Belfast – ernsthaft –, wer weiß, wie er da hingekommen ist. Er greift in seine Tasche und findet eine Fahrkarte nach Troon. Hätte nie gedacht, dass ich noch mal froh sein würde, so was zu sehen, sagt er. Er fährt von Troon nach Glasgow. Kommt spätnachts an. Fährt ohne Ziel, Mann, wer weiß, wo er vielleicht endet. Er hält vor dem Tor zum Kelvingrove Park oben an der Kelvingrove Street. Es ist niemand da. Er steigt aus dem Wagen und rennt in die Dunkelheit, rennt einfach nur, Mann. Er kommt an den Brunnen, der damals rund um die Uhr plätscherte, jetzt ist er schon seit Jahren kaputt – und ohne weiter nachzudenken, wirft er sich ins Wasser.

Zunächst lebt er von Gemüse, das er aus den Auslagen vor den Geschäften klaut und schläft oben im Park. Dann hört er eine Stimme, eine Stimme von der anderen Seite. Das ist sein künftiges Ich, behauptet er. Ernsthaft. Das hat er gesagt. Ist ein Versuch, sein Leben noch mal in eine andere Richtung zu lenken. Er reißt sich zusammen, ändert seinen Namen. Er war Vagabund, sagt er, aber irgendwas in seinem Blut hat zu ihm gesprochen. Ist das zu glauben?

In Lucas fand er die perfekte Kombination aus einem lebenden Guru und willigen Schüler. Ich sag's euch, Mann. Vanity kam dazu – das wurde so eine Dreiergeschichte – diese geheime Kung-Fu-Zelle. Sie standen auf Körperarbeit – extreme Diäten, Fasten. Ich ging in meinem Kampfsportkurs die Bewegungen mit ihnen durch, und das war, als würden sie's mir zuliebe tun – als wären sie eigentlich längst darüber hinaus oder auf der Überholspur in die vollkommene Körper-Gnosis. Aber wenn Lucas und ich zusammen abhingen, war es, als hätte sich nichts verändert – wir waren immer noch die besten Kumpels, Mann. Wir gingen zu Konzerten – einmal sind wir sogar über ein Wochenende nach Leeds zu einer Kampfsportkonferenz gefahren, wo Lucas und ich unsere organbezogenen Kampfübungen zeigten, und obwohl uns einige als Fantasten abgetan haben, kriegten wir damit doch starken Zuspruch. Wir übernachteten in einem alten Hotel, einem hochherrschaftlichen Anwesen mit eigenem Grundstück im Uni-Viertel. Nachts saßen wir auf dem Balkon und tranken Bier, und Lucas las mir ein paar Gedichte vor, die er geschrieben hatte, die eher wie megamäßig kondensierte Tagebucheinträge waren, z.B. »Aufwachen / Licht vom Fenster / ein Zusammenströmen von Vögeln / mit Namen« und »dein Name / ist / Lucas / du / Idiot« oder »Planeten über dem / Horizont / jeder einzelne davon / auch Sterne / dasselbe«. Schläfst du mit Vanity, Mann?, fragte ich ihn. Er las mir noch ein Gedicht vor, das im Prinzip lautete, »ja / wer / ja«. Das ist doch scheiße, Mann, dachte ich, ich werde von einer Sekte vereinnahmt und mein bester Freund schläft mit meiner Ex-Freundin und redet wie ein chinesischer Eremit.

Eines Tages spielte Lucas mir so ein Tape vor – ich will, dass du dir das anhörst, sagte er – ich will deine Meinung darüber wissen. Wir waren im Studio – arbeiteten bis spät –, bauten eine neue Zentralheizung ein. Lucas legte die Kassette ein und nahm sein Notizbuch. Okay, sagte er. Er drückte auf Play und es kam ein Geräusch – ein tiefes Dröhnen, aber mit einem Pulsieren irgendwie in der Tiefe, wenn ihr versteht, was ich meine, ein ferner orchestraler Sound, aber irgendwie dreckig, vielleicht versunken, wisst ihr, wie ein auf dem Grund des Ozeans hin- und herschaukelndes Schiffswrack. Wir haben weitergearbeitet – keiner von uns beiden sagte ein Wort. Dann vergaß Lucas anscheinend, was er aufgelegt hatte, und irgendwann drehte er sich zu mir um und sagte: Hörst du das? Was ist das für ein Geräusch? Ich wollte ihn verarschen. Das ist der Klang eines Friedhofs auf dem Grund des Meeres, sagte ich zu ihm. Da war ich, sagte Lucas völlig panisch, und seine Augen sahen aus, als wollten sie aus den Höhlen springen. Ernsthaft. Er ist total ausgeflippt. Ich kenne das, sagte er. Ich war da. Wie ist es da, Mann?, fragte ich. Oh, sagte er und schüttelte den Kopf. Oh. Er meinte, das ist, als wäre man gestrandet, sagte er. Von der Außenwelt abgeschnitten. Könnte eine Insel sein, sagte er, könnte ein gesunkenes Schiff sein. Oder warte, ja, das ist ein Friedhof, ja, sagte ich. Ich kann's jetzt sehen, die ganzen Schiffe, die in der Flut schaukeln, winzige Fische schwimmen zwischen ihnen durch, Kaiserfische, sagte er, silberfarbene Lichtstrahlen. Wann hast du das schon gehört?, fragte ich. Im Schlaf, sagte er. Oder als ich geschwiegen habe – nachts, alleine – oder als ich operiert wurde vielleicht, ich glaube, ja, ich erinnere mich, wie ich auf den Wellen trieb und unterging und dann Schiffe fand, großartige Schiffe, wie Gespenster, alle völlig kaputt, aber erleuchtet, angestrahlt in der Dunkelheit.

Ich konnte nicht mehr damit weitermachen, Mann. Lucas regte sich voll auf. Ich hab's ihm gestanden. Das ist deine Aufnahme, Mann, sagte ich. Du hast das aufgelegt. Schau in dein Notizbuch, sagte ich, schau nach, was das bedeuten soll. Ja, sagte er. Ich erinnere mich. Die Schiffe, sagte er. Die gesunkenen Schiffe. Ich hab mir ein Kontaktmikro auf die Stirn gelegt, erklärte er mir. Ernsthaft. Direkt aufs na ja, aufs Stirnchakra, sagte er. Und ich hab das aufgenommen, während ich geschlafen hab. Ich wollte es dir vorspielen. Das nächtliche Absinken, sagte er. Genau da ist es. So war ich, Mannomann.

Wir arbeiteten weiter, während im Hintergrund das Tape lief. Alles sinkt, dachte ich, das weiß ich noch, leck mich am Arsch, alles sinkt.

McManus, Vanity und Lucas gaben samstagnachmittags einen Kurs – trotz großer Befürchtungen hab ich sie machen lassen, und es wurde ein Erfolg –, schon bald fand er drei Mal die Woche statt. Es war eher so was wie Ausdruckstanz, wenn ihr wisst, was ich meine, moderner Tanz wie Merce Cunningham oder so, aber mit eingestreuten Kung-Fu-Bewegungen, abgestimmt auf die Musik der Organe, wisst ihr, die sie zu der Zeit alle mit Kontaktmikros aufnahmen und Bewegungen dazu choreografierten. Das brachte tolle Ergebnisse, Mann – alte Jungfern tanzten zum ersten Mal, Rheumatiker wurden gelenkig, Drogensüchtige und Alkoholiker bekamen ein neues Verhältnis zum eigenen Körper und wurden clean. Ich selbst habe keine Sitzung besucht. Ich war zu stolz, aber manchmal bin ich vorbeigegangen und hab meinen Kopf zur Tür reingestreckt, und das war, als würden die da drin schweben, ernsthaft, Mann, das war wie in einem Aquarium da drin, alle waren sie schwerelose bunte Blüten, die hierhin und dorthin trieben.

Dann bekam ich eines Tages einen Anruf von Vanity. Jemand suchte McManus – jemand aus seinem früheren Leben. Die sind hinter ihm her, erklärte sie mir. Wenn jemand auftaucht und ihn sucht, dann sag, er ist weg und du hast keine Ahnung, wohin. Ich war stinkwütend, Mann. Einfach total angepisst. Wieso deckst du jetzt McManus, Mann?, hab ich sie gefragt.

Wir tun hier im East End, was wir können, und du sagst mir,

dass irgendwelche Schläger im Anmarsch sind und den ganzen Laden auf den Kopf stellen wollen, weil sie dieses Arschloch suchen? Hör mal, sagte sie, es ist nicht die Schuld von McManus. Er wurde gekidnappt und hat deswegen immer noch Flashbacks und Albträume. Das hat sie gesagt, Mann. Er hat nur seine Pflicht getan, hat sie gesagt. Da hab ich den Kopf verloren. Mir ist einfach der Kragen geplatzt. Seine Pflicht, Mann? Seine verdammte scheiß Pflicht, Mann? Erklär mir mal, inwiefern jemand die Pflicht hat, für den Staat zu spionieren, Mann. Ihr wisst, was ich meine? Sie sagte, sie wolle nichts davon hören, und legte auf. Ich rief Lucas an. Der erzählte mir dasselbe – in allen möglichen Worten –, aber es war, als würde er's von einem Zettel ablesen und hätte eigentlich gar keine Ahnung von der Tragweite oder Bedeutung. Okay, sagte ich mir, ich bin hier in einem Wahnsystem gefangen, Mann – ich muss mich schützen.

Und tatsächlich, keine Woche später tauchen am Samstagnachmittag zwei Typen in der Bibliothek auf. Ich komme gerade aus einem Yogakurs für Anfänger und da stehen diese beiden Kerle – vielleicht Mitte vierzig oder Anfang fünfzig, beide in grauen Anzügen mit silbergrauem Haar und lauter Goldringen; gerochen haben sie nach Old Spice. Verzeihung, Kleiner, sagte einer. Darf ich dich mal was fragen? Ich sagte, nur zu, Mann. Siehst du die Sonne da oben am Himmel?, fragte er. Ist das dieselbe Sonne, die wir drüben in County Armagh sehen? Du verarschst mich, Mann, sagte ich. Ich hab keine Zeit für so was. Ich stell dir eine Falle, sagte er. Das ist was ganz anderes. Wenn ich dich nach der Sonne frage, sollst du sagen, dass du's nicht weißt, dass du hier selbst fremd bist. An der Stelle klopften sie sich gegenseitig auf die Schultern, schlugen sich auf die Schenkel und fielen vor Lachen fast um. Was kann ich für euch tun?, fragte ich. Du kannst nichts für mich tun, das ich nicht selbst erledigen kann, sagte der andere. Dann zeigte er mir ein Foto, ein Polaroid, von McManus. Du kennst nicht zufällig diesen Herrn hier, oder?, fragte er mich. Auf dem Foto sah er anders aus – er ist aus der Form, hat langes fettiges Haar und trägt außerdem eine Brille. Den hab ich in meinem Leben noch nicht gesehen, Mann, sagte ich. Ich hab gehört, er unterrichtet hier, sagte der zweite Silberhaarige. Ich hab gehört, er ist Vegetarier oder so. Da habt ihr falsch gehört, sagte ich. Wenn ihr jetzt freundlicherweise das Gebäude verlassen würdet. Die beiden sahen mich kurz an, dann zog einer seine Brieftasche raus. Wir brauchen nur eine Adresse, sagte er. Dann werden wir dich nie wieder belästigen. Ich weiß nicht, wovon ihr redet, Mann, sagte ich. Ich muss duschen. Entschuldigt, meine Herren. Dann bin ich gegangen.

Hinten in der Bibliothek gab es eine Gemeinschaftsdusche, und als ich eintrat, konnte ich wegen dem ganzen Dampf gar nichts sehen – hier und da ein Fuß, dunkles lockiges Haar, ein Bauch, der wie ein chinesischer Berggipfel aus dem Nebel ragte. Dann war's, als wären plötzlich alle verschwunden und ich auf dem Weg in die Wolken. Jemand trat mit einer Würgeschlinge von hinten an mich heran und legte sie mir um den Hals. Ernsthaft. Ich spürte, wie sie mir in die Kehle schnitt. Ich versuchte ihn abzuwehren, aber er war zu stark und ich war so glitschig wegen der Seife und dem Dampf, dass ich nichts machen konnte. Ich ging zu Boden und mein Angreifer kniete sich mit beiden Beinen auf meinen Rücken und zog fest zu. Die werden mich verflucht noch mal enthaupten, Mann, dachte ich. Dann fühlte es sich an, als wäre ich auf hoher See – als würde alles auf das Tempo des Ozeans heruntergefahren –, und allmählich verlor ich das Bewusstsein, aber so langsam, dass ich spürte, wie ich unterging. Aber jetzt kommt's, Mann. Unter mir konnte ich Formen erkennen – schwarze Umrisse, die ich für Taue hielt, wenn auch zerrissen, lange Maste, an denen Fische entlangschwammen – und sie leuchteten, Mann, sie phosphorisierten, wurden von unten angestrahlt. Ich dachte, hab ich was vergessen, Mann? Ist das der Ort? Versteht ihr, was ich meine? Hab ich das selbst so eingerichtet und dann vergessen oder aufgegeben? Meine Gedanken waren zu diesem Zeitpunkt unendlich klar, Mann, ernsthaft. Ich spürte, wie mein Körper sich löste, die Anspannung aus meinen Gliedern wich und ich runtersackte, kopfüber in die

Tiefe. Ich bildete mir ein, Stimmen zu hören, und dass ich verstand, was sie sagten. Aber es kamen nur Nummern raus, die ich als Koordinaten halluzinierte, durch die ich im freien Fall stürzte. Damals schien das alles so viel Sinn zu ergeben, Mann. Dann sah ich die Schiffe – ich hab sie tatsächlich gesehen, und obwohl es Wracks waren, trieben sie nicht frei umher, sie waren vielmehr an Ort und Stelle verankert, was den Sog der Flut noch verstärkte –, ihre schwarzen Umrisse schwankten im tiefen grünen Wasser, das noch immer von Sonne durchdrungen schien. Hin und wieder – weit in der Ferne – stieg eine Luftblasensäule im Wasser auf, wenn ein Anker gelichtet wurde und ein Schiff losfuhr. Eine Geister-Galeone, Mann, eine Skelettmannschaft, sagte ich, als ich über die Segel trieb und den endlosen Zahlen in meinen Ohren lauschte. Ich bin in einem Kinderbuch, staunte ich, erlebe ein wahres Abenteuer.

Als ich zu mir kam, saß ich zu Hause im Bett, eine noch warme Tasse Tee auf meiner Kommode. Ich nahm das Telefon. McManus, sagte ich. Du bist ein Arschloch, Mann, trotzdem glaub ich, dass ich möglicherweise zwei irischen Killern deinen Aufenthaltsort verraten hab. Ich wurde gewürgt und gekidnappt und dann in meinem eigenen beschissenen Bett abgelegt. Haben sie dir eine Tasse Tee gekocht?, fragte er. Das ist nicht witzig, Mann, sagte ich. Aber ja, ja, das haben sie tatsächlich, Mann. Hast du was davon getrunken?, fragte er. Nein? Gut, gut. Wieso, was ist da drin, Mann?, fragte ich. Kann man nie wissen, sagte er, aber ich muss abhauen und mein Leben retten, glaube ich. Sag meine Kurse ab, entschuldige mich, sagte er. Ich bin weg. Nimmst du Vanity mit, Mann?, fragte ich. Nein, glaub nicht, sagte er. Sie hat nichts damit zu tun. Irgendwie war ich erleichtert, Mann, ernsthaft.

Ich rief Lucas an. Ich wurde gekidnappt, Mann, sagte ich, und das ist die Schuld von deinem Freund McManus. Die hätten mich töten können, Mann, sagte ich – ich weiß nicht mal, wie ich da wieder rausgekommen bin. Die müssen in meiner Wohnung gewesen sein, plapperte ich. Wer weiß, was die mir sonst noch angetan haben, jammerte ich. Und vielleicht war das auch nicht alles, ich verzweifelte. Aber ich war bei dir, erklärte mir Lucas. Weißt du nicht mehr? Ich hab deine Angreifer überrascht und abgewehrt, behauptete er. Ich dachte an seine riesigen Hände, lilienweiß, wie geschaffen für langsames Erwürgen. Was ist dann passiert?, fragte ich. Einer der Männer ist hingefallen, sagte er. Er ist ausgerutscht und hat sich den Kopf angeschlagen. Ich wünschte, ich hätte ein Foto machen können, sagte er. Das Blut auf den weißen Fliesen, das war wie bei Hitchcock. Ich hab dem anderen die Hände um den Hals gelegt – als würde man versuchen, einen Baumstamm zusammenzudrücken –, aber ich hab gespürt, wie meine Finger in seinem Genick aufeinander zuwandern, und als die sich berührten, ist er auf die Knie gesunken und vorwärts auf den Boden geknallt. Dann bin ich zu dir gerannt, um nach dir zu sehen, und du warst bei Bewusstsein, hast aber fantasiert – du hast Zahlen vor dich hin gemurmelt, als würdest du leise was addieren – Zahlen addieren und subtrahieren. Die Duschen liefen noch – es war unmöglich, einen Meter weit zu sehen –, und als ich alle Wasserhähne ausgemacht und der Dampf sich allmählich verzogen hatte, standen wir in dem leeren Duschraum. Da waren lauter verschmierte Fußabdrücke auf den Fliesen und ein perfekter Halbkreis aus Blut. Die Angreifer waren weg, lautlos verschwunden. Dann sind wir zu Vanity, erzählte er mir. Ich hab alles hier aufgeschrieben.

Warum sind wir zu Vanity, Mann?

Du hast mich gebeten, dich zu ihr zu bringen. Du hast gesagt, du wärst gerade aus dem Ozean gekommen – und dass du's ans Festland geschafft hast und ihr das sagen willst.

Und du hast mich gelassen, Mann?

Du wolltest es so, sagte Lucas. Du warst traumatisiert – ich war bereit, alles mitzumachen, was du wolltest. Ich hab's hier aufgeschrieben – Land in Sicht, hast du immer wieder gesagt, Land in Sicht.

Ich hab gesagt, Land in Sicht, Mann?

Du hast die ganze Zeit über Schiffe geredet – Unterwasserklipper, die abheben – hoch an die Oberfläche.

Du hast mir doch von den Schiffen erzählt, Mann, sagte ich. Weißt du nicht mehr? Du hast gesagt, du hast was gehört, Mann – den Klang deines eigenen Körpers –, du hast nachts deinen Körper aufgenommen, und als wir's abgespielt haben, hast du davon geredet, dass du die Schiffe gesehen hast – die untergetauchten Schiffe –, alle von unten erleuchtet.

Ich weiß, dass du das gesagt hast, gab Lucas zu. Das hast du auch Vanity gesagt. Aber ich habe keine Ahnung, wovon du redest, sagte er. Ich hab die Schiffe nie gesehen, nie solche Musik gehört.

Ich hatte mich vor Vanity blamiert, mich vor Lucas erniedrigt, einen ganzen Tag meines Lebens verloren und war möglicherweise immer noch Zielscheibe von Killern. Ich zog nach Edinburgh und machte dort ein Yoga-Studio auf. Was aus McManus wurde, hab ich nie erfahren. Vanity kam natürlich ums Leben. Einmal hab ich Memorial Device gesehen. Sie haben in The Venue in Edinburgh gespielt, als ich dort wohnte, und ich hab mich heimlich reingeschlichen. Die Musik war dieselbe gottverdammte Musik. Schiffe steigen auf und ziehen durch Wasser voller Sonnenlicht, die Streiche, die einem die Erinnerung spielt. Ich konnte mir das nicht allzu lange anhören, Mann, das war nicht zum Aushalten. Ich sah Patty auf der Bühne – er sah immer noch aus wie der Junge im Süßigkeitenladen –, und als ich ging, merkte ich, dass Lucas mich direkt anschaute – ausdruckslos –, als hätte das alles in einem ganz anderen Leben stattgefunden. Darüber war ich froh, Mann.

Vergessen ist nicht die schlechteste Lösung, wenn man auf dem Grund des Ozeans war, aber trotzdem – mein Herz sagte mir, es war lange über die Zeit, zu gehen.

23. Eine Impfung zum Schutz gegen das geisttötende Leben, wie es an der schottischen Westküste praktiziert wird

Claire Lune pflegt Remys Vater und reitet in der Vergangenheit über einen Strand.

Du musst entschuldigen, mein Lieber ____ ich hab gute Tage und schlechte, ____ warte mal, ____ aber ich will wirklich drüber reden ____ ist mir wichtig ____ nein ____ warte, warte ____ okay ____ okay ____ wo fangen wir an? Okay, hab Geduld mit mir, mein Lieber ____ okay, also ____ deinen Freund Remy hab ich kennengelernt, weil ich mich um seinen Vater gekümmert habe, der Parkinson hatte ____ ich wurde privat von seiner Ex-Frau engagiert, und zu meinen Aufgaben gehörte, ihm dabei zu helfen, sich zu waschen ____ die Zähne zu putzen ____ ihn anzuziehen, zu füttern ____ und ihm auf die Toilette zu helfen, weil er in einem Rollstuhl saß. Vorgelesen hab ich ihm auch, weil er blind war ____ ich bin zum Glück nicht blind, noch ist es nicht dunkel ____ und ich hab ihm Gesellschaft geleistet, hab mit ihm gesprochen und ihm Geschichten erzählt. Hab ihn auch ermuntert, zu schlucken, weil er Probleme mit dem Schlucken hatte, und ich hab Übungen mit einem Löffel mit ihm gemacht, jeden Tag ____ um seinen Schluckreflex zu stärken ____ Als sein Gesundheitszustand immer schlechter wurde, kam er ins Krankenhaus. Auf die Bitte seiner Frau hab ich ihn weiter besucht und ihm vorgelesen und ihm Gesellschaft geleistet. Nach dem Krankenhaus wohnte er in einem Heim in der Grahamshill Street in Airdrie. Und dort hab ich weiter für ihn gearbeitet, bis er gestorben ist. Entschuldige, mein Lieber, macht's dir was aus, mir das auf die Stirn zu legen? Einfach dahin. Genau, mein Lieber, das ist gut. Tut mir leid, mein Lieber____ natürlich kannte ich die Gerüchte über ihn. Dass er sich durch eine zwielichtige Operation die Blase hat entfernen lassen

____ dass er schwul war ____ dass er wegen Tändeleien mit kleinen Jungs vom College in Coatbridge geflogen ist. Ich habe ihn nicht verurteilt ____ ich habe ihn nicht verurteilt ____ Ich war da, um ihm beizustehen, die Kranken am Ende ihres Lebens zu pflegen, nicht um über Richtig und Falsch zu richten ____ warte mal ____ o Schatz ____ tut mir leid ____ Ich entschuldige mich ____ ich hätte nie gedacht, dass ich mal von Beruf Krankenpflegerin werde, ____ dass ich mein Leben so verbringe, ____ aber was wusste ich schon ____ Vielleicht mache ich es, wenn ich es als Beruf bezeichne, schon zu etwas, das es gar nicht war. Ich bekam hier und da Aufträge als Pflegerin, und zwischendurch habe ich mich mit Teilzeitjobs in Bars und Restaurants über Wasser gehalten. Hin und wieder auch mal freiberuflich als Fotografin. Das habe ich sehr geliebt ____ Farbfotografien aufnehmen ____ wie hab ich es geliebt ____ Mit sechzehn von der Schule ab und nichts in der Tasche außer einer Drei in Werken ___ Bin ohne irgendeine Ahnung nach Südspanien gezogen. Keine Ahnung, wie herrlich, kein Plan ____ kein Plan, außer möglichst schnell von hier wegzukommen ____ Hab Jungs kennengelernt, Mädchen kennengelernt, hab in Málaga in einer Eisdiele gearbeitet und als Barchefin in einem Restaurant ____ ein Freiluftrestaurant namens The Iron Gates ___ was für ein Laden ____ was für eine Zeit. Die Besitzer waren Bulgaren ____ von denen niemand weiß, dass sie die beste Küche der Welt haben, mein Schatz ____ und da hab ich Telos und Santiago kennengelernt, meine beiden Jungs ____ meine beiden Jungs mit dem lockigen Haar und den Schnurrbärten und den Kappen ____ mit Sonnenbrillen, Zigaretten rauchend, und ich hab gesagt ____ ich weiß nicht, warum, bis heute weiß ich nicht, warum ____ ich hab gesagt, ich sei Archäologin, ____ Mythologin ____ und zu allem Überfluss auch noch eine Ungläubige, und sie sagten, Baby ____ genau das haben sie gesagt ____ Baby, du hast große Augen und du siehst aus wie eine Griechin. Tut mir leid ___ kannst du mir bitte das Kissen zurechtrücken ____ ja ____ und wenn du mich mal kurz stützen würdest ____ okay, schon besser ____ tut mir leid, wo waren wir? Die Griechin mit den großen Augen ____ das war ich, das war ich wirklich ____ ja, na ja, diese Jungs, diese jungen Männer besser gesagt, diese gut aussehenden jungen Männer, diese wilden Künstlertypen ____ gehörten beide einer Gruppe von Straßenkünstlern an ____ Inconcurring Colt, was für ein Name ____ Inconcurring Colt ____ sie meinten, sie hätten sich nach einer Lyrikzeitschrift benannt ____ Hey, Puppe ____ sagte Santiago ____ so haben die geredet, Puppe, Baby ____ die ganze Zeit Süßholz geraspelt – hey, Puppe, stehst du auf Symbolismus? Ich steh auf Dinge, die was bedeuten, falls du das meinst ____ Symbolismus geht weit darüber hinaus ____ er sagte: *weit hinaus über die lange Leere hinweg* ____ Ich war schon dabei, mich in ihn zu verlieben ____ die Sprache und die Augen, die Augen, auf die ich sofort neidisch war ____ wie kann man auf Augen neidisch sein ____ über die lange Leere hinweg, das ist ein Symbol. Aber Worte sind keine Symbole ____ das hat er gesagt ____ ein Symbol ist ein außersprachliches Zeichen, das für etwas steht ____ die Wege der Götter, die unergründlichen Wege der Götter ____ tut mir leid, Schatz, aber könntest du kurz ____ ja, genau da, wenn du's abwischen könntest ____ tut mir leid ____ nein, ich weiß ____ ich weiß ____ ich kenne das ____ glaub mir, mein Lieber ____ da hat er mich von oben bis unten angesehen ____ Santiago, Santiago ____ ich sage seinen Namen so gerne, forme ihn mit den Lippen, auch wenn meine Lippen rissig und trocken sind ____ Santiago ____ sonst hat er nichts gesagt ____ ich hab den Tisch abgeräumt und bin gegangen, ____ hab übertrieben mit dem Hintern gewackelt ____ du weißt schon ____ Ich hab sie regelmäßig reinkommen sehen, spät am Freitagabend, sonntags in den frühen Morgenstunden, dienstagnachmittags, auch mal an einem Mittwoch, einem Donnerstag, jederzeit ____ bestellten eine Flasche Wein nach der anderen, saßen da, redeten ____ Mädchen in den Armen, tragische Fotomodelle, leidende Schönheiten, an einige kann ich mich sehr gut erinnern ____ auch wenn ich nur einen verstohlenen Blick auf sie geworfen habe ____ einen Augenblick am Tisch verharrt ____ Meine Jungs waren zu mir nie anders als charmant oder verführerisch, selbst in Gesellschaft dieser jungen

Schätzchen ____ jungen Schätzchen ____ meine Jungs waren so frei und so selbstsicher und so frei von Gewissensbissen ____ das war bei mir immer ein großes Thema ____ Schuld ____ mein ganzes Leben ____ sogar jetzt noch manchmal ____ ich brauche eine Spritze davon oder so ____ eine Impfung ____ eine Impfung zum Schutz gegen das geisttötende Leben, wie es an der schottischen Westküste praktiziert wird ____ ich hab was in der Zeitung gesehen ____ ich hab jeden Tag gelesen, um mein Spanisch auf Vordermann zu bringen ____ über einen Auftritt von Inconcurring Colt auf der Straße ____ sie hatten das angeleiert ____ und sich damit in Teufels Küche gebracht ____ dadurch waren sie berüchtigt ____ Ich hab das Bild gesehen, wo Santiago von zwei Polizisten abgeführt wird, die Arme auf dem Rücken, den Kopf hoch erhoben, er hat etwas geschrien ____ so gut sah er aus. Das Bild war wie ein Gemälde ____ Die Aktion beruhte auf einer Reihe von ____ von Einbrüchen. Die Truppe zog durch die Stadt und suchte sich eine unbewohnte Ferienwohnung und dann ein Haus in der Vorstadt, mit einem Konvoi an Transportern und mit Helfern ____ transportierten sie einen ganzen Raum des Hauses in die unbewohnte Wohnung in der Innenstadt von Málaga ____ stellten alles genauso hin wie vorher, nur verkehrt herum ____ spiegelverkehrt ____ tut mir leid, mein Engel ___ tut mir leid ____ tut mir leid ____ Dann schickten sie eine Einladung ____ steckten eine Einladung unter der Tür des ausgeräumten Hauses durch und luden die Eigentümer zur Vernissage ihres eigenen Wohnzimmers ein.

Es lief gut, die meisten reagierten positiv ____ ob ihr's glaubt oder nicht ____ mindestens einmal wurde erklärt, es sei ja nichts passiert, nichts verloren gegangen oder gestohlen, außer einem Paar, das drohte, Anzeige zu erstatten ____ die Polizei einzuschalten, aber insgesamt waren die Leute fasziniert und gerührt ____ auch abgestoßen, das kann man sich ja vorstellen, wenn sie in den unheimlichen Spiegel eintraten ____ in den unheimlichen Spiegel ihrer eigenen Umgebung ____ Sie schlichen auf Zehenspitzen durch ihre eigenen Möbel, betrachteten sie zum ersten Mal mit so etwas wie Ehrfurcht ____ Als würden sie sie durch Gottes Augen sehen ____ Gottes hervorquellende Augäpfel ____ Es ging zu weit ____ zu weit, als sie in das Haus eines hochrangigen Regierungsabgeordneten einbrachen ____ in seine Penthouse-Suite, und sie mitten in einem verlassenen Lagerhaus wiederaufbauten. Anstatt die Truppe selbst zu kontaktieren, ging der Abgeordnete zu den Behörden ____ mit der Zeit und dem Datum der Vernissage ____ Sie nahmen die ganze Truppe vor laufender Kamera fest und machten ein Riesentheater, weil sich geheime Dokumente in der Wohnung des Abgeordneten befunden haben könnten ____ dadurch war das nicht nur eine strafbare Handlung, sondern auch ein Verstoß gegen die nationale Sicherheit ____ bla, bla, bla ____ bla, bla, bla, bla, bla ____ bla, bla, bla ____ Tut mir leid, kannst du noch mal abwischen, mein Lieber, tut mir leid ____ tut mir leid ____ Zum Schluss sind sie ungestraft davongekommen, was sie nur noch attraktiver gemacht hat, noch attraktiver und wagemutiger. Das war der Höhepunkt ihrer Karriere. Als ich dazustieß ____ Santiago hatte mich eingeladen ____ waren sie schon eher eine normale Straßentheatergruppe, hatten sogar Feuerschlucker ____ Feuerschlucker, von denen es in den Touristenorten nur so wimmelt ____ Telos ist ausgestiegen, er sagte, es sei nur noch Mist, das spanische Wort für Mist, das mir gerade nicht einfällt ____ Aber er hat das Wort herausgekotzt, hat es ausgekotzt und ist abmarschiert ____ Das war so typisch für ihn, so was zu machen ____ schimpfend abzumarschieren ____ Das war mutig, fand ich ____

____

Tut mir leid ____ lass uns kurz aufhören ____ lass uns kurz mal aufhören, geht das, Baby ____

Santiago stand irgendwann sehr auf Tanz ____ Ich möchte Ja sagen, erklärte er ____ ich hab die Nase voll vom Neinsagen, meinte er, von Kunst, die Nein sagt oder gegen etwas ist oder sich verweigert. Und Tanz ist, wie wir alle wissen, das größte Ja, das es gibt, das größte Ja da draußen ____ es gab diese Massentanztruppen, die spektakulären Tanztruppen, die Choreografien auf ganz großem Gelände tanzten, manchmal in einem ganzen Park oder Straßenabschnitt oder einem ganzen Strand ____ Jede Bewegung bezog sich aufeinander, sodass es aus einem Flugzeug oder einem kleinen Hubschrauber heraus beobachtet wahrscheinlich ausgesehen hätte wie ein Kaleidoskop mit ständig sich verändernden Formen, glaube ich ____ sie hatten Musik, jede Menge Kassettenrekorder, die sie rings um die Vorführung aufbauten, die alle dieselben Melodien spielten, aber natürlich nicht synchron, sodass der Sound lang gezogen und endlos wirkte ____ lang gezogen und endlos, ganze Phrasen zogen sich hin ____ ganze Phrasen so lang gezogen, dass man einmal um den Block gehen konnte ____ und sich fühlte, als ginge man innerhalb dieses sexy Stöhnens ____ einem endlosen sexy Stöhnen ____ Das machte so viel Spaß, dass ich auch Tänzerin wurde ____ Manchmal wurde ich komisch angeschaut, aber das war okay, weißt du, es war okay. Eine Zeit lang tourten wir die Küste Frankreichs und Spaniens rauf und runter. Ich hatte einen Liebhaber, meinen ersten richtigen Liebhaber, einen Jungen aus Granada, den alle The Rat nannten, er war so hart drauf, wenn er eine Lücke bei einem fand, egal wie klein ____ dann ist er da mit Anlauf durch ____ aber ich war glücklich mit ihm, jedenfalls am Anfang. Unsere Liebe war so still ____ friedlich und außerweltlich ____ so friedlich, dass ich ihm seine rattenartige Persönlichkeit tagsüber nicht übel nahm ____ Er tanzte mit bösem Blick, als ginge es um einen Showdown oder ein Duell am frühen Morgen, das echte Folgen oder Bedeutung haben würde. Es war bemerkenswert, das mitzuerleben ____ Wenn er versuchte, Löcher in alle zu bohren, die ihn ansahen, und dann war die Musik ganz nah, neben ihm ____ hätte alles Mögliche sein können ____ der große choreografische Entwurf sah vor, dass The Rat tanzte ____ Militärische Durchschlagskraft ____ Popband ____ Popmusik ____ Popsender ____ die Nächte in Zelten auf Campingplätzen verbracht ____ am Strand geschlafen, das hohe Gras und die Sterne ____ eine große Düne und das Lager in der Mulde, in einem Halbkreis ____ ein Zigeuner, und eines Tages bekamen wir Pferde, Santiago hatte einen exzentrischen Wohltäter aufgetan und wir bekamen Pferde ____ Für den Rest der Reise nahmen wir Landstraßen ____ und Bergpässe ____ vorstädtische Nebenstrecken auf Pferden, wir ritten von einer Touristenstadt in die nächste ____ Nachts lagerten wir in den Dünen und planten unsere nächste Performance ____ Santiago zeichnete einen groben Umriss vom Ort der Tat ____ Santiago ____ so nannte er das ____ den Ort der Tat ____ Stell dir das nur vor ____ eine Karte, und wir schlugen Positionen vor und Symbole, die evoziert werden sollten ____ dazu der Geruch von Pferdeatem, die feuchten Pferde, die salzige Meeresluft ____ Spucke- und silbrige Tautröpfchen, wenn ich The Rat meinen Kopf in den Schoß legte und ganz langsam den Oriongürtel vorbeiziehen sah ____ The Rat wurde schwierig, womit wir gerechnet hatten, und jetzt ging er auch durch mich ____ vielleicht hat es da angefangen, vielleicht hat da alles angefangen ____ Jedes Anzeichen von Schwäche oder Zweifel, sobald man keine manische Fanatikerin war, die niemals aufhört, Fragen zu stellen ____ enttäuscht von dir, sagte er dann, enttäuscht, wenn ich mich beklagte, dass ich nachts am Strand fror ____ enttäuscht, wenn ich vorschlug, nur ein einziges Mal ein Zimmer zu nehmen ____ enttäuscht über die Freuden eines angeschlossenen Badezimmers, und ich mit entsetzlichen Schuldgefühlen ____ so entsetzlichen Schuldgefühlen wegen allem ____ Wenn ich jetzt zurückblicke, hatte er natürlich recht und ich sehne mich danach, wieder unter dem Sternenhimmel zu liegen ____ in seinen Armen und unter dem Sternenhimmel von vor langer Zeit ____ aber wir kamen wieder nach Málaga ____ ein privater Pflegejob, ein älterer Schwede, der in Spanien lebte ____ Ich ging drei Mal täglich zu ihm, hab ihm Frühstück, Mittagessen und Abendessen gemacht. Wenn er nach Schweden fuhr, kümmerte ich mich bis zu seiner Rückkehr um sein Haus ____ Das hab ich zwei Jahre lang gemacht, und im dritten Jahr hat er mich gebeten, mit ihm im Haus zu leben ____ Er war wegen eines Herzinfarkts, den er in Schweden erlitten hatte, gebrechlicher geworden. Ich hatte die Verantwortung, dass Lars jeden Tag die richtigen Medikamente nahm ____ er hatte eine Menge verschrieben bekommen, wegen seiner Herzkrankheit. Ich blieb bei Lars, bis er starb ____ sorgte dafür, dass er seinen Wünschen entsprechend bestattet wurde. Ich tanzte weiter, aber die Truppe ging auseinander ____ The Rat verschwand in irgendeinem Loch, und schon bald hatte ich alle Freunde verloren, die ich je in Spanien hatte. Ich entschied mich, wieder in die Heimat zu ziehen. Ich stieg in Airdrie aus dem Zug und betete, dass alle, die ich gekannt hatte ____ in dem Ort, in dem ich, wie ich wusste, sterben würde, ich wusste es einfach ____ schon tot und begraben waren. Ich hängte in der Bibliothek ein Schild auf: Suche Tote und Sterbende. Na ja, nicht ganz ____ aber eigentlich hätte ich es auch machen können, und schon bald wurde ich von Remys Familie als Pflegerin eingestellt. Remys Vater ____ sein Name war Clyde, Clyde Farr ____ lebte in einer der geheimnisvollen Seitenstraßen in Airdrie, die immer noch schön sind ____ alte Rentner hinter hohen Mauern versteckt ____ an meinem ersten Arbeitstag kam ich zu spät ____ Oh, frag nicht, frag nicht nach mir. Das Haus stand auf einem riesigen Grundstück, und was wohl einst der Garten war ____ ein herrlicher Garten ____ ein opulenter Garten, war jetzt ein Meer aus rotem Kies, in dessen Mitte ein Klotz von einem Haus aufragte, wie Mekka ____ Es gab eine Sprechanlage, Clyde war inzwischen bettlägerig, und als ich an der Haustür klingelte, sprang sie auf, aber niemand sagte etwas ____ Schlafzimmer oben, vermutete ich, und stieg eine gewundene Steintreppe hinauf. Die ganze Zeit hörte ich jemanden angestrengt atmen ____ angestrengtes Atmen wie dieses hier ____ ____ ____ und das hatte etwas Beruhigendes, aber auch was Eigenartiges und Fremdes ____ Ich konnte die Umrisse einer aufrecht an Kissen gelehnten Gestalt im Bett erkennen ____ es roch nach Desinfektionsmitteln. Ich entdeckte eine benutzte Bettpfanne neben dem Bett ____ das Handwerkszeug ____ Ich bin Ihre neue Pflegerin, sagte ich. Wie geht es Ihnen heute? Verdammte Scheiße, was glauben Sie wohl, wie's mir geht?, sagte er. Das hat er wirklich gesagt! Na ja, also das war wunderbar ____ für mich war das wunderbar, so wie er's mit seiner absurd hohen Stimme sagte, die fast gar nicht klang, als wäre sie von einem Körper erzeugt worden. Sie klang wie ein Ballon, über den man reibt. Nana, sagte ich ____ nana, und übernahm rasch das Ruder ____ was man bei diesen Härtefällen muss ____ Sie kriegen noch hohen Blutdruck, wenn Sie so weitermachen, sagte ich, ging rüber zum Bett und legte ihm meine Hand auf die Stirn ___ Könntest du mir jetzt mal die Hand auf die Stirn legen, mein Engel? Würde es dir was ausmachen? Die Haut fühlte sich gespannt und gummiartig an. Meinen Sie nicht? Ihre Haut fühlt sich gummiartig an, sagte ich. Ich bin eine Gummipuppe, sagte er. Ich bin eine kleine Gummipuppe. Ich bin ein Hüpfball ____ Sie sind kein Hüpfball, Sie sind Clyde Farr und ich bin Ihre Pflegerin, Claire Lune. Was wissen Sie über die Pflege von Hüpfbällen oder aufblasbaren Gummipuppen? Mehr als genug, sagte ich ____ mehr als genug. Das mit dem Löffel ____ willst du das mit dem Löffel wissen ____ Ich hatte eine Methode, eine Masche. Clyde hatte Probleme mit dem Schlucken. Wenn ich schlucke, landet alles im Darm ____ es ist zu viel. Ich will meinen ersten Bissen, ich will immer meinen ersten Bissen. Ich hab was vom Essen draufgetan ____ hab Essen auf den Löffel getan ____ hab ihm den Mund offen gehalten, ich merkte, wie er sich entspannte ____ das kannst du auch mit mir machen, mein Lieber, wenn du magst ____ du kannst spüren, wie sich der Kiefer entspannt ____ da bitte, da, spürst du das, daran merkst du's ____ Er hat sich nie dagegen gewehrt ____ dann schob ich ihm den Löffel in den Mund, aber tief genug ____ mach schon, versuch's ____ keine Angst ____ sodass man fast würgen muss ____ aarrghgh ____ schon okay, das ist gut so, mein Lieber, das machst du richtig, das muss so sein ____ und als ich das Essen in seiner Kehle hatte, spielte ich mit seinem Gaumenzäpfchen, tippte mit dem Silberlöffel dran ____ gah, gah, gah ____ der Löffel am Gaumen ____ dann antippen ____ gah, gah, gah ____ da bitte, das hat er geliebt, manchmal hat er gekichert wie ein kleiner Junge ____ gegluckst wie ein kleiner Junge, und er hat gelächelt und zu mir aufgeschaut mit Augen wie blanke Diamanten, und sein Gesicht verzerrte sich zu einem Ausdruck kränklicher Freude ____ Ich dachte, so haben

Höhlenmenschen ausgesehen ____ Höhlenmenschen ohne Spiegel. Clyde war aus Scham vernachlässigt worden ____ aus Scham lag er den ganzen Tag im Bett und schimpfte, lachte, wälzte sich vor Schmerz. Ich ließ seine Lieblingssendungen im Fernsehen laufen, das waren *Crown Court* und *Miami Vice* ____ zu besonderen Gelegenheiten bin ich mit ihm im Fahrstuhl runtergefahren ____ war eine ehemalige Jungsschule ____ hab ihn durch den Garten geschoben und mich mit ihm ans Tor gesetzt. Glückliche Zeiten mit dem Wind im Rücken ____ glückliche Zeiten, den Wind im Rücken und die hohen Bäume und draußen auf der Straße ____ kamen zurück von der Arbeit und der Schule, howdy, sagte Clyde ____ ein Windhauch, ein Blättchen auf seiner Wange. Ich hab das alles schon gesehen, sagte er immer, schaute aus augenlosen Höhlen, gibt nichts Neues unter der Sonne ____ aber ich häng nicht mehr so dran, immer dasselbe ____ zynisch in Bezug auf Vogelgezwitscher ____ mein liebes Kind, heutzutage ist das wenig mehr als der Versuch, Autoalarmanlagen nachzuahmen ___ und Sirenen und alle möglichen ____ monströsen Maschinen ____ monströse, von Menschen geschaffene Maschinen, so hat er das immer gesagt ____ Kannst dir was drauf einbilden, kannst dir ruhig was drauf einbilden, dass du im Einklang mit der Natur lebst, aber die Natur hat schon längst die Kurve gekratzt ____ Ich hab den letzten Vogel gehört. Remy war der einzige Angehörige, der ihn je besucht hat ____ damals stand ich gar nicht so sehr auf Musik ____ aber Clyde fragte nach Musik ____ nach richtiger Musik, wenn er sich im Bett wälzte ____ Remy nahm Kassetten für seinen sterbenden Vater auf, und das war ein bisschen, wie ein Baby in den Schlaf zu singen. Zunächst spielte er ihm lange Stücke vor, die nur aus einem einzigen Geräusch bestanden, das war Minimal Music ____ so haben sie das genannt ____ hab ich später erfahren. Ich fing an, mich selbst für Musik zu interessieren. Schließlich hatte ich in Spanien mit Künstlern und Musikern zu tun gehabt ____ dann erzählte er mir, er sei in einer Band namens Memorial Device. Als ich das zum ersten Mal hörte ____ um ehrlich zu sein, musste ich mich erst mal gegen den Sound wappnen. Der Sänger sah aus wie ein Riesenbaby ____ er ging barfuß auf die Bühne ____ und seine Füße waren weiß und wie abgestorben ____ seine Haut war noch blasser wie bei einem Neugeborenen, sein Kopf durchschimmernd, sein weicher Scheitel, sein weicher Scheitel. Kannst du mir über den Kopf streichen, mein Lieber, kannst du mir über den Scheitel streichen, bitte, mein Engel? Nur das eine Mal, mein Engel, tut mir leid ____ tut mir leid ____ tut mir leid. Der an der Gitarre sah eher aus wie ein Bestatter, und sie hatten noch ein Mädchen, das Bass spielte, ein wunderschönes junges Mädchen. Mary Hanna hieß sie. Dass ich Zeit mit Remy und seinem blinden Vater verbrachte und Konzerte von Memorial Device besuchte, öffnete mir die Ohren ____ jetzt kann ich vieles als Musik verstehen, was ich vorher nicht konnte ____ Mary kam zu Besuch ____ besuchte Clyde ____ ein paar Mal. Sie kam mit Remy, und Remy und ich setzten uns unten hin, während sie oben bei Clyde saß ____ Hab die beiden kaum ein Wort wechseln hören. Kein Wort. Einmal, als ich sie durch einen Spalt in der Tür sah, saß Clyde im Bett ____ Mary saß neben ihm, hielt seine Hand. Beide starrten ins Leere. Sie war Künstlerin, Bildhauerin ____ Sie hat Remy und mich im Wagen mitgenommen und uns ihre wunderbaren Arbeiten gezeigt, die sie in der freien Natur gemacht ____ und einfach hatte stehen lassen. Dann ist Lucas gestorben, der Sänger, der wie ein Riesenbaby aussah, hat sich umgebracht ____ dann war Clyde ____ Clyde kam ins Krankenhaus. Als er rauskam, steckten sie ihn in ein Pflegeheim, und ich setzte dort meinen Dienst fort, bis er starb. Frag nicht, was als Nächstes passierte. Bitte ____ wir wollen es dabei belassen. Tut mir leid ____ ich bin jetzt müde ____ warst ein Schatz. Tut mir leid. Und außerdem ____ außerdem glaube ich nicht an die Dämmerung, mein Lieber.

24. *Da sind Blut und Wasser in mir drin, die ein Leitbild brauchen*

Johnny McLaughlin ist, Jahre nachdem schon alles vorbei war, mit Patty und Valentine in Paris, oder war es Airdrie?

Eine Zeit lang lebte ich bei Patty und seiner Freundin in Paris (lange nach dem Ende von Memorial Device, lange nachdem Lucas gestorben war). Aus heiterem Himmel erhielt ich einen Brief von Patty. Seit Jahren hatte niemand was von ihm gehört (er hatte den ultimativen Verschwindetrick durchgezogen). Er schrieb meiner Mum, aber die war auch tot. Meine Schwester wohnte in dem alten Haus meiner Mum (ich hab's nie geschafft, nach Airdrie zurückzufahren, zu viele Erinnerungen) und sie hat mir den Brief nachgeschickt, obwohl wir seit Jahren nicht mehr miteinander gesprochen hatten. Patty lud mich nach Paris ein, ich sollte bei ihm wohnen.

Wir haben ein Zimmer frei, schrieb er. Sie wohnten in der Nähe vom Gare du Nord. Komm her, sagte er. Wär toll, sich mal wieder zu unterhalten. Mich hielt nichts zurück (keine Verpflichtungen, keine Beziehungen, keine Erfolge). Patty war mir nie als der nostalgische Typ erschienen, aber vielleicht reichte unsere Beziehung doch tiefer, als ich dachte. Eine Woche später nahm ich den Zug in London, die Fähre in Dover (und in Calais wieder den Zug). Als ich ankam, war er nicht zu Hause, also lief ich fast zehn Stunden in Paris herum, lief mir ein Loch in die Stiefelsohle (das einzige Paar, das ich hatte). Von der Rue Louis Blanc (wo Pattys Wohnung war und wo er eigentlich hätte sein sollen) lief ich den ganzen Boulevard de Strasbourg, den Boulevard de Sébastopol hinunter (dann bei Notre-Dame über die Brücke) und ging in den Buchladen (Shakespeare and Company) und fragte das Mädchen an der Kasse (die süß war, für meinen Geschmack aber vielleicht ein bisschen zu burschikos), ob sie einen Reiseführer durch das literarische Paris hätten (ihr wisst schon), wo Rimbaud gewohnt hatte und Verlaine gestorben war, aber sie sagte, nein, so was hätten sie nicht, höchstens vielleicht was über Hemingway, Scheiße, dachte ich, aber sagte nichts und kaufte stattdessen die Gesammelten Werke von Rimbaud (die ich längst hatte, aber ich hatte immer davon geträumt, sie mir in Paris zu kaufen), und ich wollte ein Buch von Kenneth Rexroth kaufen (eine erfundene Biografie oder so), aber dann las ich auf dem Umschlag einen Kommentar darüber, dass er gedacht hatte, dass manchmal sogar Poe und Melville einfach bloß Müll waren, und das wollte ich nicht mit mir herumtragen. Ich fragte das Mädchen, das auf jeden Fall ein Tomboy war, aber trotzdem ganz anziehend, aber vielleicht auch nur, weil sie in einem Buchladen arbeitete (vielleicht war sie zu Hause, aus dem Kontext gerissen, unattraktiv und langweilig), auf jeden Fall fragte ich sie, ob sie mir was empfehlen könnte, wo man essen kann, was Französisches (ich hatte nicht viel Geld, aber ich war gerade erst angekommen und wollte das feiern), und sie erklärte mir, die Gegend sei sehr touristisch und die meisten Restaurants teuer (und von schlechter Qualität), aber dann erwähnte sie eins (und das hieß irgendwie Der verbrannte Ohrenkneifer, Der verkohlte Zweig oder so) und sie sagte, es sei jetzt wohl geschlossen, die hätten eigenartige Öffnungszeiten, aber ich sollte später noch mal hingehen und es versuchen (es würde sich lohnen). Ich war unsicher und dachte, vielleicht war das ein Angebot zu einer Verabredung (aber vielleicht stieg mir auch Paris schon zu Kopf), und beschloss, später noch mal wiederzukommen und sie zum Essen auszuführen (in der Geschwärzten Rute oder wie auch immer). In der Zwischenzeit ging ich in eine Bar, setzte mich an einen Tisch draußen auf dem Gehweg und trank drei Gläser (eins nach dem anderen). Neben mir saß ein Chinese mit gepflegtem grauem Bart und grauem Hut, und ihm gegenüber saß eine dicke Frau, die anscheinend völlig gebannt von ihm war. Irgendwann zog die Frau etwas, das wie eine Bibel aussah, aus ihrer Tasche (nur dass die Buchdeckel in Zellophan gewickelt waren und auseinanderfielen), und der Chinese nahm es ihr ab, küsste es, dann las er ihr daraus vor, sie war hin und weg, und hinterher gab er ihr ein kleines laminiertes Kärtchen (mit hebräischen Buchstaben drauf) und erklärte ihr anscheinend, was es bedeutete, und sie war völlig hingerissen und emotional (als hätte er ihr den Schlüssel zu ihrem Leben geschenkt). Als sie aufstanden und gingen, fragte ich mich, ob ich das Ganze nicht auf die Innenseite meines Schädels projiziert hatte oder so (ihr wisst schon, wie einen glücklichen Zufall oder Träume, die in Erfüllung gehen). Danach ging ich zur Bibliothèque Nationale (inzwischen war ich ziemlich betrunken, das Bier war stark) und stieg die Stufen hinauf (das war wie Pyramiden erklimmen) und dachte, mit jedem Schritt komme ich den Sternen näher, und als ich oben ankam, war es so warm (die Sonne knallte runter), dass ich mich einfach hinlegte und einschlief, nur für zwanzig Minuten, aber doch lange genug, um zu träumen, dass ich eine Surrealisten-Konferenz besuche (ich glaube, William Burroughs war auch dort), und dass sich alle mit eigenartigen Titeln vorstellen, wie Erste Hegemonie des fickenden Vaters, Erworbener Geist des Mahlstroms, Gedanke des Endsatzes, Streich aus Reinem Willen (ich schrieb sie gleich nach dem Aufwachen auf einen Zettel), Zustand der Nicht-Form, Fleisch der Überbleibsel, Schutzschild der Erhabenheit, einer nach dem anderen stand auf, kündigte sich selbst an und setzte sich wieder, manchmal ohne Gesicht, manchmal mit Bart oder Hut, einer langen Robe oder einem schlechten Anzug, Selbstmörder der Viertausend, Misthaufen des lebendigen Fleisches, Erinnerer der Ungeteilten.

Das ist Paris, sagte ich mir. Ich musste Transmissionen empfangen (kein Wunder, dass Leute zum Schreiben herkamen.) In der Bibliothèque gab es eine Ausstellung (die mit Geografie, Geschichte und dem Weltall zu tun hatte), ich ging rein und da war eine Reihe von Fotos, von denen ich mich an eines deutlich erinnere, von einem Dorf auf einem Berg (irgendwo in Frankreich oder vielleicht auch in der Schweiz), wo sich eine Gruppe von Künstlern zu einer Konferenz getroffen hatte, und die Gebäude schienen sich aus den Wolken zu erheben (die unter ihnen waren), als wäre kein Weg rein oder raus möglich (obwohl sich die Straßen um die Häuser schlängelten, aber verräterischerweise waren keine Autos zu sehen, allerdings konnte das Bild auch vor der Erfindung des Autos entstanden sein), und ich fragte mich, ob die Konferenz ein Wagnis war (wie eine Verabredung um Mitternacht), und stellte mir vor, dass die Künstler dort hingelangt sind, wie auch immer es ihnen möglich war (vielleicht waren sie über den Bergkamm gewandert, zu beiden Seiten ein steiler Abgrund, oder waren mit Fallschirmen abgesprungen), und ich dachte an meine eigene Reise nach Paris, aus einer Laune heraus (wegen eines Versprechens).

Auf dem Rückweg machte ich in einer Bar in der Nähe des Gare de Lyon halt (wo viel gewettet wurde, viel gespielt) und geriet mit dem Manager ins Gespräch, der mich nach meinem Namen fragte. Allmählich fühlte ich mich wie ein Einheimischer. Ich brauche zehn Stunden, um ein Gespür für den Ort zu bekommen (danach gehörte die Stadt praktisch mir). Ich ging zurück zu dem Buchladen, aber das Mädchen, das mich bedient hatte, war weg (abgelöst von einer strengen älteren Frau), also ging ich alleine in das Restaurant und aß dort eine Art Eintopf mit Fleisch, Steckrüben, Kartoffeln und Zwiebeln (ein französisches Landgericht), das ist das einzig Wahre, sagte ich mir, mit einem Stück Knochenmark in der Schüssel. Jetzt oder nie (sagte ich mir), und saugte das Mark aus dem Knochen, was eigentlich eklig war, wie weiches fleischiges Lakritz. Scheiß drauf (ich war in Paris). Am frühen Abend ging ich an der Seine spazieren, wo Gruppen von Freunden und Pärchen Wein tranken und auf ausgebreiteten Jacken im Gras picknickten (während die Sonne unterging). Ich setzte mich aufs Gras (ein Pärchen schlief mit nackten Füßen auf einer Decke direkt neben mir) bis fast zehn Uhr, und ich vermutete, dass mein Freund inzwischen zu Hause war (entweder das oder ich würde neben den beiden im Gras schlafen, was mir irgendwie ganz gut gefiel), ich ging aber trotzdem in eine weitere Bar, doch als ich die ganzen unerreichbaren Frauen auf den Gehwegen trinken sah (mit wunderschönen Absätzen, Nylonstrümpfen und Handtaschen, die vor persönlichen Dingen überquollen, und einem ganz eigenen Leben, das mit meinem nichts zu tun hatte), wurde ich zum ersten Mal melancholisch und fühlte mich alt, irgendwie (oder zu jung), und wollte nach Hause.

Ich ging zurück, und als ich erneut an Pattys Tür klopfte, drückte er auf den Summer und ließ mich wortlos ein. Die Tür (diese wahnsinnige Holztür mit den Metallbeschlägen, die aussah, als hätte sie mal zu einer Burg gehört) eröffnete mir den Weg in einen Kopfsteinpflastertunnel, der in einen rechteckigen Hof mit Pflanzen in kaputten Blumentöpfen mündete (und erleuchteten Fenstern, vor denen Wäsche zum Trocknen hing). Irgendwo über mir hörte ich eine Stimme. Vierter Stock, sagte sie, und ich folgte einer gewundenen Steintreppe (vorbei an alten, gesprungenen Buntglasfenstern, aus denen einzelne Teile fehlten) hinauf zum Absatz, der voller Schuhe war, Haufen von schmutzigen Stiefeln und Turnschuhen (und sogar ein Paar mit hohen Hacken). Hier oben sieht's aus wie in einer verdammten Holocaust-Gedenkstätte, dachte ich (aber überlegte mir auch, dass ich mir vielleicht welche borgen konnte, um meine eigenen zu ersetzen).

Als wir die Tür öffneten, erkannte ich ihn kaum. Er hatte abgenommen (sehr viel abgenommen), und irgendwie schien er mir jünger, nicht ausgezehrt, einfach ganz normal dünn (so wie junge Leute eben). Was geht, Bruder?, fragte er. Hat sich einiges verändert, sagte ich mir (das wird interessant). Wir gingen rein und die Wohnung war unglaublich (eigenartig), vollgestopft mit obskurem Kram. Der Flur war eingerichtet wie ein Esszimmer, ein Esstisch stand direkt hinter der Wohnungstür und vor der Toilette, was ich besonders seltsam fand, weil die Toilette keine Tür hatte und der Eingang nur von einem alten Vorhang verdeckt war (ich bin in Frankreich, sagte ich mir, da geht alles). Ich entdeckte einen tragbaren Plattenspieler in der Ecke des Saals, der recht wacklig auf einem Stapel alter Enzyklopädien platziert war (vielleicht um die

Geräusche von der Toilette zu übertönen), und drum herum standen ein paar ausgesuchte LPs, Can, Philippe Doray, The Red Noise LP auf Futura und das Album der Rob Jo Star Band (von dem ich zu dem Zeitpunkt noch nie gehört hatte, das aber zum Soundtrack meiner Reise wurde). Was bewies, dass er immer noch Musik hörte (auch wenn sie alt war).

Überall standen alte Holzkisten übereinandergestapelt (die sie als Bücherregale nutzten). Das Wohnzimmer befand sich am Ende eines langen Ganges (wo statt Tapete die vergilbten Seiten alter Comics an die Wand gekleistert waren) (so Sachen wie *Krazy Kat* und *Little Nemo in Slumberland*), und als ich reinspazierte, war es richtig dunkel, und es dauerte eine Weile, bis klar war, was dort geschah (in dem Raum). Dicke braune Samtvorhänge (zugezogen) reichten bis zum Boden, es brannten Kerzen (und ein paar Lampen), und auf der Couch saß die schönste Frau, die ich je gesehen hatte, geschminkt, mit dunklen Haaren und roten Lippen und einer übergroßen Brille (ihre Haare waren wie ein stummer dunkler Fluss, ein Fluss, der sich vollkommen geräuschlos bewegte, so erschien es mir, als ich sie zum ersten Mal sah), und ihre Ohren (frag lieber nicht nach ihren Ohren), ich kann ihre Ohren gar nicht beschreiben, sie hatte auf einer Seite die Haare dahintergeschoben, und das war, als würde man die Erde vom Weltall aus betrachten, die hohle Erde (oder sich selbst als Fötus im Schoß der eigenen Mutter), und sie rauchte eine Zigarette, ihr Arm in einem perfekten Winkel (nicht verkrampft, auch nicht unangestrengt, aber dennoch irgendwie leicht und entspannt), und sie war so schlank (kaum erblüht), trotzdem wirkte sie elegant, rätselhaft und alt. Diese Beziehung ist völlig daneben, sagte ich mir. Ihr Name war Valentine (wie hätte sie anders heißen können?). Das ist Valentine, sagte Patty, meine Geliebte (so hat er sie mir vorgestellt). Ich kam mir primitiv (und arm) vor. Valentine stand auf und bot mir ihre Wange an. Ich vergaß, dass man in Frankreich beide Wangen küsst, also machte ich es noch mal von vorne, und sie lachte, aber als ich ihr in die Augen sah, waren die wie Murmeln. Kommt, wir gehen was essen, sagte Patty, schnappte sich seinen Mantel, und obwohl ich bereits gegessen hatte, beschloss ich, mitzuziehen.

Wir gingen in eine Bar mit Restaurant ein paar Straßenecken weiter (wo sie anscheinend Stammgäste waren). Der Mann hinter dem Tresen rief und winkte, als sie hereinkamen, und Patty antwortete ihm auf Französisch (was mich beeindruckte). Wir setzten uns an einen Tisch und Patty bestellte uns eine Flasche Wein (Bier wäre mir lieber gewesen, aber wir waren ja schließlich in Paris). Sie setzten sich beide mir gegenüber. Die Atmosphäre war irgendwie betreten. Unser altes Leben erwähnten wir gar nicht (irgendwann startete ich einen Versuch, aber Patty nahm Valentine in den Schwitzkasten und fing an, zum Spaß mit ihr zu ringen, also ließ ich es bleiben).

Geld ist ein Problem, sagten sie, sie waren vollkommen pleite (wobei dies im Alltag eigentlich keine Rolle zu spielen schien). Er arbeitete als Comiczeichner (Illustrator nannte er das). Sie standen um zwölf oder ein Uhr nachmittags auf (nach dem Sex, lautem Sex, jeden Morgen), und Patty tauchte mit nichts als einem Handtuch bekleidet und manchmal mit Bissspuren und blauen Flecken an seinem neuerdings dünnen Körper auf (als wäre mein altes Ich zurückgekehrt, um mich in meinen Träumen zu verfolgen), sie bereiteten ein aufwendiges Mittagessen zu (und tranken zu zweit eine Flasche Wein), immer im Dunkeln (was tagsüber eher ein unheimliches Dämmerlicht war, weder Tag noch hell, ein scheinbar ständiger Schwebezustand, was irgendwie idyllisch wirkte), und dann setzte Patty sich an seinen Schreibtisch am Feuer (sie hatten ein echtes Kohlefeuer, das sie Tag und Nacht in Gang hielten) und zeichnete dieses ganze Fantasyzeug (Schwerter- und Zauberermist), Frauen mit bebenden Brüsten, die an Felsen gekettet waren, Gladiatoren und außerirdische Aggressoren, alles Auftragsarbeiten. Bringt gutes Geld, erklärte er mir, und ist scheiß einfach. Außerdem zeichnete er Pin-up-Art, Sexbomben in Strapsen, Retromüll, und manchmal stand ihm Valentine dafür Modell (sodass man ins Wohnzimmer kam und sie lag mit Nylonstrümpfen, einem Push-up-Korsett, roten Lippen und diesen Ohren auf dem Sofa und ihr langes Haar floss über ihren Rücken, als käme es direkt aus Eden). Ich platzte ins Zimmer und kam mir vor, als wäre ich in eine Falle getappt, als würden die beiden unter einer Decke stecken, als wollte Valentine, dass ich sie dort sah, und als wollte Patty sie mir zeigen (warum mir, fragte ich mich).

Ich verfiel in einen Alltagstrott (konnte mich frei in der Wohnung bewegen). Vormittags (bevor sie aufstanden) ging ich in eine Boulangerie in der Rue du Faubourg Saint-Martin, wo ich immer dasselbe bestellte (ein Baguette mit Tomaten, Paprika und Lachs, das unter dem Grill für mich heiß gemacht wurde), dann setzte ich mich auf eine Bank in die Sonne (zu den Obdachlosen, Bettlern und Arbeitern) und sah die Welt an mir vorbeiziehen. Alle paar Tage schaute ich auf der Suche nach meinem Tomboy im Buchladen vorbei (Shakespeare and Company), meiner Sommerliebe, so nannte ich sie (obwohl bis dahin kaum mehr stattgefunden hatte als der Austausch von touristischen Freundlichkeiten). Sie war nie da (zumindest arbeitete sie nie an der Kasse), und ich sprach kaum genug Französisch, um nach ihr zu fragen. Ich wollte meine eigene Valentine (so offensichtlich war das).

Die Abende verbrachten wir mit Small Talk, betrunkenen Träumereien, oder Valentine kochte für uns beide, sie war eine tolle vegetarische Köchin (was nicht mein Stil war, aber trotzdem). Sie machte riesige Schüsseln von diesem oder jenem (Spargel mit Pecorino, Pinienkernen und grünem Salat), wir nahmen uns mit Holzlöffeln, dann stellte sie ein perfektes Dessert auf den Tisch (eine Crème brulée oder ein perfekt gebackener Crumble), alles im Dunkeln, alles in diesem immerwährenden Dämmerlicht, in dem wir hausten (was es in gewisser Weise noch mehr zu etwas Besonderem machte).

Valentine und ich kamen uns näher. Sie war halb Japanerin, halb Schwedin (was bedeutete, dass sie gleichzeitig geschmeidig, strahlend schön, geheimnisvoll und naiv war). Manchmal, wenn Patty auf einen Abgabetermin hinarbeitete, gingen wir gemeinsam in Paris spazieren, saßen in Parks (oder an Flussufern) oder spazierten in Kunstgalerien herum. Ich fragte sie, warum Patty mich eingeladen hatte. Er hat mir von dir erzählt, sagte sie. Das war an einem Nachmittag, den wir in einem Park in der Nähe von Sacré-Cœur verbrachten (einem unserer Lieblingsplätze). Er hat gesagt, du stammst aus einem Teil seines Lebens, den er nicht vergessen will. Er spricht, als wäre ich ein Produkt seiner Fantasie, sagte ich. So komme ich mir auch manchmal vor, sagte sie und lachte. Trotzdem kamen Patty und ich nie darauf zu sprechen. Er hatte eine Art, einen anzusehen und damit die Bedingungen der Beziehung und des Gesprächs zu diktieren, als würde eine Mauer heruntergelassen oder ein Stacheldrahtzaun aufgezogen (dann befand man sich im Niemandsland).

Je mehr Zeit ich mit Patty und Valentine verbrachte, umso einsamer wurde ich. Zu Hause führte ich mein geliebtes Leben als Einzelgänger, aber Paris hatte etwas an sich, das den Wunsch in mir weckte, zum Vertrauten der Stadt zu werden, zum wahren Liebenden (so wie damals, als ich mich noch als Jugendlicher in Glasgow und alles darin verliebte).

Eines Nachmittags ging ich wieder in den Buchladen (Shakespeare and Company) und da war sie (endlich), saß an der Kasse (meine Sommerliebe). Sie redete mit einem Touristen über Gérard de Nerval, den Dichter (L'homme Pendu, nannte sie ihn). Ich stellte mich daneben und nahm eine Ausgabe von *Satori in Paris* von Jack Kerouac zur Hand und las ein paar Seiten (wie ein bescheuerter Rucksackreisender). Ich kam mir blöd vor, ich las die Seiten und sie bedeuteten mir nichts, es kam mir trivial vor (unmöglich sogar). Definitiv verändert sich was, sagte ich mir, das ist echt eine Tragödie. Ich hatte das Buch wieder ins Regal gestellt. Es kam mir vor wie ein Tod oder ein Schlaganfall (als wäre eine Stimme in meinem Kopf für immer verstummt). Ich ging zur Kasse. Kennst du mich noch?, fragte ich. Ah, sagte sie, der literarische Tourist, Le Dilettante. Ich bin kein Dilettante, sagte ich, ich bin kein Hochstapler (ich hab's gelebt, wollte ich sagen, aber was hatte ich gelebt?). Da überkam mich ein sehr eigenartiges Gefühl. Das Mädchen im Buchladen sah für mich aus wie ein Vogel (wie ein Mädchen mit dem Kopf eines Vogels), und ich fühlte mich wie eine Feder (eine Feder ohne Gewicht). Als würde ich das ganze Szenario von oben betrachten. Ich sah das Mädchen mit seinen Flügeln schlagen (eine einzige mühelose Bewegung, die das Innere des Buchladens nach außen kehrte), und ich spürte den plötzlichen Vorwärtsdrang in meinem Körper (als hätte die Geschwindigkeit ihres Flügelschlags meine Organe auslaufen lassen), niedergedrückt von der Schwerkraft, während wir in die Luft gehoben wurden (es dauerte nur wenige Sekunden, aber ich werde es nie vergessen). Ich fühlte mich vollkommen leer (wie ein Grab). Als wir wieder landeten, wusste ich, dass ich der Liebe fähig war, mich erfüllen lassen konnte, wie nie zuvor, ohne dass dem ein Herz, eine Leber oder eine halluzinierte Milz in die Quere kommt (anders kann ich es nicht beschreiben) (ich fühlte mich befreit). Ich streckte ihr meine Hand hin und sie schrieb ihren Namen und ihre Telefonnummer mit Kugelschreiber auf den Mittelfinger. Clementine, stand da. Ich wollte ihn ihr in den Mund stecken, aber der Augenblick war schon vorbei, ich drehte mich um und verließ den Laden, ohne noch einmal zurückzuschauen (mein Herz schlug anderswo, weit weg, das ging mich nichts mehr an).

Auf dem Rückweg betrank ich mich (erneut), und als ich nach Hause kam, schlief ich in der Badewanne ein (und musste mich von Valentine ins Bett bringen lassen). Nachts wachte ich mit hämmerndem Schädel auf und mir kam ein entsetzlicher Gedanke, nämlich dass meine Organe nachwuchsen, sich mein Körper füllte und schon bald (wieder einmal) kein Platz mehr für die Liebe sein würde. Ich setzte mich kerzengerade auf. Der Mond drang durch das Oberlicht, von Wolken verhangen wie ein alter Mann mit Bart. Das bin ich nicht, sagte ich. Und ich hoffe, das ist nicht mein Vater. Ich stand auf, um was zu trinken, und durchquerte das Wohnzimmer, wo Patty noch wach (an irgendeinem Auftrag) arbeitete, eine kleine Lampe über dem Schreibtisch (in deren Licht er aussah wie ein einsamer Planet). Ich ging ins Badezimmer und ließ das Waschbecken volllaufen, tauchte meinen Kopf in kaltes Wasser. Ich muss aufwachen, sagte ich mir, ich fülle mich mit Sternen und Planeten an (und Freunden und Angehörigen). Bald ist kein Platz mehr, um sich zu bewegen. Ich ging zurück ins Wohnzimmer, Patty stand am Fenster und rauchte eine Zigarette, schaute auf die Stadt hinaus (mit den Mülltonnen auf der Straße und einsamen Gestalten, die hierhin und dorthin schwankten).

Es schien mir der richtige Moment, ihn darauf anzusprechen. Ich ging ans Fenster. Warum hast du mich eingeladen?, fragte ich ihn. Wir kennen uns doch eigentlich kaum. Er nahm einen langen Zug von seiner Zigarette und krümmte sich dann wegen eines Hustenanfalls. Er wischte sich mit dem Arm über den Mund und es blieb eine dicke blutversetzte, gelbe Schleimspur daran. Du hustest Blut, sagte ich. Unsinn, sagte er. Ich bin dehydriert. Ich habe Wasser gemieden. Mein ganzer Körper ist übersäuert, sagte er.

Ich hatte das Gefühl, verrückt zu werden (was geschieht in unseren Körpern?). Hast du mich deshalb hergebeten, fragte ich, damit meine Eingeweide nacheinander absterben? Er sah mich an, als wäre er besorgt. Was ist los mit deinem Körper?, fragte er. Ich erklärte ihm, ein Vögelchen habe meine Gefühle gestohlen, jedes einzelne meiner Organe entfernt, wie bei einer Operation. Und wo sind sie jetzt?, fragte er mich. In den Baumkronen, erklärte ich, am Grund des Ozeans. Da bekam ich ein Gefühl wie die aufsteigende Morgendämmerung (still, ungebeten) und ich wachte im Bett auf mit Blick auf Schornsteine, Fernsehantennen, Kirchen und zum Trocknen aufgehängte Klamotten (die sich bis in die Unendlichkeit zogen).

Am nächsten Morgen stand ich auf und niemand sagte etwas (sie waren beide früh wach). Valentine hatte ein Vorstellungsgespräch als Kassiererin in einer Boutique, weshalb sie ausnahmsweise den Wecker gestellt hatten, am Küchentisch saßen, Bagels aßen und Kaffee tranken, als ich hereinkam (mit nichts bekleidet als einer Schlafanzughose). Hübsches Tattoo, sagte Valentine (damals hatte ich einen Seefahrer-Kompass mit Meeresungeheuern, Fluten und Schiffen, die drum herumsegelten, direkt links über mein Herz tätowiert, inzwischen hab ich ihn aber entfernen lassen).

Patty tat, als wäre nichts. Ich erzählte ihnen, ich hätte eine Verabredung (mit einem Mädchen, das in einem Buchladen arbeitet). Valentine sagte, ich solle sie zum Essen einladen. Patty sah mich direkt an, ich dachte, er würde mir zuzwinkern (ich konnte fast sehen, wie sein Gesicht entsprechende Anstalten machte, wenn du verstehst, was ich meine), aber dann starrte er einfach nur ein bisschen länger und schaute weg. Zum Schluss bekam Valentine den Job doch nicht, und deshalb waren sie so pleite wie nie zuvor, aber wie gesagt, man merkte es gar nicht, weil sie immer weiter diese Pyramiden an Schafskäse aßen und viel Wein tranken (und neue Pflanzen und Kunstmaterialien kauften).

Ich rief Clementine an und lud sie zu ihnen nach Hause ein. Zuerst redete sie weiter Französisch am Telefon und das war verwirrend (ich war nicht mal sicher, ob sie es wirklich war), aber schließlich beruhigte sie sich und wir fassten Pläne. Ich war mit wenig mehr als den Klamotten, die ich am Körper trug, in Paris angekommen, deshalb bat ich Patty, mir eines seiner Outfits für den Abend zu leihen (wir hatten ungefähr dieselbe Größe, deshalb war das kein Problem), und Valentine half mir beim Anziehen. Ich suchte mir ein paar Stiefel aus dem Haufen an der Treppe aus (Motorradstiefel mit Blechadler am Absatz), ich schmierte mir Gel in die Haare und kämmte und scheitelte sie (der erste Scheitel meines Lebens).

Wie sich herausstellte, wohnte Clementine ziemlich weit entfernt (irgendwo in Clichy), weshalb Patty anbot, sie abzuholen (mit dem Moped). Ich dachte an ihre Arme an seiner Brust, an den Duft ihres Parfüms an seinem Hals, aber ich sagte trotzdem, okay. Zu Hause machten Valentine und ich die erste Flasche Wein auf.

Clementine sah an dem Abend anders aus (immer noch burschikos, aber älter und trauriger, und als hätte sie sich Mühe gegeben). Sie trug ein weites Paisley-Kleid (es ging ihr bis eine Handbreit übers Knie, und sie hatte einen schwarzen Wollschal um die Schultern und eine kleine Handtasche dabei. Das ist eine förmliche europäische Romanze, sagte ich mir. Ein Drehbuch für einen Film. Ich nahm ihre Hand und küsste sie, und sie biss sich auf die Lippe (was ein Zeichen für etwas war).

Wie war die Fahrt?, fragte ich Clementine. Haarsträubend, sagte sie. Wir saßen am Tisch in der Küche, wo Valentine das Essen zubereitete (ich kann mich nicht mehr erinnern, aber es könnte etwas Gefülltes gewesen sein, gefüllte Paprika oder so), aber es dauerte ewig, bis sie fertig war, und wir waren alle ganz schnell betrunken. Hast du von Johnnys Tattoo gehört?, fragte Valentine Clementine. Nein, sagte sie, sollte ich? Vielleicht schon, wenn du wissen willst, woran du bist, sagte Valentine und brach in Gelächter aus. Sag mal, sagte Patty, wie können wir den ganzen Meeresungeheuern ausweichen? Hast du die Koordinaten? Und wann genau sollen wir die Segel setzen? Das ist eine Landkarte, sagte ich, die ist fix, kein Wegweiser, das ist eine Fantasie. Wozu hast du's dann?, fragte Patty. Weiß nicht, sagte ich. Da sind Blut und Wasser in mir drin, die ein Leitbild brauchen, vielleicht deshalb. Ich mag Tattoos, sagte Valentine. Ich will immer, dass Patty sich eins stechen lässt. Was würdest du dir aussuchen, fragte Clementine, wenn du dir ein Tattoo stechen lassen würdest? Patty dachte kurz nach. Ich könnte niemals ein Bild haben, sagte er, bloß keine Zeichnung, und auch kein Zeichen. Es müsste ein Wort sein. Welches Wort?, fragte sie. Drei Buchstaben, sagte er. Wie wär's mit »but«, fragte Clementine. Das ist mein Lieblingswort im Englischen, und es bringt für mich alles auf den Punkt. Nein, »yet« ist besser, sagte Valentine. Oder noch besser, sagte Clementine, wie wär's mit »bun«? Bun, sagte Patty, das ist Blödsinn, das ist Mist. Nein, sagte sie, »a bun in the oven«, »ein Braten in der Röhre«. Sag uns, bat ihn Valentine, sag uns, was dein Wort ist! Aber Patty saß einfach nur da und grinste (sogar in Paris war immer noch alles beim Alten).

25. Die Braut meiner Träume, die natürlich meine Mutter ist, nur bitte nicht mit Vagina

Dominic Hunter alias Dom alias Wee Be-Ro von Relate gesteht Ross Raymond, dass er sich auf den ersten Blick in Remy verliebt hatte.

From: domboy12395@towerrecordings.co.uk
To: rossrrraymondo17@mountainofdoom.co.uk
Subject: Re:
Date: Fr, 21. Feb 2014 22:39:12 +0100

Mein liebster Ross, was für Sorgen ich mir um dich mache! Wie geht es deinen Bronchien und dem scheußlichen Schnupfen? Mir geht's gut, danke schön, halte mich gut, so gut wie möglich. Vielen Dank für die nette Mail, die Blumen, die Pralinen und die kleinen Extras, ich liebe die Abner-Jay-Platte, die du mir geschickt hast, das ist genau mein Ding, du weißt eben, wie du mich verwöhnst, und jetzt werde ich dich verwöhnen, aha, indem ich dein Buch ruiniere und meinen Senf dazugebe! Ich habe mich immer mit meinem fotografischen Gedächtnis gebrüstet, ich vergesse kein Gesicht, keine Kränkung, kein bisschen Strichersex auf den Klos im Heaven oder hinter Covent Garden. Pech für die anderen. Aber Glück für dich, mein allerliebster Ross, zumindest hoffe ich das in diesem Fall.

Ich werde deine Fragen eine nach der anderen auf meine Weise beantworten, aber verzeih mir, wenn sie alle zu einem einzigen Riesenseufzer verschwimmen. Wenn ich an die Vergangenheit denke, muss ich mich zusammenreißen, um nicht auf der Stelle zu verwelken wie eine Tulpe.

Ja, ich habe mich sofort in Remy verliebt, als ich ihn zum ersten Mal sah, jetzt ist es raus, das ganze Theater, das ganze Getue, es ist wahr, ich gebe es zu!

Das war auf einer Silvesterparty, wo der Gastgeber, so eine entsetzliche Transe, die später ganz Airdrie terrorisiert hat, wirklich buchstäblich *terrorisiert*, von allen verlangt hat, ihre guten Vorsätze auf einen Zettel zu schreiben und rumgehen zu lassen, wie bei dem Spiel mit den vier Wünschen, und als der liebe Remy an der Reihe war, schrieb er vier Vorsätze für das neue Jahr auf, ganz normale, die jeder hätte aufschreiben können, zum Beispiel in Form bleiben und mehr hinbekommen, aber dann hatte er auch noch eins, nämlich »mehr abwegigen Nervenkitzel kultivieren«. Was für ein Stil! Was für eine Art! Tout de suite! O lala! etc. Ich schrieb noch ganz schnell einen fünften Wunsch dazu, der lautete: Heirate mich xxx und schob ihn wortlos dem Nächsten zu, fantastisch. Nichts verraten! Als der Zettel über die Runde wieder zurückkam, sah ihn der liebe Remy. Aber er hatte keine Ahnung, wer ihn geschrieben hatte. Wer will mich heiraten?, fragte er. Natürlich stritten es alle ab. Ich auch. Was das Ganze nur noch köstlicher machte!

Damals sah er aus wie der junge Tim Buckley. Ein junges Tim-Buckley-Engelchen auf einer Moschuswolke aus reiner Ruhe. Er war wirklich so ruhig und gefasst. Auf der Bühne ließ er dann aber die Sau raus. Das habe ich immer zu ihm gesagt. Hab ihm vor den Auftritten immer gut zugeredet. Los, lass die Sau raus!, hab ich gesagt. Das hat ihn verrückt gemacht. Ich hab ihm immer gesagt, er hätte eigentlich Comedian werden sollen, vorzugsweise im Fummel. Aber in der Hinsicht war er leider Gottes, ach, sehr unnachgiebig!

Ich war damals eher ein Performance Artist. Ich verkleidete mich als Clown oder Pantomime und spielte ein riesiges Saiteninstrument aus Metall über Verstärker. Ich hatte es aus Mülltonnendeckeln als Resonanzboden, einem Holzbesen als Hals und einem Stück Zaun als Saite selbst zusammengebaut. Aber ich hab es gespielt, wie in einem Stummfilm mit total übertriebenen Gesten. Als würde ich von dem Krach, den ich mache, gar nichts mitbekommen. Mein Stil war den Schrei-Königinnen der Stummfilmära nachempfunden. Niemanden hat das interessiert, außer einer Person, dem lieben Ronnie.

Ronnie war mein Partner zu der Zeit, als ich Remy kennenlernte. Ronnie hat mich bei diesem Auftritt im Zanzibar in Coatbridge gesehen. Ich war Stammgast im Zanzibar in Coatbrige. Das war eine Oase. Im wahrsten Sinne des Wortes. Ein Zufluchtsort, ein Hafen. Ich glaube, draußen auf dem Schild war sogar eine Neon-Oase drauf. Außerdem gab es ein Hinterzimmer, von dem niemand etwas wusste, nur die Transen, die Transen der Szene. Während des Auftritts hab ich's mit meiner teuflischen Vorstellung von experimentellem Varieté so übertrieben, dass ich mir beim Spielen fast die Pulsader aufgeschlitzt hätte! Ronny war der Einzige, der geistesgegenwärtig genug war, mich von der Bühne zu holen. Er hat die Wunde sofort abgebunden und mich ins Krankenhaus gefahren. Sogar damals hat er schon nichts getrunken, der Gute. Er erzählte mir, dass er sich dabei in mich verliebt habe. Meine Güte! Als Clown verkleidet in der Notaufnahme mit einem Geschirrhandtuch um das verletzte Handgelenk! Da sieht man gleich, auf was für einen Typ er steht. Man sagt ja, man verliebt sich immer in die eigene Mutter. Aber man sagt ja alles Mögliche. Ich hab mich also in meine Mutter verliebt. Vielleicht hab ich das wirklich. Ronnie war ein Herzensbrecher. Ein echt knallharter bodenständiger Kerl, aber vom Wesen her total neugierig. So eine treue Seele. Ich empfinde große Liebe für die aufrichtig Suchenden dieser Welt. Und er hat so eine Art von Intensität in jeden Aspekt seines Lebens gebracht. Deshalb hat er auch nicht getrunken. Er musste in jedem Augenblick präsent sein. Darauf bestand er. Um still bewundern zu können. Was für ein Held! Er war die Braut meiner Träume, die natürlich meine Mutter ist, nur bitte nicht mit Vagina.

Er trug Unterhemden. Weiße Unterhemden. Sie rochen nach Sex vor langer Zeit. Eine Lederjacke, eine Jeans. Klassisch. Jetzt fällt mir alles wieder ein und ich kann ihn sehen und schmecke ihn an meinen Fingern. Nachts saß er, wenn ich krank war, fiebrig oder vor lauter Herzklopfen schwitzte (ich hatte solches Herzklopfen, dass Ronnie mein Herz mit einer Rose verglich, *die jedes Mal zu flattern beginnt, sobald ein einziger Tautropfen auf sie fällt)*, draußen vor der Schlafzimmertür und hielt Wache. Nicht mal neben dem Bett. Als wäre er der Bodyguard eines Promis. Und er schlief nicht. Genauso bei meinen Auftritten. Er saß in der ersten Reihe oder stand seitlich neben der Bühne. Er glaubte an mich. Das konnte ich in seinen Augen sehen. Und was war er für ein Koch. Ich saß am Tisch und schüttelte ungläubig den Kopf. Wenn es nicht *coq au vin* war, war's was mit Roter Bete. Allmählich wurden wir uns ähnlich, so wie bei alten Paaren. Wir morphten ineinander. Ich gebe zu, ich war der Redseligere. Ronny konnte sich neben dich aufs Sofa setzen und dir die Hand halten und dir in die Augen schauen, als wärst du Buddha oder Diana Dors. Ich hätte ihm alles erzählen können. Und ich hab's auch getan. Hab ihm Vorträge über Kunst gehalten. Ihm Gedichte vorgelesen. Ich hab mit ihm getrunken, während er Karottensaft schlürfte. Ich hab ihn mit Marihuana bekannt gemacht. Nichts konnte diesen großartigen Geist aus der Ruhe bringen. Trotzdem war's am Ende des Abends immer *er*, der *mich* ins Bett trug. Und am nächsten Morgen hatte er das Frühstück immer schon fertig. Und erzählte mir von der Post, die für mich gekommen war. Was ein bisschen nervig war. Das muss ich zugeben. Das war das eine. Er hat meine ganze private Post für mich aufgemacht. Aber irgendwie schien es auch einfach zu diesem ganzen Mutter-ohne-Vagina-Ding dazuzugehören.

Er hatte immer Vorschläge für eine bemerkenswerte neue Erfahrung. In der Hinsicht war er sehr wagemutig. Lass uns auf dem River Kelvin Kajak fahren, sagte er. Einmal haben wir das sogar gemacht. War eine Katastrophe. Komm, lass uns beide einen Berg besteigen, sagte er. Das war zu viel für mich. Ronnie, weißt du nicht, dass ich eine Stadtpflanze bin, sagte ich zu ihm, als ich auf halbem Weg den Cobbler rauf eine Flasche Wein trank.

Ein gutes Beispiel dafür, wie lieb und unbeleckt er war: Eines Abends rauchten wir Marihuana – er hatte recht großen Gefallen dran gefunden – und ich hatte es ihm aufgedrängt, oje! Du gewöhnst dir ein Laster an!, sagte ich. Mach lieber langsam damit, Jungchen! Wir hatten so ein Spiel, das wir gerne spielten, das geht so: Man gibt jedem Augenblick einen Namen. Anstatt bis sechzig zu zählen, sucht man sich eine Persönlichkeit aus. Eine pro Minute. Eine nach der anderen. Wenn ich sage Persönlichkeit, meine ich Atmosphäre. Dann lebt man darin. Man versucht, sie zu erleben. Ronnie hat es mir beigebracht. Zum Beispiel, jetzt genau dieser Moment, hat er gesagt, dieser Moment jetzt ist definitiv *Casino Royale*. Okay, hab ich zu Ronnie gesagt. Damit komme ich klar. Ist eine neue Minute, sagte Ronnie, jetzt begrüßen wir *Die Odyssee!* Du hast dich geirrt, erklärte ich ihm. Die ganze Minute stammt nicht von Lateinern! Sondern einfacher, sagte ich. Das ist »Borderline«. Die nächste Minute, »Like a Virgin«. Die nächste Minute »Live to Tell«. Ronnie war hin und weg, als ich damit ankam. Was zum Teufel war das?, sagte er. Das war unglaublich. In der Hinsicht war er naiv. Und ich hab mich noch mehr in ihn verliebt.

Und was für ein Skrotum. Verzeihung, aber anders kann ich's nicht beschreiben. Ein großartiges Skrotum. Das war nicht einfach ein Schwanz mit Eiern. Das war ein großartiges animalisches Skrotum. Wie ein Nashorn, dem man seinen Willen lassen muss. Das man regelmäßig melken muss. Was mir selbstverständlich ein Vergnügen war.

Ich fürchte, ich werde gar nicht erst anfangen. Tut mir leid. Ich werde nicht mal versuchen, es besser darzustellen. Von Leigh Bowery hatte ich nie einen Mucks gehört, und plötzlich ist er da, mit Motorradhelm und geschminkt wie ein Clown. Hallo!?

Ich hab eine Anzeige in der Bibliothek von Airdrie angepinnt. So haben wir das damals gemacht. Da hingen immer die ganzen Freaks ab. Darauf stand: *Einheimische Heilige, heimliche Gottheiten, fantastische Filmstars für mögliche Ehe-Beziehung verzweifelt gesucht. Unerfahrenheit von Vorteil, Stil versteht sich von selbst, muss mindestens 18 Jahre körperlich vorhanden gewesen sein. Zu den Aufgaben gehört: umstürzen, fieberhaft denken, verführen, schwärmen, bemächtigen und destillieren.* Dann gab ich meine Postfachadresse an und unterschrieb: *ein zum Tode Verurteilter.* Ich stand schwer auf Dostojewski. Niemand meldete sich. Kein einziger verdammter achtzehnjähriger Heiliger in ganz Airdrie!

Dann besuchte ich die schicksalsträchtige Silvesterparty mit Ronnie. Ich schrieb Remy, er soll mich heiraten. Ich weiß nicht, warum. Ich hatte eine perfekte Beziehung zu Hause. Abgesehen vom Öffnen meiner Privatpost, was ich aber verkraften konnte. Plötzlich gierte ich nach dem jungen Gemüse. Träumte davon, mich mit einem jungen Hüpfer zu verheiraten. Die Wohnung, in der wir waren, hatte einen Balkon. Einen sehr kleinen Balkon. Remy, Ronnie und ich zwängten uns da raus und rauchten einen Joint zusammen. Ich steckte voll in der Klemme. Hab einfach die Beine zusammengekniffen. Und mir an die Zehen gefasst und mein Bein hinter mir hochgezogen. Ich hab Verrenkungen gemacht wegen dem Kerl. Rette mich, dachte ich. Ich will einfach nur, dass die Sonne aufgeht, uns alle blendet und dem Wahnsinn ein Ende macht. Aber dann ging's auch in meinem Magen los. Als wäre mein Schwanz über eine Schnur mit meinem Solarplexus verbunden und würde dort eine Glocke läuten. Eine Hochzeitsglocke.

Remy erzählte mir, er mache Musik. Dieser junge Mann. Dieser schöne junge Sternensegler. Ich wollte sein Gesicht mit den Händen umfassen und einen langen kalten Schluck davon nehmen. Er erzählte mir, er sei Musiker. Jetzt sprangen Glühbirnen in meinen Eiern an. Ich stelle gerade eine Band zusammen!, platzte ich heraus. Ich suche heimliche Gottheiten! Moment mal, sagte er. Hast *du* die Anzeige in der Bibliothek aufgehängt? Bist du der zum Tode Verurteilte? Ja, sagte ich. Ja, das bin ich! Ich dachte, euch gibt's gar nicht mehr, sagte er. Der liebe Ronnie unterbrach ihn. Er hatte immer nur meinen Vorteil im Kopf. Dom ist ein toller Künstler, sagte er, ein ausgezeichneter Konzept-Künstler. Und wer bist du, fragte Remy ihn, seine Mutter? Das war unverschämt. Wenn's nach dem ginge, wäre ich dein Schwiegersohn, sagte Remy. Dann zeigte er auf mich und zwinkerte. Er drückte genau die richtigen Knöpfe.

Ronnie fing an, sich unerklärlich auffällig zu kleiden. Das war neu. Ich denke, er hat die Konkurrenz gespürt. Er sah aus wie ein puertoricanischer Straßenkiller. Wenn er morgens aufwachte, sprang er gleich aus dem Bett und machte Liegestütze auf dem Fußboden in nichts als einem weißen Unterhemd. Sein großes Skrotum pimmelte über den Boden. Schlapp, schlapp, schlapp. Echt pimmelig. Und er trainierte immer zum selben Song, »Party Fears Two« von The Associates. Das wurde sozusagen unser Song. Ich denke daran, wie er anfängt. Geht einem unter die Haut. Man atmet ihn irgendwie ein. Man bekommt so einen Hauch Erinnerung ab, und das haut einen um. Sexy genug, um ein Gefühl von Erfahrung zu erzeugen. Aber vielleicht ist das auch nur bei mir so. Vielleicht werde nur ich so wehmütig. Wer weiß? Aber es gab ganz einzigartige Momente. Und Ideen, die dazugehörten. Und jedes Mal, wenn ich es höre, werde ich in die Zeit zurückversetzt. Zu meinen Liebhabern. Meinen jungen Liebhabern. Auch wenn das jetzt lange her ist. Kann Musik einen Moment in der Zeit bewahren? Geht das, Ross? Meinst du, sie kann all die Ideen lebendig halten, die damit einhergingen? Kann sie sie ewig jung erhalten? Warum schnappt einem die Zukunft immer alles so schnell weg? Die letzte Zeile ist übrigens ein Zitat. »Why is the future so quick to snatch it all away?« Von Sinew Singer, kennst du den? Ist ein großer Held von mir. Ich schick dir seine Platte, wenn du ihn nicht kennst. Der gehört in dein Buch. Das war einer seiner Songs, »Why Does the Future?«, in dem er ale möglichen Fragen stellt. Eigentlich nicht an die Zukunft, aber sie handeln von der Zukunft. Als wäre er selbst die Zukunft. Aber als wäre er sich selbst immer noch ein Rätsel. Jetzt wo die Zukunft da ist, jetzt wo ich ohne Frau, Mutter oder Freund lebe, der oder die sich um mich kümmert, weiß ich endlich, was er meint.

Lieber Ross, ich hoffe, das hilft dir weiter und ruiniert dir nicht dein Buch, trotz allem, was ich gesagt habe, und vergiss nicht, was für Sorgen ich mir um dich mache!

Dom x

26. Ich sah all die toten Monde einen Stern umkreisen

Paprika Jones erinnert sich an die letzten Tage von Lucas Black.

Vollkommene Zufriedenheit, das hat es bedeutet, wenn du's wirklich wissen willst.

Das hab ich noch nie jemandem erzählt.

Warum?

Weil es keinen Sinn ergibt.

Oder weil es absolut Sinn ergibt.

Oder weil mein Anteil an seinem Glück, mein Anteil an seinem Tod dazugehört.

Ich weiß es nicht.

Ich war schon ein paar Jahre in der Szene unterwegs gewesen.

Als junges Mädchen hab ich wahnsinnig über mich selbst gestaunt.

Eine sexuelle Erweckung nach der nächsten.

Ich bin in der strengsten, zurückgebliebensten, unkultiviertesten, unterdrückerischsten beschissenen Schlangengrube von ganz Westschottland aufgewachsen.

Dabei war's nur meine Familie.

Ständig ging es um Schuld, Leid und Buße im Namen des Alltags.

Ich war in dem Glauben erzogen worden, dass jede Schwelgerei bestraft wird, dass ich jedes Mal, wenn ich meinem Herzen folge, dafür niedergeknüppelt werde, als gäbe es einen objektiven Lebensstandard, der vorsieht, dass Leid durch Frieden abgelöst wird, wobei eigentlich nicht durch Frieden, sondern eher durch das Ausbleiben von Strafe, als müsse man umso weniger Qualen durchmachen, je gebrochener man wirkte, als würde die Realität nichts weiter verlangen als vollständige Erniedrigung und Unterwerfung, und als würde sich durch das Eingeständnis von Schuld die Notwendigkeit erübrigen, einen für immer zu brechen.

Aber wenn man den ersten Schwanz im Rachen spürt oder man die eigenen Finger zwischen den Beinen eines Fremden verschwinden sieht, fühlt man es wirklich, begreift man, dass es das Leben nicht im Geringsten auf einen abgesehen hat.

Aber bis es einem so richtig in den Schädel geht, braucht es noch viele weitere Schwänze.

Ich erinnere mich, wie ich »Venus in Furs« von The Velvet Undergrond gehört und gedacht habe, o Gott, das ist der Soundtrack zur Flucht aus meinem Gehirn, weißt du, der Sturm auf die Zitadelle, das Herunterlassen eines Stricks in die Wildnis.

Sofort baute ich meine Persönlichkeit auf dieser Fantasievorstellung auf.

Ich wurde Verführerin, Spionin im Haus der Liebe. Mein gesamtes Leben widmete ich Begegnungen.

Mit der Zeit betrachtete ich Menschen nicht mehr als Individuen, sondern als Ziele, als Punkte auf einer Landkarte dieser unwirtlichen Wüste, wie eine Oase aus Fleisch, einen Hafen aus Spucke und Gestank, und manchmal atmete ich ihn ein, weißt du, die Beine auf dem Rücksitz eines Wagens gespreizt oder in einem Nachtclub oder im Gebüsch neben einem Bahnhof, und es roch so schlecht, dass ich mir sagte, mir ist meine eigene modernde Leiche lieber, als lebendig in einer Vorstadt-Ehe begraben zu werden, ich lass mir lieber eine Glasflasche in den Arsch schieben als einen Ring an den Finger stecken.

Ich sah all die toten Monde einen Stern umkreisen.

Fickt euch, sagte ich.

Ich bin hier der verfickte Star.

Ich ließ mich mit der Musikszene ein.

Die Kunstszene war viel zu selbstverliebt.

Die Modeszene geistlos.

Die Buchszene spielte sich hinter verschlossenen Türen ab.

Wenn man über eine Lokalszene spricht, muss man wissen, dass eigentlich von einer internationalen Szene, nur eben als Mikrokosmos, die Rede ist. Auch wir hatten unseren Syd Barrett, unseren Brian Jones, unsere Nico und unseren Pete Perrett. Die Sache mit der Musikszene war, dass sie zum Glauben beigetragen hat. Sie hat einem Mut gemacht, die Musik und das Leben beim Wort zu nehmen. Da gab es also diese ganzen Menschen, die's gelebt haben, vermutlich mehr als ihre Vorbilder. Schließlich ist es gar nicht so einfach, in einer westschottischen Kleinstadt Iggy Pop zu sein. Dazu muss man sich ganz schön ins Zeug legen. Aber auch die Kulisse war ein Thema. Patty und Maya mit ihren zueinander passenden, bodenlangen Mänteln und ihren Panoramabrillen draußen vor dem Arbeitsamt im Zentrum von Airdrie stehen zu sehen, und wer war der Typ noch mal? Street Hassle haben sie ihn genannt, an seinen richtigen Namen kann ich mich immer nicht erinnern, ich weiß gar nicht, ob ich ihn je gekannt habe, der mit abgeschnittenem T-Shirt und dem Pelzmantel seiner Mum bewusstlos auf einer Bank neben dem Kriegerdenkmal in Coatdyke gelegen hat, während alle vorbeifahrenden Autos gehupt haben. Und dann noch der wahllose Drogenkonsum, die Sauferei, die langen Nächte.

Was ich vor allem wollte, war die Nacht zum Tag machen.

Das hat mir sofort gefallen.

Ich ging zu Privatpartys, hatte Sex im Bad oder auf den Mänteln im Schlafzimmer.

Dann suchte ich mir immer öfter Musiker.

Der erste Musiker, mit dem ich geschlafen habe, ist inzwischen wohl nur noch eine Fußnote, aber das war Starkey, Richard Starkey, der damals ein Projekt namens The Beguiled hatte, das irgendwie damit zu tun hatte, dass er mal Dichter war, aber dann mental blockierte und sich stattdessen der Musik zuwandte.

Ich hab ihn in Coatbridge spielen sehen, er hat mit schwarzen Lederhandschuhen Gitarre gespielt, konnte kaum einen Akkord greifen, das hat mich umgehauen, diese Hingabe ans Image, und der Sound, den er aus der Gitarre geholt hat, so ein gedämpfter Sound, der einem wie einbalsamiert vorkam, und die Texte, alle so, schlag mich, prügel mich, mach mich fertig. Wir sind zu ihm nach Hause, er hat in Coatbridge bei seiner Mutter gewohnt, in einer Sozialwohnung von der Sunnyside Station die Straße runter, und er hatte eine Matratze auf dem Boden, das hab ich da zum ersten Mal gesehen, und er hat seinen Plattenspieler als Aschenbecher benutzt, der war voller Asche und Kippen, ich fand das den Wahnsinn, das war lebendig, wie eine Installation. Er hat das dritte Album von Neu! aufgelegt, *Neu! '75*, und draußen fing es an zu schneien, und wegen der Straßenlaternen leuchtete der Schnee orange und ich dachte, o Gott, ich verliebe mich in Zeitlupe.

Natürlich gab es Klischees.

Das war unvermeidbar.

Manche Leute wurden »Dichter«, andere wurden »Musiker«, aber das Gute an einer Szene wie der in Airdrie war, dass alle schon von Natur aus so durchgeknallt waren, dass gar niemand versuchte, einer vorgegebenen Vorstellung des Möglichen zu entsprechen. Es war unmöglich, möglich zu sein. Das brachte die ganze Szene auf den Punkt.

Ich hörte auf, Marihuana zu rauchen.

Meine ganze Vorstellungskraft ging dadurch flöten.

Trinken wurde langweilig.

Nur Sex hat mich nie enttäuscht.

Im Verlauf von sechs Monaten fickte ich mit Ray Gordon, dessen Penis keine neun Zentimeter lang war, aber trotzdem sexy, so wie kleine Titten an einem jungen Mädchen.

Dann Richard Warden, dessen Penis schon eher dreiundzwanzig Zentimeter lang war.

Und Tom Beatrix mit wahrscheinlich achtzehn Zentimetern.

Außerdem zwei Frauen, Samantha und Bridget, die beide zusammen auf fünfundvierzig Dildo-Zentimeter kamen.

Dann noch einen Tom, Tom C wollen wir ihn nennen, um dessen Penis ich kaum mit den Fingern herumkam.

Außerdem Rodney, The Rod, haha, dessen Penis perfekt geformt, sauber und rasiert war, als makellosen Schwanz würde ich ihn bezeichnen, der aber nicht ejakulieren konnte, es sei denn, es kam irgendeine Art von Schmerz dazu, wobei man aber seinem Schwanz nichts tun durfte, das war tabu, also musste man sich irgendwie anders behelfen, ihm was in den Arsch schieben, oder ihm die Eier quetschen, oder ihm einmal auch mit einem Rasierer den Sack aufschlitzen, wow, das war der Hammer, als würde man in eine Zitrone beißen, nur um zu sehen, was drin ist.

Mit Memorial Device war es immer so, dass man dachte, es wäre ihr letzter Auftritt überhaupt, als könnten sie sich jeden Augenblick auflösen.

Natürlich war das bei Lucas tatsächlich so – konnte er sich an irgendwas erinnern, wusste er, wo er war, gab es eine Geschichte, war das der erste Auftritt seines ganzen verdammten Lebens?

Natürlich wurde ihnen vorgeworfen, dass sie ihn ausnutzten.

Er ist geistig behindert, sagten welche, der ist gestört, als würde das irgendwie sein gesamtes Erleben entwerten, als müsste er sich auf dem Boden eines geschlossenen Raumes zusammenkauern und in den Schlaf weinen, was bei den Auftritten so ähnlich passiert ist, manchmal jedenfalls, weshalb die also ihren Spaß hatten, die Schweine, diese nutzlosen Dreckschweine.

Ich erinnere mich besonders an ein Konzert, das war im Proberaum, der in meinen Augen aussah, als hätten ihre Mütter ihn ausstaffiert mit Tischen, Stühlen und Gemälden und sogar einigen lichtlos vor sich hin krepierenden Topfpflanzen, und dann gingen sie auf die Bühne und es gab so einen Moment, das haben alle gespürt, als wäre Lucas hellwach, als wäre er plötzlich dorthin transportiert worden, aus dem Nichts, aus der Geschichtslosigkeit, direkt vor uns, und das war elektrisch, seine Augen gingen auf und er nahm das Mikro und sagte was von wegen auf der Kippe stehen, irgendwas wie Hallo, hier bin ich, immer wieder, als wäre er in einer Höhle und würde seinem eigenen Echo lauschen, als würde es zu etwas anderem werden, wenn er es wiederholte, etwas, das nicht er selbst war.

Trotzdem hatte das alles seinen Preis, zumindest für mich, einen psychischen Preis.

Dieser ganzen Programmierung und dem ganzen Ballast zu entkommen ist kein Kinderspiel.

Als ich klein war, hab ich über die Vorstellung von dunklen Orten gelacht.

Du musst dir deine dunklen Orte austreiben, sagten die immer.

Erzählt mir eine Horrorgeschichte, hielt ich dagegen. Damit treib ich sie aus.

Ich suchte Angst und Schrecken, blieb die ganze Nacht wach, um mich zu fürchten.

Ich stand voll auf Horrorfilme.

Ich suchte den Wahnsinn, las Gedichte über Kreaturen in den Tiefen des Meeres und Inseln, die von Taifunen weggespült wurden, über Atlantis und UFOs.

Aber als die Zeit kam, war ich gezwungen, mich meinem eigenen Wahnsinn zu stellen.

Doppelgänger verfolgten mich als SA-Männer verkleidet in meinen Gedanken.

Albträume, ich würde in einem ganz anderen Raum aufwachen, kamen mir so real vor, dass ich meine eigene geistige Gesundheit infrage stellte, überlegte, ob ich am Vorabend einen Blackout hatte oder ob ich mit meinem Partner in ein Hotelzimmer eingecheckt und es nur vergessen hatte, und dann entpuppte sich das Ganze als Traum.

Ein Traum über Schlafzimmer mit vorgezogenen Vorhängen, aus dem ich nicht aufwachen konnte.

Und in anderen Nächten war ich in Zügen gefangen und wurde wegen Selbstmordgefahr überwacht, wurde von Wasserfluten in immer tiefere und dunklere Tunnel gespült, von außer Kontrolle geratenen Kindern mit Gasflaschen angegriffen, von lächelnden Spielzeugtelefonen verfolgt und von Zombies, die die Hände hoben und wieder senkten.

Ich hatte lebhafte Träume, in denen ich zwischen am Himmel treibenden Inseln umherflog, hinter großartigen Felsformationen lagen befestigte Städte versteckt, und ich stieß auf der Suche nach Sex herunter.

Ich träume, sagte ich mir, also such dir deinen Traumgeliebten, und so flog ich tief über der Wasseroberfläche, vorbei an bunten Cottages, die sich an der Küste reihten, und ich fand meinen Partner, schlicht, einfach nackt, unauffällig und unsicher, recht hässlich, ehrlich gesagt, und als ich mich auf ihn zubewegte, kamen die Fenster auf mich zu, die Wände wanderten durcheinander durch und ich ging nach draußen, und da war immer noch derselbe SA-Mann, der mich aus der Ferne beobachtete, nur diesmal hielt er den Hut in den Händen, das Gesicht im Sonnenlicht, aber immer noch zu weit weg, um ihn erkennen zu können, und ich merkte, wenn der Traum weiterginge, würde er mich bis ans Ende der Welt verfolgen, also bemühte ich mich, aufzuwachen, mich in Gedanken von einer Seite auf die andere zu werfen, und dann schrie ich im Bett, gerade aufgerichtet, stieß einen Schrei aus, der einem das Blut in den Adern gefrieren ließ und die Nachbarn zu Tode erschrak.

Zusammen kamen wir ganz einfach.

Memorial Device haben in der Stadt in einem Café gespielt, wo es nachmittags vor den Theatervorstellungen Sandwiches, Hotdogs und Alkohol billiger gab, weshalb um vier Uhr schon alle betrunken waren.

Der Auftritt war Teil eines Literaturfestivals und Memorial Device hatten ihn bekommen, weil sie Patrick Remora früher bei ein paar Lesungen begleitet hatten und er vorübergehend zur großen Nummer geworden war, als Allen Ginsberg 1973 durch die Stadt kam und sich in einem Interview erinnert hatte, wie er mit einheimischen Musikern in Glasgow aufgetreten war, und auch erwähnt hatte, dass ihm die Werke der aktuellen schottischen Dichter gefielen, woraufhin sofort alle auch drauf standen, und Remora wurde gepriesen als der neue – na ja, wenn nicht unbedingt der neue Ian Hamilton Finlay, dann doch wenigstens der neue Basil Bunting, weil ein Foto unbekannten Ursprungs die Runde machte, auf dem der junge Remora auf Ginsbergs Schoß pennt, so wie auf dem Foto von der Lesung im Morden Tower in Newcastle 1965, wo Ginsberg mit dem Kopf auf Buntings Schoß liegt.

Am Nachmittag des Konzerts bin ich's ganz bewusst angegangen.

Ich hab mich voll aufgedonnert mit hochhackigen schwarzen Riemchendingern und einem Minikleid, dazu ein winziges Handtäschchen über der Schulter mit einer Ausgabe eines Buchs von Blaise Cendrars, aus rein strategischen Gründen, außerdem Make-up, Kondome, ein Flachmann und eine Kassette mit *The Bells* von Lou Reed, dem besten Album aller Zeiten, wenn ihr mich fragt, wobei ich außerdem auch eine Kassette von *Berlin* hatte, um Partys zu stören und dem Rat von Lester Bangs folgend alle runterzuziehen.

Das Konzert war gut, wenn auch nicht so toll, wie alle taten.

Ich denke, alle wollten, dass sie gegenüber diesen verklemmten Literaturärschen was Ikonoklastisches und Revolutionäres machten, also waren sie bereit, in egal was eine bewusste Ablehnung der Umstände hineinzuinterpretieren.

Ich erinnere mich, dass Remy Synthesizer gespielt hat, das war eins der wenigen Male, dass sie überhaupt einen Synthesizer dabeihatten, und ich vermute, er sollte so sein wie Allen Ravenstine auf den frühen Pere-Ubu-Aufnahmen, aber eigentlich klang es eher schwul, als würde er hinter dem Keyboard auf einem Podest tanzen, und es hätte eigentlich auch ein Bügelbrett sein können, so gekünstelt wirkte es, er drehte durch, gespieltes Durchdrehen sozusagen, er wackelte mit dem Kopf und tanzte rum, ich glaube, es wurde ihm nie verziehen, dass er mal in einem Synth-Pop-Duo war, und jetzt das, der Geist von Relate, live on stage.

An der Stelle möchte ich Folgendes sagen, möchte es unterstreichen.

Wir alle leben unser Unglück in unterschiedlichem Maße aus.

Wie mir schien, hatte Lucas die Vorstellung eines kosmischen Leidens oder einer epischen Ungerechtigkeit zugunsten eines erträglichen, wenn auch konstanten Elends auf niedrigem Niveau aufgegeben, einem Überleben von einem Augenblick zum nächsten, das sich wie die Handschrift in seinem Notizbuch von links nach rechts, vor und zurück, vorwärts und rückwärts, durch die Zeit schlängelte, aber auf der Seite gefangen blieb, immer in derselben Dimension, eine Form komprimierten Lebens, das mich an einen Krebs erinnerte, der in seinem Panzer gefangen ist, sich seitwärts bewegt, aber irgendwie niemals an Boden gewinnt, und einmal, gegen Ende, wachte ich nachts auf und sah ihn in seiner Unterhose am offenen Fenster, in jeder Hand ein Mikro, und ich dachte, das sind seine Scheren, in dem Moment zwischen Schlafen und Wachen sah ich ihn, wie er seine Scheren hob und zwei Mikrofone aus dem Fenster absenkte, als würde er Angelschnüre auf den Boden des Ozeans hinablassen, und ich saß im Bett und betrachtete seine Silhouette, die zu diesem Zeitpunkt eher einem Seestern glich, die Sonne ging langsam hinter ihm auf, als wäre sie zwanzigtausend Wegstunden entfernt, und nach einem endlosen Moment, in dem ich ihn beobachtete, ich bin sicher, dass er das wusste, auch wenn er nichts sagte und sich nicht rührte, nicht einmal in der morgendlichen Frische vor dem offenen Fenster erschauderte, was jetzt verwunderlich erscheint, eigentlich kaum plausibel, fragte ich ihn, was er da macht; und ohne sich umzudrehen, sagte er, er würde den Refrain der Morgendämmerung aufnehmen, und ich fragte ihn, wie er klingen würde, und er schlug sein Notizbuch auf und las mir die Worte vor, *vollkommene Zufriedenheit*, seine letzten Worte, so scheint es mir jetzt und selbst damals, auch ohne jede Vorstellung von dem, was als Nächstes kommen würde, von dem, was mit uns passierte und wer sich an uns erinnern würde, und dem Horror der Situation, der uns umgeben würde, als steckte ich meinen Kopf in den Ofen, als wäre ich auf einem Brachgelände in einem Kühlschrank gefangen, niemand ist da und ich kriege ihn von innen nicht auf. In der Nacht zuvor hatte er mich auf seinen großen Füßen durch den Raum geführt, auf seinen riesigen nackten Füßen, er hatte seine Socken und Schuhe ausgezogen und mich mit meinen Füßen auf seine gestellt, meine Hände gehalten, während ich mich nach hinten lehnte, und hat mich wie eine Marionette durch den Raum geführt, die Beine in Zeitlupe angehoben, und mich in eigenartige Positionen gebracht, und so tanzten wir zu seinem Lieblingssong, »Space Hymn« von Lothar and the

Hand People, den Text hatte er in sein Notizbuch übertragen, aber diesmal formte er die Worte nur mit den Lippen, der Song ist wie eine Meditation, bei der man sich vorstellt, dass man die Erde vom Weltraum aus sieht, und sie wird »Raumschiff aus Stein« genannt und »sterben allein« drauf gereimt.

Tut mir leid, dass ich weine.

Geht mir immer noch nah.

Aber das war sein einziges Zugeständnis an die kosmische Einsamkeit, wenn man so will, und damals schon bloß ein blöder Song von einem Haufen Hippies.

Er hatte eine Narbe auf der Stirn, wie du sicher weißt, und noch mehr Narben unter den Haaren, von den ganzen Operationen, und das war so sexy.

Die Kanäle des Mars nannte er sie.

Ich kann das Gesicht auf dem Mars sehen, sagte ich, und dann küsste ich ihn.

Aber manchmal schaute ich in seine Augen und ich sah, dass alle Erinnerung weg war, er schaute mich ausdruckslos an, trotzdem freundlich, als wäre er mit einer verdutzten Fremden im Bett aufgewacht und müsse schnell etwas unternehmen, um ihr zu versichern, dass alles in Ordnung war, eine Freundlichkeit, die mir tiefer vorkam als Erinnerung oder Vertrautheit, eine grundlegende Erkenntnis im Kern seiner Persönlichkeit, weniger die Fähigkeit zu reflektieren, er spielte nicht nur, er sah sich nicht selbst, da bin ich sicher, in gewisser Weise fiel ihm das am allerschwersten, ich weiß nicht, ob er sich überhaupt jemals erkannt hat, aber er war in der Lage, in anderen dasselbe Angstkorn zu sehen, diesen Kern des

Schreckens, diese leere Silhouette, die wir mit Sprache auszugestalten, die wir ins Dasein zu definieren versuchen, obwohl wir so nebulös sind wie Sterne, was mich wieder zu Lothar and the Hand People zurückbringt. Aber er konnte es sehen, und seine Notizbücher waren wie Versuche, sich selbst ins Dasein zu schreiben, so wirkten sie, die Sätze gingen hierhin und dorthin, krebsartig über die Seite oder in kleine Anhäufungen von Text, die für jeden außer ihm selbst unverständlich waren, Namen, handgezeichnete Landkarten, Skizzen, Codes, Akronyme, lange Reihen von Initialen, Geschichten, Songtexte, Parabeln, Predigten, Rekonstruktionen, Erinnerungen, sein Problem waren inzwischen die kleinen Dinge und die kleinen Dinge hatten die großen Dinge umstellt, zum Beispiel, wie kommt man zur Wohnung eines Freundes, um wie viel Uhr findet die Probe statt, wo wohne ich, wer bist du, etc.

Das war wie eine Gehhilfe, ein Rollstuhl oder ein Gehstock, was Schreiben bei genauerer Betrachtung eigentlich meistens ist, es stützt die Figur des Autors, damit er nicht in die Ursprungssuppe von allen anderen fällt, das heißt von niemandem.

Damit er an sich glauben kann, erfindet er also eine Fiktion, etwas, von dem er sagen kann, hier endlich ist der Entwurf meines Lebens, oder besser ein Entwurf meines Lebens, wie ich es haben will, nur war's bei Lukas ein Entwurf seines Lebens, wie er es wahrgenommen hat; er war eher Wissenschaftler oder Mystiker als Autor oder Erfinder und versuchte mithilfe einer Vielzahl unzusammenhängender Hinweise das Geheimnis seines Selbst zu ergründen, Dinge, die niemals ein Gesamtbild ergeben würden, wie Sternenkarten, aber er musste all die grundverschiedenen Momente in eine stimmige Form bringen, von denen er getrennt war durch eine riesige Kluft der Stille, leeren Raum, der auch gut und gerne tausend Lichtjahre hätte umfassen können.

Ohne Übertreibung lässt sich sagen, dass er jeden Morgen erneut erwachte und nicht wusste, wer er war und wo er war; aber irgendwie ist es möglich, sich sogar daran zu gewöhnen, sodass es nach dem Aufwachen einen Moment der Verwirrtheit gab, der wiederum eine Erinnerung daran auslöste, schon einmal verwirrt gewesen zu sein, und so wurde Verwirrtheit sein Ausgangszustand, das Fundament seiner Alltagsidentität, wisst ihr, so wie ich gestern verwirrt war, bin ich's auch heute und werde es auch morgen wieder sein; wie lauten noch mal die Zeilen von Rilke, die er immer in seinem Notizbuch zitierte, »Wir kannten nicht sein unerhörtes Haupt / darin die Augäpfel reiften …«, davon gab es noch mehr, er war ganz verliebt in Rilke, und jeden Tag, wenn er die Gelegenheit dazu bekam oder seinen Namen vorne in seinem Notizbuch sah, las er ihn wieder wie zum ersten Mal. Er sagte, es sei wie ein früheres Leben, jedes Mal, und ich denke, ich glaube, das galt auch für Musik, er war ein großer Free-Jazz-Fan, besonders von deutschem Free Jazz, so was wie Peter Brötzmann, Peter Kowald und Alex von Schlippenbach, Musik, die so sehr im Moment ist, dass sie wie Musik ohne Erinnerung klang, Musik, die trotzdem entschlossen vorwärtsdrängt, und mit ihrer Geschichte, ihrer deutschen Geschichte, dieser Form von Amnesie, der Vorstellung, dass uns Geschwindigkeit und Vergessen sicher in die Zukunft bringen, na ja, das hat ihn fasziniert.

Das erklärt auch den großen Bruch bei Memorial Device, die Zäsur, nach der sie sich von Songs ab- und der frei improvisierten Rockmusik zuwandten und Lucas Texte einfach frei improvisierte, in denen natürlich immer Rilke anklang, ob ihm das bewusst war oder nicht, wer weiß, und natürlich schnitten sie die Konzerte mit und veröffentlichen Liveaufnahmen, und Lucas hörte sie sich stundenlang an, machte sich dabei Notizen, hörte sich selbst zu, so wie man einer anderen Person zuhört, als würde einem jemand ein Bob-Dylan-Album vorspielen und erklären, dass man das selbst aufgenommen hat – nicht ganz, aber ich glaube, die Musik hatte diesen Grad an Offenbarung für ihn, weil man merkte, dass er völlig gefesselt war. Gebannt von seiner eigenen Darbietung drehte er sich zu mir um, dann wieder zu den Boxen und wieder zu mir, immer mit diesem ungläubigen Blick, als wäre das eine Falle, wollte ihn jemand auf den Arm nehmen?

Irgendwann konnte er das in sehr einfachen Worten ausdrücken, zum Beispiel, wenn ich X tue, dann geschieht Y, aber ohne jedes Gefühl von Verbindung zwischen dem einen und dem anderen.

X passiert, dann erscheint Y.

Und da ist es mir aufgegangen: Sind wir nicht alle in einzelnen Augenblicken gestrandet?

Erleben wir überhaupt jemals dieses Zwischenstadium, die Bewegung von X nach Y?

Ist irgendjemand unter uns irgendwie weniger gestrandet?

Ist nicht jeder Aufzug, jeder Moment, jede Szene in einem Stück aufgrund von begrenzten Beispielen ein Akt blinden Vertrauens?

Aber das will ich gar nicht so sehr vertiefen.

Ich spüre, wie der SA-Mann aufsteht und seine Kappe aufsetzt und auf mich zukommt, und an dieser Stelle muss ich mich wach rütteln, im Bett aufsetzen und schreien, auch wenn ich nicht weiß, in welchem Schlafzimmer und hinter welchen zugezogenen Vorhängen.

Anhang A: Diskografie von Memorial Device

Ur / On LP (Eigenveröffentlichung / no label / Aufkleber-Cover, handnummeriert, Auflage 120 Stück) 1983: »Zwei massive seitenlange Tracks im hirntötenden Stil von Ra Tempel / Ohr Records et al.« – *Friction #2.*

Adherence 12" (Eigenveröffentlichung / no label / Aufkleber-Cover, handnummeriert, Auflage 220 Stück) 1984: »Nach wie vor die beste Veröffentlichung von Memorial Device und diejenige, die die hypnotische Kraft ihrer Liveauftritte am besten wiedergibt, ein einziges Stück über zwei Seiten Vinyl verbindet den himmlischen Sound interstellarer Kurzwellen mit einer Zwei-Akkorde-Jamsession, die so von Hall zerstört und aufgelöst wird, dass sie klingt wie The Velvet Underground live aus Atlantis oder das Sun Ra Arkestra in der Umlaufbahn des Planeten Jupiter, während Sänger Lucas Black einzelne, scheinbar unzusammenhängende Sätze in die Leere feuert wie Unterwasserbomben.« – *Go Ahead and Drop the Bomb: Memorial Device Memorial Edition* 1987.

Certainty of a Sleepwalker 7" (Peacocks Wildly Excited by the Wind PWEBTW-113) 1984: »Klingt wie autistische Joy Division auf dem Grund eines Brunnens mit einem kaputten Mikro aufgenommen und mit einem Kleiderbügel statt einer Nadel rückwärts abgespielt.« – *Contrition #8.*

Inverted Calder Cross-Kassette (Sufferage Tapes ST-68 C60) 1984: Liveaufnahme von einem Privatkonzert in einer Garage in Caldercruix am 3. 3. 1984. »Live-Bericht Memorial Device: Memorial Device sind eine vierköpfige Rockband, die im vergangenen Jahr in Lanarkshire hohe Wellen schlugen, hohe Industrial-Wellen, um genau zu sein, da sie sich an den eher experimentellen Krautrockbands der Siebzigerjahre orientieren, das Ganze mit etwas seltsam Eigenem und einem Sänger kreuzen, der mit Ian Curtis verglichen wurde. Mit dem Konzert heute Abend jedoch unterstreichen sie ihr Garage-Erbe, und das im wahrsten Sinne des Wortes, da es in einer Garage am Stadtrand von Caldercruix stattfand. Im Vorprogramm spielte ein übergewichtiger Mann mit Wollmütze, der sich sichtlich unwohl fühlte und an einem Tisch voller anscheinend kaputter Computerteile Fiep-Geräusche erzeugte. Langweilig und aufgesetzt. Wie lange werden wir uns noch so einen Mist antun? Das Publikum schien dem zuzustimmen. In der Pause dazwischen roch es stark nach Benzin, was mich nervös machte, jedes Mal, wenn sich jemand eine anzündete. Als Memorial Device auftraten, konnte man sie wegen des ganzen Qualms im Raum kaum sehen. Sie spielten eine gefühlte Ewigkeit lang einen einzigen Akkord, und dann erhob sich der Sänger vom Boden, als wäre er gerade durch eine Falltür emporgeschwebt, warf einen riesigen Schatten durch die Schwaden und fing an zu singen, wobei es doch eher ein Sprechgesang war, bei dem sich die Worte zu entwickeln und zu wachsen schienen. Als würde das erste Wort aus dem letzten entstehen und so weiter, daraus hervorgehen, wie bei einer verdrehten Blume. Schwer zu erklären, aber der Effekt war zugegebenermaßen sehr beeindruckend. Es war nur ein Track, aber ein endlos langer Track, bei dem sich einem alles im Kopf drehte und man das Zeitgefühl verlor. Musikalisch war das recht schlicht, aber mit einem gewissen groben Reiz. Ich habe mich gefreut, eingeladen worden zu sein, und auch wenn sie es vielleicht nie auf Londoner Bühnen schaffen – womöglich nicht einmal in einen Glasgower Keller –, waren sie für Airdrie doch gut und haben gezeigt, dass wir uns in Hinblick auf die Post-Punk-Szene erhobenen Hauptes neben anderen Kleinstädten in der Umgebung sehen lassen können.« Rupert Gower, *The Monk's Chunk: Your Fortnightly Guide to Arts & Music in the Monklands Area,* April 1984.

Give Us Sorrow / Give Us Rope-Kassette (Sufferage Tapes ST-76 C90) 1984: unglaublich derbe Liveaufnahme von einem Konzert in Kilmarnock am 21. 4. 1984. »Der Sänger singt mit Bauchrednerstimme über Songs, während die Band sich bemüht, möglichst nichts zu spielen, das als Song konstruiert werden könnte, dann gehen sie einmal mit Schmirgelpapier über das Band und erwarten, dass das jemand kauft?« – *Popcorn Petals #2.*

Pentecost 2x7« (Primitive Painters PP-1-1-1) 1985: »Fängt mittelmäßig an, wächst sich aber schnell zu einem musikalisch genialen Rausch aus.« – Giles Gordon.

Inoffizielle Releases:

*Inverted C*Brig*-Kassette (Nothing Songs NO-001 C120): Liveaufnahme 1985, mit Mary Hanna.
*Inverted C*Dyke*-Kassette (Nothing Songs NO-002 C120): Liveaufnahme 1985, mit Mary Hanna.
*Backwards B*hill*-Kassette (Nothing Songs NO-003 C120): Liveaufnahme 1985, mit Mary Hanna.
*Backwards B*well*-Kassette (Nothing Songs NO-004 C120): Liveaufnahme 1985, mit Mary Hanna.

(Erste Pressung: »Vanity«-Cover. Zweite Pressung: nichtssagender Text schwarz auf weiß)

Addendum:

Lucas Black – *The Morning of the Executioners* LP (G.G.G.G.S. #001 handnummerierte Auflage 333 Stück) 1986: »Fieldrecordings«, akustisch manipuliert von Patty Pierce und Remy Farr. Postume Veröffentlichung.

Anhang B: Ein zwangsläufig unvollständiger Versuch, die Post-Punk-Musikszene in Airdrie, Coatbridge und Umgebung, 1978–1986, in vollem Umfang aufzuführen

Absolute Refusal – hervorgegangen aus Nein Nein Nein.

The Beguiled – alias Richard Starkey: Gedichte, No Wave, ein schwarzer Lederhandschuh.

Chinese Moon – Schaufensterpuppen.

The Clarkston Parks – Mod-/Freakbeat-Band aus Petersburn.

Cold Stars – unglaubliche Glam-Punk-Mischung mit Anleihen an die Coatbridge-Ödnis.

Dark Bathroom – was auch immer.

Disabled Adults – primitiver DIY.

Dissipated – elend primitiver DIY – Band mit einer legendär raren Single, »Fanny Pad«, was daran liegt, dass sie die zweihundert Exemplare größtenteils als Zielscheiben für Übungen mit dem Luftgewehr benutzt haben.

Fangboard – niemand wollte irgendwas mit denen zu tun haben, das war eine ganz andere Szene.

Freaky DJ – einheimischer DJ, der 1978 mit der Punk-Parodie »Yer Maw« einen einmaligen Hit landete, der aus Strophen mit anzüglichen und unverschämten Fragen bestand, auf die der Refrain antwortete: »Yer maw, yer maw! Yer maw, yer maw, yer maw!«

Glass Sarcophagus – das legendäre Industrial-Noise-Duo des Pornostars und späteren Popstars Vanity und John Bailey an der Gitarre.

Jung Team – industrialmäßiger Dub-Rock.

Kazoo Icing Compass – Drone-Rock-Eigenbrötler aus Gartness. Verschwand nach einem einzigen Album mit »kaputten Instrumentals«.

Memorial Device – die großartigste Rockband der Moderne oder zumindest von Airdrie – Patty Pierce, Lucas Black, Remy Farr und Richard Curtis – noch besser mit Mary Hanna.

Meschersmith – Kommunisten-Punk-Pop.

The Monarchs of the Night Time – Airdries großartigste Garage-Band, gemanagt vom legendären Promoter Fuckface The Eagle.

Mount the Bitch – Metal-Band aus Caldercruix.

Nein Nein Nein – konzeptuell, blutrünstig, minimalistisch.

Occult Theocracy – Big Pattys »falsche« Psychedelic Rockband, vorübergehend mit Street Hassle als Sänger.

Porous – vierköpfige Band, mit zwei Bassisten und zwei Schlagzeugern, die eine echt billige Wall of Sound fabrizierten, die den Namen ironisch widerlegte.

Rat Tattoo – Teenage-Metal für Amateurfunker.

Relate – Performance-Art Synthpop-Duo zweier Verliebter, die wie Leigh Bowery aussahen, und von denen einer aus unerfindlichen Gründen bei Memorial Device einstieg.

Sentimental Mercenaries – Prog-Band aus Airdrie.

Slave Demographics – Big Pattys erste Band, vor allem bekannt wegen ihrer Coverversion von »Permanent Green Light« von The Godz, die noch primitiver war als das Original.

The Spazzers – ein Rollstuhlfahrer-Quartett, gegründet von Sänger Mick Jazzer mit Bubonic Craig und Bob Nocious an den Gitarren und Pig Ignorant am Schlagzeug. Soweit bekannt, existieren leider keine Aufnahmen.

Steel Teeth – alias Robert Mulligan, baute seine eigene Elektronik und wendete in Mount Vernon Hamburger auf dem Grill.

The Traveller in Black – abgedroschener Ein-Mann-New-Wave-Mist.

The Tunnel – standen voll auf Rituale.

Ultra Violet – Post-Punk-Band aus Clarkston, deren Sänger sich an einem Baum erhängte, nachdem er mit einer gestohlenen Kreditkarte Schulden gemacht hatte.

The Whinhall Starvers – Punk-Band aus Whinhall. Eine 7" Single: »Chasing the Breadvan«.

Anhang C: Personenregister

Sri Abergavenny – Autor von Die Prinzipien, Verfechter von »Hirntod«, Mitleidskiller, Erfinder des »Whirlpooling«, etc.

Andrea Anderson – zeitgenössische Landschaftsmalerin und kurzzeitig, in grauer Vorzeit, Mary Hannas Geliebte.

Ljubljana »Lubby« Athol – unentschiedene Geliebte (?) von Richard Curtis, wobei die Liebe unter keinem guten Stern stand und sie inzwischen eine bekannte Menschenrechtsanwältin ist.

John Bailey – Gitarrist und eine Hälfte von Glass Sarcophagus.

Akbar Balithi – Schachpartner von Bruce Cook.

Beano – ganz schön schlimm.

Tom Beatrix – achtzehn Zentimeter.

James Begley – Schlagzeuger von Ultra Violet.

Mary Bell – Mad Mary Bell, nicht die Kindsmörderin Mad Mary Bell, wurde entführt und es hat ihr gar nichts ausgemacht.

Jared Bishop – hat beim legendären Joy-of-a-Toy-Club in Glasgow aufgelegt, trug nie Unterwäsche.

Betty Black – Mutter von Lucas Black, bevor sie ihren Namen änderte und in ein vollkommen anderes Leben verschwand. Betty Black war so winzig, dass man sich unmöglich vorstellen konnte, dass Lucas je aus ihr herausgekommen war, was er ja auch nie war, wie wir später herausfanden, er war wirklich Der Mann aus Atlantis. Außerdem war sie verträumt und naiv, und wirklich sehr lieb. Ich erinnere mich noch, wie ich mit Lucas bei ihm abhing, wir waren zu dritt und sie kam sehr zufrieden mit sich selbst rein und verkündete, sie habe uns was »vom Getränkeladen geholt«, nämlich vier Bier. Das war für jeden ein Bier und ein paar Schluck. Das war ihre Vorstellung von »was vom Getränkeladen holen«. Jahre später habe ich ihr geschrieben, nachdem ich erfahren hatte, dass sie in Paris lebt; sie hat auch zurückgeschrieben, ein Mal, aber dann hab ich nie wieder was von ihr gehört.

Lucas Black – Sänger von Memorial Device, autonomer Träumer.

Bridget ___ – dreiundzwanzig Zentimeter.

Alan Brooks – verstorbener Bassist der Whinhall Starvers. Ich hatte mich mit Patty Pierce draußen vor Benny's in Clarkston verabredet, nur ein kleines Stück weiter von dem alten Herrenfriseur, bei dem er gearbeitet hatte, und als ich dort ankam, futterte er einen White Pudding, den er wackelig auf einem Mülleimer abgestellt hatte. Jemand bewarf ihn aus einem vorbeifahrenden Auto mit irgendwas, ich hab's aus der Ferne gesehen, aber er hat nicht mal gezuckt. Außerdem schaute ein Buch aus seiner Tasche, *Unter dem Vulkan* von Malcolm Lowry. Wir gingen rüber in den Park und setzten uns ins Gras, das muss der Sommer gewesen sein, kurz nachdem Memorial Device angefangen hatten, der erste Sommer der glorreichen Jahre, also Juni 1983, schätze ich, ich hab meine Tapes nie richtig beschriftet. Patty saß in der knallenden Sonne im Gras, trug einen zerdellten Zylinder und einen Trenchcoat. Es war mein zweites Interview mit Patty nach dem ersten eher verunglückten, bei dem ich ihn nach dem Wesen der Liebe gefragt hatte, trotzdem stellte ich ihm nach meiner genialen Eröffnungsfrage, was denn die Idee hinter Memorial Device gewesen sei, keine einzige weitere Frage mehr, glücklicherweise redete Patty einfach trotzdem weiter, auch ohne von mir animiert werden zu müssen, und irgendwann kam Alan Brooks zu ihm rüber, wollte Hasch kaufen. Ich weiß noch, dass er so ein absurd hohes Stimmchen hatte, angeschlappt kam und sagte: Boah, ich find's voll geil, wenn die Sonne scheint, das ist so gut! Ich parodiere ihn bis heute.

Tom C – ( )

Manda Candy – Pornostar aus St. Andrews.

Colin Cassidy – Leadsänger und Gitarrist von The Clarkston Parks, einer Mod-Band aus Petersburn. Neben Mad Mary Bell eine der bekannteren Figuren in Airdrie.

Mr. Chan – Inhaber des China-Restaurants in Airdrie, der unter ungeklärten Umständen ermordet wurde.

Boaby Chan – Astrologe und Sohn des Inhabers des China-Restaurants in Airdrie, der unter ungeklärten Umständen ermordet wurde.

Stacey Clark – ausgedachter Name einer echt wahnsinnig nervigen Nervensäge.

Bruce Cook – Buddhist, Hippie, Kampfkunstlehrer, seit seiner Kindheit mit Big Patty befreundet, Ersatzguru von Lucas Black, früher irgendwann mit Vanity zusammen gewesen.

Dougie Cartwright – Gitarrist bei The Clarkston Parks, einer Mod-Band aus Petersburn.

Valentine Cloutier – Big Pattys Sommerliebe.

Alan Cunningham – okkultistischer Teenager; »Schlagzeuger« bei Chinese Moon; Autor der (bislang unveröffentlichten) *Kritischen Geschichte des Minimalismus des 20. Jahrhunderts*, trug immer Jogginghosen bis zu den Brustwarzen hochgezogen, aktueller Aufenthaltsort unbekannt. Bruder von Findlay.

Findlay Cunningham – mit vierzehn Jahren Abonnent von *Newsweek;* »Sänger« bei Chinese Moon; trug immer Jogginghosen bis zu den Brustwarzen hochgezogen, Anführer der Boys' Brigade; ehrenamtlicher Mitarbeiter von Wohltätigkeitsorganisationen; Kirchenvorstand. Bruder von Alan.

Margot Curtis – gemeine, wunderschöne Streitaxt, Ex-Frau von Richard Curtis, sah damals aus wie Siouxsie Sioux, aber ganz im Ernst.

Richard Curtis – Schlagzeuger von Memorial Device. Hat auch bei Meschersmith gespielt. Jedes Mal, wenn ich den Song »Legendary Years« von Lou Reed höre, denke ich an ihn, wo auch immer er sein mag. Trotzdem hoffe ich, dass er dieses Buch niemals lesen wird, egal wo er ist.

Ronnie Dare – Partner von Dominic Hunter, der heilige Ronnie Dare, der wie ein puertoricanischer Straßenkiller aussah.

Michael Donnelly – Attentäter – wohnte im »geheimen Anbau« im Haus der Familie McLaughlin, ging Johnnys Träume stehlen wie ein Katzendieb in der Nacht.

The Doug – »Als 1984 jeder Vollidiot mit einem Frankie-Say-Relax-T-Shirt rumlief, bin ich in einem selbst gemachten rumgelaufen, auf dem stand: ›We're All Frankies – We're All Lying in Hell‹. Aber kein Vollidiot hat's kapiert. So weit war ich der Zeit voraus. Nur mal so nebenbei.«

Clyde Farr – Remys Vater, Autor von »Schicksal ist nur einmal«.

Remy Farr – Bassist / Keyboarder von Memorial Device. Außerdem eine Hälfte des bescheuerten Synth-Pop-Duos Relate, die als Vorband von Imagination im Zanzibar in Coatbridge aufgetreten sind, kein Witz.

Bobby Foster – Pattys Teenagerkumpel, ein echter Platten-Nerd und der Einzige in Airdrie, der je Kohle hatte, weshalb ihn ständig alle anpumpten.

Goosey – Bassist von The Clarkston Parks, einer Mod-Band aus Petersburn, wurde bei einer Schlägerei von einem Biker skalpiert und muss seither Perücken tragen, was für die Band ein Segen war, weil er vorher dichte Locken wie ein Snooker-Spieler hatte und den Band-Look versaut hat.

Ray Gordon – keine neun Zentimeter.

Duncan Gracie – »Bassist« bei Chinese Moon, dessen Bruder die beste Heavy-Metal-LP-Sammlung in Airdrie besaß.

Tam Gracie – beste Heavy-Metal-LPs-Sammlung in Airdrie.

Colin Grant – eingebildeter Wichser.

Giles Gordon – schlechtester Musikjournalist auf Gottes Erde.

Rupert Gower – ahnungsloser Lokaljournalist, absoluter Spießer, hat ständig den Anschluss verpasst, Remy hat ihn einmal an der Gurgel gepackt und an die Wand gedrückt.

Mr. & Mrs. Grey – frühe (gebannte) Zeugen von Street Hassles unglaublichen Tanzschritten.

Mary Hanna – die legendäre Mary Hanna; Bassistin von Memorial Device, Mitglied von Dark Bathroom, heimliche Bildhauerin.

Dominic Hunter – alias Dom alias Wee Be-Ro alias die andere Hälfte von Relate.

Randy Jewels – Pornostar aus Dunoon.

Alan Jones – Schlagzeuger von The Clarkston Parks, einer Mod-Band aus Petersburn. Nicht verwandt mit Paprika.

Paprika Jones – Freundin von Lucas Black.

Scott Kennedy – alias Sore Arse, berüchtigter Drogendealer in Airdrie.

David Kilpatrick – »Gitarrist« bei Chinese Moon, derzeit als Elektriker in Airdrie tätig.

Lars Kreiger – starb sozusagen in den Armen von Claire Lune.

Monica Lawson – ehemalige Archivarin von Memorial Device; Nachfolgerin von Miriam McLuskie, die »sie nicht mehr alle hatte«; machte die mitunter ikonoklastischsten Aufnahmen der Band und etablierte sich späterhin mit ihrer Philosophie der »Spaziergangskuren« als New-Age-Autorin.

Claire Lune – Performance-Künstlerin, Fotografin, die Remys Vater pflegte, als er im Sterben lag, starb selbst im Alter von neunundvierzig Jahren an Krebs. Spendete ihren Körper der Wissenschaft. Hoffentlich werden die schlau draus.

Spike McIver – Mary Hannas Kumpel, griff als Teenager Street Hassle an.

Maya McCormack – spielte mit Mary Hanna bei Dark Bathroom; außerdem bei The Ladybugs; erste Freundin von Street Hassle; ihr Dad war Leiter des Postamts und allen Berichten zufolge ein guter Typ als Chef, aber davon abgesehen ein total sektiererisches Arschloch; später mit Patty Pierce zusammen, was für ein Aufstieg.

Scott McKenzie – Scott McKenzie, was soll man über den sagen? Er war so einer, der sich samstagabends mit einer Zweiliterflasche Cider und einer Ausgabe *Motor Mart* hinsetzte, als wär das der Höhepunkt der Woche. Er hatte keinerlei Ambitionen. Er war der führende Snooker-Champion von Airdrie; schaffte es bis in die Lanarkshire-Meisterschaften, steckte dann aber auf, weil er »die Uniform satthatte«, was auch immer das heißen sollte. Seine Mum arbeitete im Safeway in Airdrie an der Kasse und entschuldigte sich ständig für ihn. Ihm war's egal. Er war ein echt stilles Wasser. Klug und komisch. Es gab ein Gerücht, dass er mit Mary Hanna schlief und sie seit Jahren heimlich und mit Unterbrechungen eine lockere Beziehung führten. Wer weiß? Keiner von beiden lässt was raus. Als ich ihn wegen des Buchs angesprochen hab, meinte er, er würde nur darüber berichten wollen, wie er Mary kennengelernt hatte, weil das »nichts mit Musik« zu tun hatte. Ich erklärte ihm, dass ich eine Musikgeschichte erstellen wollte, aber dann ging er einfach nicht mehr ans Telefon. Okay, sagte ich, okay, jetzt war ich gezwungen, ihm zu schreiben, einen Brief, den ich persönlich bei seiner Mum zu Hause ablieferte, wo er bis heute lebt, ich geb's auf, von mir aus erzähl, wie du Mary Hanna kennengelernt hast. Seine Mum entschuldigte sich für ihn, weil er nicht selbst an die Tür gekommen war. Er sitzt wieder über *Motor Mart,* sagte sie, tut mir leid. Auf jeden Fall hat er uns schließlich seinen Text gegeben mit der Auflage, dass er in keinster Weise bearbeitet oder geändert werden dürfe, sonst würde er ihn zurückziehen, aber als ich mich bei ihm gemeldet und gesagt habe, dass ich ihn toll finde, und ob er bitte noch ein bisschen mehr schreiben könnte, hat er mich wieder ignoriert.

Johnny McLaughlin – Co-Autor; still crazy after all these years.

Miriam McLuskie – inoffizielle Tourmanagerin / Pressesprecherin von Memorial Device, hin und wieder Big Pattys »heimliche Freundin«, Tochter des verstorbenen Gitarristen und Sängers Mack McLuskie, dessen Bluesband, Big Mack and the Pack, in den Siebzigerjahren ein Publikumsmagnet in Lanarkshire war.

Adam McManus – ehemals IRA, ehemals SAS, ehemals Special-Ops, ehemaliger *agent provocateur*, wer, verdammte Hacke, wird je die Wahrheit erfahren, Kung-Fu-Guru.

Drew »Tusky« McPherson – scheiß Freund und Feigling aufgrund seiner Vergehen längst ohne Bewährung zu lebenslanger Arbeit in einer Bank verurteilt, was für ein Depp.

Valerie Morris – Jugendliebe von Remy Farr.

Robert Mulligan – Instrumentenerfinder aus Greengairs, der unter dem Namen Steel Teeth Kassetten auf seinem eigenen Label, Sufferage Tapes, veröffentlicht und in Mount Vernon in einer Hamburger-Fabrik gearbeitet hat.

David Nesbitt – Gärtner, der Big Patty und Johnny McLaughlin einstellte, der aber überhaupt nichts von Musik verstand und wie ein Außerirdischer von einem anderen Planeten dazukam.

Teddy Ohm – Edward Thom; Biker, Dealer, Vinyl-Händler, Groover, Beschaffer historischer Waffen für die Filmindustrie, sowie post-apokalyptischer Verschwörer.

Clementine Pape – Johnny McLaughlins Sommerliebe.

Sidney Parker – echter Arschlappen aus der Plattenindustrie.

Yvonne Parker – Schwester des echten Arschlappens aus der Plattenindustrie.

Samantha Paytress – Geigerin und Verführerin in selbst gebastelten Strümpfen.

Patty Pierce – Gitarrist bei Memorial Device; spielte auch bei Slave Demographics, Occult Theocracy und Cold Stars.

Assif Rajar – Kontaktperson minderjähriger Säufer im Getränkeladen von Airdrie.

The Rat – Claire Lunes Sommerliebe, fand ein Loch in ihrem Herzen und zwängte sich hindurch.

Rodney the Rod – Eier wie geschälte Zitronen.

Ross Raymond – ich.

Patrick Remora – Dichter, der mit Big Patty ein Duo bildete, das mit den frühen Patti Smith / Lenny Kaye verglichen wurde, bei verschiedenen Gelegenheiten von Memorial Device begleitet. Der neue Basil Bunting, hieß es, aber viel mehr als besoffen auf Allen Ginsbergs Schoß einzupennen bekam er nicht hin.

Samantha – 22,5 Zentimeter.

Santiago – Zigeuner, Bohemien, Kulturprovokateur und Gründer der spanischen Performance-Truppe Inconcurring Colt.

Mr. Scotia – Kalligraf, Astronom, Lokalhistoriker, Kartensammler, unverbesserlicher Blumenschnüffler.

Sinew Singer – Airdries Antwort, Airdries Entgegnung auf Elvis, Iggy und alles.

Simon Sparkles – erfundener Name eines riesigen, echten Arschlappens aus der Plattenindustrie.

Peter Solly – alias The Traveller in Black; Minimal Electronic aus Plains mit »wissenschaftlichem Blick«.

Richard Starkey – hatte ein Soloprojekt namens The Beguiled, für das er sich wie eine Mischung aus Von LMO und Sean Bonniwell von The Music Machine kleidete und zu automatisierten Cyborg Drum Machines und repetitiven atonalen Gitarrenakkorden Gedichte las. Paprika Jones' Einführung in die Welt der Musik. Heute eine Fußnote.

Jemima Stewart – Freundin der Schwester von Sidney Parker, des echten Arschlappens aus der Plattenindustrie; ehemalige Stripperin, derzeit Tierärztin.

Rod Stilvert – berüchtigter Glasgower Porno-Unternehmer; Gründer von Imaginorg Films und Gamma Productions.

Street Hassle – berüchtigter Punk aus Airdrie, wurde oft gesehen »im Winter, im Schnee, mit nichts als einem abgeschnittenen T-Shirt bekleidet und einer Dose Bier in der Hand im Rinnstein laufend« oder wie er »mit abgeschnittenem T-Shirt und dem Pelzmantel seiner Mum bewusstlos auf einer Bank neben dem Kriegerdenkmal in Coatdyke lag, während alle vorbeifahrenden Autos gehupt haben«. Spielte bei Rat Tattoo, Occult Theocracy und Ultra Violet.

Telos – Mitglied der spanischen Performance-Truppe Inconcurring Colt, der fluchend abzog, als diese »nur noch Mist« machte.

Megan Trayner – mit Maya McCormack Mitglied von The Ladybugs.

Ruth Turner – Konzeptkünstlerin und Gründerin der G.G.G.G.S. (Gartlea Gallery of Geomancy and Geographic Speculation), präsentierte Lucas Blacks letzte Aufnahme, *The Morning of the Executioners.*

Vanity – Pornostar, später Popstar und eine Hälfte von Glass Sarcophagus. Kurzzeitig mit Lucas Black liiert.

Richard Warden – 23 Zentimeter.

Regina Yarr – verkorkste, extrem scharfe Schönheit und Beweis dafür, dass Remy Farr nicht schwul war, oder höchstens bi.

Anhang D: Stichwortregister

Die Arbeit der Übersetzerin an dem vorliegenden Roman wurde vom Deutschen Übersetzerfonds gefördert.

Die Originalausgabe erschien 2017 unter dem Titel »This is Memorial Device« bei Faber & Faber, London.

Umschlagmotiv: David Keenan
Typografie und Satz: Frese Werkstatt, München
Herstellung und Umschlaggestaltung: Sieveking · Agentur, München
Druck und Bindung: Pustet, Regensburg

ISBN 978-3-95438-099-2